Felix Kannmacher wächst mit drei Brüdern im Ostseestädtchen Freiwalde auf. Felix' Vater, ein strenger Schulmeister, verehrt den Philosophen Immanuel Kant, die Mutter wird von wechselnden Stimmungen und bald auch von Wahnideen beherrscht. Der erste Bruder ertrinkt, der zweite veranstaltet Hahnenwettkämpfe, der dritte zieht freiwillig in den beginnenden Krieg. Felix flüchtet sich ins Klavierspiel – immerhin wurde ihm eine Zukunft als Konzertpianist prophezeit. Das Klavier verstummt, als seine Mutter die Saiten als kriegstauglichen Rohstoff zur Sammelstelle bringt. Felix verschenkt sein Herz an Emilie, die Tochter des Apothekers. Doch auf die hat auch sein älterer Bruder ein Auge geworfen. Felix bleibt nur Emilies widerspenstige Schwester Alma. Kurz vor der Doppelhochzeit nimmt er Reißaus ...

»Eine nie vergessene Geschichte« entfaltet das Panorama vom ausgehenden 19. Jahrhundert bis zu Kriegsende und Flucht 1945. Jan Koneffke zeichnet das Bild einer untergegangenen Welt voller Menschen, die an der Geschichte Schaden nehmen – aber auch an ihren eigenen Vorstellungen.

Jan Koneffke wurde 1960 in Darmstadt geboren. Er studierte Philosophie und Germanistik in Berlin und verbrachte nach einem Villa-Massimo-Stipendium sieben Jahre in Rom. Heute lebt er als Schriftsteller, Publizist und Übersetzer in Wien und Bukarest. Er erhielt u.a. den Leonce-und-Lena-Preis, den Friedrich-Hölderlin-Förderpreis und den Offenbacher Literaturpreis.

Jan Koneffke

Eine nie vergessene Geschichte

Roman

Von Jan Koneffke sind im DuMont Buchverlag außerdem erschienen:

Paul Schatz im Uhrenkasten
Was rauchte ich Schwaden zum Mond
Eine Liebe am Tiber
Abschiedsnovelle
Die sieben Leben des Felix Kannmacher

Zweite Auflage 2016
DuMont Buchverlag, Köln
Alle Rechte vorbehalten
© 2008 DuMont Buchverlag, Köln
Umschlag: Zero, München
Umschlagabbildung: © Photographische Sammlung/SK Stiftung Kultur –
August Sander Archiv, Köln; VG Bild-Kunst, Bonn 2008
Gesetzt aus der Adobe Garamond
Druck und Verarbeitung: CPI – Clausen & Bosse, Leck
Gedruckt auf säurefreiem und chlorfrei gebleichtem Papier
Printed in Germany
ISBN 978-3-8321-6173-6

www.dumont-buchverlag.de

In Erinnerung an meinen Vater
Gernot Koneffke (1927–2008)

I

Eine nie vergessene Geschichte

Im August 1968, auf dem Weg zur Beerdigung eines Bekannten, der wie sie von der pommerschen Seenplatte stammte, kamen meine Großeltern bei einem Unfall ums Leben. Ein Mercedes zerquetschte bei Ahrensburg Großvaters Goggomobil mit dem Modellnamen »Limousine«. Aus dem Wrack barg man zwei Leichen, bis zur Unkenntlichkeit entstellt, und einen mit Schleifen versehenen Beerdigungskranz, der keinen Schaden erlitten hatte.

Mitte August fuhren wir nach Lensahn, um Emilie und Ludwig Kannmacher zu bestatten. Beim Leichenschmaus in einer Wirtschaft am Friedhof fing Großtante Alma zu schimpfen an, es sei Großvaters Schuld, wenn sie tot seien, er habe sein Goggomobil ja nicht abstoßen wollen. Erregt schob sie den Teller mit Suppe beiseite. Bis ans Ende der Mahlzeit, von der sie nichts zu sich nahm, schwieg sie uns vorwurfsvoll an. »Sie vertreibt sich den Kummer mit Groll«, meinte Vater, als sich Großmutters Schwester ins Gastwirtschaftsklo verzog. »Man kann es verstehen, sie hatte ein bitteres Leben.«

Ich wollte vom Leben der mageren Großtante nichts wissen. Alma war nicht besonders beliebt bei uns Kindern, meinem Bruder und mir, und sie machte sich nichts aus uns. Kinder waren aufdringlich, fand sie, und vorlaut. Kinder hatten nichts anderes verdient, als mit eiserner Strenge behandelt zu werden. Wenn wir sie mit unseren Eltern besuchten, war Alma begierig darauf, uns bei einem Vergehen zu erwischen, das sie ins Recht setzte. Heimlich nannten wir sie »Krokodil« oder »Drachen«.

Alma blieb auf der Toilette, was niemand bemerkte – das heißt, außer mir, und ich war zu erleichtert, um etwas zu sagen. Ohne von meiner Großtante verwarnt zu werden, konnte ich bei den Obsttorten zuschlagen. Ich verschlang einen halben Rhabarberkuchen. Nebenbei lauschte ich meinem Vater und Tante Helene, die in Kindheitserinnerungen schwelgten. Sie sprachen vom »Sumpf der Kraut-Glawnitz«, von »Alt-Kugelwitz«, »Zizow« und »Schlawe«. Und von »Freiwalde«, versteht sich. »Freiwalde« und wieder »Freiwalde«. Wenn sie von der Heimatstadt redeten, konnte man meinen, sie sei ferner als Mond oder Mars.

»Und unsere Eltern verstanden sich blendend«, sagte Vater zu Schwester Helene, »sie haben sich niemals gestritten, nicht wahr?« – »Nein«, sagte Helene, »sie stritten sich nie.« – »Und sie waren grundverschieden«, fuhr Vater fort, »Mutters Neugier und Lebenslust paßten nicht zu Vaters praktischem Buchhalterwesen. Er mußte sie mit seiner Langmut auffangen.« – »Sie liebten sich«, sagte Helene, »das war es.«

Vater und seine Schwester verfielen ins Schweigen, und ich leckte den Sahnetopf sauber. »Diese Ehe hat keiner von beiden bereut«, sagte Tante Helene, und Vater erwiderte: »Ja. Trotz unseres verschollenen Onkels, von dem man zu Hause nicht sprechen durfte.« Ich vergaß meine Absicht, ein Achtelchen Kirschstreusel auf meinen Teller zu laden. »Warum ist Onkel Felix verschollen?« fragte ich. Vater griff aus Verlegenheit zu seiner leeren Kaffeetasse. »Wissen wir nicht«, sagte er. Er blinzelte Schwester Helene zu, die heftiger nickte, als es notwendig war.

Mein Großvater hatte den kleineren Bruder in seinen Familiengeschichten beharrlich verschwiegen. Ludwig Kannmacher war ein erinnerungsseliger Mensch, der es liebte, von seinem Freiwalde zu sprechen. Er plauderte Lausbubenstreiche aus, die er als halbstarker Junge begangen hatte, und unterhielt uns mit pommerschen Schauerlegenden.

Seinen kleineren Bruder verheimlichte Großvater, es sei denn, er verplapperte sich. Im Schwung eines Schnacks, der sich um eine Kindheitsbegebenheit drehte, in die Bruder Felix verwickelt war, konnte aus heiterem Himmel sein Name fallen. Und wenn wir erfahren wollten: »Felix? Wer war das?«, zuckten Oma Emilie und Großtante Alma zusammen. Großvater Ludwig bekam einen

Schluckauf und mit seiner Mitteilsamkeit war es aus. Vater wiederum wollte sich nichts aus der Nase ziehen lassen. »Felix Kannmacher war Pianist«, mehr verriet er nicht.

Vater wandte sich ruckartig an seine Schwester. »Was ist eigentlich mit Alma? Wo steckt sie?« Zum Beunruhigtsein hatten sie allen Anlaß, Almas Stuhl war seit zwanzig Minuten verwaist. »Sie ist auf der Toilette«, versetzte ich schadenfroh. Gleichzeitig sprangen Vater und Schwester Helene auf, um zum Gastwirtschaftsklo zu eilen, das sich im Keller befand.

Ich starrte pappsatt von den Torten- und Obstkuchenresten zum Fenster mit seiner vergilbten Gardine. Es scherte mich nicht, was mit Alma passiert war. Lieber wollte ich mit meinem Bruder spielen, der auf dem sandigen Parkplatz im Sonnenschein mit einem Lederball kickte und dribbelte.

Wir donnerten unseren Ball ans Garagentor, als ein Ambulanzwagen scharf auf den Parkplatz einbog. Staubwolken aufwirbelnd hielt er vorm Gasthof, und es verging keine halbe Minute, bis man eine Bahre ins Freie bugsierte. Almas Gesicht war kalkweiß und verknittert. Sie bewegte zwei Finger und winkte mich zu sich. »Wenn ich sterbe, wirst du an mich denken, nicht wahr?« Ob sie in Sorge war, einer der Menschen zu werden, die in unseren Familiengeschichten nicht vorkamen?

Vor Sonnenuntergang stiegen wir in den blauen VW, einen Firmenwagen von Dr. Oetker, bei dem Vaters Schwager als Puddingvertreter arbeitete. »Alma muß eben im Mittelpunkt stehen«, seufzte Tante Helene vom Beifahrersitz, »und auf Mutters und Vaters Beerdigung konnte sie dummerweise nicht Mittelpunkt sein. Bis zu diesem Zusammenbruch im Klo.«

Ich nickte bald ein auf der Fahrt bis nach Kiel, wo Vaters Schwester und Schwager zu Hause waren. Wer mich schlafen legte, bekam ich nicht mit. Ich versank in dem riesigen Bett mit seiner weichen Matratze wie in einer Wolke.

Tief in der Nacht weckte mich ein Gewitter. Blitze tauchten das Dachbodenzimmer in grelles Weiß, und bei einem Donnerschlag schob ich mich zu meinem Vater. Er kam mit seinem Schnarchen nicht an gegen peitschenden Regen und knatternden Wind. Ich sog seinen Geruch ein, bei dem es mich schauderte, dieses Gemisch aus Zigarrenqualm und saurem Schweiß, und rieb meine Stirn an der stacheligen Wange.

»Es tut mir leid«, sagte ich. »Was tut dir leid?« fragte Vater, der schlagartig wach war. »Es tut mir um Oma und Opa leid«, sagte ich, »wir werden sie nie mehr besuchen.« – »Nein, wir werden sie nie mehr besuchen«, erwiderte er. Er richtete sich mit dem Ellbogen auf. »Willst du nicht mehr schlafen, mein Junge?« Seine schimmernden Augen betrachteten mich. »Ich weiß nicht«, entgegnete ich. Ich wollte Vater zu Oma und Opa befragen und zu meinem verschollenen Großonkel Felix.

Schwer zu sagen, ob Vater erriet, was ich dachte, oder lediglich vorhatte, mich zu beruhigen. Er stieg aus dem Bett, um sich eine Zigarre zu holen. Er knipste das schmalere Ende ab, steckte sie mit einem Streichholz an und setzte sich in einen Sessel beim Dachbodenfenster. Abwechselnd war er ein Schatten mit glutrotem Punkt vor den Lippen oder eine aufzuckende, weiße Gestalt, die mir fremd vorkam, unheimlich. Was mich beschwichtigte, war seine Stimme. Ich erinnere mich bis zum heutigen Tag an sie, diese warme und liebevoll raunende Stimme.

»In unserem Ostseeort lebte ein preußischer Offizier, der im Siebzigerkrieg gegen Frankreich ein Bein verloren hatte. Als bejubelter Held aus der Schlacht um Paris ritt er auf einem Pferd in der Heimatstadt ein. Dieses Pferd war ein starkes Roß, muß es gewesen sein, wenn es einen Karren mit sieben Kanonen zog. Und mit sieben Kanonen im Schlepptau, behauptete man in Freiwalde, tauchte er vor der Stadtmauer auf. Du weißt ja, Freiwalde besaß eine Stadtmauer.«

Vater strich seine hochstehenden Haare glatt. »Was er anfangen wollte mit seinen Kanonen, verriet er nicht. Das bekam man erst spitz, als er sie auf den Steilhang zur Ostsee verfrachten ließ. Sie standen in Reih und Glied nebeneinander, im Abstand von je sieben Metern. Und wenn ein Gewitter vom Meer aufzog oder sich weißlicher Nebel verbreitete, der Freiwaldes Fischer am Auslaufen hinderte, beschoß er mit seinen Kanonen die Wolken.«

»Er schoß auf die Wolken?« versetzte ich staunend. Vater zog an der Zigarre und nickte. »Einbeinig sprang er von einer Kanone zur anderen, und es dauerte keine Minute, bis es wieder vom Steilufer donnerte.« – »Und was passierte, wenn er seine Kugeln zum Himmel schoß?« wollte ich wissen. »Anfangs habe er Unwetterwolken und Nebel vertrieben, behauptete man in Freiwalde, in meiner Kindheit verscheuchte er sie leider nicht mehr. Unsere Scheiben vibrierten bei dem Artilleriefeuer, das er auf dem Steilhang veranstaltete, trotzdem suchten uns Nebel und Unwetter heim.« – »Er war zu alt«, spekulierte ich. »Wer weiß, ob es das war«, erwiderte Vater, »als Kind stieg ich zigfach zum Steilhang hoch, um seine Kanonen von nahem zu betrachten. Und was soll ich dir sagen, ich fand keine. Ich konnte nie eine Kanone entdecken. Und dem einbeinigen Offizier bin ich niemals begegnet.«

Vater, der wieder ins Bett kroch, nahm mich in den Arm. Ich war nicht zufrieden mit seiner Geschichte. »Du hast sie erfunden«, bemerkte ich grollend. »Nein«, sagte Vater, »das habe ich nicht. Und ob sie erfunden ist oder wahr, spielt keine Rolle. In der Zwischenzeit donnert und blitzt es nicht mehr, und mit einer Geschichte im Kopf kann man viel besser einschlafen. Merkst du es nicht?« Ja, ich merkte es. Ich ruckelte mich neben Vater zurecht und fiel in einen tiefen, traumlosen Schlaf.

II

Vernunft und Wahnsinn
1898–1919

Felix Kannmachers schwere Geburt

Clara Kannmacher hatte es niemals verwunden, die pommersche Hauptstadt verlassen zu haben. Sie litt an dem Leben im Ostseeort namens Freiwalde auf halber Strecke zwischen Stettin und Danzig, wo man nichts fand außer Wasser und Weiden, Herzog Bogislaws halb als Getreidelager, halb als Bewahranstalt dienendes Schloß, eine Luther- und eine Melanchthoneiche, eine gotische Kirche, sechs Storchenpaare und zwei oder drei Ziegeleien. Zwar spuckte der Mittagszug ab Mitte Juni reihenweise Badeurlauber aus, und zu Beginn hatte Clara sich mitreißen lassen von dem zwischen Bahnhof und Strandhotel herrschenden Trubel. Wenn in Weizen- und Rapsfeldern Dampfwolken aufstiegen und eine Lokomotive pfiff, rannte sie aus dem Haus. Leider erwiesen sich die in Freiwalde eintreffenden Familien als muffig und langweilig, mit einer Einheimischen wollten sie sich nicht abgeben. Eitle Rechnungsratsehefrauen, schnatternder Registratoren- und Amtsrichteranhang! Clara verkroch sich beleidigt und voller Groll in der Wohnung am Westlichen Stadtwall, die nie einen Sonnenstrahl abbekam, und zum wimmelnden Badestrand brachten sie keine zehn Pferde!

Nein, Abwechslung hatte der Ort nicht zu bieten. Konzertpianisten und -violinisten nahmen den Danziger Schnellzug, der nicht an jedem pommerschen Wasserturm anhalten konnte. Und in diesen besonders kalten Wintern, wenn Freiwaldes elf Straßen im Schnee versanken, den man zu mannshohen Mauern aufschichtete, und es in der Umgebung zu Wolfsplagen kam, mußte die vom Theater begeisterte Clara auf Dramendarbietungen verzichten – erst in Stolp gab es wieder ein Schauspielhaus. Im Juli konnte sie fahrendes Volk bestaunen, das auf der Bleiche am Wipperufer seine Holzwagen zu einem Kreis aufstellte, Messer warf, Feuer spie, auf einem Seil lief und Moritaten zu Schautafeln sang.

Sie bestellte Romane, paketeweise, um nicht zu vergehen vor Heimweh und in diesem trostlosen Landstrich nicht abzustumpfen, der voller Schauerlegenden war, Gruselgeschichten von schneeweißen Seeadlern, die Federvieh raubten und Zicklein erbeuteten, Hunde zerfleischten und Kinder verschleppten. Oder von den ertrunkenen Fischern und Seeleuten, die sich aus dem Meer in die Wipper verirrt hatten und in der Winterzeit, wenn sie vereist war, mit rollenden Augen und mahlenden Kiefern von unten gegen die Eisdecke preßten, als handele es sich um ein beschlagenes Fenster zwischen der Welt der Verstorbenen und Lebenden. Mit diesen Geschichten im Kopf wagte sie es nicht mehr, sich an Hochsommertagen im Flußwasser auszustrecken, aus Furcht, eine kalte Matrosenhand werde sie in die Tiefe ziehen.

Sie gruselte sich vor dem Schafhirten Pressel, der zwischen gelblichem Hahnenfuß und rotem Ampfer reglos auf seinem Hirtenstock lehnte. Er erinnerte an eine Vogelscheuche mit seinem verkrumpelten Hut und im schmutzigen Schafsfell, das er niemals ablegte. Sein rechtes Auge war milchig und blind. Mit seinem anderen Auge, das umso brennender wirkte, erkannte der Schafhirte Fuchs oder Marder aus drei Kilometern Entfernung. Und was sich seinem lauernden Auge entzog, das witterte er mit der Nase.

Wenn sich die auf den Feldern beim Janckerberg stehende Scheuche schlagartig belebte, den Hut abnahm und auf den Hirtenstock hakte, konnte sich Clara zu Tode erschrecken. Pressel rief sie mit knarrender Stimme zu sich, faltete seine neun Finger vorm Bauch und starrte sie mit seinem brennenden Auge an, als wolle er sie in zwei Teile zerschneiden, um sich im Inneren umzuschauen.

Begegnungen mit Pressel waren Clara verhaßt. Sie gruselte sich vor dem Schafhirten und der in der Nachbarschaft lebenden Korbmacherwitwe, der Hexe und Heilerin Bertha Sims, von der man mit Schaudern behauptete, sie krame in Fischlebern, Kindspech und Wolfsherzen und irre sich nie, wenn sie Feuer und Sturmfluten weissage. Sie grauste sich vor dem Kanonendonner, der bei Nebel und drohenden Gewittern vom Strand kam, wo der einbeinige Offizier aus dem Siebzigerkrieg seine sieben Kanonen abfeuerte, Dunst- oder Unwetterwolken vertrieb. Es gruselte sie vorm verwachsenen Adolph Liebherr, der in St. Marien Organist war und eine vor Gottesfurcht fiebernde Seele besaß. Als sie sich bei diesem Liebherr nach einer Klavierfabrikantenadresse erkundigte – sie war neu in Freiwalde und ahnungslos –, hatte der Mann sie mit Schaum auf den Lippen beschimpft. »Frauen sind zu schwache und schwankende Kreaturen, um Gottes Gesang zu empfangen«, zischte Liebherr und rieb seinen Buckel am Stamm der Melanchthoneiche.

Clara Kannmacher litt an verzehrendem Heimweh und an der Trennung vom Bruder, der Alfred hieß und sich als junger Mann am Stettiner Hafen in schlechte Gesellschaft begeben hatte. Bald war er zwischen Bordellen und Seemannsheimen, Speichern und Anlegestellen zu Hause, wo er als Schmuggler sein Geld verdiente, das er nachts in Kaschemmen verspielte. Als beider Vater an Schwindsucht erkrankt war, Blut hustete und zum Gerippe abmagerte, hatte sich Alfred lieber verfluchen lassen, als seine Lebensgewohnheiten aufzugeben. Sein Elternhaus hatte er nicht mehr betreten. Er habe den Vater als starken, energischen Mann in Erinnerung behalten wollen, rechtfertigte er sich vor seiner Schwester, und das war eine Entschuldigung, die sie beschwichtigt hatte. Als es beim Kartenspiel in einer Hafenspelunke zum Streit kam und er einen Seemann erstach – aus purer Notwehr, beteuerte Alfred –, hielt Clara beharrlich zum Bruder. Im Maschinenraum eines Frachtschiffes hatte er sich dem Arm des Gesetzes entzogen, um erst in der Walfischbay wieder an Land zu gehen.

In Omaruru und Swakopmund zog er rasch einen erfolgreichen Handel auf und belieferte Hamburg mit Wolle und Fellen. Seine Gewinne erlaubten es Alfred, der Schwester gelegentlich Geld anzuweisen, und monatlich schickte er Briefe an sie. Er erging sich in Landschafts- und Klimabeschreibungen, schilderte spannende Jagdabenteuer oder komische Sitten, die er bei Herero-Volk und Hottentotten beobachtet hatte, wenn er nicht vergangene Zeiten beschwor, heitere Kindheits- und Jugendtage, die sie zusammen am Westendsee und in Buchheide verlebt hatten. Er versprach seiner Clara, sie bald zu besuchen, und scherzte, bei dieser Gelegenheit werde er sie aus dem Nest an der Ostsee verschleppen und in sein Haus an der Walfischbay bringen.

Zwar kam er nie zu Besuch und verschob seine Reise von Monat zu Monat – mal war es ein Unwetter, das sie verhinderte, mal war er einem Gorilla begegnet und kurierte eine Gehirnprellung aus. Clara nahm es dem Bruder nicht krumm, den sie um sein aufregendes Leben beneidete. Und was sie an Alfred im Innersten fesselte, das war sein rebellisches Wesen, eine Zielstrebigkeit und Kraft, die sie nicht aufbrachte.

An den Marken mit der »SMS Hohenzollern« auf hoher See konnte man Alfreds Briefe auf Anhieb erkennen, die Clara dem Postkutscher aus seinen Fingern riß, wenn er vor der Hausschwelle hielt. Sie rannte ins Schlafzimmer und verriegelte es von innen, um sie in Ruhe zu lesen. An diesen Tagen war Clara besonders munter, schnappte sich einen Schlitten und eilte zum Schloß, wo sie mit den Kindern vom Hof bis zum Burggraben rodelte, vor einen Baum knallte und in den Schnee plumpste. Wenn es warm war, lief sie mit dem Picknickkorb zum Kolonialwarenladen von Willi Barske, der Schleckereien einpacken mußte, und mit den Jungs an der Hand ging es hoch zum Wald!

Umso beunruhigter war sie, als keine Briefe von Alfred mehr eintrafen und man in der Zeitung vom Herero-Aufstand las. Berlin, hieß es, sei alarmiert und habe schleunigst ein Expeditionskorps entsandt, das Anfang Februar in Swakopmund landete, um Hauptmann Franke zu Hilfe zu eilen, der das von Herero-Rebellen belagerte Okahandja inzwischen befreit und Omaruru entsetzt hatte.

Andauernd hetzte sie in diesen Wochen zum Telegrafenamt, um zu erfahren, ob man keine Nachricht von Alfred erhalten habe. Erst im April traf ein Telegramm ein, das sie wieder ins Gleichgewicht brachte. Und bald folgte seiner Depesche ein Brief, in dem er grausige Dinge vom Aufstand berichtete. Hunderte wehrloser Siedler und Siedlerfrauen seien den Rebellen zum Opfer gefallen.

Um am Herero-Volk Rache zu nehmen, hatte er sich einer Truppe von Freiwilligen angeschlossen, einer Einheit aus Kaufleuten, Handwerkern, Großgrundbesitzern, Verwaltern und Abenteurern. Er kommandierte sie mittlerweile, was er seiner Schußsicherheit verdankte und einer aufsehenerregenden Trefferzahl, die niemand sonst aus der Truppe erreichte. Mit seiner Tapferkeit hatte er sich beim Oberbefehlshaber Lothar von Trotha empfohlen und sein Vertrauen erworben.

Und er versicherte seiner Schwester, es bestehe kein Anlaß, sich Sorgen zu machen, er habe es mit einem Gegner von minderwertiger Rasse zu tun. Diese vom Blutrausch befallenen Tiere seien sprechende Affen mit walnußgroßem Gehirn, das sei wissenschaftlich erwiesen. Man werde sie gnadenlos niederschießen – bissige Hunde erschieße man eben. Moralisch und kriegstechnisch sei man im Vorteil, er rechne mit einer entscheidenden Schlacht im August. Seine Vermutung erwies sich als richtig, und Clara war selig, als sie erfuhr, mit 1500 Mann habe Oberbefehlshaber Lothar von Trotha am Waterberg 40 000 Hereros besiegt.

Eine andere Liebe als zu Bruder Alfred verband sie mit dem Ehemann Leopold Kannmacher. Dem war sie im Mai 1896 bei einem Spaziergang zur Hakenterrasse begegnet, zusammen mit Frieda, der Stettiner Tante.

In dieser Zeit hatte Clara den Vater verloren, Alfred lebte am Hafen in einem Versteck, um seine Flucht auf dem Frachtdampfer vorzubereiten, und sie wohnte bei den Verwandten am Quistorpark. Onkel Heinrich, der nicht auf den Pfennig schauen mußte, hatte nichts zu beanstanden an der Idee seiner Frau, der Nichte ein neues Zuhause zu bieten. Tante Frieda bot auf, was sie aufbieten konnte, um Clara auf andere Gedanken zu bringen, mit Fahrten ins Umland und Opernbesuchen, Teestunden und Essenseinladungen. Sie bestellte den Schneider, der Clara neu einkleiden mußte, oder schleppte sie ins Konfektionshaus am Roßmarkt, zu Hutmachern und Juwelieren. Und als sie Clara beim Singen erwischte, gab sie der Nichte Klavierstunden. Trotz aller Anstrengungen schaffte es Frieda aber nicht, sie von der inneren Unruhe zu befreien und von den schwarzen Gedanken, die Clara beherrschten.

Tante Frieda und Leopold Kannmacher waren sich bekannt – er war Hauslehrer bei einem Freund Onkel Heinrichs –, und Frieda, der Claras Verlegenheit auffiel, als sich Leopold Kannmacher vorstellte und einen Kuß auf den Handschuh der Nichte hauchte, zog umgehend Erkundigungen ein. Was sie zu Ohren bekam, klang ermutigend. Er sei pflichtbewußt, ernsthaft und aufmerksam, hieß es, und an seinem Benehmen nichts auszusetzen.

Tante Frieda ließ Kannmacher antreten, um sich zu vergewissern, nichts Falsches erfahren zu haben. Erst nahm er an einer Teestunde teil – und erwies sich als blendender Teekenner, was mit seiner Englandverehrung zusammenhing –, bald durfte er beide beim Ausflug ans Haff begleiten, bis er am Ende im Quistorparkhaus aus und ein ging. Zwar war etwas Linkisches an diesem Mann, und seine politischen Ansichten fand sie befremdend, ansonsten war Frieda mit Kannmacher hochzufrieden. Hingebungsvoll lauschte er der klavierspielenden Clara und machte sich bei Onkel Heinrich beliebt, mit dem er Stunde um Stunde am Billardtisch zubrachte.

Clara verliebte sich in diesen jungen Mann, der sie mit seiner Klugheit beeindruckte und eine Sicherheit ausstrahlte, die sie vermißt hatte. Von Philosophie hatte sie keinen Schimmer, und wenn er wieder von Kants kategorischem Imperativ und vom ewigen Frieden anfing, stellte sie beide Ohren auf Durchzug. Was sie reizte, war Kannmachers Leidenschaft. »Aus diesem wurmstichigen Holz, das sich Menschheit nennt, wird man nie etwas Rechtes schnitzen«, sagte er mit einer Stimme, die seinen inneren Aufruhr verriet. Es waren komplizierte, schwerwiegende Dinge, die Kannmacher in seinem Kopf bewegte, sie hatte nicht den geringsten Zweifel, und beruhigte sich bei dem Gedanken, im Laufe der Zeit werde er sie in diese Geheimnisse einweihen.

Außerdem war er ein auffallender Mann, mit dieser lustigen Tolle aus weißblondem Haar, die in seiner Stirn auf und ab sprang, den lebhaften graublauen Augen, die sich verschleiern und wieder hellwach sein konnten. Wenn Clara sich Kannmacher in einer Uniform vorstellte, schlank, hochgewachsen und breitschultrig, wie er war, stach er alle Offiziere aus, die sie kannte.

Allerdings legte er eine Befangenheit an den Tag, die Clara verunsicherte und verstimmte. Wenn Tante Frieda sie beide allein ließ, um einer Bediensteten Anweisungen zu erteilen oder sich anderen Schmuck anzulegen, nutzte er seine Gelegenheit nie. Steif hockte er in einem Ohrensessel und starrte stur seine Schuhspitzen an. Clara machte vor Aufregung dumme Bemerkungen, die er mit einem Augenbrauenrunzeln erwiderte, einem strengen, abweisenden Augenbrauenrunzeln, und sie verhaspelte sich um so mehr. Das war peinlich und schlimm. Meistens setzte sie sich aus Verlegenheit ans Klavier – es fiel diesem bockigen Menschen nicht ein, sie zu bitten – und spielte, bis Frieda ins Zimmer trat und er seinen Mund wieder aufklappte. Andererseits kam er nie zu Besuch, ohne sie mit einer Kleinigkeit zu beschenken. Als er mitbekam, daß sie Spieluhren liebte, brachte er nichts anderes mehr als Spieldosen mit, die er bei Nachlaßverwaltern und Pfandleihern auftrieb oder bei Nicole Paillard in der Schweiz bestellte.

Im Februar des folgenden Jahres, als er mit Heinrich, dem On-

23

kel und Vormund, beim Billardspiel war, hielt er um Claras Hand
an. Er habe sich auf eine Schulmeisterstelle im Landkreis von
Schlawe beworben, um seiner Braut einen besseren Hausstand zu
bieten, und am gestrigen Mittag die Nachricht erhalten, er sei in
Freiwalde willkommen. Onkel Heinrich bedauerte lediglich, seinen Partner beim Billardspiel zu verlieren, und als er sich mit
Frieda und Clara beratschlagt hatte, ernannte er Leopold zu seinem Schwiegersohn.

In Onkel Heinrichs zu Trockenheit neigendem Charakter verbarg sich ein sentimentalischer Kern, der bei diesem Ereignis zu
schmelzen begann. Er kippte sich Kirschwasser in den Rachen,
warf sich dem angehenden Schwiegersohn an den Hals – er war
einen Kopf kleiner als Kannmacher – und stellte eine beachtliche
Mitgift in Aussicht, zu der er laut Gesetz nicht verpflichtet war,
was er wieder und wieder betonte. Und am anderen Tag zog er
flink eine Null von der seiner Nichte versprochenen Summe ab.

Anfangs wehrte sich Clara gegen das Heimweh, das sie in Freiwalde befiel. Sie war fest entschlossen, in dieser fremden Welt Fuß
zu fassen. Kannmachers Liebe, an der nicht zu zweifeln war, machte sie in der ersten Zeit mutig und heiter. Sie sagte nichts zu der
engen, verwinkelten Wohnung, die nie einen Sonnenstrahl abbekam, modrig und feucht und nicht richtig beheizbar war. Von der
am Stadtwall verlaufenden Straße her stank es nach verderbenden
Fleischresten der Schlachterei und vom winzigen Hinterhof mit
seinem Plumpsklo im Bretterhaus zogen Faulgase in alle Zimmer.
Bald litt sie an Blutarmut, Husten und Fieber, und Kannmacher
holte den Doktor, der dringend eine andere Bleibe empfahl.

Eine andere Wohnung war nicht zu bekommen, monatelang
suchte Kannmacher ohne Erfolg, und als er eine beim Schloßgraben auftrieb, kam es zu einem verheerenden Brand. Glockendon-
ner vom Turm der Marienkirche scheuchte sie in einer Februar-
arnacht aus dem Bett. Clara weigerte sich, in der Stube zu bleiben,

und sie eilten zusammen zur Langen Straße, wo sich der sternenlose Nachthimmel in eine Walze aus Feuer verwandelt hatte. Schnell bildete sich eine Menschenkette, um aus dem Wipperfluß Wasser zu holen und es in Schapfen zur Spritze zu reichen, Schlachtergesellen, Ziegeleiarbeiter und Hufschmiede wechselten sich an der Pumpe ab – ein Stunde um Stunde andauernder Kampf, der den Flammen nichts anhaben konnte. Bei eisigem Nordwind und schwirrendem Funkenflug sprang das Feuer von Giebel zu Giebel und verheerte drei Dutzend Behausungen.

Es brach erst zusammen, als der Nordwind schlagartig an Kraft verlor. Aus dem blaugrauen Himmel fiel Schnee, fiel auf die schwarzen Skelette der Dachsparren, auf rußige Ziegelsteinmauern und qualmende Schlackehaufen, auf ins Freie gerettete Habseligkeiten, Teppiche, Lehnsessel, Standuhren, Kommoden, auf Holzkarren, Schweine und Federvieh. Clara starrte mit schmerzenden Augen zum Himmel, aus dem es dichter und dichter schneite, bis sich eine weiße und weiche Decke auf den schwarzen Ruinen der Altstadt ausbreitete.

Adolph Liebherr stieg auf einen Spritzenwagen und schmetterte mit seiner Predigerstimme: »Geht in euch! Es ist Gottes Wille gewesen!« – »Sie sollten sich vorsehen, Kindchen, wenn Sie nicht vom Unheil verschlungen werden wollen«, zischte Bertha Sims, die Clara energisch am Arm packte. Von der neuen Wohnung im Schloßgrabenhaus gab es nur noch pechschwarze Außenmauern und einen rauchenden, glosenden Schlund.

Clara fiel es von Monat zu Monat schwerer, sich gegen den Kummer zu wehren, der sie mit sich riß. Und das war um so beklemmender, als sie dem Ehemann nichts vorwerfen konnte. Zwar hatte er etwas Verschlossenes und Strenges an sich, weigerte sich, Promenadenkonzerten zu lauschen oder ins Stolper Theater zu fahren, und Reisen verabscheute er. Lieber verzog er sich in sein Studierzimmer, das er von innen verriegelte, um mit seinen philosophischen Lehrern allein zu sein. Essenseinladungen bei Pfarrer und Amtsrichter haßte er, und wenn man sie zu einem Ball einlud, erkrankte er rechtzeitig an einem Magen- und Darmkatarrh.

Er mochte befremdliche Seiten haben – ein Geizhals und schlechter Mensch war er nicht. Von der Aussteuer hatte er nie einen Pfennig beansprucht. Er verwendete sie, um im pommerschen Lauenburg beim Klavierfabrikanten Fritz Klemm & Konsorten ein Instrument zu besorgen. Von diesem Kauf hatte er seiner Frau nichts verraten, die verdattert ins Erdgeschoß stieg, als man einen Kasten vom Fuhrwerk hob und mit hauruck! und hohei! in den Wohnungsflur wuchtete. Sprachlos schaute sie den Lieferanten zu, die ein schwarzes Klavier aus den Wolldecken wickelten und zwischen Vitrine und Chorpult an die Wand schoben.

Stur hielt er an seiner Gewohnheit fest, Clara mit Spieluhren zu beschenken. Es waren keine beliebige Dosen, die er bei Bremond und Symphonion bestellte. Ausnahmslos spielten sie Melodien, die Clara besonders zu Herzen gingen – ein Gutenachtlied von Brahms, Menuette von Mozart und Bachsche Choralvorspiele. Und von dem Großbrand in Schloßgraben und Langer Straße ließ er sich nicht abschrecken. Er sauste im Schlitten zum Bankhaus von Samuel Schlomow in Schlawe und handelte einen Kredit aus, um zum Verkauf stehendes Land zu erwerben, das sich zwischen Wipper und Bahnhof befand. Leopold Kannmacher wollte ein Haus bauen. Ein modernes Haus sollte das werden, mit fließendem Wasser, Elektrischem und der Toilette im Flur.

Er war selig, als sie einen Sohn bekamen, und bald einen zweiten und dritten, die sie Friedrich, Ludwig und Julius tauften. Anfangs befreiten die Kinder Clara vom Heimweh und der seelischen Anspannung, in der sie lebte. Und warum diese Anspannung wieder auftrat, als sie mit dem vierten Kind schwanger war, das konnte niemand beantworten. Doktor Dehmel war ratlos, als er erfuhr, sie sei sicher, ein Schlangenei auszutragen, und wußte nichts Besseres zu empfehlen als nervliche Schonung und eiserne Bettruhe. Und falls sie dringend frische Luft brauche, sollten es kurze, erholsame Strecken sein, bis zur Forstkasse oder zum Kriegerdenkmal und in ausreichend warmer Bekleidung.

Clara mißachtete Dehmels Empfehlungen. Sie wanderte zwei Kilometer bis Freiwalde-Bad, ließ sich beim Leuchtfeuer Gischt ins Gesicht spritzen, trotzte dem peitschenden Meerwind. Sie schleppte absichtlich schwere Gewichte, holte Kohlen aus dem Keller und Wasser vom Ziehbrunnen, der erst von seiner Eisschicht befreit werden mußte, und erledigte Arbeiten, die sonst Mathilde verrichtete, Kannmachers Hausangestellte.

Sie lief mit den Kindern zum Buckower See, um auf der Eisdecke Schlittschuh zu fahren, rutschte aus und verlor das Bewußtsein. Aus Zufall entdeckte sie Postkutscher Weidemann, als er vom Damkerort kam. Halb erfroren, umringt von den flennenden Kindern, lag sie auf dem flirrenden Eis in einer um Becken und Schenkel ausfransenden Blutlache. Doktor Dehmel beklopfte beruhigend Kannmachers Schulter. »Von einer Fehlgeburt kann keine Rede sein. Und trotz des Blutverlusts wird sie sich wieder berappeln.«

In den kommenden Monaten hockte sie vorm Klavier, mit nackten Beinen, in Nachthemd und Schlafrock, ohne dem Instrument einen Klang zu entlocken. Sie war nicht ansprechbar, wirkte versteinert und konnte schlagartig fuchsteufelswild werden. Clara fauchte Mathilde an, die eine Wolldecke brachte, warnte Ludwig und Julius mit einem Zischen, wenn sie um Sessel und Kanapee Fangen spielten – oder ein Ohr ans Klavier legten, das sich nicht muckste –, und betrachtete Kannmacher widerwillig, der sich am Ofen zu schaffen machte und sie eindringlich bat, sich ins Bett zu legen. Sie schwieg, und vor Claras bedrohlichen Stirnfalten verzog er sich lieber ins Treppenhaus. Sie war reizbarer, als er es jemals erlebt hatte, und zu den Kindern benahm sie sich kalt, als seien es patzige Nachbarschaftsbengel.

Clara war nicht zur Vernunft zu bringen. Als Anfang Juni ein Unwetter losbrach, schlich sie sich, unbemerkt von den anderen, ins Freie. Es regnete Strippen, es hagelte Taubeneier, und in der Wipper, die zu einem reißenden Fluß anschwoll, trieben ertrunkene Tiere zum Meer.

Als Kannmacher in Claras Schlafzimmer trat und es leer vorfand, sprang er ins Erdgeschoß, schnappte sich eine Laterne und rannte zu Dehmel, der sich seinen Mantel umwarf. Auf den Wiesen vorm Steintor erkannten sie Pressel, der auf dem Hirtenstock lehnte und sich nicht bewegte, im Kreis seiner zitternden Herde. Blitze zappelten um seinen triefenden Hut, schlugen in den Boden ein, schleuderten Erde hoch, ohne daß eins seiner Tiere zu Schaden kam, und tauchten den Hirten in gleißendes Weiß. Das nutzte er, um seinen Arm auszustrecken und zum Friedhof am Kopfberg zu zeigen.

Clara kauerte in einer Bank der St. Gertruds-Kapelle, frierend, pitschnaß und mit glasigen Augen. Beruhigend redete Kannmacher auf sie ein und streichelte mit einer Hand Claras Kugelbauch, in dem es boxte und strampelte.

Und in der Julinacht, als sie vor Schmerzen aufschrie und dieses Wimmern und Keuchen nicht enden wollte, stapfte Schulmeister Leopold Kannmacher Stunde um Stunde vorm Schlafzimmer auf und ab und schickte Gebete zum Himmel – er, der einen Herrgott nicht anerkannte, bestimmt keinen, der rettend ins Weltgeschehen eingriff.

Erst bei Sonnenaufgang durfte er eintreten. Benommen starrte er vom besudelten Bett und dem verschwitzten, kalkweißen Gesicht seiner Clara zur eisernen Zange, die Dehmel im Waschbottich reinigte, von der Zange zur Hebamme, die in der Ecke ein Kind an den Beinen hochhielt, einen verschmierten und zappelnden Menschenwurm – und keine sich windende, glitschige Schlange –, den er von allen Seiten betrachtete. Das Balg hatte keine sechs Finger an einer Hand, keine Lippen- und Kiefern- und Gaumenspalten, keinen verklumpten Fuß und kein verwachsenes Skelett. Es war ein vollkommen normales Kind, das es verdient hatte, Felix zu heißen, und Kannmacher nannte es Felix.

Um den Kleinen zu stillen, war Clara zu schwach. Und das Kind in den Arm zu nehmen, lehnte sie ab. Kannmacher mußte sich mit einer Amme behelfen und entfernte das Kinderbett aus Claras Schlafzimmer, als sie es beharrlich verlangte. Sechs Wochen vergingen, bis sie sich von der schweren Entbindung erholt hatte und wieder aufstehen konnte.

Bald schickte er sie auf Empfehlung des Doktors zu den Stettiner Verwandten ins Quistorparkhaus, wo sie vier Wochen verbringen sollte und am Ende vier Monate blieb. Kannmacher beschwerte sich nicht. Und war um so erleichterter, als sie nach Hause kam und er an seiner Clara von Schwermut und seelischer Anspannung nichts mehr bemerkte. Sie eilte als erstes ans Kinderbett und betrachtete Felix, halb scheu und halb selig, zog eine Spieldose auf und hielt sie an sein Ohr, das Bachsche Choralvorspiel summte sie mit – den Schlangeneialptraum der Schwangerschaftszeit schien sie vollkommen vergessen zu haben.

Besser als frisches Brot

»Aus diesem wurmstichigen Holz, das sich Menschheit nennt, wird man nie etwas Rechtes schnitzen!«, das war Schulmeister Kannmachers Lieblingsspruch. Und der Lieblingsausspruch seiner Dienstmagd war: »Wir kommen ja nicht aus der Walachei.« Wenn Vater im Treppenhaus knurrte: »Vertreibst du dir wieder das Nichtstun mit Schnacken und Pfeifen?«, ließ sie sich nicht aus der Ruhe bringen und versetzte: »Wir kommen ja nicht aus der Walachei!«

Und was war diese Walachei, aus der Mathilde nicht kommen wollte? Felix erntete nichts als ein Schulterzucken, als er sich bei der Hausangestellten erkundigte. Oh, das kannte er von den Erwachsenen. Andauernd sprachen sie Dinge aus, ohne den blassesten Schimmer zu haben. »Ein Land«, meinte sie, als er aufstampfte, »ein fernes Land«, und warf Kartoffeln ins klatschende Wasser, »in dem es hudliger zugeht als in einer polnischen Wirtschaft.« Und wo befand sich dieses ferne Land, in dem Kuddelmuddel und Tohuwabohu herrschten? In Polen befand es sich nicht, trotz der polnischen Wirtschaft, mit der es Mathilde verglichen hatte, und im Kolonialatlas, den er im Wohnzimmer aus dem verglasten Regalschrank zog, ließ sich ein Land mit dem Namen Walachei nicht entdecken.

Mathilde war doppelt und dreifach erleichtert, als Postkutscher Weidemann auftauchte, der ein schweres Paket in den Korridor stellte. Er befreite sich von seinen Stiefeln und machte es sich vor dem Feuer bequem. Knut Weidemann, der einen rotblonden Walroßbart hatte und ein von allen Wettern gegerbtes Gesicht, war ein großer Verehrer Mathildes. Wenn er der Tochter vom Pyritzer Bauern aus einer Verlegenheit helfen und außerdem mit seinen Kenntnissen prahlen konnte, mußte er diese Gelegenheit nutzen. Einem Postkutscher kamen Geschichten zu Ohren und er kannte alle Bewohner im Landkreis beim Namen.

Felix liebte es, neben Knut Weidemann auf seinem Postkutschenbock in der Sonne zu sitzen, die quer aus zwei Wolkengebirgen linste, und schnalzend das Land zu betrachten, das auf dem Steintordach landende Storchenpaar und aufsteigende Lerchen am unteren Wipperlauf. Man durfte nicht zappeln und mußte Geduld zeigen, wenn man mit einer Geschichte belohnt werden wollte. Ein schwatzhafter Mensch war Knut Weidemann nicht. Erst wenn er in Stimmung war, kam er in Fahrt und ließ sich bei seinen Schauerlegenden nicht lumpen, wie die von dreißig ertrunkenen Seeleuten, die sich auf der Reise zum Danziger Amt, in das sie zum Anheuern einbestellt waren, im Sumpf der Kraut-Glawnitz verirrt hatten und im morastigen Boden erstickt waren. »Sie kehren bis heute als Irrlichter wieder, um spielende Kinder und einsame Wanderer anzulocken und sie ins Verderben zu reißen«, versicherte Postkutscher Weidemann, und Felix verkrallte sich in seinem Arm, als er im Moor kleine Flammen erkannte, blaue Flammen, die aufzuckten und erloschen.

Und wo lag dieses Land mit dem Namen Walachei? »Zwischen Karpatengebirge und Donau«, erwiderte Postkutscher Weidemann, stolz seinen Bart kraulend. »Mein Schwager Gotthilf ist Ingenieur, der baut eine Eisenbahnlinie ans Schwarze Meer.« Walachei und Karpatengebirge und Schwarzes Meer, das waren Namen, die einem das Herz bis zum Hals schlagen ließen. Bestand dieses Schwarze Meer etwa aus siedendem Pech, das Blasen warf und schwarze Nebel verbreitete? Und ob man mit Weidemanns Postkutsche an dieses Meer reisen konnte und ins Kuddelmuddelland Walachei, das aufregend und kunterbunt sein mußte? »Wenn du erst groß sein wirst«, sagte Knut Weidemann, »werden wir meinen Onkel besuchen. Versprochen!«

Mathilde war gelber als Weizen und hatte ein witziges Vollmondgesicht. Sie besaß eine Kraft, die es unschwer mit der eines Hannoveranerpferds aufnehmen konnte. Der bis zum Hinterteil reichende blonde Zopf sprang vor Lebenslust von einer Seite zur anderen. Mathilde war von einer Langmut und Duldsamkeit, die man bei Mutter nicht antraf, vor der man sich ewig in acht nehmen mußte, um sich nicht an etwas Spitzem zu stoßen. In Mutters Herz wehten schaurige Spinnweben, es war eine Mischung aus Grotte und Dachboden, finster, verlockend, geheimnisvoll, und wenn man es betrat, bekam man einen Schluckauf vor Aufregung.

Als er kleiner gewesen war, hatte sich Felix ins Halbdunkel zu den Pedalen plumpsen lassen, wenn Mutter vorm Lauenburger Kasten saß, wo sie es stundenlang aushalten konnte. Beim »Hasche-Mann« oder dem »Ritter vom Steckenpferd«, die im Klavierkasten rumpelten, kitzelte es bis in Finger- und Haarspitzen und sein Pulsschlag beschleunigte sich. Er wagte es nicht, sich zu mucksen, um in seinem Versteck nicht entdeckt und vertrieben zu werden. Wild ballte er seine Faust, bis es weh tat, oder umschlang vor Erregung und Lust beide Knie und wiegte sich auf und ab. Er mußte sich Mutter mit niemandem teilen. Sie betraten zusammen einen Wald voller Schluchten und Gnomen oder stiegen zum Turm der Marienkirche hoch, um sich vom Mauersims abzustoßen und, Hand in Hand, um Freiwaldes Kamine zu fliegen.

Mit einem Knall den Klavierdeckel schließend, brach Mutter zu einem Spaziergang auf. Um sie einzuholen, mußte er sich beeilen. Er schob seine Finger in die seiner Mutter und summte den »Hasche-Mann« oder das Bachsche Choralvorspiel, und sie betrachtete Felix halb dankbar, halb neugierig. »Willst du Klavierspielen lernen?« erkundigte sie sich mit heiterer Stimme, »soll ich es dir beibringen?« Als er vor Freude zu stottern anfing, streichelte sie seinen struppigen Schopf. Am andern Tag durfte er auf dem Klavierschemel Platz nehmen, eine Tonleiter spielen und ein einfaches Volkslied, das sie mit der Linken begleitete.

Acht Wochen hielt Mutter es beim Unterricht aus. Sie schimpfte nicht, wenn er sich bei einer Taste vergriff oder mit einer Stelle auf

Kriegsfuß stand, und meinte anerkennend, er mache Fortschritte. Trotzdem hatte sie bald keine Lust mehr, zusammen mit Felix vorm Lauenburger Kasten zu sitzen. Er kannte es ja, Mutters sprunghaftes Wesen, verbiß sich ein Weinen und trollte sich auf seinen Scherenhocker neben dem Kachelherd.

Mutter lief mit den Jungs zu den Schaustellern, die auf der Bleiche mit Trommeln Radau machten, einem Liliputaner den Kopf abhackten, der schauderhaft schiefe Grimassen schnitt, und ein siamesisches Zwillingspaar auftreten ließen, das sich ohrfeigte und gegenseitig im Haar raufte und in einen Bottich mit Jauche fiel. Oder sie eilten zu sechst in den Wald zum Himbeeren-, Brombeeren- und Blaubeerensammeln – Mathilde kam mit, um den Blecheimer heimzuschleppen –, und am Ende waren alle um Lippen und Kinn rot verschmiert oder hatten ein schimmerndes blaues Gebiß. Und im Handumdrehen konnte sie wieder ein hartes Gesicht bekommen, das man nicht wiedererkannte. In den dunklen Monaten war es am schlimmsten. Um sie auf andere Gedanken zu bringen, schickte Vater sie inzwischen von sich aus zum Quistorparkhaus in Stettin.

Wenn Mutter abreiste, stapften sie alle zum Bahnhof. Vater packte den Schweinslederkoffer am Griff, und Mathilde, mit Schachteln und Schirmen beladen, konnte nicht gegen Friedrich, Ludwig und Julius einschreiten, die Hiebe und Fußtritte austeilten, um Felix zur Mutter auf Abstand zu halten. Schmerzhafter als Hiebe und Fußtritte war diese schwindelerregende Leere im Herzen, wenn sie als winkender Punkt in der Ferne versank.

Mit Mutters Abreise benahmen sich Friedrich, Ludwig und Julius besonders gemein. Er hatte Beulen an der Stirn von den Stopfeiern, die im Wohnzimmer an seinen Kopf knallten. Sie liefen zum Strand, wo sie Bernsteine sammelten – und falls er es wagte, den dreien zu folgen, warfen sie johlend mit Erde und Pferdemist. Sie brachen auf zu den Wiesen am Kopfberg, um Ludwigs Drachen steigen zu lassen, und sperrten den kleineren Bruder ins

Plumpsklo. Sie rieben Felix mit Herdasche ein, bis er ein scheuß-
licher Mohr und Herero war, den sie heulend und Holzschwerter
schwenkend verfolgten. Er floh in den Hinterhof, wo er ins
Brennesselbeet kippte.

»Laßt euern Bruder in Frieden, verdammt!« schrie Mathilde.

»Er ist nicht unser Bruder. Er ist ein Herero!« antworteten
Friedrich, Ludwig und Julius im Chor.

Freunde hatten und brauchten sie keine. Sie traten niemals alleine auf und waren in Freiwalde als »Kannmachers Kleeblatt«
bekannt. Friedrich war der verschlossenste von allen dreien. Er be-
faßte sich gerne mit kniffligen Dingen, elektrischem Strom, Tele-
graphentechnik, und vor einer Ewigkeit hatte er Ludwig ermuntert, eine von Mutters Spieluhren zu entwenden, um sie
auseinanderzunehmen und sich mit der Walzenmechanik vertraut
zu machen. An Mutters Spieldosensammlung vergriff man sich
nicht, und Schulmeister Kannmacher hatte sie alle drei mit seinem pfeifenden Rohstock vertobackt, bis der in zwei Teile zerbrochen war.

Friedrich war furchtsamer als Bruder Ludwig, der sich beim
Rennen und Langstreckenschwimmen von niemandem aussste-
chen ließ. Ludwig war in seiner Klasse der Flinkeste im Kopfrech-
nen und baute besonders flugtaugliche Drachen. Wenn die seiner
Schulkameraden bei Sturmwind ins Feld knallten, hielten sich
seine noch lang in der Luft. Julius wiederum war ein Hansguckin-
dieluft, der nichts Besonderes konnte und wollte und sich von den
zwei anderen mitreißen ließ. Und bei allen dreien war Felix verhaßt, den sie verantwortlich machten, wenn Mutter sich launisch
und sprunghaft benahm. Vor seiner Geburt hatte sie sich nie einfallen lassen, in der Winterzeit zu den Stettiner Verwandten zu reisen. Sie gruselte sich vor dem Schlangenkind, das er in Wahrheit
war.

Felix wollte erfahren, ob es stimme, was Friedrich, Ludwig und
Julius von dieser eisernen Zange behaupteten, die Doktor Dehmel

benutzt habe, um seine Schlangeneischale zu knacken. Mathilde, die mit einem Mop Vaters Stiche im Wohnzimmer abstaubte, zauderte. Als sie um eine Antwort rang und sich betreten am Hals kratzte, rannte er schluchzend ins Freie. Er strolchte allein um Melanchthon- und Luthereiche, Marktplatzbrunnen und Kolonialwarenladen, wo man Karamellen bekommen konnte – die von Willi Barskes drei Kindern zur Probe belutschten befanden sich in einem Extraglas und waren billiger zu erstehen –, lief aus dem Steintor und folgte dem Fluß, der sich glitzernd zum Horizont wand, bis er die von Weiden und Erlen beschattete Stelle am Ufer erreichte, wo er seinen Kummer vergessen konnte. Er streifte Sandalen und Klamotten ab, watete knietief im glasklaren Wasser und streckte sich aus, wo es flacher war. Bachkiesel lutschend, den Flußbibern zuschauend, die im Sonnenschein faulenzten, nickte er ein.

Er erwachte erst, als es stockfinster war. An der Chaussee hielt ein Karren, den einer der Knechte vom Pyritzer lenkte. Der hieß Ladislaus und kam aus Lubatsch in Polen. Felix lehnte sich an eine Garbe aus Reisigholz, und Ladislaus knipste mit seiner Peitsche. »Du bist der vierte vom Kannmacher Leopold, von unserem Schulmeister«, sagte er, »schau dir das an!«, und zeigte zum Sternenhimmel hoch. »Ist er nicht wie ein zersiebter Topf?« wollte er wissen, »oder wie ein zerstochenes Tuch? Und das, was in unsere pechschwarze Welt sickert, dieses Blinken und Blinzeln, was ist das? Ist es ein Schein aus dem Paradies?« Ladislaus sammelte Schleim in der Kehle und spuckte den Batzen zu Boden. »Ich bin nicht der vierte vom Kannmacher Leopold«, erwiderte Felix und schluckte, »ich bin in Wahrheit ein Schlangenkind, wissen Sie? Meine richtigen Eltern waren Schlangen.«

Seine Antwort beeindruckte Ladislaus nicht, der wieder zum blitzenden Himmel hochstarrte und seinen Gaul vor dem Karren zur Eile antrieb. War es in Freiwalde bereits bekannt, wer seine richtigen Eltern waren? Felix bekam bei der holprigen Fahrt einen

Schluckauf, und als er beim Marktplatz vom Fuhrwerk sprang, spuckte er einen blitzblanken Flußkiesel in seine Hand, den er in der Tasche verstaute.

Auf der Treppe zum Hauseingang hockte Mathilde, in Holzpantinen, Nachthemd und Mantel, den sie sich bibbernd am Kragen zuhielt. Aufgeregt schleifte sie Felix ins Dienstbotenzimmer, eine halbhohe, winzige Kammer am Flurende, wo sie auf einer Pritsche mit Strohsack schlief. »Soll ich dir deine Ohren abreißen, du Galgenstrick?« zeterte sie mit erstickter Stimme, »das machst du mir nicht mehr, bis zehn außer Haus zu bleiben. Ich wußte ja nicht, was ich tun sollte. Deinem Vater Bescheid sagen, Hemdenmatz? Und am Ende versohlt er dich mit seinem Stock, und ich darf deine blutigen Striemen verarzten!« Sie bebte und zog seinen Kopf an den Busen, dieses weiche und warme, lebendige Kissen, an dem man sich bei Mutter nie ausruhen durfte. »Kann ich bei dir bleiben?« fragte er maulend und ruckelte sich auf dem Strohsack zurecht.

Wenn es regnete, lief er zum Schafhirten Pressel, der sich beim Jankenberg auf seinen Hirtenstock lehnte, und wo er stand, blieb es trocken. Er hatte ein zappelndes Lamm im Arm, das er mit Milch aus der Saugflasche stillte. »Ich bin ein Schlangenkind«, murmelte Felix, und Schafhirte Pressel verzog sein Gesicht. »Bilde dir ja nichts ein«, knurrte er, »ob Schwein oder Schlange, ob Hund oder Mensch, wir sind alle vom Herrgott erschaffene Kreaturen. Und woraus hat der Herr uns erschaffen?« – »Aus Lehm«, sagte Felix verwirrt. »Ja, wir entstehen aus Staub, mein Junge, aus sich mit Wasser verbindendem Staub, zu dem wir am Ende zerfallen. Ich sage dir, halt mir den Staub in Ehren, und den Dreck und den Kot, hast du mich verstanden? Das sind unsere Vorfahren und unsere Kindeskinder und alle anderen Lebewesen, versprichst du mir das?«, und er stellte sein Lamm auf den Boden. Das knickte ein und sprang auf und fiel wieder um, und Felix erwiderte: »Ja.«

Pressel sprach von seiner Mutter und wie sie roch. »Sie riecht nicht sauer und ranzig, nach Talg oder Tran wie die meisten der Frauen von Freiwalde. Nicht nach fauligem Fisch oder Vorhangstaub, nach Naphtalin und verwelkenden Astern. Sie riecht nicht nach Zimt oder Kuhfell wie eure Mathilde. Nicht nach Jod oder Veilchenduft wie die Verblichene von Doktor Dehmel, Gott hab sie selig. Sie riecht, ja sie riecht«, sagte er und verstummte. Felix sprang von einem Bein auf das andere. »Wie riecht sie, Herr Pressel, wie riecht sie denn?« Pressel blinzelte mit seinem heilen Auge – sein milchiges rechtes bewegte sich nicht – und versetzte: »Sie duftet wie Nachtluft im Juli, mein Junge. Wie Ginster und Erde und reines Wasser.« – »Besser als frisches Brot?« fragte Felix und Pressel erwiderte nickend: »Ja, besser als frisches Brot.«

In letzter Zeit wollte Schafhirte Pressel einen herben Geruch an der Mutter bemerkt haben. »Sie riecht anders als in der Vergangenheit«, sagte er, »heute riecht sie wie Steinpilze und feuchter Waldboden.« Felix erschauderte bei diesen Worten, und wochenlang wich er dem Schafhirten aus. Er hielt sich am Ostseestrand auf, um in Muscheln zu horchen, lauschte den auf der Westmole Netze ausbessernden, Boote anstreichenden, Kutter kalfaternden Fischern, die scherzten und schnackten. An windigen, grauen und naßkalten Tagen nahm er eine Petroleumlampe vom Haken und stieg auf der Leiter zum Dachboden hoch, wo er Schiffe aus Holzscheiten schnitt. Er schnitzte den Glockenturm von St. Marien, Forstkasse, Leuchtfeuer, Steintor und Marktplatzbrunnen, Flußbiber, Zicklein und sieben Figuren. Diese sieben Figuren waren seine Familie, die er in einem Rosenholzschrein aufbewahrte. Als es sich Julius einfallen ließ, Schiffe und Glockenturm, Steintor und Forstkasse, die er vom Dachboden stahl, zu verfeuern, lief Felix mit seiner Figur in der Faust bis zur Wipper und warf sie ins schlammbraune Wasser. Und einen anderen Julius schnitzte er nicht mehr.

Freitags kam Doktor Dehmel ins Schulmeisterhaus und stapfte in Vaters Studierzimmer, an das Felix sein Ohr hielt, um sie zu belauschen. Doktor Dehmel war Republikaner aus Leidenschaft und hatte eine historische Studie verfaßt über die bei den Herrscherfamilien Europas verbreiteten erblichen Krankheiten – von der Sklerose zum Tremor, der Gicht bis zum Klumpfuß, der Epilepsie bis zur Hirnerweichung. Dehmel war Vaters bester – und einziger – Freund. Sie rauchten zusammen Zigarren und tauschten Ideen aus, die dunkel und unheimlich klangen. Am liebsten sprach Vater von Kant, seinem Gott, der ein krummer, verhutzelter Mann war. Besonders in Ehren hielt Vater ein Buch, das einen Stich seines Gottes enthielt, der mit spitziger Nase und eckigem Kopf an den buckligen Liebherr erinnerte.

»Wir sollen unsere Kinder zu freien, moralischen Menschen erziehen«, sagte Vater, »und andererseits wird man sie nie zur Vernunft bringen, wenn man sie nicht mit dem Rohrstock vertrimmt. Das eine ist Knechtschaft, das andere Freiheit, und das will nicht in meine verdammte Birne. Wir hassen ja beide den zackigen Preußenstaat mit seinem Drill zu mechanischen Pflichten und blindem Gehorsam, nicht wahr? Was ich will, das ist Folgsamkeit aus Vernunft, nicht aus Bequemlichkeit oder Dummheit.«

Das waren Dinge, die Vater bei Dehmels Besuchen zum Umfallen wiederholte. Und bis zum Umfallen erwiderte Dehmel: »Sie sind ein Moralist, lieber Kannmacher, und Moralisten kommen niemals zu Potte.« Oder sie sprachen vom preußischen Staat, der veraltet und an seiner Spitze verfault sei. Im Handumdrehen waren sie bei Kaiser Wilhelm dem Zwoten, den beide von Herzen verachteten. »Dieser herrische Weltmachtsanspruch«, schimpfte Vater, »und der von Tirpitz mit Hochdruck betriebene Flottenausbau, das sind brennende Lunten. Und wenn dieses Pulverfaß explodiert, werden wir uns mit England bekriegen. Und Sie wissen ja, keinem Land bin ich verbundener.« – »Ja, England ist Fortschritt«, erwiderte Dehmel, »und wenn wir uns mit dem Fortschritt anlegen, wird uns das teuer zu stehen kommen.«

»Dieses Gerangel um Kolonien!« wetterte Vater, was sein Stichwort war, um Claras Bruder ins Spiel zu bringen. Alfred ging nicht mehr dem Felle- und Wollhandel nach. Als verdienstvoller Ex-Kommandant einer Einheit aus Kaufleuten, Großgrundbesitzern und Raufbolden besaß er in Swakopmund beste Beziehungen. Er war einer der ersten gewesen, die von Edelsteinvorkommen bei Angra Pequena erfahren hatten. Besonderer Anstrengungen hatte es nicht bedurft, um einen Landstrich zu kaufen, der auf dem Papier keinen Wert besaß. Alfred hatte den richtigen Riecher besessen. Bald erwies sich seine Steppe als Goldgrube. »In Bogenfels klimpert das Geld in der Erde«, schrieb er in seinen Briefen, die Clara den atemlos lauschenden Jungs vorm Zubettgehen vorlas.

Schon in der Vergangenheit hatte er niemals vergessen, seiner Schwester mit Geld auszuhelfen. Und diese Summen verdoppelten sich, als er mit Diamanten zu handeln begann. »Du kannst dir ja nichts leisten«, stichelte er, »bei Kannmachers magerem Schulmeisterlohn.« Teils sparte Clara das Geld, das sie zwischen Mauer und lockerer Fußbodenleiste versteckte. Es konnte passieren, daß sie es nicht wiederfand, wenn sie zu den Verwandten am Quistorpark reiste, wo sie sich schicke Kleider besorgen wollte, die man im Ostseeort nicht bekam. Teils lieferte sie es bei Kannmacher ab, der bei der Bank und Baumeister Pirwitz verschuldet war. Er nahm es mit schlechtem Gewissen an und mußte sich vor Doktor Dehmel erleichtern.

»An seinen Scheinen klebt Blut«, sagte Vater zerknirscht, »und ich sollte sie ausschlagen. Man munkelt, es sei ein Massaker gewesen, was sich am Waterberg abgespielt hat, unser Oberbefehlshaber Lothar von Trotha habe Kinder und Frauen verdursten lassen. Und Alfred besticht meine Clara mit seinem Geld. An Politischen hatte sie nie Interesse. Inzwischen verehrt sie den Dummkopf von

Wilhelm und kaut seine Platz-an-der-Sonne-Parolen wider. Skrupel hat Alfred ja niemals besessen, wer seinen todkranken Vater nicht mehr besucht, der verfolgt seine Ziele mit grausamer Kraft. Und das kann man Clara nicht beibringen. Freilich komme ich ohne sein Geld nicht aus, wenn wir diese muffige Wohnung verlassen und endlich ein besseres Zuhause beziehen wollen. Baumeister Pirwitz macht nichts ohne Anzahlung.« – »Sie sind ein Moralist«, sagte Dehmel und kicherte, »Moralisten kommen nie zu Potte.« Er stand aus dem knarrenden Lehnstuhl auf, nahm seinen Hut, und um nicht beim Lauschen erwischt zu werden, flitzte Felix zum Dachboden hoch.

Vom ewigen Frieden

»Es kommt schlimmer, als es bereits ist«, sagte Weidemann, der Mathilde beim Speckschneiden zuschaute und seinen rotblonden Bart mit den Fingern beharkte. Er war ein erfahrener Postkutscher, und erfahrene Postkutscher irrten sich nicht. An diesem Februartag 1913 hielt sich Felix mit Kannmachers Kleeblatt vorm Stadtwall auf, zusammen mit Dutzenden anderer Kinder, die Schneemann um Schneemann errichtet hatten. In der rauchigen Abendluft konnte man meinen, vor den Mauern Freiwaldes sei eine Armee aufmarschiert, eine zerlumpte Armee mit verbeulten Zylindern, Augen aus Kieseln und Haaren aus Stroh.

Bei Anbruch der Dunkelheit machten sie sich auf den Heimweg. Felix folgte den dreien in sicherem Abstand, um sie nicht auf dumme Gedanken zu bringen. Sie liefen zur Stadtmauer, bis zu der Stelle, an der sie verfallen und niedriger war. Von Steinblock zu Steinblock springend kletterte man bis zur Spitze der struppig bewachsenen Stadtmauerreste und kam bequem auf der anderen Seite an, wo man sich vor der Korbmacherwitwe in acht nehmen mußte. Bertha Sims konnte Menschen in Tierleiber einsperren – in den einer Fledermaus, den eines Regenwurms – und um den Verstand bringen, wenn sie es wollte.

Berthas Haus klebte mit einer Wand an der Stadtmauer. Es war besser, sich vorzusehen, ehe man absprang, um nicht vor der lauernden Hexe zu landen und sich einen Hieb mit dem Besenstiel abzuholen. Schlimmer als Besenstielhiebe und Ohrfeigen war ein Fluch aus dem keifenden Korbmacherwitwenmaul. Man konnte nie wissen, was sie einem anhexte. Felix beugte sich atemlos vor.

Treppengiebel und Dachspeicher in der Altstadt hatten blauschimmernde Schneehauben auf. Ein glutroter Streifen hing am Horizont, und in der Kiefernwaldschonung am Meer ließ sich ein Dohlenschwarm nieder. In der kalten, nach Kohlen- und Holzfeuern riechenden Nachtluft sprang er in den Garten der Korbmacherwitwe und huschte erleichtert zum Bretterzaun, als sich in Berthas Haus nichts bewegte. Friedrich, Ludwig und Julius waren drei Schatten vorm flimmernden Streifen der Wipper, die in diesen Februarwochen vereist war. Trotzdem hatte es Vater verboten, den Fluß zu betreten, das Eis sei nicht ausreichend dick. Als er bemerkte, was Julius anstellte, winkte er mit seinen Armen und schrie, teils um seinen Bruder zu warnen, teils um Friedrich und Ludwig aufmerksam zu machen, die bereits bei der Schmiede ums Eck bogen.

Sie bekamen es nicht mit, als sich Julius aufs Eis wagte – und es war nicht zu verstehen, warum er das tat. Hatte er ein Gesicht in der Tiefe entdeckt, das zerfressene blaue Gesicht eines Seemanns, der im Finnischen Meerbusen oder vor Åland ertrunken war und sich in die Wipper verirrt hatte, seine rollenden Augen und kauenden Lippen ans Eis preßte, um aus seinem Flußgrab befreit zu werden?

Ohne erst auszuprobieren, ob es sein Gewicht trug, lief Julius aufs Wippereis, blieb in der Flußmitte stehen, wo er in die Hocke ging und seine Hand ausstreckte. Hastig kratzte er Schnee von der Eisdecke, mit seinem Wollmantel rieb er sie blank. An diesem Punkt hatte das Wasser besondere Kraft, wie Felix an Unwettertaggen beobachtet hatte, wenn es Welpen und Zicklein zum Meer schwemmte, die in Todesfurcht gegen Strudel und Wirbel anstrampelten und erst viele Meilen von Sandstrand und Hafen entfernt in der See wieder auftauchten.

Als Felix das Ufer erreichte, stieß der Fluß einen tiefen, anhaltenden Seufzer aus. Er starrte benommen auf den haarfeinen Riß im Eis, einen schwarzen, in Zacken verlaufenden Riß. Knirschend verbreitete er sich zu einem Spalt, der zwischen zwei Eisschollen aufklaffte, die abwechselnd gegeneinanderstießen und sich voneinander entfernten. Julius, der sich vor Schreck nicht bewegt hatte, verlor auf dem schwankenden Boden sein Gleichgewicht.

Von einem Stoß erfaßt, stolperte er in den Spalt. Zu Anfang versank er nicht tiefer als bis zur Brust und packte rechtzeitig den Ast, den Felix vom Ufer aufhob und zur Flußmitte schwenkte. Er mußte sich anspannen bis zum Zerreißen, um sich nicht vom Bruder aufs Eis ziehen zu lassen.

Bei seinem Kampf mit dem wirbelnden Wasser blieb Julius stumm. Felix erschrak vor dem Grauen in seinen Augen. Es war dieses Grauen, das er in den Augen der Tiere beobachtet hatte, wenn sie keine Kraft mehr besaßen, sich gegen das Wasser zu wehren, das sie verschlang. Mit blutigen Fingern riß Julius am Stock, um sich aus dem Spalt, der sich wieder verengte, auf eine der schwankenden Schollen zu retten. Er schaffte es, bis zu den Knien aus dem Wasser zu kriechen, als sie erneut aneinanderkrachten.

Julius stieß einen Schrei aus und konnte den Stock nicht mehr festhalten. Sein graues Gesicht tauchte unter. Felix bemerkte im Eis einen Schatten aus Kleidern und Haaren, die sich eilig entfernten. Im Handumdrehen schloß sich der Spalt, der den Bruder verschluckt hatte, und beide Eisschollen froren aneinander fest. In der sich verdichtenden Dunkelheit war keine Bruchstelle mehr zu erkennen, nichts als glattes und dampfendes Eis.

In dieser Nacht schwankten Laternen und Fackeln von der Stadt bis zum Freiwalder Hafen am Flußufer, wo Handwerker und Ziegeleiarbeiter, Fleischergesellen, Molkereigehilfen, Flunderfischer und Knechte mit Beilen das Eis aufhackten und eiserne Stangen ins Wasser stießen. Als es vom Marienturm Mitternacht schlug, waren sie alle erloschen, wenn man von drei einsamen Lampen absah, die in der Finsternis blinzelten.

Vater weigerte sich, Julius aufzugeben. Mit Doktor Dehmel und Postkutscher Weidemann wechselte er sich beim Eishacken ab. Was Mathilde und Friedrich entdeckten, erwies sich am Ende als rostige Heugabel, Huf oder Joppe, die dunkel im Eis steckten. »Er muß erfroren sein oder erstickt«, sagte Dehmel, »und wird in der See treiben.« Mit seinem Beil hackte Vater verzweifelt aufs Eis ein, bis er den Holzstiel in seiner Hand hielt, das Eisen ins Wasserloch fiel und verschwand. Postkutscher Weidemann lud sich den weinenden Vater auf, der allein nicht mehr heimlaufen konnte.

Erst als sechs Tage um waren, verfing sich der grausig entstellte Kadaver im Netz eines Fischers, der Julius' Leichnam an Land brachte.

Mutter hielt sich zu dieser Zeit bei den Stettiner Verwandten auf. Sie las Vaters Nachricht, zum Turmzimmer hochsteigend, stieß einen Schrei aus, verlor das Bewußtsein und polterte Stufe um Stufe ins Erdgeschoß. Zur Beerdigung anreisen konnte sie nicht.

Es verstrichen zehn Wochen, bis Mutter nach Hause kam, Vater den Schweinslederkoffer ergriff und Mathilde sich Schachteln und Schirme auflud. Mutter hinkte beim Laufen, war blaß, und vom Wipperunfall wollte sie nichts erfahren. Sie betrachtete Felix verwirrt, als er loslegte, stammelnd beteuerte, er sei nicht schuld, wenn Julius zwischen den Eisschollen ertrunken sei. Vater stellte den Schweinslederkoffer ab. »Halt den Mund, Junge!« sagte er scharf. Er blies sich vor Stolz seine Haartolle aus der Stirn, als er zur Baustelle zeigte. »Das ist unser neues Haus«, meinte er mit rauher Stimme und wischte sich rasch seine Augen ab, »das wir Anfang Juni beziehen werden. Und du wirst mir helfen, es einzurichten.« – »Ja«, erwiderte Mutter, »ich werde dir helfen.«

Und sie hielt Wort. In den kommenden Tagen eilte sie unablässig zum Haus in der Bahnhofstraße, um den Anstreichern Anweisungen zu erteilen, dem Fassadenblau etwas mehr Weiß beizumischen, beriet sich mit Polsterer Wilhelm, um festzulegen, welche Tapeten er kleben sollte, tat sich schwer mit der Auswahl von Vorhangstoffen, Kachelofenmodellen und Parkettfußboden. Am liebsten hielt sie sich im Garten auf, wo sie Beete anlegte und Hecken anpflanzte. Sie ließ einen Bogengang aufstellen, der vom Hinterausgang bis zur Laube verlief. Zu beiden Seiten des Eisengestells grub sie Setzlinge englischer Rosen ein, die sich bereits im

September mannshoch um die Gitterverstrebungen rankten. Sie wirbelte von einem Zimmer der Stadtwohnung zum andern, um auszusortieren, was wertlos war und nicht mit umziehen sollte, kramte versessen in Schubladen, kroch in den Kleiderschrank, warf mottenbefallene Decken und Kleider weg, trennte sich von Romanen und Kannmachers Stichen, die Hakenterrasse und Westendsee zeigten.

Vom toten Julius sprach Mutter nie. Sie wirkte befremdet und komisch zerstreut, wenn Witwen und Altsitzerinnen sie bemitleiden wollten und auf diesen tragischen Unfall zu sprechen kamen. Mutter erwiderte: »Ist nicht der Rede wert.« Oder sagte: »Sie brauchen mich nicht zu bedauern. Meine Knochen sind bestens verheilt, meint der Arzt, und dies bißchen Hinken, das wird sich bald legen.« Oder: »Ich plage mich ab mit dem neuen Haus, von einem Unfall ist mir nichts bekannt.« Witwen und Altsitzerinnen betrachteten Kannmachers Clara verdattert, die sich summend verabschiedete und zur Baustelle humpelte.

Niemals wollte sie Vater zum Friedhof begleiten. Wenn er sie aufforderte, mit ans Grab zu kommen, machte sie »psst!« und verschloß beide Ohren mit den Fingern. Warum Julius sich dauernd beim Friedhof aufhalte, ob es keine besseren Orte zum Spielen gebe, erkundigte Mutter sich ernsthaft. »Er ist tot«, sagte Vater mit ruhiger Stimme, »er lebt nicht mehr, Clara, begreifst du das nicht?«

Erschrocken sprang Mutter vom Mittagstisch hoch und riß beinahe das Tischtuch aus Damast zu Boden samt Tellern und Suppenterrine. »Oje oje«, rief sie keuchend »oje oje, ich habe vergessen, Mathilde zu stecken, wo sie Kresse und Bohnen anpflanzen soll, ich habe es schlichtweg vergessen, entschuldigt mich«, nahm den Mantel vom Haken und floh aus dem Haus.

Um Klavier zu spielen, fehlte es Mutter an Zeit, und das machte sich Felix zunutze. Wenn er am Mittag vom Schulhaus kam, wo er bei Leopold Kannmacher Unterricht hatte, der seine Jungs mit besonderer Strenge behandelte, um sich nicht dem schlimmen Verdacht auszusetzen, sie den anderen Lausern und Rotznasen vorzuziehen, verbummelte er sich nicht mehr. Er stahl keine Kirschen aus Priebes Pfarreigarten, scherte sich nicht um den Liebherrschen Ziegenbock, der es gewohnt war, gepiesackt zu werden, und bereits wutentbrannt von einem Fleck zum anderen sprang, wenn er Felix erkannte. Schnurstracks eilte er heim und warf sich ans Klavier, um das Bachsche Choralvorspiel einzustudieren, rieb seine von Vaters Zeigestock, den sie im Klassensaal »Tatzenstab« nannten, mißhandelten Finger und legte sie zaudernd auf Ebenholztasten und Elfenbeingriffbrettchen.

Mit dem Bachschen Choralvorspiel konnte sich Felix von Kummer und Grauen befreien – und von seinem schwarzen Gewissen. Hatte er nicht an der Stelle, wo Julius ertrunken war, im vergangenen August seine Juliusfigur versenkt, begleitet von schrecklichen Rachegedanken? Er war am Tod seines Bruders schuld. Bei Gewittern verkroch er sich bibbernd im Kohlenkeller, um nicht von Blitzen erschlagen zu werden, als er Fieber bekam, hatte er keinen Zweifel, an einer qualvollen Krankheit zu sterben. Und Dehmels Behauptung, es sei nichts Besorgniserregendes, »ein vollkommen harmloser Ziegenpeter«, den er rasch wieder loswerde, mußte ein Schwindel sein.

Bald war er genesen und flitzte ins Wohnzimmer. Mit dem Bachschen Choralvorspiel dankte er Gott, der sein Leben am Ende verschont hatte. Und wenn er spielte – und summte und sang –, konnte Julius sich aus dem Flußeis befreien und trieb nicht als von Seeadlern, Aalen und Krebsen benagter Kadaver im Meer. Und Mutter erlitt keinen Treppensturz in Stettin, brach sich keine Rippen und mußte nicht hinken und war nicht komisch zerstreut und verwirrt im Kopf – und wenn der letzte Akkord verklang, wischte er sich seine Augen ab.

Friedrich traf es am schlimmsten, als Kannmachers Kleeblatt zerfiel. Er war zu verschlossen, um Freunde zu finden. Am Mittagstisch saß er mit fahlem Gesicht, sagte nie ein Wort, aß eine Winzigkeit und hatte etwas Gespenstisches an sich.

Friedrich vereinsamte, anders als Ludwig, der sich um so wilder benahm. Nachmittags schlenderte er aus dem Haus und traf sich mit Buchbinder Hildebrandts Zwillingen, Gastwirt Kempins sommersprossigen Flegeln und Eduard, dem Sohn des Justizinspektors, am Ringgrabenufer beim Schloß. Sie paddelten mit einem Floß, das im Schilfgras versteckt war, zur anderen Seite, wo man sie nicht ausspionieren konnte, wenn sie Sprengladungen anfertigten. Man brauchte Kohlenstaub und Schwefelpulver, das Eduard aus der Drogerie seiner Tante stibitzte, und etwas Kaliumpermanganat – ein Mittel, das gegen Beschwerden im Rachen half – , wickelte dieses Gemisch in Papier, band es mit Zwirn fest und fertig. Wenn man sie mit Kraft gegen Mauern warf, machten sie einen ohrenzerreißenden Krach! Es knallte am Bahnhof und neben der Gasanstalt. Besorgt schwirrten Reichsbahngehilfen und Gaswerker aus, um in Erfahrung zu bringen, was passiert war. Nichts war passiert, und wenn sie keinen Schaden entdeckt hatten und in der Wachstube Platz nahmen, um Skat zu spielen, krachte und knallte es wieder. Von den zu Tode erschrockenen Pferden zu schweigen, die bei diesem Donnerschlag durchgingen.

Sie stellten mit Vorliebe Spatzenfallen auf oder fingen am Buckower See einen Frosch, dem sie bei lebendigem Leib beide Schenkel ausrissen. Sie machten ein Feuer und brieten den zuckenden Lurch am Stock, bis er verkohlt und verschrumpelt war. Um einen Hahnenwettkampf zu veranstalten, stahlen sie einen Gockel beim Pyritzer Bauern und einen zweiten vom Hof der Pfarrei, die sie im Schloßkeller freiließen. Schnurstracks raste ein Hahn auf den anderen zu, und beide beharkten sich, bis sie tot umfielen.

In der Wohnung von Gastwirt Kempin stand ein Waffen-

schrank, aus dem seine Jungs eine Flinte entwendeten. Und los
ging's zur Kiefernwaldschonung am Meer, mit der man das Ufer
der Ostsee befestigt hatte. Scharen von Dohlen wippten in den
Zweigen und stießen kratzige Schreie aus. Ludwig legte das Jagd-
gewehr an, kniff sein Auge zusammen, bediente den Schnapp-
hahn am Griff – und mit seinem Schuß traf er eine der Dohlen,
die aus dem Baumwipfel kippte und vor seine Schuhe fiel. Alle
sechs duckten sich vor der kreischenden Wolke, die schwarz und
bedrohlich zum Himmel aufstieg. Und Felix, der siebte, verkrallte
sich in Ludwigs Arm.

Bei einer Gelegenheit hatte er Ludwig verfolgt. Als er mit seinen Freunden zum Schloßkeller paddelte, tauchte Felix ins lau-
warme Wasser ein, um auf die andere Seite zu schwimmen. Beim
Luchsen und Lauschen verriet er sich mit einem Niesanfall. »Und
was fangen wir mit diesem Spitzel an?« wollten Buchbinder Hildebrandts Zwillinge wissen, die Felix am Nacken zum Bruder bug-
sierten. »Einen Stein um den Hals und im Graben versenken!«
heulte Justizinspektorensohn Eduard. Alle anderen nickten begeistert. Bis auf Bruder Ludwig, der Felix den Schwur abnahm, verschwiegen zu sein wie ein Grab. Er ging straflos aus und durfte
bleiben.

Und er beteiligte sich an den Streichen. Um Ludwigs Vertrauen
zu verdienen, stand er Schmiere vorm Friedhof, wo sie Kreide-
gespenster auf Grabsteine malten. Als sie neues Kaliumpermanganat brauchten, war es Felix, der beim Apotheker einstieg. Er war
der einzige, der sich beim Hintereingang durch die Luke ins Haus
stehlen konnte. Und trotzdem erschrak er vor Ludwigs zuneh-
mender Wildheit und konnte nachts nicht mehr einschlafen,
wenn sie vom Hahnenkampf im Schloßkeller oder vom Schießen
am Waldrand nach Hause kamen.

»Es wird schlimmer, als es bereits ist«, sagte Postkutscher Weidemann an einem Tag im Julei 1914, als er bei Mathilde am Herd-

feuer saß und vom Attentat in Sarajewo sprach, bei dem man einen Erzherzog namens Franz Ferdinand und seine Gemahlin ermordet hatte. »Ich wette, wir werden bald Krieg haben.« An diesem Tag, als sie mit der Kempinschen Flinte auf Biber und Fischotter zielten, schossen sie aus Versehen einen taubstummen Knecht an, der sich im Dickicht versteckt hatte.

Es war Eduard, der Sohn des Justizinspektors, der den prasselnden Schuß aus der Jagdflinte abgab und sein Ziel – einen Reiher – verfehlte. Ein mannshohes Tier schwankte schauderhaft gurgelnd ins Schilf auf der anderen Seite und kippte ins Flußwasser.

Eduard ließ seine Jagdflinte fallen, und ohne ein Wort miteinander zu wechseln, zogen sie Leine und rannten zum Steintor, wo sie sich zerstreuten, um keinen Verdacht zu erregen.

Schafhirte Pressel entdeckte den taubstummen Knecht, der sich zum Seidenkranzhof hatte schleppen wollen und in einem Rapsfeld verendet war. Um seinen Leichnam sprangen gierige Dohlen, die Leber und Herz aus dem Leib hackten. Bauer Seidenkranz ließ seine sterblichen Reste in einer verwilderten Ecke am Friedhof begraben – einen Grabstein bezahlen, das wollte er nicht. Und bei der Beerdigung, an der niemand teilnahm außer dem Schafhirten und einer runzligen Magd – und dem vorm Friedshofszaun kauernden Felix –, machte Prediger Priebe den Sargschleppern Beine und beeilte sich mit seinem Segen, er, der sonst ein begeisterter Grabredner war.

Das mußte an den Ereignissen liegen, die Pastor Priebe auf Trab hielten, erregenden, herrlichen, großen Ereignissen. Beim Gottesdienst wetterte er gegen Balkanschakale oder den russischen Meister Petz und einen Teufel in Menschengestalt, der Rasputin hieß und den Zarenhof verhext hatte, und wenn Pfarrer Priebe von Rasputin sprach, raunte es in den Reihen der Marienkirche. »Und diese verweichlichten englischen Schoßhunde!«, donnerte Priebe von seiner Kanzel, »Gottes Warnungen haben sie nicht vernommen! Unser Herrgott hat sich eines Eisbergs bedient, um dieses

Luxusschiff namens Titanic zu versenken. Und was dem Passagierdampfer widerfahren ist, wird das Schicksal des englischen Weltreichs sein! Eine Nation, die sich nicht zur Gemeinschaft zusammenschweißt, wird von den Gewalten verschlungen«, schrie Priebe, »und sie wollen keine Gemeinschaft sein! Eine Gesellschaft, das sind sie, gewiß, freigeistig, verlottert und in sich zerstritten, und wahrlich, sie leben an Bord eines schlingernden Schiffes. Und wer zieht in der Dunkelheit seine Bahn, mitleidlos, kalt und entschlossen? Wir sind das«, heulte Priebe, »das deutsche Volk, wir sind der Eisberg, mit dem sie zusammenstoßen werden!«

Ein taubstummer Knecht hatte es anscheinend nicht verdient, mit einer Rede bestattet zu werden, und das war es, warum Pfarrer Priebe den Segen mit nuschelnder Stimme erteilte und zum Friedhofstor hetzte, das er mit dem Fuß aufstieß. Man mußte ja Weizen und Spreu auseinanderhalten und wertvolles Leben von wertlosem trennen. Leben und Leben, das waren zwei verschiedene Paar Schuhe, und nicht anders verhielt es sich mit dem Tod, der sinnvoll oder armselig sein konnte. »Und ich sage euch«, rief Pastor Priebe beim Gottesdienst, »verwechselt den Tod eines Spitzbuben, den man zum Galgen schleift, nicht mit dem Heldentod eines Soldaten!« Als man in Freiwalde zwei Tage vom taubstummen Knecht sprach, sagte Mutter am Mittagstisch: »Anscheinend war es ein Jagdunfall, er hatte Schrotkugeln in seiner Brust. Ist es nicht schade um dieses Leben? Statt es ehrenhaft auf einem Schlachtfeld zu opfern!« Felix verschluckte sich an seinem Bissen und wollte am liebsten im Boden versinken, anders als Ludwig, der seelenruhig weiteraß.

Vater erwiderte nichts. Er wagte es nicht, Priebes Predigten anzuzweifeln, bestimmt nicht im Beisein von Mutter, die sein dauerndes Fehlen beim Gottesdienst peinlich genug fand. Sonntag um Sonntag kam Vater ein anderes Leiden zu Hilfe, um sich dem Kirchenbesuch zu entziehen, und Clara Kannmacher mußte den Ehemann vor den Gemeindemitgliedern entschuldigen. »Wo steckt unser Schulmeister?« wollte Fabricius Sielaff von Mutter erfahren und blinzelte aus seiner randlosen Brille. Sielaff, der Apothekenbesitzer am Marktplatz war, saß in der Reihe vor Kannmachers Bank. Seine Augen waren winzig und zwinkerten dauernd, und Felix zermarterte sich seinen Hirnkasten, ob das sein ewiges Mißfallen verriet oder ein Leiden war, das er nicht abstellen konnte. Was den Glauben anging, war Fabricius Sielaff fanatisch. »Er hat eine empfindliche Blase, Herr Sielaff«, erwiderte Mutter verzweifelt. »Heute ist es ein Wadenkrampf«, stammelte sie und verbarg das Gesicht im Gesangbuch. »Er wird seine Atembeschwerden nicht los«, sagte Mutter am kommenden Sonntag und an einem anderen: »Er kann nicht mehr schlucken, Herr Sielaff.« Sie wand sich vor Scham auf der knarrenden Holzbank, als sei sie ein Wurm, der zertreten wird. Felix duckte sich seinerseits vor Sielaffs Augen, die voller Verachtung zur Decke hochschweiften, und richtete sich an Emilie wieder auf, der Tochter von Sielaff, die in seinem Alter war und mitleidig zu seinem Platz schielte. Wenn er vorm Einschlafen seine Gebete sprach, stellte er sich Emilie als Jungfrau Maria vor. Ob das erlaubt war, das wollte er lieber nicht wissen.

Nein, Vater erwiderte nichts. Er hatte sich mit seinem Freund Doktor Dehmel verzankt, was schlimmer war als seine Schluck- oder Atembeschwerden und seine empfindliche Blase. Schreiend hatte Dehmel sein Zimmer verlassen, um beinahe mit Felix zusammenzuprallen, der sie wieder klammheimlich belauscht hatte. »In dieser entscheidenden Stunde«, schrie er, »muß ein Deutscher zu Kaiser und Vaterland halten, Herr Schulmeister, ob es uns paßt oder nicht.« Als er sich grußlos verabschiedet hatte, lehnte Vater zerknirscht und zerknickt an der Holzbalustrade und regte sich nicht.

Felix hatte ein kohlrabenschwarzes Gewissen. Und wenn es wertloses Leben gewesen sein mochte, das sie mit der Hildebrandtflinte zu Tode verletzt hatten – ein Leben vernichten, das durfte man nicht. Gott durfte das oder Wilhelm II. – einem Schulmeisterbengel war es nicht erlaubt. Er erhielt keine Antwort, wenn er sich beim Herrgott erkundigte, ob sein Platz bald in Bogislaws Wehrturm war, wo man Verbrecher und Landstreicher einsperrte, die aus den vergitterten Luken zum Himmel hochstarrten, bis man sie nach Lauenburg schaffte. Gott verbiß sich in eisigem Schweigen.

Von niemandem sonst konnte er das erfahren, als von Bertha Sims, die in Kindspech und Wolfsherzen kramte. Trotz seines grummelnden Darms klopfte er bei der Hexe und Heilerin an und trat ein, als es rief: »Schuhe abkratzen!« Im Flur stand ein schwarzes Huhn, das mit dem Kopf ruckte und Felix aus gelben Pupillen betrachtete. Ob dieses Huhn Bertha Sims war? Es fiel der Korbmacherwitwe, die Menschen in Tierleiber einsperren konnte, bestimmt nicht schwer, sich in ein Huhn zu verwandeln. Er zog seine Kappe vom Kopf, drehte sie in den Fingern und brachte sein Anliegen vor – das schwarze Huhn lauschte und legte den Kopf schief. »Ob du zum Verbrecher wirst«, kicherte es aus der Wohnstube, »wird dir mein Huhn nicht verraten.«

Bertha Sims hockte in einem knarrenden Schaukelstuhl. Sie hatte nichts an außer Haarnetz und Unterrock, aus dem speckiges Fleisch quoll. Eine Amsel saß neben der Korbmacherwitwe auf der wippenden Schaukelstuhllehne und mußte sich flatternd im Gleichgewicht halten. Um den Krallenfuß blinkten ein Ring und ein silbernes Kettchen, das mit seinem anderen Ende am Ofen befestigt war. »Und du Hemdenmatz willst zum Verbrecher werden?« Bertha Sims war zu schwer, um allein auf die Beine zu kommen. Beim zweiten, vergeblichen Anlauf schaffutterte sie: »Klebst du mit deinen Sohlen am Boden fest? Hilf mir, du Schnecke, du Faulpelz!« Felix schloß seine Augen, als er sie am Arm packen und aus dem Stuhl schieben mußte.

Bertha hatte kein dampfendes Wolfsherz zur Hand und behalf sich mit Erbsen, die sie auf den Dielen verstreute. »Du mußt Stri-

52

che ziehen von einer Erbse zur anderen, und Gnade dir Gott, wenn sich eine bewegt. Nimm diese Kohle«, befahl Bertha Sims.

Es war anstrengend, von Erbse zu Erbse zu springen, ohne mit der Sandale an eine zu stoßen oder sie aus Versehen zu zertreten. Bertha Sims grunzte »mhm«, als er fertig war. Sie nahm den am Kachelherd lehnenden Blasebalg und blies alle Erbsen zur klaffenden Fußbodenritze, die neben der Mauer verlief. Mit einer Hand im Kreuz wackelte sie um das Spinnennetz aus schwarzen Strichen. Sie beugte sich vor, holte Luft, wischte sich das Gesicht mit dem Ellbogen ab. Felix preßte sich in seine Ecke beim Fensterbrett. Mit pochendem Herzen betrachtete er Bertha Sims, die zum Schaukelstuhl wankte, in den sie sich plumpsen ließ. »Wasser«, seufzte sie, »ich brauche Wasser.« Er stürmte zum Brunnen im Garten und pumpte den Eimer voll. Mit einer Holzkelle reichte er Bertha das Wasser an, das sie mit gierigen Schlucken trank. »Es ist schlimm, nicht wahr?« stammelte Felix. »Nein«, hauchte Bertha und streichelte seinen Schopf, »es war zu verwirrend und fremd, mein Junge.«

Als sie sich wieder erholt hatte, richtete sie sich im Schaukelstuhl auf. »Ich sage dir, was aus dir wird, Felix Kannmacher. Du wirst es zum Pianisten bringen, und man wird deinen Namen mit Verehrung aussprechen. Und das nicht allein zwischen Danziger Bucht und Stettiner Haff. Du wirst Konzerte in London geben, in Paris und in Rom und in Wien und in Warschau, und bald eine Weltreise antreten und in einem Schiff bis Amerika schweben, ja, es wird ein silbriges Luftschiff sein.«

Felix schlenkerte mit seinen Armen vor Freude, nahm den Holzzaun mit einem Sprung und rannte heim, wo er sich an den Lauenburger Kasten warf, um sich ein »Venezianisches Gondellied« beizubringen. Am Mittagstisch platzte er beinahe vor Mitteilungslust. Allerdings wagte er nicht zu verraten, bei der Korbmacherwitwe gewesen zu sein, von der sein Vater als »Schwindlerin« sprach und vor der seine Mutter sich grauste.

53

Außerdem bimmelten bald St. Mariens Glocken, und es brauste um Steintor und Bogislaws Wehrturm. Er mußte sich Zehen und Ohren waschen, mit einem Kamm seinen Haarschopf beharken, und Mutter bestand auf der piekfeinen Sonntagskleidung, roten Sandalen und Matrosenanzug. Und zusammen mit Friedrich und Ludwig und Mutter lief er zum Bahnhofsplatz, der schwarz-weiß-rot beflaggt war. Sie reihten sich ein ins Spalier der Menschen, die sich beim Hutschwenken beinahe die Arme ausrissen und den ins Feld ziehenden Fleischergesellen, Ladenschwengeln und Arbeitern zujubelten. Und trotz des blitzblauen Himmels, an dem keine Wolke schwamm, krachte und donnerte es in der Ferne, wo der einbeinige Offizier aus dem Siebzigerkrieg seine sieben Kanonen abfeuerte. Es stampften und knatterten Blasinstrumente, und Felix sang aus voller Kehle mit, zusammen mit Mutter und Ludwig und Friedrich, als man das Preußenlied anstimmte – und das um so begeisterter, als er sich vorstellte, er sei der Anlaß zu diesem Aufruhr, er werde als von London bis Moskau gefeierter Pianist von Freiwaldes Bewohnern am Bahnhof empfangen, und er bemerkte ein wonniges Kitzeln in Fußsohlen und Haarspitzen. »Hurra«, rief er wieder und wieder, »hurra!«, bis er heiser war – und Gott sei Dank konnte niemand erraten, an was er bei seinen Hurraschreien dachte.

Ein freudiger Taumel ergriff Freiwalde, und alle Bewohner waren auf den Beinen außer dem Schulmeister Leopold Kannmacher, der sich in seinem Studierzimmer einschloß und im »Ewigen Frieden« von Kant vergrub. »Aus diesem wurmstichigen Holz, das sich Menschheit nennt, wird man nie etwas Rechtes schnitzen«, sagte sein Schatten am Treppenabsatz, als sie vom Bahnhofsplatz heimkamen. Und Felix konnte sich nicht entscheiden, zu wem er halten sollte, lieber zur strahlenden Mutter oder zum stummen, beklommenen Vater.

Und er verzog sich ins Gartenzimmer, wo das schwarze Klavier mit der Aufschrift »Fritz Klemm & Konsorten« stand – und wenn das Vorspiel zum Bachschen Choral erklang, nahmen alle Menschen Vernunft an. Und Rußlands Zar schickte eine Depesche, und Diplomaten aus London beeilten sich, bei Kaiser Wilhelm vorstellig zu werden, dem sie Kolonien in Asien und Afrika anboten – sie wollten nicht mit dem Eisberg zusammenstoßen! –, und Paris schickte seinen Premierminister, der im Schloß von Berlin auf den Knien rutschte. Und Mutter mußte sich keine Sorgen um Bruder Alfred und sein Diamantenfeld machen. Und Fleischergesellen, Ziegeleiarbeiter, Bauern und Knechte und Ladengehilfen durften aus der Kaserne in Stolp wieder heimreisen, und als sie am Bahnhof Freiwaldes eintrafen, sollte sie keine Kapelle empfangen und kein Kontorist oder Amtsrichter, der seinen Hut schwenkte – sie hatten ja nie einen Schuß abgegeben und sich auf keinem Schlachtfeld um Deutschland verdient gemacht. Lediglich auf dem Balkan, wo man sich vom Tatzenstab nicht zur Vernunft bringen lassen wollte, kam es zu einem Drei-Wochen-Krieg, bis wieder Ruhe einkehrte. Und Pfarrer Priebe mußte sich bei seinen Predigten nicht mehr verausgaben und England und Rußland ein Blutbad androhen. Und im neuen Haus in der Bahnhofsstraße behandelte Mutter den Vater nicht mehr mit Feindseligkeit und Verachtung – und Leopold Kannmacher war voller Zuversicht und sprach dauernd vom »Aufstieg des Menschengeschlechts aus dem Sumpf selbstverschuldeter Knechtschaft«.

Und als der letzte Akkord verhallt war, meldete Mutter mit zitternder Stimme den Einmarsch der deutschen Soldaten in Belgien und tanzte im Garten um Rosen- und Erdbeerbeet.

Gott ist mit Kaiser und Vaterland

Im vierten Kriegsmonat meldete Friedrich sich freiwillig in der Stettiner Kaserne, wo er sein Alter mit achtzehn angab. Niemand außer Mutter, die Friedrich heimlich zum Bahnhof begleitete, wußte von seinem Entschluß, in den Krieg ziehen zu wollen. Er war ein zu stiller, verschlossener Mensch, und es dauerte, bis man sein Fehlen bemerkte. Vater eilte beunruhigt zu Clara ins Schlafzimmer, um zu erfahren, wo Friedrich stecke. Sie gab vor, keine Ahnung zu haben, und fand seine Aufregung vollkommen fehl am Platz, was Vaters Mißtrauen lediglich anheizte. Er lieh sich bei Gastwirt Kempin einen Schlitten aus und flog mit dem Gespann aus sechs Hunden zur Stolper Kaserne. Und von der Kaserne in Stolp zur Kaserne in Schlawe, und als er Friedrich nicht ausfindig machen konnte, zum Heeresamt, das sich in Lauenburg befand. Als er unverrichteter Dinge aus Lauenburg heimkehrte, mußte er Clara zur Rechenschaft ziehen, eine andere Wahl hatte Kannmacher nicht. An einem Kissenberg lehnend, saß Mutter im Bett und kurbelte an einer Spieldose, die aus Sainte Croix in der Schweiz stammte, Elfenbeineinlegearbeiten hatte und einen Zylinder enthielt, auf dem sechs Melodien von Mozart verborgen waren. Reglos blieb Vater im schummrigen Zimmer stehen. Er lauschte dem Mozartschen Menuett, mit falscher Andacht und innerlich zappelnd.

Es kam zu einem erbitterten Streit, dem schlimmsten, den Felix im Elternhaus jemals erlebt hatte. Mutters Beschimpfungen hallten vom Schlafzimmer bis an den Herd, wo Mathilde absichtlich mit Pfannen und Topfdeckeln Krach machte. Was er betreibe, sei Hochverrat, warf sie dem Vater vor, mit seinen ewigen Zweifeln vergifte er Vaterlandsliebe und Kampfmoral. Er solle stolz sein auf Friedrich, seinen Sohn, der sein Leben dem Kaiserreich schenke und seine Familienschmach wettmachen wolle. Ja, Kannmacher zu heißen, das sei eine Schande! Und wenn er erst knappe siebzehn sei!, wetterte Mutter, Friedrich beweise mit seinen knapp siebzehn mehr Anstand und Mut als sein Vater. Und wer, bitte, habe das Kind in dem Sinne erzogen, sich in seinem Leben moralische Ziele zu stecken und nicht mit der Nase am Boden zu kleben, wie Hund oder Schwein. Das besitze er heute, ein hohes, begeisterndes Ziel!

Was Vater entgegnete, konnte man nicht verstehen. Seine Stimme klang heiser, beharrlich. Anscheinend wich er einer Erwiderung aus, wollte nichts als erfahren, wo sich Friedrich befand. Das brachte Clara erst richtig in Rage. Felix rannte ins Dienstbotenzimmer und bebte vor Kummer. Er floh auf den Dachboden, um seinen Bruder zu schnitzen, mit Soldatentornister und Pickelhelm. Von Mutters keifender Stimme vertrieben, versteckte er sich in der Laube. Und als Mutters Beschimpfungen bis in den Garten vordrangen, warf er sich ans schwarze Klavier, wo er seine Stirn an das Notenpult lehnte und weinte.

In der Zwischenzeit hatte sich Mutter verplappert, und Vater, der Friedrich heimholen wollte, bestieg einen Zug nach Stettin. Er scheiterte mit seiner Absicht. Erstens hieß es, sein Sohn sei bereits an der westlichen Front, wo man dringend frische Einheiten brauche. Zweitens hatte er Friedrichs Geburtsschein zu Hause vergessen und konnte sein Alter nicht nachweisen – und bei der Sturheit des diensttuenden Offiziers war mit Beteuerungen nichts auszurichten.

Leopold Kannmacher wollte nicht aufgeben. Er reiste erneut in die pommersche Hauptstadt mit einem Stapel an Dokumenten, die er sich bei einem Notar am Berliner Tor sicherheitshalber beglaubigen ließ. Als der Sergeant, dem er seine Papiere vorlegte, keinerlei Anstalten machte, sich mit den Stellen in Verbindung zu setzen, die Friedrichs Heimholung anordnen konnten, und beharrlich mit seinem Sergeantenknopf spielte, auf dem sich der preußische Adler spreizte, schlug Schulmeister Kannmacher

Krach. Er lasse sich von einem niederen Dienstgrad nicht abspeisen!

Endlich durfte er ins Kommandeurszimmer treten und seine Beschwerde vorbringen. Und als er Luft holte, zischte der Leutnant: »Sie sind ein Feigling, ein kleinlicher Wicht! Wollen Sie uns vor Franzosen und Briten blamieren? Wenn wir in diesem Krieg unsere Ehre verlieren, verdanken wir das feigen Leuten wie Sie!« – »Wie *Sie?*« sagte Vater verdutzt und belustigt. »Wie *Sie!*« wiederholte der Leutnant, dem schleierhaft war, warum sein Besucher in Heiterkeit ausbrach. Leopold Kannmacher konnte sich nicht entscheiden, was er an diesem Menschen abscheulicher fand, sein Aneinanderreihen grammatikalischer Fehler – die Kannmachers Schulmeisterohren beleidigten – oder eher seine pitschige Aussprache. »Sie entehren unsere Sprache und wollen Deutschlands Ansehen verteidigen, Herr Kommandeur? Niemand kann uns mehr Schande bereiten als ein Offizier, der mit seiner eigenen Sprache auf Kriegsfuß steht. Ja, den Krieg mit dem Deutschen, den haben Sie bereits verloren«, meinte Vater und stand vom Besucherstuhl auf.

Er sandte Schreiben und Eingaben nach Berlin, die man mit Schweigen quittierte. Als von Friedrich ein Feldpostbrief eintraf, aus dem man ersehen konnte, wo er sich aufhielt – er befand sich in Wahrheit im Osten und nahm an der Februarschlacht in Masuren teil –, forderte Kannmacher in einem Telegramm, Friedrich umgehend nach Hause zu schicken. Tage vergingen, er erhielt keine Antwort. Um seine Forderung wirksamer vorzubringen, dampfte er mit dem Zug in die Hauptstadt, wo er bereits in den Akten vermerkt war – als »Querulant«, »zersetzendes Element« und »Saboteur an der Heimatfront«. Wieder zu Hause, verfaßte er Leserbriefe und sandte sie an eine Reihe von Zeitungen – abdrucken mochte sie keiner.

»Euer Friedrich ist an der Front?« wollte Pressel erfahren, dem Felix am Kopfberg begegnete, wo er im schneidenden Meereswind lehnte. »Mhm«, brummte Pressel, als Felix bejahte, »dein Bruder Friedrich, das ist ein Furchtsamer. Und wer als furchtsamer Mensch in den Krieg zieht, der kommt nicht mehr wieder, das laß dir man sagen.«

»Friedrich hat keinen Schiß in der Hose«, erwiderte Felix und setzte sein Trotzgesicht auf, »es war schließlich sein Wille, Soldat zu werden.« – »Sein freier Wille, ja, ja«, sagte Pressel, »um uns zu beweisen, nicht furchtsam zu sein und ein Leben als Spatz oder Wurm zu verachten. Ob ein Schaf weiße Wolle hat oder schwarze, mein Kind, es bleibt trotzdem ein Schaf.« – »Ich bin kein Kind mehr«, erwiderte Felix verstimmt und eilte zum Haus in der Bahnhofstraße, wo er den Klavierdeckel aufklappte und wieder zuwarf. Schlagfertig war seine Erwiderung nicht gewesen, und wenn er Pressel beeindrucken wollte, mußte er schlauere Antworten geben. Oh, er war stolz, einen Bruder zu haben, der sein Leben dem Kaiser vermacht hatte. Seine Friedrichfigur mit Soldatentornister und Pickelhelm nahm neben den anderen Familienmitgliedern im Rosenholzschrein einen Ehrenplatz ein.

Leopold Kannmacher konnte sich seine Beschwerde- und Bittbriefe sparen, als Friedrich Ende September mit einem Verletztentransport von der Ostfront kam. Ein wankender Haufen stieg aus dem Zug, blinde Soldaten, mit Augen- und Kopfbinden, die sich an den Vordermann klammern mußten, und andere, die man auf Bahren ins Freie trug. Die am Bahnhofsplatz wartende Menge verstummte, als man sie auf bereitstehende Fuhrwerke lud. Man verfrachtete alle in Bogislaws Schloß, wo sich neuerdings ein Lazarett befand.

Zusammen mit anderen Jungs hatte Felix den Holzzaun erklettert, der zwischen Bahnsteig und Vorplatz als Sperre diente, und starrte benommen den Fuhrwerken nach. Ob er Friedrich erkannt habe, wollte ein Barskekind wissen, das sich sein verheultes Gesicht mit dem Hemdzipfel abwischte. Nein, Friedrich hatte er

59

nicht erkannt. »Und warum flennst du?« entgegnete er. »Der neben Friedrich, das war mein Bruder«, sagte der Junge, »er hat keine Beine mehr«, und stolperte heulend zur Stadt.

Als Felix im Elternhaus mitteilte, man habe Friedrich in Bogislaws Schloß verbracht, rannte Mutter in Hauskleid und Holzpantinen los. Mathilde raffte zusammen, was sich in der Eile an Eßbarem auftreiben ließ, und Vater stieg fluchend in seine Schuhe. Felix folgte den dreien bis zum Schloßhof, wo sie sich von Polizeimeister Beilfuß belehren lassen mußten, Besuche seien leider verboten. Er habe Anweisung von Doktor Dehmel, der erst alle Verletzten besichtigen wolle. Sie legten den Kopf in den Nacken und starrten zum Krankensaal hoch, aus dem irre Schreie ins Freie drangen und zwischen den Schloßmauern widerhallten. Tja, meinte Beilfuß, ein Krieg sei kein Pappenstiel, und wiegte sich auf seinen Beinen. Mutter erfand eine List und behauptete, sie wolle dem Doktor als Schwester zur Hand gehen, das betrachte sie als patriotische Pflicht. Nachdenklich kratzte sich Beilfuß am Kehlkopf. Mhm, meinte er endlich, das sei etwas anderes, in diesem Fall habe er keinen Befehl, und gab Kannmachers Clara den Weg frei.

Wieder zu Hause, schwieg Mutter sich aus. Sie redete ohnehin nicht mehr mit Vater, der sie fuchsteufelswild machte mit seinen spitzen Bemerkungen zum schleppenden Kriegsverlauf. »Sie sind verfeindeter«, grummelte Postkutscher Weidemann, der seine Beine am Herdfeuer ausstreckte, »als deutsche und englische Krone.«

Um zu erfahren, was mit Friedrich los war, stapfte Vater zu seinem verflossenen Freund Doktor Dehmel. Er wimmelte Felix nicht ab, der sich anschloß, oder bemerkte erst, einen Begleiter zu haben, als sie beim Haus in der Schloßstraße anklopften. Felix durfte mit eintreten, in einem Schaukelstuhl Platz nehmen, und Dehmels Dienstmagd erkundigte sich, ob er nicht Durst habe und ein Glas Faßbrause wolle. Nickend machte sich Felix im Schaukelstuhl klein.

Neben dem Zimmer befand sich ein Kabinett, das Dehmels

schaurige Sammlung enthielt. In den Regalen stand Glas neben Glas mit in Spiritus schwimmenden Mißgeburten. Felix erkannte im Schein der Petroleumlampe ein Lamm mit drei Augen, das vorwurfsvoll aus seinem gelblichen Sud stierte. Ein Kind, das anstelle von Fingern zwei Klauen besaß, bewegte den Kiefer, als wolle es sprechen. Er zappelte unruhig auf seinem Platz, bis sich Dehmel erhob, um das Kabinett abzuschließen.

Als erstes entschuldigte er sich beim Schulmeister, ein Kriegsverfechter gewesen zu sein. Kannmacher habe ja recht behalten, dieser Krieg sei ein grauenhaftes Abschlachten, das mit Verletzungen einhergehe, die schrecklicher seien als alles, was er in seinem Leben als Arzt je vor Augen bekommen habe. »Und in den Frontlazaretten, mein lieber Freund, muß es um einiges schlimmer sein. Ich bitte Sie, mir zu verzeihen.« Er hob sein Glas, um mit Kannmacher anzustoßen.

Vater grunzte und kippte den Birnenschnaps in seinen Rachen. Anscheinend hatte er vollkommen vergessen, warum er den Doktor besucht hatte. Und zuckte zusammen, als Dehmel auf Friedrich zu sprechen kam, den es nicht schlimm erwischt habe, anders als Schuhmachers Erich, der blind bleiben werde, oder den beinlosen Barskesohn Franz, von den Kriegsirren, Kupferschmied Aschendorfs Bengel, einem Seidenkranzknecht und zwei Fischern zu schweigen. Ob man sie ohrfeige oder mit Morphium behandle, das außerdem knapp sei – sie ließen sich nicht mehr beruhigen. Um sie von den anderen Verletzten zu trennen, habe er sie im Wehrturm einsperren und anbinden lassen. Seufzend knackte er mit seinen knochigen Fingern. »Nein, euer Friedrich wird kein Invalide sein.«

Komischerweise war das eine Nachricht, die Vater in grimmige Laune versetzte. Er wollte mit Friedrich nichts mehr zu tun haben und lehnte es halsstarrig ab, seinen Jungen im Schloßlazarett zu besuchen. Ja, er bedauerte es, sieben Monate an einen Dummkopf verschwendet zu haben, der keinen Pfifferling wert sei! Von Kindheit an sei er verdruckst und beklommen gewesen, beschwerte sich Vater vor Dehmel, der wieder am Freitag zur Teezeit ins Kannmacherhaus stapfte – Tee war nicht mehr zu bekommen, und sie tranken Kaffee-Ersatz. »Lassen Sie das«, widersprach Doktor Dehmel, »er hat sich am Anspruch des Vaters verhoben. Er war ein furchtsamer Junge, das stimmt, und wenn sich Beklommenheit mit kantischer Strenge paart, kommt es zu einem verzerrten Charakter. Seien Sie nicht stur, lieber Freund.«

Leopold Kannmacher hatte kein Einsehen. Und als man Friedrich aus Bogislaws Schloß entließ und er wieder ins Haus kam, schnitt Vater sie beide, Mutter und Friedrich, die dauernd zusammensteckten.

Am dreiundzwanzigsten Mai 1916, Friedrichs achtzehntem Geburtstag, traf ein amtliches Schreiben vom Heeresamt Lauenburg ein. Mit zitternden Fingern riß Vater den Briefumschlag auf. Knut Weidemann war zu verwirrt, um den tobenden Schulmeister von sich zu stoßen, der einen Kopf kleiner als er war. Widerstandslos ließ er sich vor das Haus schleifen. »Warum haben Sie diesen Schrieb nicht verbummelt?« schrie Vater. Als Weidemann stammelte, amtliche Schreiben nicht zuzustellen sei streng verboten, und er sei ein Postkutscher, der seine Pflicht kenne, packte Vater den Eimer mit Schmutzwasser, der auf der Schwelle stand. Knut Weidemann floh auf den Postkutschenbock, und mit einem Peitschenknips brachte er seine verhungerten Klepper auf Trab. Von den vier strotzenden Hannoveranern, die er vor Ausbruch des Krieges besessen hatte, hatte das Heer zwei beschlagnahmt, um sie an der Front zu Transportdiensten einzusetzen, und die beiden verbliebenen, die sich um das Doppelte abplagen mußten, bekam er nicht richtig satt.

Vater zerfetzte das Heeresamtsschreiben, was Friedrich nicht im geringsten beeindruckte. Am anderen Tag packte er seinen Tornister. Ob er es aus Liebe zur Mutter tat oder aus Trotz gegen diesen Vater, das war schwer zu sagen.

Als er am nächsten Mittag erfuhr, was passiert war, verzweifelte Leopold Kannmacher stumm. Er betrachtete starr seine beiden Kinder, die sich mit Kartoffeln und Buttermilch vollstopften – endlich bekamen sie wieder Kartoffeln! – und sich heißhungrig um die im Kochtopf verbliebenen Knollen zu zanken begannen. Schweigsam erhob er sich von seinem Platz und schob seinen Teller zur Tischmitte. »Bedient euch«, versetzte er heiser, »und teilt gerecht! Ich habe ab heute zwei Kinder, nicht mehr als zwei, und keinem soll es schlechter ergehen als dem anderen.«

Was Vater meinte, begriff Felix erst, als er mit vollem Bauch aus dem Eßzimmer schlich und sich im Dachboden vor seinen Rosenholzschrein mit den Schnitzfiguren hockte. Vater weigerte sich, einen Sohn zu besitzen, der Friedrich Kannmacher hieß. Er leugnete, Friedrichs Vater zu sein. Er betrachtete Friedrich als wildfremden Menschen. Und was sollte er mit seinem Pickelhelmfriedrich anstellen? Mußte er seine Holzfigur aus dem Familienschrein nehmen, in den Fluß werfen oder verbrennen? Er streichelte Friedrich, der in seiner feldgrauen Uniform starr neben Mutter stand.

Felix strolchte benommen um Bogislaws Herzogsschloß, lief bis zum Steintor und wollte zum Kopfberg hoch, wo er den schwarzen Strich Pressels erkannte, der aus seiner Wolke von Schafen aufragte. Als vom Turm der Marienkirche ein schwacher Glockenschlag an seine Ohren drang, horchte er auf. Auf einem Fenstersims neben der Turmuhr entdeckte er eine Gestalt, die sich mit den Fingern ans Mauerwerk klammerte, um sich zum Abgrund zu schieben. Etwas Verwirrendes war an diesem Menschen, der zu sehnige Arme besaß, um ein Kind zu sein, und kleiner war als ein erwachsener Mann.

Als er außer Atem beim Kirchplatz ankam, stand bereits eine schweigende Traube von Menschen um den blutigen Fleischklumpen, der auf dem Pflaster lag. Adolph Liebherr lief flatternd und krumm um den Leichnam und schimpfte, man solle nicht glotzen. Und besonders scharf faßte er Felix ins Auge, der, zwischen Bezirksschornsteinfeger und Kupferschmied klemmend, den Toten betrachtete. »Hau ab!«, keifte Liebherr, »zieh Leine, verstanden?« Liebherr mochte verwachsen und bucklig sein – trotzdem mußte man sich vor dem Menschen in acht nehmen, der flinker als Wiesel und Feldhase rennen konnte.

Felix eilte vom Kirchplatz zum Ringgraben, wo er sich am Ufer ins Gras warf und einen Kartoffel- und Buttermilchbrei erbrach, der ins stehende, blauschwarze Wasser klatschte. Er flennte vor Mitleid mit Barskes Sohn, der seinem beinlosen Leben ein Ende gesetzt hatte, um den von Vater verstoßenen Friedrich und um seinen erbrochenen Mittagstisch.

Wie es Franz Barske geschafft hatte, sich auf dem Rumpf bis zum Glockenturm von St. Marien hochzuschleppen, blieb ein Geheimnis, das er mit ins Grab nahm. In heiliger Erde bestattet zu werden verweigerte Priebe dem Barskekind. »In einem Krieg, der dem Sensenmann reichliche Ernte beschert hat, blieb Barske am Leben. Er sollte leben, das war Gottes Wille. Es war ein Frevel, ich sage euch, es war ein Frevel«, donnerte Priebe beim Gottesdienst von seiner Kanzel, »sich vom Turm unserer Kirche zu werfen und gegen den Willen des Herrn zu erheben!« Es half Willi Barske nichts, von seiner Bank aufzuspringen und zu schreien: »Und wie kam mein Sohn in den Turm? Und wie kam er bis zu den Glocken hoch, einhundert Stufen, und das ohne Beine? Es war Gottes Wille, es *muß* Gottes Wille gewesen sein!« Felix schielte zur Sielaffschen Tochter Emilie, die sich nicht mehr zusammenreißen konnte und weinte. Und bei seinem Einschlafgebet stellte er sie sich wieder als Jungfrau Maria vor.

Felix blieb mit seinem Kummer allein. Vater verließ das Studierzimmer nicht mehr – außer, um seinen Unterricht abzuhalten –, ließ sich von Mathilde das Essen hochbringen, las in Kantischen Schriften und litt. Ludwig lernte verbissen, um seine Zensuren zu verbessern, und wenn sie im Omnibus mit seinen mageren Graditzerpferden zum Schlawer Gymasium bummelten, steckte er seine Nase beharrlich ins Buch. Mathilde war zwischen den beiden verfeindeten Eheleuten Schnacken und Pfeifen vergangen. Und sie sorgte sich schwer um den Pyritzer Hof, der verkam. Es fehlte an Knechten zum Felderbestellen und Ernteeinbringen und Schlachten, und der Pyritzervater bekniete sie, sich vom Schulmeisterhaushalt zu trennen und heimzukommen. »Und wenn ich es nicht tue, ist es um deinetwillen«, sagte Mathilde und kitzelte Felix im Nacken.

Mutter ging Doktor Dehmel in Bogislaws Schloß zur Hand. Sie putzte Skalpelle, erneuerte Binden, zog Betten ab, kochte und schrubbte den Fußboden, schob Nachtdienst und stand den Verletzten mit Trostworten bei oder summte sie in den Schlaf. Oder sie hockte im Pfarrhaus, um Prediger Priebe zum Kriegsverlauf auszufragen.

Priebe besaß eine Karte im Weltmaßstab, auf der alle Stellungen verzeichnet waren, auf See und an Land, sei es im fernen Orient, in Afrika oder am Balkan. In seiner Zuversicht ließ er sich nie beirren, und wenn es zu einem feindlichen Vormarsch kam oder Wilhelms Marine ein Kriegsschiff verlor, sprach er von »taktischen Niederlagen«, falls nicht ein Magen- und Darmkatarrh schuld war, der in der Hauptstadt grassierte. »Und wenn der Kaiser erkrankt«, sagte Priebe beschwichtigend, »teilt sich das seinen treuen soldatischen Seelen im Handumdrehen mit, liebe Clara.«

Als ein deutsches U-Boot den britischen Dampfer mit Namen Lusitania versenkte, marschierten sie selig im Pfarrgarten auf und ab, Arm in Arm und mit jubelnden Stimmen. Und als Warschau fiel, konnte sich Mutter nicht mehr beherrschen und schmatzte Prediger Priebe vor Freude ab – was den am Gartenzaun spitzenden Felix in Wut versetzte. Und dieser falsche Hund von einem Pastor, der einen hochroten Kopf bekam und sich flink gegen Kirchplatz und Gasse versicherte, keine andere Zeugen zu haben als Spatzen und Meisen, nutzte Mutters Begeisterung aus, um sie mit seinen Spinnenfingern an sich zu pressen.

Mit der Einnahme Warschaus erholte sich Mutter vom Schock, den sie Mitte Juli erlitten hatte, als sie von Priebe erfuhr, Hauptmann Franke, Verteidiger der Deutschen Schutzgebiete im westlichen Afrika, habe kapituliert. Mutter war vollkommen fassungslos. Sie schwankte vom Kirchplatz nach Hause, wo sie sich aufs Bett warf und blutige Kratzer beibrachte, am Hals, an den Armen und im Gesicht. Sie war im Begriff, sich das Haar abzuschneiden, was Felix in letzter Minute verhinderte, der, alarmiert von den Schluchzern, ins Schlafzimmer rannte und Mutter am Handgelenk festhielt.

Er hatte Mitleid mit Mutter und haßte sie! Im zerrissenen Kleid hockte sie auf dem Schemel vorm Waschtisch, ohne Schultern und Brust mit den Armen zu bedecken, und betrachtete Felix, als sei er ein Fremder. »Ich weiß nicht, wo Alfred steckt«, jammerte sie, »ich weiß nicht, was mit meinem Bruder passiert ist. Und sein Diamantenfeld ist in der Hand der Feinde!«

Oh, es war schlimm, dieses Mitleid mit Mutter, in das sich Abscheu und Groll mischten. Und Abscheu und Groll gegen sie nahmen zu. Wenn er am Klavier saß und sich seinen Kummer mit Schumann und Bach von der Seele spielen wollte, stand sie auf der Schwelle und zeterte: »Deine Musik macht mich rasend. Verschone mich mit dieser Klimperei!« Seit Kriegsausbruch mied sie den Lauenburger Kasten und entwickelte einen beachtlichen Widerwillen gegen Klaviermusik im allgemeinen, die sie als »verweichlichtes Schwimmschwimm« bezeichnete, als »empfindsames Klingeling«, das nicht zur Zeit passe.

Bereits im August 1914 hatte sie alle Chopin- und Tschaikowskinoten in eine Dachbodentruhe verbannt, nicht ohne Felix zu warnen, das sei Feindesmusik, und falls er sie aus der Seefahrerkiste kramen sollte, verscherbele sie sein Klavier. »Und ob man es zu Brennholz zerhackt, ist mir absolut schnuppe!«

An Mutters Entschlossenheit war nicht zu zweifeln. Und wenn sie, besonders bei Niederlagen, die Heer oder Flotte einstecken mußten, sein »Klingeling« nicht mehr aushalten konnte und gellend aus dem Schlafzimmer rief: »Schluß! Schluß! Schluß!«, klappte er rasch den Klavierdeckel zu und floh bebend vor Abscheu ins Freie.

Nichts, was sich im Haushalt befand und aus Rohstoffen war, die man in der Zeitung als kriegswichtig einstufte, entging Mutters forschenden Augen. Sie stieg in den Keller und holte den Handwagen, um Teller aus Zinn oder Kessel aus Kupfer zur KRA-Sammelstelle am Marktplatz zu bringen. Von Mathilde ließ sie sich nicht abhalten. »Ist das mein Eigentum oder deins?« raunzte Mutter und stieß sie energisch beiseite. Vater zu melden, was los war, erwies sich als zwecklos. Er weigerte sich, seiner Frau in den Arm zu fallen, und verriegelte schimpfend sein Zimmer. Und als sie am anderen Tag seine Spieluhren einsammelte – die aus Zinn, Kupfer, Messing und Gußeisen waren –, schaute er mit verzerrtem Gesicht Mutters Treiben zu, den Holzknauf am Treppenabsatz mit den Fingern umklammernd, aber ohne ein Wort zu verlieren.

Es blieb nicht bei Kesseln und Spieldosen. Armreifen, Halsketten, Broschen und Ohrringe schleppte Mutter zum Kriegsrohstoffsammelplatz, den Adolph Liebherr verwaltete. Freiwillig hatte sich Liebherr zum Heimatfronteinsatz verpflichtet und nahm seine Aufgabe mehr als ernst. Beim Materialiensortieren und Listenerstellen ließ sich er von niemandem ausstechen! Und er scheute sich nicht, bei Dentisten und Badern und Altsitzerinnen vorstellig zu werden, die seine Hofeinfahrt mieden.

Mit behaglichem Grunzen betrachtete Liebherr Mutters Armreifen, Halsketten, Broschen und Ohrringe, die er numerierte und im Register vermerkte. Und als sie sich wieder verabschieden wollte, zeigte er auf den Ehering, den sie am Finger trug: »Ist der aus Gold oder nicht?« Das war er, aus Gold, aus massivem Gold,

67

und widerstandslos ließ sich Mutter von Liebherr den Ring abziehen.

Mit dem vom Bruder erhaltenen Geld, das sie erspart und in Strumpf oder Kissen versteckt hatte, zwischen lockeren Dielenbrettern oder im Uhrenkasten, fuhr Mutter zur Zweigniederlassung der Raiffeisenbank, um es in Kriegsanleihen anzulegen. Einen kleineren Teil brachte sie Pfarrer Priebe, der aus patriotischer Pflicht seine Turmglocken zum KRA-Sammelplatz hatte schaffen lassen. Das war ein Entschluß, den sie mit einer Spende belohnen wollte.

»Liebe Gemeinde«, rief Priebe beim Gottesdienst, »ich sage euch, es war ein Gottesbefehl. Man soll meine Glocken, sprach Er in der Nacht zu mir, in Kanonen umgießen, die Tod und Vernichtung bringen. Sie sollen unsere Feinde vernichten. Das ist mein Wille, sprach Gott, Unser Herr, zu mir, und darf ich den Willen des Herrn mißachten? Gott ist mit Kaiser und Vaterland!« Schwitzend umklammerte Priebe das Kanzelpult. »Und trotzdem will ich euch auf Herzen und Nieren befragen: Ist einer von euch gegen meine Entscheidung? – Ich werde es keinem verdenken. Wer gegen sie ist, hebe seine Hand.« In St. Marien war es absolut still. Man konnte das Mahlen von Kiefern vernehmen, das Scharren von Schuhen und Emilies Seufzer, der Vater Sielaff ein Zischen entlockte. Und Felix, der sich seine Heimatstadt nicht ohne bimmelnde Turmglocken vorstellen konnte, setzte sich sicherheitshalber auf seine zehn Finger.

Und an einem Mittag, als er von der Schule nach Hause kam, traf er auf eine erregte Mathilde, die anscheinend dringend etwas loswerden mußte und zu einem Stammeln ansetzte, das nicht zu verstehen war. »Haben wir nichts zu beißen im Haus?« fragte Felix. Er kannte das ja. Wenn sie wieder nichts Eßbares auftrieb und vergeblich zum Pyritzer Bauernhof eilte, wo es um den Vorrat nicht besser bestellt war, hatte Mathilde ein schlechtes Gewissen, als sei *sie* an der schlechten Versorgung schuld! »Nein«, sagte Mathilde, »das ist es nicht. Ich habe beim Pyritzer Eier bekommen.« Und sich ein ergrauendes Haar aus der Stirn pustend, breitete sie beide Arme aus, um den »Lauser« und »Dummerjan« an sich zu ziehen. »Setz dich nicht ans Klavier, Junge«, sagte sie schluckend, »ich bitte dich, nicht ans Klavier!«

Schroff befreite er sich aus den Armen Mathildes. »Du bist ja schlimmer als Mutter«, versetzte er ruppig. »Ist Mutter in Bogislaws Schloß oder nicht?« Und als Mathilde sich komisch ans Herz faßte und nickte und seufzte, ließ er sich nicht aufhalten und nahm auf dem Schemel vorm Lauenburger Kasten Platz. Er hob seine Finger und ließ sie mit Schwung auf den Ebenholztasten und Elfenbeingriffbrettchen landen! Er spielte und stockte und spielte und stockte und seine Finger verkrampften sich, und er konnte den stechenden Schmerz nicht mehr aushalten. Mechanisches Klappern und Scheppern drang aus dem Klavier, nichts als trockenes Pochen und Klopfen.

»Bekniet habe ich sie«, rief Mathilde verzweifelt, »bekniet und beschworen, sie solle an dich denken, und beschimpft und verflucht – es war zwecklos. Sie hat nichts erwidert, als sei sie stocktaub.« Fassungslos starrte er in den Lauenburger Kasten, der zwischen Baß- und Diskantstegen leer war. Mutter hatte am Vormittag erst alle Saiten zerschnitten und anschließend aus dem Klavier entfernt, um sie bei Liebherr als Kriegsrohstoff abzuliefern.

Kinder kratzten vorm Haus Pferdescheiße vom Pflaster und warfen sie in einen Sack. »Jeder Schuß ein Ruß«, schnatterten sie. Benommen klappte Felix den stummen Klavierkasten zu. Er wehrte Mathilde ab, die seine Hand nehmen wollte, und rannte zur schattigen Stelle am Ufer der Wipper, wo er sich zu Boden schmiß, Halme und Dreck kaute und seine Schluchzer erstickte.

Es regnet Buttermilch

Ohne Klavier hielt es Felix nicht aus! Am Klavier konnte er sich vom Kummer befreien. Am Klavier konnte er seinen nagenden Hunger besiegen, wenn sie nichts zu beißen im Haus hatten. Am wirksamsten waren Sonaten von Mozart, um den vom Hunger verursachten Schmerz zu vertreiben. Er spielte los, und prompt roch es im Wohnzimmer nach frischem Brot oder knusprigem Braten, brutzelnden Zwiebeln, zerlassener Butter, Vanillepudding und Zimtstangen. Brathennen und Schweinshaxen flogen um Bogislaws Wehrturm und St. Mariens Kirchendach, aus dem Meer sprangen Schollen in bereitstehende Pfannen am Strand. Von Kopf bis Fuß war Mathilde mit Soßen bekleckert, und was sie an dampfenden Speisen ins Eßzimmer schleppte, das konnte kein Mensch verzehren. Mutter rief: »Schluß! Wir sind mitten im Krieg!« – und griff zu einer Wildentenkeule. Vater leckte sich gierig das Fett von den Fingern, und aus seinen Mundwinkeln ragten zwei blitzblanke Knochen. Und wenn Mozarts Sonate verklungen war, war er pappsatt und schlich mit vollem Magen zu Bett, und kein nagender Hunger hielt Felix vom Schlaf ab. Nein, ohne Klavier konnte er nicht leben.

Am anderen Tag gab er sich einen Ruck und klopfte an Vaters Studierzimmer. Zwischen Stehpult und Kachelherd, staubigen Buchregalen, Bett und Zylinderbureau war es abschreckend duster. Zu schweigen vom schlechten Geruch aus Zigarrenqualm, Schweiß und dem scharfen Duft, der Vaters Pißpott entstieg. Trotz der Toilette im Erdgeschoßkorridor, um die er sein neues Haus regelrecht hatte errichten lassen, verzichtete Vater nicht auf seine Pißschale, die Mathilde erst leeren durfte, wenn sie randvoll war. Bei Sonnenschein hielt er den Laden verschlossen, um seine Bibliothek zu schonen – »Kaiserwetter«, bemerkte er mißmutig, »vermaledeites!« Außer vor Dehmels Besuchen am Freitag ließ er nie frische Luft in sein Zimmer, in dem er mit Haarnetz und Hausmantel und einem Holzpantinenpaar auf und ab klappte.

Vaters Studierstube war ein verbotenes Reich, wo er seine Kinder ausschließlich empfing, wenn sie Zeugnisse aus dem Gymnasium mitbrachten. Felix hockte mit kribbelnden Arschbacken auf einer Stuhlecke und schaute zum kurzsichtig blinzelnden, an seinen Augenbrauen zupfenden Vater, der sich trotz guter Zensuren nicht aufraffen konnte, ein Lob auszusprechen. Er warf beide Zeugnisse auf den Besuchertisch. »Strengt euch an«, knurrte Vater, »nicht schlechter zu werden.«

Erst mit dem ausbrechenden Krieg hatte Vaters verkommenes Studierzimmerleben begonnen. Zu Anfang nahm er sich in acht, nicht verwahrlost zu wirken, ließ sich beim Bader das Haar schneiden und seinen Bart stutzen. Er klatschte sich eiskaltes Brunnenwasser ins Gesicht und wirkte sauberer, als er in Wirklichkeit war. Er rieb sich mit Eau de Cologne ein, bis man im Kolonialwarenladen kein Duftwasser mehr bekam. Ohne Duftwasser ließ sich die aus seinen Kleidern aufsteigende Dunstwolke nicht mehr verheimlichen. An einem seiner großen Zehen wuchs der Nagel ins Fleisch, und wenn er vor Schmerz nicht mehr auftreten konnte, rief er Mathilde zu Hilfe. Mathilde nahm diese Gelegenheit wahr, um Kannmacher aus seinem stinkenden Zimmer zu scheuchen. »Wenn Sie kein Bad nehmen, kann ich den Nagel nicht schneiden.« Und wenn er endlich ins Wasser tauchte, schrubbte sie seine klebrige Haut ab und fauchte: »Wir kommen ja nicht aus der Walachei!«

»Du brauchst ein Klavier«, brummte Vater und kratzte sich, »ich verstehe, du brauchst ein Klavier.« Kannmacher verstand zwar nichts von Musik, allerdings hatte er keine Zeile bei Kant entdeckt, die mit der Musik ins Gericht ging. Und Schopenhauer, der andere Schulmeisterhausgott, betrachtete sie als ein Mittel, mit dem man sich von seinem Willen befreien konnte. »Wenn wir unseren Willen verneinen«, belehrte er Felix, der in der stickigen

71

Luft nicht zu atmen wagte, »verlangen wir nichts mehr von der Welt, keine Kolonien und keine Vorherrschaft und keinen Reichtum. Wenn wir unseren gierigen Willen verneinen, wird es niemals mehr zu einem Krieg kommen!«

Felix schielte zur Pißschale neben dem Bett, in der eine ersoffene Fliege schwamm, und sein Magen begann sich bedrohlich zu heben. Ob zwischen Willensverneinung und Pißpottbenutzung ein enger Zusammenhang bestand, war mit Sicherheit eine verbotene Frage. »Und außerdem«, fuhr Vater fort, als er schwieg, »handelt es sich bei Musik um ein strenges und logisches Regelwerk, und in deinem Alter, besonders in deinem Alter!, braucht man ein Regelwerk, das der Vernunft folgt.« – »Und was ist mit dem Klavier?« fragte Felix. In dieser Minute erklang dummerweise ein Pauken und Scheppern am Bahnhofsplatz. Das mußte Haffendahls Spielmannszug sein. Vaters Stirn legte sich in tiefe Falten. »Ich kann nichts versprechen«, erwiderte er.

Vater vergaß seine Bitte. Oder Haffendahls Spielmannszug rasselte in seinen Ohren, wenn er an Musik dachte. Es war Mathilde, die Felix zu einem Klavier verhalf. Mit dem Bimsstein rieb sie seinen Nacken ab und nahm einen Eisenkamm, um seinen Schopf zu begradigen. Er mußte seinen Matrosenanzug anlegen, dem er inzwischen entwachsen war und der schauderhaft kniff, was Mathilde nicht scherte. »Das ist dein Schafsfell, mein Junge«, behauptete sie, »Sielaff wird keinen Rabauken ins Haus lassen. Einen artigen Eindruck zu machen ist dringend erforderlich. Vergiß nicht, du heißt Felix Kannmacher. Und dein Vater, der niemals zum Gottesdienst kommt, ist dem Christenmensch Sielaff ein Dorn im Auge.« Sie steckte sich Eier vom Pyritzer ein und eine wer weiß wo ergatterte Speckschwarte, und los ging's zu Sielaffs am Markt.

Felix verbarg seine Aufregung schlecht, die mit dem Bechsteinklavier bei den Sielaffs zusammenhing und der Aussicht, Emilies Bekanntschaft zu machen. Er vergaß, seine Kappe vom Haarschopf zu reißen und aus einem Nasenloch baumelte Rotz, den er sich mit den Fingern abwischte. Wenn das kein auffallend schlechtes Betragen war! Mathilde betrachtete Felix verzweifelt. Und Fabricius Sielaff, der in seiner hohen, holzverkleideten Stube stand, zwischen Regalen mit beweglichen Leitern, die Kolben, Retorten und einen Rezepturkasten neben dem anderen enthielten, musterte Felix mit schiefem Gesicht.

Mathilde beeilte sich, Pyritzereier und Schwarte zum Einsatz zu bringen. Sie klatschte den Speck, der drei Kilo wog, auf die verglaste Verkaufsbank von Sielaff. »Mein Gott«, seufzte Sielaff, »wir sind nicht beim Fleischer, Verehrteste«, und starrte begierig den Speckbrocken an.

Eier und Speck zeigten Wirkung. Und Mathildes Versprechen, von Monat zu Monat mit Milch oder Mehl auszuhelfen. Fabricius Sielaff erlaubte es Felix, sein Bechsteinklavier zu benutzen, das in der Familie niemand zu spielen verstand, außer seiner Frau Martha, die krank war, an Knochenschwund litt und im Bett bleiben mußte. Diese Krankheit hielt Sielaff geheim, streng geheim. Ein Apotheker mit schwerkranker Frau, das war keine Empfehlung bei Witwen und Altsitzerinnen, und er verpflichtete Felix zu eisernem Schweigen.

Ab Mitte Juli saß Felix drei Nachmittagsstunden am Tag – montags, mittwochs und freitags – vorm Bechsteinklavier in der Sielaffschen Wohnung. Er durfte spielen, was er wollte. Tschaikowski, Chopin oder andere Feindesmusik waren im Sielaffhaus nicht untersagt – vorsichtshalber schloß Felix das Fenster zum Markt.

Und er lernte Emilie kennen, die kindlich versponnen sein konnte und dann wieder beunruhigend ernst. Bei Chopinschen Walzern bewegte sie sich im Dreivierteltakt, schwebte auf Zehenspitzen zwischen Regalschrank und Topfpalme, summend und in sich versunken. Am Ende brach sie in begeistertes Klatschen aus und wollte Felix vor Freude umarmen, was sie sich in letzter Minute verkniff. Oder sie hockte ergriffen im Sofa, sich eilig ein Kissen vom Kissenberg schnappend, um das Gesicht zu verbergen, und weinte. Hilflos, erschrocken sprang Felix vom Schemel hoch. »Du mußt nicht erschrecken. Ich weine vor Seligkeit«, sagte sie schluchzend ins Kissen.

Emilies Leidenschaft stachelte Felix an, der um so feuriger spielte. Und sie kicherte nicht, als er sagte, wenn er am Klavier sitze, herrsche kein Krieg – und sein Bruder Friedrich sei nicht an der Front und Julius nie in der Wipper versunken und Mutter vertrage sich wieder mit Vater und es regne Kartoffeln und Buttermilch, Eier und Zimtstangen und Pudding vom Himmel. Emilie fand das nicht komisch und nickte versonnen. Sie liebte Ideen, die hochfliegend waren und der Welt einen silbrigen Glanz verliehen.

Bei Ladenschluß mußten sie sich voneinander verabschieden, und das war schlimm. Schlimmer als sich den Magen verdorben zu haben oder an vierzig Grad Fieber zu leiden. Er streifte zur schattigen Stelle am Flußufer, wo er sich ins kniehohe Gras plumpsen ließ, Bachkiesel lutschte, dem Wespenschwarm lauschte, der im morschen Weidenstamm nistete.

Eines Nachmittags tauchte Emilie auf, die das Kleid zu den Schenkeln hochraffend im steinigen Bachbett zum Uferplatz stakste. Sein Herz klopfte wilder als je. »Das ist ja ein Zufall«, bemerkte sie blinzelnd und setzte sich an seine Seite. »Warum wirst du rot?« wollte Felix erfahren. Im Nu sollte er seine Neugier bereuen. »Ich und rot werden?« schimpfte Emilie, »schau dich an! Deine Ohren stehen in Flammen, gegen dich war der Großbrand in Schloßgraben und Langer Straße ein Pappenstiel. Wir brauchend dringend einen Spritzenwagen!« Felix schwieg, halb aus Groll, halb aus Unsicherheit.

Als eine halbe Minute verstrichen war, meinte Emilie beschwichtigend: »Du hattest recht. Mir wird heiß, wenn ich schwindele, ich platze vor Scham. Und das mit dem Zufall war nichts als ein Schwindel. Priebe hat uns strengstens verboten zu schwindeln, nicht wahr? Ich habe dich ausspioniert, es ist wahr. Und du«, fragte sie mit einer Stimme, die schnippisch klingen sollte – Emilie konnte nicht frech oder schnippisch sein – »warum hattest *du* brennende Ohren?«

Sie trafen sich alle zwei Tage im Wipperversteck, nicht ohne sich zu vergewissern, allein zu sein und keine Zeugen zu haben, um nicht an Vater Sielaff verpetzt zu werden. Und Felix verriet, was er nie einem Menschen verraten hatte, er werde es zum Pianisten bringen, der Konzerte in Warschau, Paris oder London gibt und mit einem Zeppelin bis nach Amerika schwebt, das habe er bei der Korbmacherwitwe erfahren. Emilie nickte, sie zweifelte nicht an der Weissagung von Bertha Sims.

»Bestimmt hat sie ein blutiges Wolfsherz befragt, nicht wahr?« fragte Emilie mit einem Schauder. »Ja, ein Wolfsherz, das warm war und dampfte«, log Felix. Zum Teufel mit Priebe und seinen Verboten! Ein dampfendes Wolfsherz verlieh Berthas Weissagung mehr Gewicht als eine Schute mit Erbsen! »Schade«, meinte Emilie lediglich, »wenn du von einem Konzertsaal zum anderen reist, wirst du Freiwalde und mich bald vergessen haben.« – »Ach was«, sagte Felix, »ich werde dich niemals vergessen«, und verschwieg, was er felsenfest vorhatte: Er wollte Emilie mitnehmen. Seine Konzertreisen anzutreten und nicht von Emilie begleitet zu werden, das konnte sich Felix nicht vorstellen.

Emilie redete von Schwester Alma, die mit beiden Beinen auf dem Erdboden stehe, willensstark und klug sei und wesentlich reifer als sie. Es schwang kein Neid in Emilies Stimme mit – neidisch zu sein war ihr fremd. Emilies Schwester war Sielaffs bevorzugte Tochter. Sie war praktisch veranlagt und konnte mit Geld besser umgehen als seine versponnene Emilie. Was Almas Ausbildung anging, ließ er sich nicht lumpen und zahlte beachtliche Summen ans Internat, das sie in der pommerschen Hauptstadt besuchte. Er wollte sie zur Apothekerin machen, die seinen Arzneiladen erben sollte, wenn er nicht mehr kriechen und krauchen konnte.

»Ich kann es nicht abwarten, sie wieder bei mir zu haben«, bekannte Emilie, »ich komme mir einsam vor ohne sie. Und es ist lustiger, wenn sie im Haus ist.« – »Du hast ja mich«, meinte Felix verstimmt. »Das ist etwas anderes«, versetzte Emilie und wollte sich nicht aus der Nase ziehen lassen, was sie mit diesem »anderen« meinte. Und als er es aufgab, sie auszuhorchen, und sich einen Flußkiesel in seine Backe schob, nahm sie den Strohhut vom Kopf, den sie auf eine Astgabel hakte. »Wollen wir eine Wette abschließen?« Sie nahm einen Halm, den sie in seine Achsel piekste. »Du wirst sie lieber haben als mich!« Felix verschluckte sich beinahe an seinem Kiesel. »Lieber als dich? Nie im Leben!« entgegnete er voller Unwillen und sprang auf die Beine.

Es sollte von allen Kriegswintern der schlimmste werden. Willi Barske war nicht im geringsten beeindruckt, wenn man mit einer Brotmarke in seinen Laden kam. Stumm zeigte er auf seine Bleche, die leer waren. Was Mathilde beim Pyritzer auftreiben konnte, waren verfaulte Kartoffeln, von Maden zerfressener Kohl und ein halber Sack Linsen. Mit Eiern und Milch konnte er nicht mehr aushelfen, Hennen und Vieh waren beschlagnahmt. Im Kuhstall stand eine verlassene Kuh, die keine Milch geben wollte. Von achtzig Hennen waren dem Pyritzer sieben verblieben, und um seinen Hof schlichen Eierdiebe. Um sich vom humpelnden Pyritzer Bauern, der seine Schrotflinte schwenkte, abschrecken zu lassen, waren sie zu verhungert. Postkutscher Weidemann stellte den Fischern von Freiwalde-Bad Einberufungsbefehle zu, und wer nicht zur Front mußte, konnte nicht auslaufen, als bei zwanzig Grad minus und schneidendem Ostwind das Meer zufror. Hochbetrieb herrschte am Wipperufer, wo halberwachsene Fleischergesellen, Invaliden und Witwen mit Pickeln aufs Wippereis einhackten, um zu einem Aal oder Flußkrebs zu kommen.

Pressel hatte sich mit seinen Schafen verzogen, aus Furcht vor dem rasenden Hunger, der umging und vor nichts Eßbarem haltmachte. »Hungrige Menschen sind Bestien, mein Junge, und grausamer als eine Wolfsmeute. Und einen Wolf kann man totschlagen«, sagte er mit seiner knarrenden Stimme, als sie sich im November am Waldrand begegneten. »Ich kenne verlassene Landstriche«, knurrte er und massierte sein milchiges Auge, »wo ich vom zweibeinigen Raubtier verschont bleiben werde.« – »Und Sie?« wollte Felix erfahren, »was essen Sie?« – »Wind«, entgegnete Pressel, »ich esse Wind, Wurzeln und Baumrinden, Erde und Gras. Und sollte mich unser barmherziger Gott im Kreis seiner riesigen Herde bemerken, wird er mir mit einem Feldhasen beistehen.« – »Ach«, sagte Pressel, als Felix zu wissen verlangte, ob der Geruch seiner Mutter ein anderer sei als in der Zeit vor dem Krieg. »Und ob er ein anderer ist, mein Kind.« Er schnupperte mit seinem Zinken in Richtung Freiwalde. »Sie riecht nicht mehr nach Pilzen und Waldboden. Sie riecht nach der Schmiere, mit der man Maschinen einfettet. Und nach Eisen. Und nach St. Marien, den kalten und schimmligen Kirchenmauern. Und«, seufzte Pressel, »dem sauren Schweiß von Pastor Priebe.« Fassungslos starrte Felix den Schafhirten an, der sich ein borstiges Haar aus der Backe riß, »tss, tss« machte, seinen verkrumpelten Hut schwenkte und sich im Nebel verlor.

In diesem eisigen Winter waren Kohlen knapp, und um den Vorrat im Kehler zu strecken, der trotzdem bedrohlich zusammenschmolz, verbrauchte Mathilde nie mehr als zwei Eimer am Tag. Mit Ludwig und Felix, die schulfrei bekamen, aus Mangel an Lehrern und Heizmaterial, lief sie zum Wald hoch, um Reisig zu sammeln, der sich zur Befeuerung von Bade- und Kochherd verwenden ließ. Vater verkroch sich im Biberfellmantel, wenn er in seinem Studierzimmer schnatterte. Um Petroleum zu sparen, las er nicht mehr im »Ewigen Frieden«, den er ohnehin auswendig kannte. Von einer Ecke zur anderen wandernd, sprach er sich Absatz um Absatz vor, um sie in seinem Kopf zu bewegen.

Familie Sielaff erging es nicht besser. In Apotheke und Wohn-

77

zimmer blieb es kalt, und alle Scheiben waren eisbedeckt. Im Pelzmantel, den er von Friedrich ererbt hatte, und mit einer mottenzerfressenen Pelzkappe auf dem Kopf hockte Felix vorm Bechsteinklavier in der Sielaffschen Wohnung. Dauernd mußte er seine verfrorenen Finger behauchen, und wenn das nichts half, sprang Emilie vom Sofa, auf dem sie kauerte, bibbernd, mit frostroter Nase. Sie stellte sich vor den Klavierschemel, nahm seine Finger und legte sie sich auf den warmen Bauch. »Du mußt spielen, Felix«, sagte Emilie, »du mußt spielen. Wenn du erst spielst, ist es nicht mehr kalt.«

In Stettin war es schlechter um Essen und Heizmaterial bestellt als in Freiwalde. Anfang Dezember schloß das Internat zwischen Gutenbergstraße und Birkenallee seine Tore. Trotz der Aufregung vorm Apothekerhaus bekamen sie von Almas Ankunft nichts mit – Felix war zu vertieft im Chopinschen Walzer, Emilie drehte sich wild im Dreivierteltakt, und als sich Alma klammheimlich ins Wohnzimmer schob, bemerkte es keiner von beiden.

Almas Auftritt war schlimm und erniedrigend. Mit zwei Schritten war sie beim Klavier, warf den Deckel zu, ohne sich um seine Finger zu scheren, und zog an seinem Ohr, bis er wimmernd vom Schemel aufstand. Bis ins Stiegenhaus drang Almas herrische Stimme. »Du hast deine Schwester vergessen, nicht wahr?«, keifte sie, »keinen Brief habe ich mehr von meiner Emilie erhalten, sie hatte ja Besseres zu tun. Und wolltest du mich nicht besuchen kommen? Und wer rennt vors Haus, um mich in beide Arme zu schließen? Amtsrichter Dubski und Buchbinder Hildebrandt und Vater, und weit und breit keine Emilie!« Und Emilie wehrte sich nicht. Sie bat um Verzeihung und fing an zu weinen, bis Alma sich endlich beruhigte.

Als Felix am Montag bei Sielaffs zum Bechsteinklavier in der Wohnstube hochsteigen wollte, hieß es hoppla! und halt! und er solle sich schleichen! Er stand vor dem feixenden Ladengehilfen, der sich vor der Treppe im Stiegenhaus aufpflanzte. Felix wandte

78

sich zu Vater Sielaff um. »Ja, ja«, seufzte der, »Alma kann dich nicht ausstehen. Bei uns spielen, das darfst du nicht mehr, tut mir leid.« Mit seinen Noten im Arm eilte Felix zum Ausgang. »Aus diesem wurmstichigen Holz, das sich Menschheit nennt«, versetzte er wild, »wird man nie etwas Rechtes schnitzen«, und lief blindlings in einen Apothekerkunden, der sich auf der Schwelle den Schnee von den Schuhen abklopfte.

Almas Launen konnten es mit dem Seewetter aufnehmen. Sie litt an der beklemmenden Ruhe im Haus, die sich vom Krankenbett in alle Zimmer ausbreitete, in der man nicht leben und atmen konnte, ohne ein schlechtes Gewissen zu haben. Sie gierte nach Abwechslung und Gesellschaft und beauftragte Schwester Emilie, im Schulmeisterhaus zu erfragen, ob Felix erkrankt sei oder warum er sich sonst nicht mehr zeige am Marktplatz, wo man sein Klavierspiel vermisse.

Felix erkannte Emilie nicht wieder. Im Beisein von Alma verhielt sie sich abweisend, kalt. Sie wirkte blaß, sagte niemals ein Wort, um neben der Schwester nicht aufzufallen, die es verstimmte, wenn sie nicht im Mittelpunkt stand.

Alma war nicht im geringsten bereit, Anerkennung und Aufmerksamkeit mit Emilie zu teilen. Anfangs benahm sie sich schneidend und spitz gegen Felix, mit dem Hochmut der halben Erwachsenen, die mit »kleinen Kindern« nichts anfangen kann. Trotzdem schwirrte sie ewig ums Bechsteinklavier. Sie wollte bestimmen, was er spielte, heitere Mozartmusik oder Walzer vom Wiener Strauß, und wenn er sich weigerte, konnte sie ausfallend werden. Beim Bachschen Choralvorspiel schwafelte sie ohne Ende, und er mußte sich auf seine Lippen beißen, um keine freche Bemerkung zu machen.

Es war nicht zu verstehen, warum sie die von Vater Sielaff bevorzugte Tochter war, bei dem verletzenden Hochmut, den sie an den Tag legte. Sie konnte trotzig sein, wie eine Blage, die beim Spielen zu finsterer Entschlossenheit neigt. Sie war schnippisch und rechthaberisch. Ja, Almas Vorstellungen von der Welt waren strikt und solide, und wehe dem, der es wagte, sie anzuzweifeln.

Von Tag zu Tag wurde er lustloser. Er vergriff und verheddete sich, spielte schlechter und schlechter, was Alma veranlaßte, Gift zu streuen. »Und du willst es zum Pianisten bringen, der von einem Konzertsaal zum anderen reist?« Kichernd nahm sie ein Kissen und schleuderte es zum Klavier. Als er aufstand und mit seinen Noten zum Stiegenhaus lief, tobte Alma: »Ich werde dich nicht mehr ins Haus lassen, wenn du dich grußlos verabschiedest. Ich werde dich nie mehr ins Haus lassen!«

Schlimmer als Almas Launen und Befehlshaberei war der Verrat, den Emilie begangen hatte. Sie hatte versprochen, schweigsamer zu sein als ein Grab und niemanden einzuweihen in Berthas Weissagung. Er wollte sich nie mehr ins Sielaffsche Haus locken lassen! Um Apotheke und Markt machte er einen Bogen, und beim Gottesdienst beugte er sich ins Gesangbuch. Wenn sich Priebes Gemeinde ins Freie schob, zerrte er seine Pelzkappe tiefer und tiefer und hatte nichts anderes vor Augen als Schuhe und Hosenbeine, und Schuhen und Hosenbeinen mußte man nicht »Guten Tag« sagen. Weidemann stellte drei Briefe Emilies zu, die er nicht las und ins Herdfeuer warf, und nicht besser erging es zwei Briefen von Alma.

Eine schwere, klavierlose Zeit begann. Er stapfte auf knirschenden Feldern zum Sumpf der Kraut-Glawnitz, um seinem Leben ein Ende zu setzen. Als er beim dunkelnden Moor ankam, konnte er zuckende Flammen erkennen – zur irrenden Seele zu werden war nicht seine Absicht. Am Schalter im Bahnhof besorgte er sich eine Fahrkarte und stahl sich um halb elf in der Nacht aus dem Haus, um mit dem Zug in die pommersche Hauptstadt zu reisen, wo er sich in der Kaserne zum Kriegsdienst verpflichten und sein Alter mit achtzehn angeben wollte. Schwierigkeiten im Heeresamt schloß er aus – ob er erst knappe dreizehn war oder nicht –, man brauchte ja dringend Soldaten!

Schwierigkeiten bekam er mit Molzahn, dem Zugschaffner, der in Freiwalde zu Hause war. Beim Fahrkartenabknipsen grummelte Molzahn, ob er ein Schreiben vom Schulmeister bei sich habe, eine Erlaubnis sei Vorschrift in seinem Alter. Nein, sagte Felix, das habe er nicht. Was er nachts in der pommerschen Hauptstadt anstellen wolle? Seine Verwandten besuchen, log Felix, er werde von Onkel und Tante am Bahnhof empfangen. Molzahn brummelte etwas in seinen Kaiser-Wilhelm-Bart, den er vor dem Krieg mit Schuhwichse behandelt hatte, was aus Mangel an Schuhpaste nicht mehr ging – jetzt war er glanzlos und struppig.

Neugierig schaute sich Felix im Holzklassewagen um, der mit einer Gruppe feldgrauer Soldaten besetzt war. Alle bewegten sich unruhig im Schlaf, knirschten mit dem Gebiß oder seufzten. Es war eisig kalt im Waggon. Er bibberte in seinem Pelzmantel und in Julius' Stiefeln mit Rentierfellfutter, die seine erkalteten Zehen zerquetschten, summte Bachs Inventionen, um den Frost zu vergessen, und bald erklangen sie in seinen Ohren, als spiele er sie am Klavier.

Anschmieren ließ Schaffner Molzahn sich nicht. Bei der Ankunft im Bahnhof Stettins blieb er an seiner Seite und moserte: »Wollten dich deine Verwandten nicht abholen, du Galgenstrick?« Als zwanzig Minuten verstrichen waren, bugsierte er Felix zum Schaffnerabteil, das er doppelt und dreifach verriegelte. »Ich will als Soldat in den Krieg ziehen«, beschwerte sich Felix, »ich will mich beim Heeresamt melden. Sie helfen dem Feind und betreiben Verrat an der Heimat, wenn Sie mich nicht gehen lassen.« – »Sachte, sachte, mein Junge«, entgegnete Molzahn, »es geht flotter ans Sterben, als du es dir vorstellen kannst. Beeilen muß sich keiner, das laß dir man sagen.«

Er teilte mit Felix drei Brotscheiben und eine Dose mit salzlosem, grauem Fleisch, das ekelhaft roch und zum Ausspeien schmeckte. Trotzdem aß Felix mit gierigen Bissen und leckte sich anschließend alle zehn Finger ab. »Streck dich aus«, sagte Molzahn, »und schlaf eine Runde.«

Im Morgendunst tauchte Freiwalde auf, und als er Bogislaws Wehrturm erkannte und den schimmernden Glockenturm von St. Marien, preßte es seine Kehle zusammen, ob vor Kummer, am Leben zu sein, oder Heimkehrerfreude, das wußte er nicht. Am Bahnsteig entdeckte er Vater, den man aus Stettin telegrafisch benachrichtigt hatte. Mit seiner schlotternden Hose am Leib – ein verknoteter Strick um den Bauch hielt sie fest –, wirkte Vater verkommener denn je. Felix ließ sich mit dem Aussteigen Zeit. Er rechnete mit einer saftigen Abreibung und war um so erstaunter, als es keine Backpfeifen hagelte und Vater in Weinen ausbrach.

Am anderen Tag flitzten sie mit dem Gastwirtschaftsschlitten nach Schlawe zu einem Klavierlehrer. Adolf Haase erinnerte an einen Ziegenbock mit seiner schauderhaft meckrigen Stimme. Er hatte weißliche Wimpern, war hager und zappelig und seufzte, als Schulmeister Kannmacher meinte, nein, einen Klavierlehrer habe sein Sohn nie gehabt. »Aha«, sagte Haase, »aha, Prinzipiant«, und Prinzipianten, die seien eine Qual, er wolle sich keinen mehr aufhalsen, um seine Lebenszeit sei es zu schade. Erst als Vater stur blieb, war Haase bereit, dem Jungen eine halbe Minute sein Ohr zu leihen. »Eine halbe Minute«, betonte er, zog seine Uhr aus der Weste und sank in den Sessel.

Und als eine halbe Minute vergangen war, brach Felix sein Bachsches Choralvorspiel ab. »Was soll das? Spiel weiter!« beschwerte sich Haase und klappte den Uhrendeckel zu. Er wollte dem Schumannschen »Hasche-Mann« lauschen und einem Chopinschen Walzer. Und einem Mendelssohn und einem Mozart. Mit der Zungenspitze leckte er um seinen fauligen Schneidezahn.

»Und dieser Junge soll ein Prinzipiant sein? Außerordentlich ist das, mein Herr, außerordentlich. Im Umkreis von Schlawe ist mir kein begnadeterer Pianist bekannt als dieser Bengel. Außer mir«, sagte er, »außer mir, das versteht sich.« Stolz und selig stand Felix vom Hocker auf und mußte sich von Adolf Haase umarmen lassen, der blitzartig ein Notenbuch packte und mit einem Knall gegen seine verfleckte Tapete warf, wo er eine Wanze entdeckt hatte. »Sie werden mich auffressen«, jammerte er, als er Felix und Vater zur Treppe begleitete, »meine Bettwanzen werden mich auffressen.«

Seine klavierlose Zeit war zu Ende. Zur Mittagszeit aus dem Gymnasium kommend, marschierte er schnurstracks zu Haase, der in einer Mietwohnung am Hohenzollernplatz lebte. Haase nahm einen Besenstiel und klopfte an seine Zimmerwand, um Beschwerden der Nachbarn zuvorzukommen, die um diese Zeit Mittagsschlaf hielten. Und er liebte es, komische Dinge zu sagen: »Dieses Thema bei Bach besteht aus vierzehn Noten, nicht wahr?« – »Ja«, sagte Felix, »aus vierzehn Noten.« – »Und wenn du nachrechnest im Alphabet, kommst du beim Bachschen Namen auf eine Zahl. B ist zwei, A ist eins, C ist drei, H ist 8. Und was ergibt das zusammen?« – »Vierzehn.« – »Ergo«, meckerte Haase, um vielsagend mit seinen Augen zu rollen, und verstummte.

Emilie lungerte dauernd ums Schulmeisterhaus. »Warum bittest du sie nicht ins Warme, mein Junge? Wir kommen ja nicht aus der Walachei«, sagte Mathilde und legte Briketts in den Ofen. Felix stellte sich taub. Wenn sie sich begegneten, wich er Emilie aus. Und als sie sich eines Tages in seinen Weg stellte, stieß er sie mit dem Ellbogen ruppig beiseite.

Felix verbiß und verbohrte sich in seine Rachsucht. Trotzdem schmerzte es, wenn er zwei Stunden am Uferplatz zubrachte, Noten studierend und Flußkiesel lutschend, und wieder und wieder allein blieb. Und als Emilies Schatten aufs Notenbuch fiel und sie an seiner Seite ins Gras plumpste, sagte er muffig: »Du sollst mich in Ruhe lassen!« – »Nein«, versetzte Emilie mit falscher Heiterkeit, »und wenn du deinen Ellbogen in meine Rippen rammst und mich haßt und verabscheust, das schreckt mich nicht ab. Ich

werde dich nie mehr in Ruhe lassen!« – »Nie mehr?« sagte Felix
und hob seinen Kopf, und Emilie erwiderte: »Nie mehr!«

Felix setzte sich wieder ans Bechsteinklavier. Er spielte im Beisein Emilies und Almas, wenn sie von der Oder nach Hause kam
– und beim Mangel an Essen und Heizmaterial in der Hauptstadt
kam Alma andauernd nach Hause. Zu sticheln und giftig zu sein
konnte Alma nicht abstellen – einen Krach brach sie nicht mehr
vom Zaun. Das hing mit der Mutter zusammen, der es schlechter
und schlechter ging und die man absolut schonen mußte. Und
das um so mehr, als sie bald ins benachbarte Zimmer zog, vor-
zugsweise, um seinem Klavierspiel zu lauschen. Alma war zahmer
als Reh oder Lamm. Felix spielte am Bechsteinklavier in der Sielaffschen Wohnung und am Leipziger Feurichklavier Adolf Haases, dem sein faulender Zahn ausfiel, was er zum Vorwand nahm,
sich zu seinen Wanzen zu legen – mit diesem scheußlichen Loch
im Gebiß Unterricht zu erteilen, das lehnte er ab.

Am Klavier konnte Felix sein Grauen abwerfen, dieses Grauen,
das sich in seiner Seele verkrallen wollte. Er graute sich vor den an
Hausecken lehnenden Lumpengestalten und beinlosen Bettlern.
Vor den Knechten, die sich in den Feldern versteckten, halb irr-
sinnig waren und Heuschrecken fraßen. Blind und zerschossen,
mit fehlenden Gliedmaßen, taugten sie nicht mehr zur Hof- oder
Feldarbeit. Es fehlte den Bauern am Gnadenbrot, das sie verzehren wollten. Folglich nahmen sie Rache und stahlen im Umkreis,
was sie in die Finger bekamen. Sie steckten Scheunen und Schup-
pen in Brand, raubten Hunde und Katzen und schlachteten sie.
Man fand eine Magd, die an zahllosen Stichen in Becken und Busen am Waldrand verblutet war.

Am Klavier konnte er sich von der Trostlosigkeit befreien, die
mit dem Tod seines Bruders ins Haus einzog, den eine Granate
zerfetzt hatte. Was sie im Sarg auf dem Friedhof bestatteten, waren Friedrichs zerrissene Reste. Vorm schlammigen Erdloch, in

das man den Sarg senkte, fiel Schulmeister Kannmacher auf beide Knie und beschmierte sich voller Verzweiflung mit Erde. Mutter weigerte sich, zur Beerdigung mitzukommen, und leugnete halsstarrig Friedrichs Tod. Sie bezichtigte Vater, er vernichte Friedrichs Briefe, um sie in den Irrsinn zu treiben.

Weidemann schluckte, als Mutter verlangte, Friedrichs Feldpost an sie abzuliefern, ausschließlich an sie und an niemanden sonst! »Das steht nicht in meiner Macht!« sagte Knut Weidemann, »Friedrich kann keine Briefe mehr schreiben.« Einen seiner verhungerten Klepper umhalsend, schaute Mutter entgeistert zum Postkutscher. »Er fiel als Soldat«, betonte der feierlich, »als tapferer, deutscher Soldat in der Schlacht.«

Mutter brach nicht in Beschimpfungen aus. Sie wandte sich wieder dem Hannoveraner zu, der mit seinem Schweif eine Wolke von Fliegen verscheuchte. Das war im vorletzten Kriegsjahr, an einem Oktobertag. Auf den Feldern von Heise und Seidenkranz loderten Herbstfeuer, und es roch zwischen Bahnhof und Herzogschloß, Stadtwall und Wipper nach beizendem Rauch. »Ein mutiger Junge, das war er, oh ja«, sagte Mutter mit bebender Stimme. Postkutscher Weidemann nickte erleichtert, zusammen mit seinen verhungerten Pferden. »Wir stehen vor dem Sieg, nicht wahr?« wollte sie wissen, »und mein armer Sohn hat es nicht mehr erlebt.« Weidemann wollte nicht grausamer sein als erforderlich. Und halb seufzte, halb nickte er, und seine Hannoveraner antworteten mit einem Schnauben, als wollten sie Weidemanns Schwindel beeiden.

Doch am anderen Tag hatte sie keinen Zweifel mehr: Vater und Weidemann steckten zusammen und wollten sie um den Verstand bringen. Mutter erteilte dem Postkutscher Hausverbot.

Granatsplitter

Friedrich war keine drei Monate tot, als Ludwig in einem verschlossenen Viehwaggon abreiste, um an der Marne zu schießen. Und an einem warmen Augusttag, im Jahr 1918, stieg Weidemann von seinem Bock und wollte ein Heeresamtsschreiben beim Schulmeister abliefern. »Niemand daheim außer dir?« fragte Weidemann, der sich flink seine Liddeckel abwischte. »Tierchen im Auge«, versetzte er ruppig und reichte Felix den Brief mit der Nachricht, Ludwig sei tot und sein Leichnam verschollen.

Felix traute der Mitteilung nicht und verbrannte den Brief. Er rannte zum Stadtwall und klopfte ans Korbmacherwitwerhaus, um sich bei der Simsschen zu vergewissern. Er vermißte das schwarze Huhn, als er den Flur betrat, und Berthas Amsel im Zimmer – das am Ofen befestigte silbrige Kettchen hing mit seinem Ring in der Luft. »Ich konnte sie vor meinem Hunger nicht retten, er war einfach zu grausam und wild«, sagte Bertha, die seine Gedanken erriet. »Leider kann ich nicht dienen mit Fischinnereien oder Ziegenbockhoden, mein Kleiner. Bring mir den Kessel vom Feuer, ja, den.« Sie beugte sich tief in den rußigen Kessel, den er vor Berthas Gesicht halten mußte und der schwerer und schwerer zu werden begann, als ob er mit Pech oder Hirsebrei vollaufe. »Nicht zittern, ich kann nichts erkennen, wenn du zitterst«, maulte Bertha, »und laß meinen Kessel nicht fallen, sonst zerschmettert er dir die Beine. Und mit meiner Weissagung wird es nichts.« Endlich lehnte sich Bertha verschwitzt in den Schaukelstuhl, und er durfte den Kessel zum Herd bringen. Der war nun gar nicht mehr schwer.

Voller Unruhe knetete er seine Fingergelenke. »Und?« wollte er stammelnd erfahren, »ist Ludwig ... am Leben?« – »Und ob er am Leben ist«, grunzte sie blinzelnd, »lebendiger kann man nicht sein.« Sie streckte den Arm aus, um Felix zu bremsen, der sich vor

Dankbarkeit an Berthas Hals werfen wollte. »Er hatte Dussel, dein Bruder. Um Haaresbreite ist er seinem Schicksal entgangen.« – »Man kann seinem Schicksal entgehen?« fragte Felix erstaunt. »Ja, was denkst du dir in deinem Spatzenhirn?« moserte Bertha, »man kann seinem Schicksal entgehen, und man kann es verderben. Ein sich von der Spule abwickelnder Faden, das ist unser Leben nicht. Merk dir das, Junge.« – »Ich will es mir merken«, versprach er der Korbmachwitwe und verlangte zu wissen, ob Ludwig bald heimkommen werde. »Ja, er wird wiederkommen«, sagte sie freundlicher, »und schließlich zu euren Stettiner Verwandten ziehen und eine Buchhalterlehre beginnen, das hat mir mein Kessel verraten. Verwirrender war eine andere Sache. Er wird sich verheiraten, mit einer Sielaffschen, und ob das Alma war oder Emilie, ließ sich verflixt nicht erkennen.« – »Emilie war es bestimmt nicht«, erwiderte Felix. »Tja«, meinte Bertha Sims, »wenn du es sagst.« Und ein Auge von Bertha betrachtete Felix ernst, das andere linste und zwinkerte.

»Und was ist mit dem Krieg, Bertha, wird er bald aus sein?« erkundigte er sich mit kratziger Stimme. »Herrgott!« blaffte sie, »das war nicht vereinbart.« Felix nickte zerknirscht, »nein, das war nicht vereinbart.« Er machte Anstalten, sich zu verabschieden, als sich Bertha im Schaukelstuhl aufrichtete. »Du sollst es erfahren, mein Junge, du sollst es erfahren. Nichts treibt mich mehr um als dieser verdammte Krieg, und seit dreieinhalb Jahren befrage ich Moorschlamm und Quallen und Fischinnereien, wenn ich Fische bekomme, was leider zu selten passiert. Und ich habe mein Huhn befragt und meine Amsel. Ehe ich sie in den Kochtopf warf, habe ich Leber und Augen befragt. Und was ich erkannte, das waren zerfetzte Gestalten, lose Gliedmaßen, die in die Luft flogen, spritzende Erde und Schneematsch, der Blut trank. Und ich versichere dir, in meiner Stube stank es nach Gewehrfeuer, Gas und verwesendem Fleisch. Etwas anderes konnte ich nicht erkennen. Mir war sterbenselend, und bald hatte ich keinen Mut mehr.«

»Ich verstehe«, erwiderte Felix. »Ach was, du verstehst es nicht, Kiekindiewelt, du verstehst es nicht. Vor ein paar Tagen war Gastwirt Kempin bei mir, der sich ein Heilmittel abholen wollte, und brachte ein leckeres Rebhuhn mit. Und als ich mich in seine Leber vertiefte – nicht in die Kempinsche, du Dummkopf, in die seines Rebhuhns! –, erkannte ich unseren Kaiser, ja, Wilhelm den Zwoten, der aus seinem Schloß floh, Berlin verließ.« – »Er floh aus Berlin?« Felix faßte es nicht. Er mußte sich setzen und drehte den Kohleneimer um. »Und in der Leber entdeckte ich einen Wald, in dem unterzeichnete man ein Papier.« – »Ein Waffenstillstandsvertrag?« fragte Felix und Bertha antwortete mit einem Nicken. »Und wann war das, ich meine, wann wird das sein?« wollte er wissen. »Du darfst es niemandem sagen, versprichst du mir das?« Und sie tuschelte Felix Tag, Monat und Jahr ins Ohr.

Ohne Umwege eilte er zur Apotheke, um Emilie mitzuteilen, was er erfahren hatte, Ludwig sei nicht tot und werde bald wiederkommen und eine Buchhalterlehre beginnen und Kaiser Wilhelm der Zwote ins Ausland fliehen, und mit dem Krieg werde Schluß sein in diesem November – und er verschwieg und verheimlichte nichts außer dieser verwirrenden Heiratsgeschichte.

Und Bertha Sims behielt recht. Anfang Februar stand Ludwig vorm Schulmeisterhaus. Er war verwildert, ein Klappergestell, ein hohlwangiger Knochenmann und halber Tod. »Mein Bruder ist wieder zu Hause! Er lebt!« keuchte Felix und traute sich nicht, Ludwig anzufassen, aus Furcht, seine Spukgestalt werde zu Luft. Es war Mathilde, die Ludwig ins Haus zog und vom Mantel befreite und seinen verschlammten Schuhen, die Pappsohlen hatten und zwischen den Fingern zerfielen. Sie schob Ludwig zum Herdfeuer, goß einen Schnaps ein und wusch seine Zehen, die schwarz waren, als seien sie verfault. Vater streichelte seinen verfilzten Schopf, und wenn er eine Laus fand, zerknackte er sie. Und als Mutter ins Erdgeschoß tappte, stieß sie einen Schrei aus und warf sich auf Ludwig: »Ich wußte es ja, du wirst wiederkommen. Mein Friedrich konnte nicht tot sein!«

Bei einem der mißlungenen Angriffe vor Noyon hatte es Ludwig erwischt, und wo er verletzt war, das hatte er nicht mehr begriffen. Nichts als einen rasenden Schmerz hatte er bemerkt, der bald sein Bewußtsein zerriß. Als er aus der Dunkelheit auftauchte, befand er sich in einem feindlichen Krankenzelt. Man schnitt seine feldgraue Uniform auf, und ein Doktor begutachtete seinen rechten Arm, der ein Fleischklumpen war und sich nicht mehr bewegen ließ. Beruhigend sprach er auf Ludwig ein, der kein Wort von dem Singsang verstand.

Seinen von Granatsplittern zerschmetterten Arm durfte Ludwig behalten. Das war eine Ausnahme in diesem Krieg, in dem man zerschossene Gliedmaßen kurzerhand abschnitt. Trotzdem hatte er keine Freude an seinem Arm, der kraftlos und schlaff blieb, als sei er aus nasser Holzwolle. Schlimmer war der sich Tag und Nacht meldende und seine Sinne zermalmende Schmerz. »Hochinteressant, dieses Schlottergelenk«, sagte Dehmel, als er Ludwigs Arm untersuchte, »warum es schmerzt, kann ich leider nicht sagen.« Er schrieb ein Rezept mit zwei Medikamenten und stapfte zu Schulmeister Kannmacher hoch. Sie tauschten politische Meinungen aus, Kriegsniederlage und Reparationszahlungen, Spartakusaufstand und Weimarer Republik. Vaters Stimme drang bis in den Korridor. »Und das nennen Sie Frieden, Herr Doktor? Wenn man alle Kriegshandlungen einstellt, hat das nichts mit Frieden zu tun, lieber Freund. Kant sagt, ein Friedensschluß, der einen Vorwand zu neuen Kriegshandlungen liefert, ist nichts als ein wertloser Fetzen Papier. Und unseren Kriegshetzern konnte überhaupt nichts Besseres passieren als dieser Vertrag von Versailles.«

»Warum hackt er mir meinen Arm nicht ab?« jammerte Ludwig, dem keines der Medikamente Erleichterung verschaffte, »ohne lebt es sich besser als mit!« Wieder lief Felix zum Korbmacherwitwenhaus, um sich bei Bertha Sims zu erkundigen, ob sie kein wirksames Heilmittel kenne. »Von Schlottergelenken verstehe ich gar nichts«, sagte Bertha, die sich gegen den Balken am Ziehbrunnen lehnte, »und was du beschreibst, reicht nicht aus. Wenn Ludwig nicht zu mir kommt, brauche ich Haare. Ja, eine Haarlocke von deinem Bruder«, wiederholte sie, als Felix stutzte.

Von einem Besuch bei der Hexe und Heilerin wollte sein Bruder nichts wissen. »Sie hat Buchbinder Hildebrandts Warze besprochen, seine scheußliche Warze am Kinn, bis sie trocken und runzlig war«, plapperte Felix, »und mit einer Mixtur aus zerschnittenem Kuheuter, Senfsamen, Bienenwachs und Hahnenklee, die sie kochen und zweieinhalb Monate ziehen lassen mußte, hat sie Gastwirt Kempin von der Lues befreit.« – »Wer hat Syphilis? Gastwirt Kempin?« fragte Ludwig und brach in schallendes Lachen aus. »Er hat keine Syphilis mehr«, sagte Felix verstimmt, »und das verdankt er dem Berthaschen Heilmittel.« – »Abrakadabra«, erwiderte Ludwig, klatschte sein Buch zu und drehte sich trotzig zur Wand. Erst, als er flach atmete, wagte es Felix, auf Zehenspitzen zu seinem schlafenden Bruder zu schleichen, dem er behutsam zwei Haartollen abschnitt.

»Das dachte ich mir«, meinte Bertha Sims, als sie sich Ludwigs Haarlocken dicht vors Gesicht hielt. Im Nu schwang sie sich jetzt aus dem Schaukelstuhl, um sich vor eine Truhe beim Korridoreingang zu knien. Was diese Truhe enthielt, warf sie vor seine Schuhe: einen Damenreithut mit zerrissenem Schleier; ein Amulett, an dem Wolfszahn an Wolfszahn hing – und einer war spitzer und zackiger als der andere; tote Eidechsen und eine Kreuzotterhaut; eine Schachtel mit Fledermausaugen; Hufeisen und Quarzsteine; einen Granitbrocken – angeblich von einem Meteoriten; schwarze Schafswolle und einen Seeadlerschnabel; und zum Schluß einen menschlichen Finger im Einmachglas. »Das ist ein Finger vom Korbmacher Sims«, knurrte sie, »der keine Geduld hatte, vor unseren Herrgott zu treten, und das zu einer Zeit, als mein Schoß jung und hungrig war.« Vor Scham schielte Felix zur Stubendecke, was Bertha in Heiterkeit ausbrechen ließ.

Endlich hielt sie ein Blatt hoch, das zu einem Brieflein gefaltet war, in dem ein vertrockneter Salbenklecks klebte. »Riecht sie nicht mehr?« wollte Bertha wissen, »wenn sie nicht mehr riecht, ist sie wirkungslos.« Felix sog einen scharfen Geruch ein, als er seine Nase ins Blatt steckte, und mußte niesen.

Vor Freude vergaß er, sich bei Bertha Sims zu bedanken, und eilte zum Haus in der Bahnhofstraße, wo Bruder Ludwig am Lesen und Lernen war, um sein Abitur nachzuholen. Widerwillig erlaubte er Felix, das rote Zeug auf seinem Arm zu verteilen. »Du bist ein Kindskopf«, bemerkte er mißmutig, »wollen wir wetten? Es wird mir nicht helfen. Außerdem stinke ich meilenweit gegen den Wind.«

Seine Schmerzen im Arm klangen leider nicht ab, nicht in der Nacht, nicht am folgenden Tag. Ludwig wollte ein Bad nehmen, um sich vom Gestank zu befreien, was Felix aber in letzter Minute verhinderte. »Du mußt mir versprechen, drei Tage zu warten«, flehte er seinen Bruder an, der bereits mit einem Fuß in der dampfenden Zinkwanne stand. In der zweiten Nacht trat er zu Felix ans Bett, riß an der Deckenschnur mit dem Elektrischen und krempelte fluchend sein Nachthemd hoch. Ludwigs Arm war verquollen und ofenrohrdick. »Schau dir das an«, schimpfte er, »dieses Teufelszeug bringt mich um.«

Sein Zustand verschlimmerte sich bis zum Mittag. Mit verzerrtem Gesicht rannte er in den Garten, wo er sich in der Laube verkroch. Voller Reue und Schuldbewußtsein folgte Felix dem Bruder und hockte sich neben das Bretterhaus, in dem es heulte und wimmerte.

Es verstrich eine qualvolle Stunde, bis Winseln und Jammern schlagartig versiegten. Felix preßte verzweifelt sein Ohr an die Laubenwand. Milchkannen schepperten, Hufeisen klapperten, Kuhglockenbimmeln erklang aus der Ferne – im Gartenhaus herrschte gespenstische Stille.

Auf das Schlimmste gefaßt, klinkte Felix die Laube auf. Es dauerte, bis er den Bruder im Dunkeln erkannte, der in der Ecke beim Holzofen lehnte – und kicherte. »Was ist?« wollte Felix erfahren, halb benommen, halb erleichtert, »was ist denn passiert, Ludwig?« Sein Bruder hielt einen Granatsplitter hoch. Und an Ludwigs Ellenbogen, der nicht mehr dick und verquollen war, konnte man klaffendes Fleisch erkennen, um das sich bereits eine Schorfkruste bildete.

Ludwigs achtloses und kaltes Benehmen war Vergangenheit. Er sprang nicht mehr ruppig mit Felix um, und seine Schweigsamkeit fand ein Ende. Beim Zubettgehen sprach er von seinen Soldatenerlebnissen, die lustig und aufregend klangen. Was grausig gewesen war, sparte er aus. Seine Leidenschaft waren Latrinenwitze. Und er prahlte mit seinen Besuchen bei Frauen in Holzwagen, die den Soldaten gefolgt waren, oder bequemeren Bordellen. Es schwindelte Felix bei diesen Geschichten, die er peinlich und abstoßend fand.

Ludwig half bei seinen Schulaufgaben, lernte mit Felix und kritzelte Spickzettel. Von seinem Kurzaufenthalt in Stettin, wo er sich im Handelsbetrieb Onkel Heinrichs auf eine Stelle als Lehrling beworben hatte, brachte er Bachnoten mit. Ludwig, der nichts von Musik verstand, ließ sich nicht ausreden, ins Apothekerhaus mitzukommen, um seinem klavierspielenden Bruder zu lauschen. Zehn Minuten verkniff er es sich, mit Emilie zu plaudern, die er bei dieser Gelegenheit kennenlernte, wippte mit beiden Beinen, schloß seine Augen und strengte sich an, nicht gelangweilt zu wirken. Bis er sich nicht mehr zusammenreißen konnte. Sie schwatzten mit lebhafter werdenden Stimmen, und Felix brach mitten im Bachschen Choralvorspiel ab.

Ludwig holte den Bruder beim Schloßgraben ein, schnitt Grimassen und bat um Verzeihung. Als Felix verstockt blieb, bemerkte er heiter: »Es ist mehr als Beleidigtsein, gib es zu! Was dich kiebig macht, ist deine Eifersucht!« – »Ach was«, fauchte Felix und stampfte auf. Ludwig war ein erwachsener Mann, hatte Frauen besucht und besaß eine rauhere Seele. Bestimmt fand es sein Bruder zum Umwerfen komisch, wenn einer mit vierzehn verliebt war. Felix ließ kein gutes Haar an den Sielaffschen Schwestern, nicht an Alma – was leicht fiel – und nicht an Emilie – was weh tat. Er sei halt gezwungen, sie beide in Kauf zu nehmen, wenn er bei Sielaffs Klavier spielen wolle, log Felix, und am Ende zerstreute er Ludwigs Verdacht.

Als er sein Abitur bestanden hatte, zog Ludwig zu Tante und Onkel, um seine Lehre im Handelsbetrieb anzutreten. Er plante, zusammen mit Felix anzureisen, der nie in der pommerschen Hauptstadt gewesen war – außer am Bahnhof, mit Zugschaffner Molzahn. »Warum kann er nicht einen Teil seiner Ferien bei Onkel und Tante verbringen?« sagte Ludwig zu Vater, der von seinem Plan nicht erbaut war, »im Quistorparkhaus hat es ausreichend Platz. Onkel und Tante sind einverstanden.« Mit seiner Zusage, wachsam und streng zu sein, stimmte er Kannmacher um. Und Felix war selig und warf sich an Ludwigs Hals, schluckte und schniefte vor Dankbarkeit.

Bereits eine Woche vorm Reisetag fing er zu packen an, und nachts kam er nicht mehr zur Ruhe. Tante Frieda besaß eine Schauspielhausloge – das wußte er von seiner Mutter – und lief alle naslang in Opernvorstellungen. Und kein Sinfoniekonzert ließ sie aus. Sie hatte auf Mutters Gesellschaft beharrt, wenn sie zu Konzerten und Opernvorstellungen aufbrach – warum sollte sie Felix nicht mitnehmen wollen? Ein Klavier mußte er nicht vermissen, es befand sich ja eines im Quistorparkhaus, das seinerseits riesig und aufregend sein mußte. Es hatte verwinkelte Treppen und Turmstuben, und drei Bedienstete hielten es reinlich. Er freute sich auf Onkel Heinrich, der trotz seines trockenen Cha-

93

rakters ein herzlicher Mensch war – beteuerte Ludwig vorm Einschlafen – und seine Freizeit am liebsten beim Billard verbrachte. Das war eine Auskunft, die Felix in Aufruhr versetzte: Ja, er beabsichtigte, sich vom Onkel das Billardspielen beibringen zu lassen.

Sein Herz klopfte wild, als sie endlich Stettin erreichten und mit Koffern beladen vom Bahnhof zum Quistorpark liefen. Er war verwirrt von den wimmelnden Menschen, Ladenschildern, Reklameaufschriften, Plakaten – und gab es bald auf, alle lesen zu wollen –, vom Kutschen- und Automobilverkehr, vor dem er sich in acht nehmen mußte. Einem Automobil war er niemals begegnet, und an diesem Nachmittag waren es zehn! Sprachlos starrte er auf eine Limousine, die zwischen zwei Fuhrwerken ausscherte und mit Hupsignalen in seine Richtung schoß, und mußte sich von seinem Bruder in letzter Minute vom Fahrdamm ziehen lassen.

Leider legte sich seine Erregung im Nu, als er mit Ludwig bei Onkel und Tante ins Haus trat, das seinen Glanz in der Kriegszeit verloren hatte. Es war mittlerweile ein grauer, verkommener Bau, umgeben von einem verwilderten Garten. Die beiden bewohnten es mit einem halbtauben Hausdiener, der an schwerem – und pfeifendem – Asthma litt. Dieser schlurfende Mensch paßte bestens zum Haus, das er nicht mehr sauberzuhalten vermochte, halb aus Mangel an Kraft, halb aus fehlender Aufmerksamkeit. Er war vollauf beansprucht mit Kochen und Schuhepolieren, Petroleumlampen- und Kerzenanstecken, mit dem Flicken von Kleidern, Gardinen und Bettzeug. Es fiel Gustav nicht auf, wenn er Frieda den Nachmittagstee in von Motten zerfressenen Handschuhen anreichte. Und Frieda blieb lieber stumm, als diesem freundlichen Hausgeist zu nahe zu treten, der sie an vergangene Zeiten erinnerte.

Es gab keinen einzigen Ofen, der richtig zog, alle Badarmaturen waren verrostet und undicht, es regnete klingelnd in Blechwannen, die Hausdiener Gustav im Dachboden aufstellte – in der Regel vergaß er, sie rechtzeitig auszuleeren. Ein Abwasserrohr war im Winter geborsten und in der Dielenwand, wo es verlief, bildete sich eine Placke aus weißlichem Schimmel. Im Kronleuchter, der vierzehn Arme besaß und aus Gußeisen war, steckte eine vereinsamte Kerze. Und die von Onkel Heinrich als Junge verfertigten Schiffe in schmierigen Glasflaschen schaukelten still in der zugigen Eingangshalle.

Staubige Stoffe in Speise- und Wohnzimmer hingen vor den Fenstern zum Garten, den Schnecken und Unkraut erobert hatten, und verhalfen den speckigen Ohrensesseln und Mahagonivitrinen zu barmherzigem Halbdunkel. Vier andere Zimmer im Erdgeschoß, die Kopien italienischer Meister enthielten, Perserteppiche, Billardtisch und Klavier, hatte Gustav zu Kriegszeiten mit Naphtalin bestaubt. Sie waren nicht mehr in Benutzung.

Tante Frieda war hager, bepudert, reichlich mit Schmuck behangen und erinnerte an einen struppigen Christbaum, der vertrocknet war und keine Nadeln mehr hatte. Mit der Stielbrille, die sie sich forschend vors Auge hielt – eine Brille mit einfachem Fensterglas –, begaffte sie Ludwig und Felix mit Hingabe, packte beide am Kinn, um sie kurz ins Profil zu drehen, hob eine Braue und seufzte: »Ogottogott.«

»Das sind keine Kinder mehr, Heinrich«, bemerkte sie lispelnd – zu lispeln betrachtete Frieda als damenhaft – und mit einem Anflug von Bitterkeit. Felix loslassend, seufzte sie wieder: »Ogottogott. Er ist ja ein Abklatsch von unserer Clara, als sie eine junge und muntere Krabbe war. Und sie behauptete steif und fest, sie habe ein Schlangenei ausgetragen. Behauptete sie das nicht, Heinrich?« Und warum sie sich gegen die Stirn tippte, ob sie auf Mutters Verwirrtheit anspielte oder mit der Erinnerung rang, das blieb schleierhaft.

Onkel Heinrich war nicht mehr der steife und schicke Herr, der bis um zehn in der Nacht im Kontor blieb und sich vom Zahlenteufel reiten ließ. Er war inzwischen beachtlich dick, watschelte auf seinen staksigen Beinen und hatte Beschwerden beim Laufen und Stehen. Er lehnte sich gerne auf Hausdiener Gustav, wenn er sich nicht an der keuchenden Ehefrau festhielt, die zu klapprig war, um sein Gewicht auszuhalten. Das Billardspielen hatte er aufgegeben, und mit der Republik wollte er nichts zu tun haben. Lieber ließ er sich uralte Zeitungen vom Dachboden bringen, die aus der Epoche von Reichskanzler Bismarck stammten, und las sie beim Morgenkaffee, zu dem er sich Berge an Eiern und Fruchtgelee auffahren ließ.

Ins Bollwerkkontor schleppte Onkel sich nicht mehr. Er ließ es vom Buchhalter Jahnke verwalten, dem er, anders als Frieda, vertraute. Zwar hatte der sich ein Haus bauen lassen und besaß mittlerweile ein Automobil – Onkel Heinrichs Verdacht konnte das nicht erregen. Am sinkenden Umsatz war ausschließlich diese Regierung sozialdemokratischer Feiglinge schuld, die es verdient hatte, von einem Putschgeneral aus dem Reichstag vertrieben zu werden. »Man sollte sie standrechtlich abknallen«, schimpfte er. Frieda nickte: »Wir leben im Jammertal.« Und wenn sie vorsichtig einwarf, mit anderen Handelsbetrieben Stettins gehe es bergauf, muffelte er: »Von Bilanzen verstehst du nichts. Halte dich lieber an dein Illusionstheater.« Vom Theater sprach Heinrich nie ohne das Zusatzwort »Illusion«, das seine Verachtung zusammenfaßte.

»Achgottachgott, Heinrich«, erwiderte Frieda und fixierte verdrossen den kleinen Finger, den sie von der Teetasse abspreizte, »wann war mein letzter Besuch im Theater? Im August 1914, nicht wahr? Und ich soll mich ans Schauspielhaus halten?«

Tante Frieda ging nicht mehr ins Schauspielhaus, trotz der Loge, von der sie nicht lassen wollte und die sie von Spielzeit zu Spielzeit bezahlte, teils, um sie anderen Familien vorzuenthalten, teils aus sentimentalischer Treue. Im Besitz einer Schauspielhausloge zu sein, das entsprach Friedas Ansicht von Vornehmheit – und am vornehmsten war es, wenn man sie nicht nutzte!

Von einem Ausflug zum Westendsee oder ans Haff, die sie Kannmachers Jungs bei der Ankunft versprochen hatte, wollte sie bald nichts mehr wissen. Angeblich litt sie an Leibschmerzen, Kopfweh und Rheuma. Mit seinem Vorschlag zu einem Konzertbesuch stach Felix bei Frieda ins Wespennest, die sich wortreich beklagte, stocktaub zu sein. Bei Sopranstimmen im Opernhaus habe sie nichts als ein grausiges Pfeifen im Ohr. »Und am Schluß bin ich vollkommen heiser, mein Kind.« Auf dem Klavier konnte man nicht mehr spielen. Als er in den Musiksalon schlich und den Deckel aufklappte, sprang eine Maus von den Tasten. Und im Klavierkasten fand er ein Nest voller nackter und quiekender Tierchen.

Er begann sich entsetzlich zu langweilen. Tante Frieda, die Felix am Anfang verwarnt hatte, er solle das Haus nicht alleine verlassen, es wimmele an Hafen und Roßmarkt von Taschendieben, fiel es nicht auf, als er sich aus der Diele stahl. Warum sollte er auf der Hut sein vor Langfingern oder an Hoftoren lehnenden Halsabschneidern? Er hatte ohnehin nichts in den Taschen, außer zwei Bachkieseln aus seinem Wipperversteck, die beim Ausschreiten gegeneinanderklackten, Kastanien und Sonnenblumenkernen und einem Scheit Kirschholz, aus dem er Emilie schnitzen wollte, wenn er erst wieder zu Hause war. Keinen Pfennig hatte er bei sich, nicht einen! Das bereitete Felix besonderen Kummer, als er seine Nase ans Schaufenster der Musikalienhandlung Franz Blasendorff preßte, die er in der Klosterhofstraße entdeckte. Einzutreten, das wagte er nicht. Noten stapelten sich bis zur Ladendecke, und er konnte ein Dutzend Klaviere erkennen, spiegelnd schwarz lackiert und mit schneeweißen Tasten. Es kribbelte in seinen Fingern, und er wandte sich schleunigst vom Schaufenster ab, um nicht loszuheulen.

Finster trottete Felix zur Hakenterrasse und von der Hakenterrasse zum Hafen. Um sieben Uhr holte er Ludwig vom Bollwerk ab, und als er vor Mißmut an einen Laternenpfahl trat, wollte Ludwig erfahren, was los sei. Felix ließ seinem Groll freien Lauf. Und am anderen Tag schwenkte sein Bruder zwei Schloßkonzertkarten, die er vom ersten Lehrgeld bezahlt hatte. Um acht saßen sie auf zwei Samtpolstersesseln, mit sauberen Gesichtern und schnurgeraden Scheiteln und in den besten Freiwalder Klamotten. Sie ernteten trotzdem abkanzelndes Augenbrauenrunzeln, was sie nicht im geringsten beeindrucken konnte. Felix zappelte auf seinem Platz vor Begeisterung, und bei Scarlattisonaten und Goldbergschen Variationen verging er vor Seligkeit. Und ab und zu streichelte er Ludwigs Hand, wenn sein Bruder zu schnorcheln und schnarchen begann.

Spione in englischen Diensten

An dem grauen Novembertag, als Doktor Dehmel ans Haus klopfte und aufgeregt mitteilte, Deutschland sei Republik, erholte sich Vater von seiner Verzweiflung. Er riß seine Fenster sperrangelweit auf, trotz der kalten und diesigen Luft, die ins Zimmer drang, und trug seinen schwappenden Pißpott ins Erdgeschoß. Und zu Mathilde, die sprachlos im Hausflur stand, als er den Inhalt im Flurklo entleerte und seinen Pott in den nebligen Garten warf, sagte er zwinkernd: »Wir kommen ja nicht aus der Walachei!« Er bat sie, den Ofen im Bad anzuheizen, und als er im dampfenden Zuber saß, schrubbte er sich »diesen Kriegsdreck« ab, der seine »Pelle« verklebt hatte.

Vater achtete wieder auf seine Erscheinung. Er schnitt seine Zehennägel, legte auf saubere Kleidung Wert, trennte sich von den Schuhen, die kein Schuster mehr ausbessern wollte. Er ging zu Versammlungen ins Gasthaus Kempin, wo sich Doktor Dehmels Sozialdemokraten zusammenfanden. Und als ein verschlammter und wankender Haufen heimkehrender Soldaten zum Marktplatz marschierte, um eine Sowjetrepublik auszurufen, Apotheker- und Metzgerschaufenster zerdepperte, Liebherrs Kriegsrohstoffstelle in Brand setzte und »Kriegshetzer! Kriegshetzer!« heulend vorm Pfarrhaus auftauchte und dem wimmernden Priebe ein Seil um den Hals legte, waren es Doktor Dehmel und Schulmeister Kannmacher, die sie zur Ruhe ermahnten. »Laß das man den Teufel erledigen, sich Priebes Seele zu holen«, sagte Vater zum Fleischergesellen, der das andere Strickende um einen Ast wand, »wenn du einen Mord begehst, wirst du auf ewig zusammen mit Priebe am Spieß braten. Kannst du dir nichts Besseres vorstellen?«

Von seiner tiefreichenden Schwermut kam Vater nicht los. Er ließ es an Steifheit und Strenge vermissen, und in sein sicheres Schulmeisterauftreten mischte sich eine nicht zu verleugnende

Unruhe. Er wirkte zweifelnder, weicher, verletzlicher. Oder legte bisweilen eine Heiterkeit an den Tag, die zu seinem bisherigen Wesen nicht paßte, das kraftvoller, ernster und starrer gewesen war. Und im Handumdrehen konnte er aus dieser Heiterkeit wieder in Schwermut versinken.

Schlimmer war es um Mutter bestellt, die zwei Stunden versteinert im Korridor stehen konnte und nichts anderes tat, als ins Leere zu starren. Sie eilte ins Freie, um Hecken und Rosen zu stutzen, und schnitt keinen Rosenzweig ab, ohne anschließend ziellose Kreise zu laufen, als habe sie vollkommen vergessen, was sie mit der Schere bezweckte, die sie in den Fingern hielt. Es war keine Absicht, wenn sie Priebes Predigt verpaßte. Einen Schritt vor den anderen zu setzen und schnurstracks zur Kirche zu gehen, brachte Mutter nicht fertig. Sie rannte im Zickzack von Bordstein zu Bordstein, machte kehrt, hielt inne und drehte besessene Runden um Kriegerdenkmal oder Marktplatz. Mutters Benehmen war gespenstisch und konnte von Zeit zu Zeit in Raserei umkippen.

Sie verwechselte Ludwig beharrlich mit Friedrich, und Ludwigs Heimkehr betrachtete sie als Beweis, wie falsch und verlogen der Ehemann war. »Du wolltest mich krank machen, Leopold«, keifte sie, wenn er sich im Flur seinen Hut in die Stirn preßte, »mit deiner Behauptung, mein Friedrich sei tot. Du hast seine Feldbriefe heimlich vernichtet, um mich in den Wahnsinn zu treiben.« Anfallartig schnitt sie seine Schlipse entzwei, vergrub sein Zensurenbuch im Garten. Sie ging mit Besen und Messer auf Vater los und brach weinend im Sessel zusammen. Sie bezichtigte Vater, er wolle sie loswerden, um seine Hausangestellte zu heiraten.

Dieser Verdacht machte bald einem anderen Vorwurf Platz. »Er will an meine Kriegsanleihen«, weihte sie Ludwig ein, der auf der eisernen Gartenbank hockte und sich ins Buchhaltungslehrbuch vertiefte, »und er kommt ohne Schwierigkeit an meine Konten, wenn er im Bankhaus ein amtliches Schreiben vorweisen kann, ich sei nicht mehr bei Verstand. Er braucht nichts als ein Gutachten von Doktor Dehmel, um zu meinem Vormund berufen zu werden. Dieser Dehmel hat mich auf dem Kieker, ist dir das entgangen?, scheeler kann man nicht schauen! Und mein Geld ist dein Geld, verstehst du nicht, Friedrich?, du sollst meine Kriegsanleihen erben.« – »Ich muß lernen, Mutter, laß mich in Ruhe«, entgegnete Ludwig wild, »deine Kriegsanleihen sind keinen Pfifferling wert! Und außerdem heiße ich Ludwig, nicht Friedrich, begreifst du das endlich? Mein Bruder ist tot!« – »Verzeihung«, erwiderte Mutter, »Verzeihung. Ich weiß nicht, warum ich euch ewig verwechsle.« Kummervoll spielte sie an einer Haarlocke. »Und du hast recht, meine Kriegsanleihen sind es nicht, die er veruntreuen will. Dein Vater, der schleicht um den fetteren Speck. Und das sind Alfreds Minen in Bogenfels!« – »Herrgott«, schimpfte Ludwig, »die hat ja dein Bruder nicht mehr. Angra Pequena ist heute in Burenhand!« – »Ist das dein Ernst?« fragte Mutter beklommen. Ludwig vertiefte sich wieder ins Lehrbuch, als Mutter in Schweigen verfiel. Und nach einer Pause bemerkte sie aufgeregt: »Das muß ich dringend mit Friedrich besprechen. Kannst du mir nicht sagen, wo Friedrich steckt?«

Sie lebte in einer anderen Welt aus Ideen, die verdreht und verquer waren. Und ließ sich von niemandem einreden, Wilhelm II. sei nicht mehr im Land. An einem Apriltag, bei aufgehender Sonne, kam sie ins Schlafzimmer, beugte sich glucksend zu Ludwig, dem sie einen Kuß auf die Stirn hauchte, und tuschelte: »Wir haben Warschau erobert!« Seine Erwiderung wartete sie nicht erst ab. Barfuß, im Nachthemd, lief sie in den Garten und wandte sich summend der Sonne zu, die zwischen Weiden und Rapsfeldern hochrollte. Am Mittagstisch herrschte sie Kannmacher an: »Du kannst mich von den Heeresberichten und Siegesbotschaften nicht fernhalten, merk dir das, Leopold. Ich habe ja Friedrich, der setzt mich in Kenntnis«, und liebevoll faßte sie Ludwig am Arm.

Aus Zufall begegnete sie Polizeimeister Beilfuß, der sich auf einem Stein vor der Forstkasse sonnte und mit Appetit seine Stulle verzehrte. Als Mutter zu wissen verlangte, warum er nicht wachsamer sei, sprang er auf seine Beine. In Freiwalde betreibe man Hochverrat und Spionage, und Beilfuß, der schreite nicht ein, ob er keine Augen im Kopf habe? Und Beilfuß, der pflichtbewußt Haltung annahm, seinen Daumen zwischen Riemen und Uniform schob, bat Frau Kannmacher, schleunigst zu sagen, wen sie im Verdacht habe und wo er einschreiten solle. Und als Mutter erwiderte, Kannmacher sei es, Schulmeister Kannmacher sei ein Spion, stehe in britischen Diensten und wolle, zusammen mit Dehmel, den Kaiser beseitigen, ließ Beilfuß sein Butterbrot fallen.

Oder sie eilte zu Liebherr ins Gotteshaus, dem sie mitteilte, in dieser Nacht solle wieder ein englischer Dampfer versenkt werden, ein Passagierschiff mit Namen »Arabic«. Clara nahm Liebherrs Hand, die sie aufgeregt quetschte. »Kannmacher handelt in britischem Auftrag. Und wenn er Gelegenheit findet, den Briten zu kabeln, eines unserer U-Boote sei zum Beschuß der Arabic auf Kurs, werden englische Unterseeboote dem Dampfer zu Hilfe kommen. Das muß ich verhindern, verstehen Sie?« Und Adolph Liebherr erwiderte trocken, Deutschland habe das englische Dampfschiff mit Namen Arabic bereits vor vier Jahren versenkt, und wenn Kannmacher sich beide Beine ausreiße!, diesen Abschuß vereiteln zu wollen, sei aussichtslos. Er nickte dem Burschen zu, der seinen Blasebalg trat, zog verschiedene Register und warf sich aufs Orgelbrett.

Daheim wollte sie keinen Happen mehr essen. Am Mittagstisch stocherte sie mit der Gabel in Fischauflauf oder Kartoffelbrei, und als sich Vater behutsam erkundigte: »Bist du nicht hungrig?«, und Mutter empfahl, etwas zu sich zu nehmen, sie sei schrecklich mager und solle nicht weiter vom Fleisch fallen, versetzte sie eisig: »Zum Schauspieler taugst du nicht, Kannmacher. Ich weiß, was du vorhast, ich weiß es.« – »Und was habe ich vor?« fragte Vater, der blaß war und seine Serviette zerknuddelte, »und

was soll ich angeblich vorhaben, Clara?« – »Du hast Mathilde beauftragt«, antwortete Mutter scharf, »Gift in mein Essen zu mischen. Du beabsichtigst, mich zu vergiften.«

»Bei Kannmacher bin ich in Lebensgefahr«, schluchzte Mutter,
als sie mit zwei Koffern vorm Pfarrhaus auftauchte und zu Pastor
Priebe ziehen wollte. »Ich brauche ein Schlupfloch, verstehen Sie
nicht?« sagte sie zu dem verdatterten Mann, der sich erst von diesem Schrecken erholen mußte, ehe er seine gewohnte Beredsam-
keit wiederfand. »Um seiner habhaft zu werden, muß Schulmeister Kannmacher haarscharf beobachtet werden, und das kann
niemand besser als Sie«, schwatzte Priebe. »Wo sind Kannmachers
Apparaturen versteckt, im Dachboden, in einer Waldgrotte oder
im Herzogschloß? Er benutzt einen Geheimcode, Verehrteste!
Wenn wir seinen Geheimcode nicht knacken, ist er aus dem
Schneider. Und wer sind seine Helfer?, er handelt ja nicht allein.
Kommen Sie mir nicht mit dem Dehmel, der einer von Tausen-
den ist, gute Frau. Dieses Netz von Spionen macht nicht vor der
pommerschen Hauptstadt halt, lassen Sie sich das man sagen. Es
reicht bis ins rote Berlin!«

Bei diesem Vortrag, den Felix belauschte – der vom Apothekerhaus kommend seine Mutter und Priebe im Garten entdeckt hatte
und sich vor ein Astloch im Lattenzaun kauerte –, bewegte sich
Priebe aufs Gartentor zu, und um es Mutter nicht merken zu lassen, die er vertrauensvoll am Arm festhielt, quatschte und quasselte er ohne Ende. Mit der freien Hand winkte er seiner Bediensteten, die von der Leiter im Kirschbaum stieg und Mutters Koffer
nahm, um sie zum Kirchplatz zu schleppen. »Wenn Sie nicht in
Kannmachers Haus bleiben, werden wir niemals erfahren, was er
treibt. Um ehrlich zu sein, liebe Clara, es ist eine schwierige Aufgabe, die Sie sich aufladen«, sagte er mit verlogener Anteilnahme
und trat mit dem Fuß gegen das Gartentor, das wieder zufallen
wollte, »andererseits haben wir keine andere Wahl!« – »Ja«, erwiderte Mutter, »wir haben keine andere Wahl. Ich werde Kannma-

cher nicht aus den Augen lassen und Sie alle drei Tage besuchen, Herr Pfarrer, um mitzuteilen, was ich beobachtet habe.«

Sie schwankte zur Kirchstraße, wo sie auf Felix traf, und ließ sich mit Not einen Koffer abschwatzen. »Man hat mir einen wichtigen Auftrag erteilt«, sagte Mutter, »und um den zu erledigen, muß ich stark sein.« Felix stellte sich dumm. »Und wer hat dich beauftragt?« Sie blieb stehen und kniff beide Augen zusammen. »Das werde ich dir nicht verraten«, erwiderte sie, »du bist schlau, Felix, und willst mich aushorchen. Ach, ich habe ein Schlangenei ausgetragen. Und du bist ein verschlagenes Schlangenkind.« Und bis zum Kannmacherhaus in der Wippervorstadt verbiß sie sich ins Schweigen und stierte zu Boden.

Pastor Priebe empfing Clara Kannmacher nicht mehr. Von seiner Dienstmagd ließ er sich verleugnen. Er befand sich angeblich beim Mittagsschlaf oder bereitete eine Beerdigungspredigt vor, falls er nicht einen Hexenschuß auskurieren mußte. Wenn er seine Gemeinde am Sonntag verabschiedet hatte und Mutter nicht von seiner Seite wich, war er dringend ins Lauenburger Kirchenamt einbestellt oder mußte der Essenseinladung beim Amtsrichter folgen und durfte den Mann nicht versetzen.

Es war Priebe, der Vater vorm Siechenhaus abfing, in dem sich inzwischen die Schule befand. Seine Rettung vorm Fleischergesellenstrick hatte er Schulmeister Kannmacher niemals verziehen. »Von wegen, ich werde beim Teufel am Spieß braten. Diesen Platz werden Sie einnehmen«, krauterte er, wenn er Leopold Kannmachers Weg kreuzte. Und vor den Gemeindemitgliedern behauptete er, er verdanke sein Leben der Vorsehung Gottes.

Es sei verantwortungslos, schimpfte Priebe vorm Siechenhaus, es sei verantwortungslos und verbrecherisch, dieses spinnerte Frauenzimmer nicht zu beseitigen. »Sie verfolgt mich, verstehen Sie nicht, Kannmacher? Sie macht mir das Leben zur Qual! Dehmel soll endlich ein Gutachten einreichen, und Sie und ich und

Freiwalde sind Clara los. Guter Gott, sie muß in eine Anstalt verbracht werden. Wenn sie erst einsitzt, wird sie keinen Schaden mehr anrichten.« Und als Vater versetzte: »Sie reden von meiner Frau! Und die werde ich niemals ins Irrenhaus schicken, wo man sie mit Hieben mißhandelt, Herr Pfarrer. Und den guten Gott lassen Sie man aus dem Spiel!«, giftete Priebe: »Kannmacher, was sind Sie ein sturer Bock! Diese Halstarrigkeit wird Sie teuer zu stehen kommen.«

Vater ließ sich nicht beeindrucken von Priebes Drohungen, nicht von Klatsch und Tratsch im Kolonialwarenladen, Munkeleien beim Metzger und Witzeleien, die er beim Bader mit halbem Ohr mitbekam. Und nicht vom Tobsuchtsanfall seiner Frau, als Ludwig zu Tante und Onkel abreiste. Clara verlangte zu wissen, wo Friedrich stecke. »Ludwig ist in Stettin«, sagte Vater mit ruhiger Stimme, »er lernt Buchhalter in Onkel Heinrichs Kontor.« – »Was soll das? Ich spreche von Friedrich«, zeterte Mutter, »wir haben beide erkannt, wer du bist, und um nicht enttarnt und verhaftet zu werden, trennst du mich von meinem Sohn. Du willst mich umbringen, Kannmacher, ich kann ohne Friedrich nicht leben, das weißt du!« Mit einem Schrei stieß sie Vater beiseite, als der sie umarmen und an sich ziehen wollte.

Bei seinem Sturz aus dem ersten Stock bis in den Korridor, zehn Stufen tiefer, brach er sich zwei Rippen und sein rechtes Handgelenk. »Kein Genickbruch und keine zersplitterten Knochen«, sagte Dehmel und schnalzte, »das nenne ich Schwein haben«, als er seinem Freund einen Gipsverband anlegte, »Hut ab! Sie haben ein stabiles Skelett.« Vater verriet Dehmel nicht, was passiert war, und der murrte: »Sie sind zu zerstreut, bester Kannmacher. Wer ewig an Kategorientafeln, Ding an sich oder moralische Imperative denkt, muß sich halt von der Schwerkraft ein Bein stellen lassen. Wir leben nicht im philosophischen Himmel, mein Bester!« Und mit vor Schmerzen verzerrtem Gesicht erwiderte Vater: »Ja. Leider.«

Mutter hielt es drei Monate aus, Tag um Tag mit Beschimpfungen vom Pfarrhof vertrieben zu werden – bei Ausreden Zuflucht zu suchen, ersparte sich Priebes Bedienstete mittlerweile –, bis sie es aufgab und nicht mehr zur Kirche ging. Priebe mußte der teuflischste aller Spione sein. Er stand nicht in britischen Diensten wie Kannmacher – er war ein als Pfarrer verkleideter Spitzel, der seine Befehle aus Moskau bezog! Priebe war ein bolschewistischer Beelzebub! Das verbreitete Mutter im Gasthaus Kempin, bei Bader und Hutmacher, Witwen und Altsitzerinnen, in Postamt und Strandbadhotel. Und als alle Bewohner Freiwaldes Bescheid wußten, setzte sie sich vor den Lauenburger Kasten, sprang mit den Fingern von Taste zu Taste und scherte sich nicht um das Scheppern und Klappern, das aus dem Klavier von Fritz Klemm & Konsorten kam.

III

Doppelhochzeit
1920–1926

Ein zerrissener Faden

Felix reiste zu seinen Stettiner Verwandten, wann immer es seine Ferienzeiten erlaubten. Vor seinem zweiten Besuch steckte er einen Goldzahn ein. Den hatte er in einer Dachbodenschachtel entdeckt, die Andenken an Mutters Schusterfamilie enthielt. Mit dem Geld, das er gegen den goldenen Backenzahn bei einem Pfandleiher einstreichen konnte, besuchte er sieben Konzerte.

Von diesem Aufenthalt kam er begeistert nach Hause. Am Nachmittag rannte er zur Apotheke, um Emilie mitzuteilen, was er erlebt hatte, und steckte sie mit seiner Heiterkeit an. Am Uferplatz kickte sie beide Sandalen ins Gras, warf den Sonnenhut in eine Astgabel, stieg aus dem Kleid, ließ das rotblonde, zu einem Zopfkranz verflochtene Haar auf die Schultern fallen und rannte im Unterzeug singend zur Wipper. Auf Emilies weißer Haut tanzten die vom Wasser gespiegelten Sonnenflecken.

Vor Scham wollte Felix im Boden versinken. Er stopfte sich Erdklumpen in seine Hose, um das Pochen und Ziehen zu besiegen. Er nahm einen Ast, den er sich in den Schoß preßte, bis er vor Schmerz keine Luft mehr bekam. Als Emilie in klatschnassen Sachen ans Ufer stieg, die sich um Schenkel und Brustwarzen schmiegten, betrachtete er sie erregt, voller Gier und Verlangen. Felix konnte sich nicht mehr beherrschen. Emilies Waden umklammernd, warf er sie zu Boden und schleckte den milchweißen Hals seiner Freundin ab.

»Ich erlaube dir keinen Kuß«, schimpfte Emilie und traf mit der Faust sein Gesicht. »Wir sind nicht in dem Alter«, versetzte sie streng, als er losließ und sich seine Nase rieb, »und uns fehlt Priebes Segen, hast du das vergessen?« Mit einem Eichenblatt wischte sie Felix das Blut ab, das aus seiner Nase quoll. Und auf dem Heimweg, vorm glutroten Horizont, gegen den sich Freiwalde als Schattenriß abhob, war sie wieder besserer Laune und scherzte:

»Wir kommen ja nicht aus der Walachei!« Leider hatte sie recht, und er nickte verdrossen.

Vor seinem dritten Besuch in Stettin fand er von seiner Mutter vergessenes Alfred-Geld, das sie in einer Dielenbodenritze versteckt hatte. Erst vor seinem vierten Besuch war er ratlos. Er besaß keinen Goldzahn mehr, der sich versetzen ließ – und der aus Mutters Kinderzeit stammende Zopf war bestimmt keinen Reichspfennig wert! Vier Wochen im Quistorparkhaus zu verbringen, um Hausdiener Gustav beim Schneckeneinsammeln im Garten zu helfen, war keine verlockende Aussicht. Um an Geld zu kommen, schlich er in Vaters Studierzimmer, wo er Kants »Reine Vernunft« vom Regalbrett zog, schmuggelte sie in den Koffer und wetzte zum Bahnhof.

Am anderen Vormittag wickelte er Vaters Erstdruck in eine stockfleckige Zeitung ein, die Bismarcks Ernennung zum Kanzler vermeldete, und trottete zaudernd zum Pfandhaus am Stettiner Roßmarkt. Ein Goldzahn war mehr wert als ein Philosoph – und wenn es Schulmeister Kannmachers Hausgott war! Felix schlug Vaters Erstdruck der »Reinen Vernunft« gegen vierzig zerfledderte Geldscheine los. Mit hundsmiserablem Gewissen verließ er den Laden.

Ludwigs Lehrzeit am Bollwerk verlief ohne Hindernisse. Mit Buchhalter Jahnke, diesem Gauner, der sich beachtliche Summen aus der Kasse einsteckte, erzielte er bald eine Einigung. Sich mit dem Mann zu verfeinden, auf den Onkel Heinrich nichts kommen lassen wollte, war zwecklos. Und der Handel mit Jahnke bot Ludwig verschiedene Vorteile: Er wurde besser entlohnt, als es Lehrlingen zustand, und an der Seite des Buchhaltergauners trat er in den Kreis der Stettiner Gesellschaft ein.

Felix stieg mit dem Bruder ins Turmzimmer hoch, wo sie nebeneinander im Ehebett schliefen, das Onkel und Tante mit Ausnahme der Hochzeitsnacht niemals benutzt hatten. Als sie mit der

Petroleumlampe eintraten, sprangen Kakerlaken von Kissen und Bettzeug und brachten sich zwischen den Fußbodenbrettern in Sicherheit. In der Turmzimmerdecke befand sich ein klaffender Spalt, im Dachstuhl, wo Ratten und Marder sich Wettrennen lieferten, polterte es. Mit dem Ausziehen war Ludwig als erster fertig. Er schraubte am Docht der Petroleumlampe, bis sie einen verschwindenden Schimmer verbreitete, in dem sich sein Bruder in Ruhe entkleiden konnte.

Felix stellte sich scheuer an, als er in Wirklichkeit war. Was er vor Ludwig verbergen wollte, war etwas anderes als seine Nacktheit. Aus seiner prallvollen Hosentasche, die Bachkiesel, Sonnenblumenkerne und Geld enthielt, kramte er hastig Emilies Holzfigur, um sie beim Einschlafen bei sich zu haben.

Abrupt beugte Ludwig sich vor, um den Docht wieder hochzudrehen. Er betrachtete Felix, der splitternackt neben dem Bettkasten stand, mit diebischem Grinsen. »Du bist ja ein reifer Mann«, sagte er schnalzend, »und besitzt einen Stab, der sich aufrichten kann!«

Als sie im Dunkeln zum Deckenspalt hochstarrten, redete Ludwig von seinen Erfahrungen im Freudenhaus am Schwedter Ufer. »Ich bin bei den Dirnchen beliebt«, prahlte er, »und stelle mich besser an als diese Seeleute, die mit zwei Stichen am Ziel sind.« Halb rappelte er sich vom Kissen hoch. »Ich sollte dich anlernen, mein Lieber, du bist ja bald siebzehn. Wenn man mit seinem Stempel nicht druckt, wird er zu einem Wurmfortsatz zwischen den Beinen. Und mit einem Wurmfortsatz zwischen den Schenkeln bringt man eine lausige Hochzeitsnacht zu! Besser mit einem Hexenschuß zu seiner Braut kriechen als mit einer verschrumpelten Schnecke im Schnitt. Stell dir einen Klavierspieler vor«, sagte Ludwig, »der sechs Monate ohne Klavier auskommen muß. Der wird es schwer haben mit seinen Fingern, nicht wahr? Und deinem Stachel ergeht es nicht anders.«

Zum Schein stiegen sie in der kommenden Nacht mit der

Lampe zum Turmzimmer hoch. Horchend saßen sie auf einer Stufe im Treppenhaus, bis Gustav zur Schlafkoje schlurfte.

Am Stettiner Hafen herrschte Hochbetrieb. Schifferklaviermusik, singende Stimmen, verqualmte Luft drang aus den Pinten ins Freie. Sie begegneten Seeleuten, die sich in den Rinnstein erbrachen, rauchenden Huren, die sich faul von den Mauern abstießen, um Ludwig und Felix drei Schritte zu folgen. »Das ist billige Ware«, bemerkte sein Bruder und spuckte aus, »bis zum Nabel verschlungen zu werden von einem Schoß, der es mit einem Backofen aufnehmen kann, das ist widerlich, sage ich dir. Außerdem steckt man sich in diesen brodelnden Untiefen voller Bakterien und Keimen nur an.« In der warmen Luft taumelten Nachtfalter gegen erleuchtete Bierschwemmenscheiben, und Froschquaken stieg aus dem Oderschilf auf.

Ludwig zeigte zu einem von Efeu bewachsenen Haus, vor dem eine rot leuchtende Gaslampe schwankte. »Mach kein Gesicht wie ein Kalb vor der Fleischerei«, sagte er, Felix zur Steintreppe schleifend, und zerrte an einem vom Glasvordach baumelnden Seil, das zwei Glocken aus Messing bewegte. Im Nu sprang ein Fensterchen auf, und ein blinzelndes Auge betrachtete sie. »Ah, unser Buchhalter«, sagte es kichernd im Guckloch, »unser junger Herr Ludwig mit einem Begleiter.«

Mit drei Schritten waren sie in der Dielenhalle. An der Stirnseite, zwischen den Armen der zu einer Holzbalustrade ansteigenden Treppen, vor Kamin und Kamingitter und einer Spanischen Wand, stand ein Sofa mit rotem Bezug und von Schnitzwerk verzierten, ausschweifenden Lehnen. Breite Sessel gruppierten sich links und rechts neben dem Sofa, und von der hohen, sich im Dustern verlierenden Hallendecke hingen Laternen. Im Lampenglas drehte sich Pappe mit Scherenschnitten, die Teppich und Dielen mit wandernden Flecken bedeckten.

Sechs Dirnen versanken in Sesseln und Samtpolstersofa, und erst, als sie Ludwig erkannten, belebten sie sich. »Willst du nicht zu mir kommen?« lispelte eine und klopfte sich einladend auf beide Knie. Eine andere zischte: »Du willst meinen Lieblingshahn ausspannen, du Henne? Ich rate dir, nimm wieder Platz auf der Stange. Heute bin ich an der Reihe!« Eine dritte erhob sich vom Platz vorm Klavier bei der Treppe und schmiegte sich schnurrend an Ludwig. »Ach, die wieder«, maulte die erste, ein Streichholz am Schuhabsatz anreißend, »unsere Einschmeichlerin.« – »Macht keinen Schmus«, sagte Ludwig, »um mich muß man sich nicht bewerben. Ich werde mir nehmen, was ich brauche.« Er knuffte das Wesen, das an seinem Ohr leckte, bis es sich trollte.

Widerstrebend ließ sich Felix in den Halbkreis aus Sesseln und Sofa ziehen. Er wollte am liebsten im Boden versinken, als die in der Diele versammelten Dirnen zu schnattern begannen: »Der ist ja zum Anbeißen!« – »Darf ich euch meinen Bruder vorstellen?« sagte Ludwig, »er ist keiner von diesen mißratenen Kerlen, die euch sonst in den Schoß spucken, klar? Und er ist ein begabter Klavierspieler, sage ich euch, der von einem Konzertsaal Europas zum anderen reisen wird, wenn er erwachsen ist!« – »Warum spielt er uns nichts vor?« meldete sich eine Stimme. »Ja, er soll etwas spielen«, hieß es von allen Seiten.

Felix zauderte nicht und nahm auf dem Klavierhocker Platz, wo er seine schlimme Verlegenheit loswerden konnte. Mit einem Lauf wollte er sich in Stimmung bringen und erschauerte vor dem verstimmten Klavier, das sich als wahre Kaschemmenschabracke erwies, vergilbte, brandfleckige Tasten besaß, die sich seinem Anschlag zum Teil widersetzten, zu schweigen vom schauderhaft klemmenden Hallpedal, bei dem alle Akkorde verschwammen.

Es war totenstill in der Halle, als er mit dem Bachschen Choralvorspiel loslegte. Lediglich aus den Zimmern im ersten Stock kam Radau, wimmernde Stimmen und stoßweise quietschende Bettfedern. Zwei Dirnen, die halbnackt waren, beugten sich von der Empore und wollten erfahren, wer das sei am Klavier. Ob er von der Heilsarmee komme. »Psst!« kicherte es, »Schnabel halten!«,

»Zieht Leine!«, und der am Treppenknauf lehnende Ludwig schwang seine Faust.

Als er fertig war, erntete Felix Applaus. Im Handumdrehen war er umringt von drei Frauen, die sich abwechselnd auf seinen Schoß setzten. Sie nahmen seine Hand, um sie sich in den Ausschnitt zu schieben. Er ertastete knisternde Stoffe und weiche Haut, vor Aufregung war seine Kehle staubtrocken. »Warum spielt er nicht etwas, das Feuer und Schmackes hat?« heulte es von der Empore, »etwas Schmissigeres, oder kann er das nicht?« Wieder legte er los, teils um sich vor den Zudringlichkeiten zu retten und teils aus verletztem Stolz – der Heilsarmeeflachs fuchste Felix gewaltig. Mit dem Anfang der Schumannschen »Kreisleriana« erzielte er einen bescheidenen Erfolg, schlechter erging es zwei Sachen von Liszt. »Das war nicht schmissig«, bekam er zu Ohren, und zwei Dirnen beschwerten sich, man kriege Kopfschmerzen bei dieser schiefen Musik.

Bald achtete Felix nicht mehr auf sein Publikum, nicht auf das Kommen und Gehen in der Halle, nicht auf seinen winkenden Bruder, der sich mit zwei Dirnen im Arm zur Empore verzog, nicht auf das Holzstufenknarren und Bimmeln im Eingang, das Locken und Lispeln und Schnurren, das losging, wenn eine Scarlatti-Sonate verklungen war.

Als er den Klavierdeckel zuklappte, war er allein. Erleichtert sprang Felix vom Schemel und mußte sich eine Minute am Holzkasten festhalten, seine Knie waren weicher als Pudding. Tief Luft holend, setzte er sich seine Kappe auf und wollte bereits aus der Dielenhalle schleichen, als sich eine rauchige Frauenstimme meldete: »He, willst du mir einen Korb geben, Kleiner?« Auf Zehenspitzen lugte er zum Kaminsessel. Er erkannte ein schmales Gesicht und zwei zwinkernde Augen, die klein waren vom Schlaf. »Vor Sonnenaufgang«, stammelte er, »muß ich bei meiner Tante sein.« – »Das hat keine Eile«, bekam er zur Antwort. Eine rotblonde Dirne schob sich aus dem Polster, das sie bis zum Scheitel verschlungen hatte. »Ich habe Anweisung von deinem Bruder, nicht von deiner Seite zu weichen. Sei kein Frosch«, sagte sie, »und begleite mich.«

Ein Frosch wollte Felix nicht sein. Und die von Ludwig beauftragte Aufseherin, die sich lispelnd als »Ella« vorstellte, erinnerte Felix entfernt an Emilie. Anfangs war er befangen und stierte zur Holzdecke, als sie mit den Fingern von Hemdknopf zu Hemdknopf fuhr, seine Brustspitzen und seinen Nabel abschleckte. Versteinert ließ er sich entkleiden, halb, um sich nicht linkisch und dumm zu benehmen, halb vor Erregung und Mutlosigkeit, die sich gegenseitig behinderten. Er stellte sich tot – wer sich tot stellte, konnte nichts falsch machen – und verkniff es sich, schwerer zu atmen. Ohne sich zu beeilen, zog sie seine Hose aus, aus der zwei Bachkiesel rollten. »Willst du mich mit Steinchen bezahlen?« gluckste sie. »Nein«, sagte er heiser und setzte sich auf, um beleidigt das Geldpaket aus seiner Hose zu kramen, das sie an sich nahm, mit einem Nicken betrachtete und in einer versilberten Dose versteckte, die auf der Konsole beim Bett stand.

Bis zum Morgengrauen blieb er im stickigen Zimmer und vergaß bald, wo er sich befand. Er scherte sich nicht um das fleckige Bettuch, das sauer roch, oder das stinkende Kissen, in dem er mit Nase und Augen versank. Was Felix erlebte, war schwindelerregend und schwerelos. Er ließ sich mitreißen von einem Schauder aus Lust, der an seinen Sinnen zerrte, bis sie zerplatzten. In den Pausen betastete er seinen Stachel, ob er nicht zerknickt und zerbrochen war. Und wenn sich diese Sorge als grundlos erwies, meldete sich sein Begehren erneut. Er drehte sich flink zu dem schlafenden Wesen um, das im Morgenblau schimmerte, naß war von Speichel und Schweiß – und das er im stillen Emilie nannte –, um seine Erkundungen fortzusetzen.

»Ich komme, dich abzuholen«, sagte sein Bruder, der ohne zu klopfen ins Zimmer marschierte, »wir sollten rechtzeitig zu Hause sein.« Frech hob er das Bettuch an, um sein Geschlecht zu betrachten. »Hat er mir Schande bereitet?« verlangte er grinsend zu wissen, »ich will meinen Ruf nicht aufs Spiel setzen. War er zu trottelig, Ella? Falls du Beschwerden hast, will ich es wissen!«

Ella wickelte sich aus der Decke. Sie stand splitternackt vor der schmierigen Scheibe, in der sich ein glutroter Sonnenball zeigte, rieb sich das Kreuz und erwiderte grollend: »Beschwerden? Mir tun alle Knochen weh, Dummkopf. Dein kleiner Bruder und Schande bereiten! Er war anstrengender als eine Meute verhungerter Seeleute, sage ich dir. Und er ist besser als du.« Das saß. Verdrossen zog Ludwig die Geldtasche aus seiner Weste. »Was sind wir dir schuldig?« Zu einer Blechwanne laufend, aus der sie sich Wasser auf Busen und Bauch klatschte, sagte sie: »Steck wieder ein, Mensch. Er hat mich bereits bezahlt.«

Verwirrt stolperte Felix in seine Klamotten. Einerseits war er dankbar und keuchte vor Stolz. Andererseits hatte er einen bitteren Geschmack im Mund. Er betrachtete die sich das Schamhaar einseifende Dirne. Mit der Person dieser Nacht hatte sie nichts zu tun. Nichts Anziehendes war an dem schlaffen Fleisch und Ellas Benehmen von ruppiger Fremdheit. Er konnte es sich nicht verzeihen, sie im Dunkeln mit seiner Emilie verwechselt zu haben.

Als sie nebeneinander zum Quistorpark liefen, erwachte er aus einem Traum, der verworren und gespenstisch war. Zerstreut lauschte er seinem Bruder, der wieder und wieder zu wissen verlangte, was er diesem Lottermaul von einer Hure bezahlt habe. Und vor seiner Tante, die ausrief: »Ogottogott, Junge, du bist ja aschfahl im Gesicht«, und dem neugierig aus seiner Kaiserreichzeitung aufschauenden Onkel floh Felix ins Turmzimmer, wo er zwei Tage verschlief.

Mit seinen Beteuerungen, er sei nicht krank, richtete er bei der Tante nichts aus, sie verdonnerte Felix zu Haferschleim, Suppen und Zwieback. Als sie an seinen Ohren schwarze Pusteln entdeckte und annahm, er sei an der Spanischen Grippe erkrankt, alarmierte sie Hausdiener Gustav, der losschlurfte, um einen Doktor zu holen. Der Arzt gab Entwarnung, verabreichte Frieda Beruhigungstabletten und ließ sich vom Onkel mit neuesten Meldungen vom Krieg 1870 versorgen.

Es nahte der Tag seiner Heimreise! Bald mußte sich Felix vorm Vater verantworten und seine Emilie anschwindeln. Es war schwer zu entscheiden, was schlimmer und peinlicher war. Er kauerte auf seinem Platz in der Holzklasse, starrte verbissen ins flirrende Mittagsweiß, und Schaffner Molzahn, den er nicht beachtete, grummelte in seinen wieder mit Wichse behandelten, blinkenden Bart.

Er zockelte mit seinem Koffer zum Gartentor, wo er Mathilde begegnete, die einen Schmutzwassereimer im Rinnstein entleerte. »Du sollst ins Studierzimmer kommen«, bemerkte sie mitleidig, »kannst dir ja denken, worum es sich handelt.« Mit einem Knoten im Hals, der sich mit keinem Schlucken beseitigen ließ, klopfte Felix bei Vater an. Schulmeister Kannmacher stand vor dem Lesepult, nickte kurz zum Besucherstuhl, wandte sich wieder dem Buch zu und folgte den Zeilen mit dem Finger. Dreißig Minuten ließ Vater verstreichen, knickte endlich ein Eselsohr in seine Buchseite und schaute zum Loch im Regal mit den Kantischen Werken hoch.

»Es kommt mir vor«, sagte Vater mit heiserer Stimme, »als ob ich es sei, der sich rechtfertigen muß.« Das war ein komischer Anfang. »Als ob es meine Schuld sei, wenn mein Sohn mich bestohlen hat.« Vaters stockende Rede ergab keinen Sinn. Felix linste zum Rohrstock, der neben dem Kachelherd lehnte. Bereitwillig lockerte er seinen Hosengurt, um sich auf den Schemel beim Stehpult zu legen. Er war kein Kind mehr, das sich vor den Hieben ins Hemd machte, beschmutzt und erniedrigt vorkam.

»Halt«, sagte Vater, »was machst du?«, als Felix zum Schemel ging und seine Hosen fallen ließ. »Wirst du dich wieder anziehen, du Dummkopf! Denkst du, ich verstehe es nicht, wenn es dich ins Konzerthaus treibt, was dir zu Hause versagt ist?« Staunend betrachtete Felix den Vater, der sein am Fenstergriff baumelndes Haarnetz ergriff, an dem er zu zerren begann. »Deine Mutter zum Leben in diesem Provinznest verurteilt zu haben, das kann ich mir nicht verzeihen. Wenn einer schuld ist am Schicksal, das Clara ereilt hat, bin ich es, mein Junge.« Er riß ein faustgroßes Loch ins Gewebe. »Ja, wenn einer Dresche verdient hat, bin ich es. Und dieser Lumpenhund von einem Schwager«, fiel er sich verbittert ins Wort.

Felix zog seine Hosen hoch, schnallte den Riemen fest und ließ sich verunsichert in den Besucherstuhl sinken. »Es stimmt, niemals habe ich dir ein Klavier besorgt. Du mußtest zu Sielaffs ausweichen und bei Adolf Haase Klavier spielen«, fuhr Vater fort. »Das war ein Fehler, und in seinem Leben begangene Fehler, die muß man begleichen, nicht wahr? Ich habe halt mit meinem Erstdruck der ›Reinen Vernunft‹ bezahlt.«

»Und was stand auf dem Konzertprogramm?« wollte er wissen und warf das zerrissene Haarnetz aufs Lesepult. Felix zappelte mit beiden Armen vor Erleichterung. Andererseits empfand er eine tiefe Scham, als er seinen Vater anschwindelte – diesen Vater, der alle Schuld auf sich nahm – und mit erfundenen Hauptstadterlebnissen prahlte.

Seinen Besuch bei den Sielaffs verschob er. Emilie mit falschen Geschichten zu kommen war schwerer, als Vater zum Narren zu halten. Sie wollte Schauspielernamen erfahren, ob Emilia Galotti zu mager gewesen war, wen man am meisten beklatscht hatte. Er mußte mit neuesten Hut- oder Schuhmoden dienen, Theater- und Opernbesucher beschreiben und seine Programmzettel vorlegen, die Emilie begeistert studierte. Keine Einzelheit durfte man auslassen.

Um sich nicht zu verraten, verkroch er sich lieber im Bett und war angeblich krank. In Gedanken an Ella rieb er seinen Stecken, der schmerzhaft im Schlafanzug pochte.

Bald hatte er keinen Zweifel mehr, an einer ernsthaften Krankheit zu leiden. Frieda war keinem Irrtum erlegen, als sie schwarze Pusteln entdeckt hatte, wettete er. Es mußte sich um eine Lustseuche handeln, eine schleichende, knochenerweichende Krankheit, die im Pazifik verbreitet war und von keinem pommerschen Doktor erkannt werden konnte. Er hatte sich in Ludwigs Hafenbordell infiziert, das war klarer als Rindfleischbouillon.

Mathilde um Hilfe zu bitten ging leider nicht. Bestimmt roch sie den Braten, wenn er sie bekniete, seine Arme am Bett festzubinden. Dieses ewige Reiben am Stachel war krankhaft, er brachte sich um seinen restlichen Lebenssaft! Besser war es, Mathilde um Eis anzuflehen. »Wenn du krank bist, bin ich Mata Hari!« versetzte sie grollend und stieg in den Keller, um Brocken vom Eisblock zu schlagen, die sie in ein Handtuch einwickelte und auf sein kaltes Gesicht legte. Sobald er im Zimmer allein war, schob er sich das glitschige Eis in den Schoß.

Am vierten Tag hockte Emilie zwei Stunden an seinem Bett. Er stellte sich schlafend und seufzte im Fieber. Es war eine Qual, toter Mann zu spielen. Er verging vor Verlangen, Emilie zu sich ins Bett zu ziehen und erneut in dem Schauder aus Lust zu vergehen, den er in der Bordellnacht erlebt hatte.

»Es ist nichts Ernstes«, betonte Mathilde im Hausflur, »ich tippe auf seelische Dinge.« Diese Auskunft beruhigte Emilie nicht. »Und was ist dieses Seelische?« wollte sie wissen, womit sie Mathilde in arge Verlegenheit brachte, die seinen Diebstahl nicht ausposaunen wollte. »Na, bei dieser Mutter!« erwiderte Kannmachers Dienstmagd. Eine Dummheit begangen zu haben, die sich schwer wiedergutmachen ließ, das fiel Mathilde erst auf, als Emilie stammelte: »Meinen Sie etwa, es ist eine erbliche Krankheit?« – »Nie und nimmer«, versetzte Mathilde entschieden, »wenn das erblich sein soll, heiße ich Mata Hari!«

Es war eine warme und diesige Julinacht mit verschleiertem Vollmond, der gelb um verschachtelte Giebel und Dachspeicher strich. Felix eilte zum Korbmacherwitwenhaus. Schief und krumm klebte es an der Stadtmauer. Zwischen Balken und Pfeilern im undichten Dach glitzerten Fledermausaugen.

Korbmacherwitwe Sims war vor zwei Wintern verstorben. Magerer als jemals zu Kriegszeiten, runzlig und spitz war sie bei seinen letzten Besuchen gewesen. Felix hatte sie wieder und wieder beschworen, sich an einen richtigen Doktor zu wenden. Und was hatte Bertha erwidert? »Ein *richtiger* Doktor? Von wegen, mein Kleiner. Was diese Doktoren verschreiben, ist vollkommen wirkungslos, ich kenne bessere Arzneien als sie. Und außerdem werde ich hundert, verstehst du, und nicht in der pommerschen Heimat begraben, der ein schlimmerer Krieg als der letzte bevorsteht.« – »Ein schlimmerer Krieg als der letzte?« Sie nickte. »Und ich werde neunzig sein, wenn er zu Ende geht. Ein Mongole wird mich aus dem Haus treiben, das steht man fest, ein Mongole mit Schlitzaugen und gelber Haut und wird mich vergewaltigen wollen, ja mich!, die ich neunzig sein werde und stinken wie Lebertran. Und ich werde dem Kerl einen Schubs geben. Er wird in den Brunnenschacht fallen und sich sein Genick brechen, stell dir das vor, Jungchen! Es ist nicht zum Aushalten, was mir mein Leben zu bieten hat!«

Als Felix den Kopf einzog, um sich am niedrigen Balken beim Stubenausgang nicht zu stoßen, bemerkte sie heiser: »Du zweifelst, mein Kleiner, du zweifelst an meiner Geschichte, nicht wahr?« Er wandte sich schluckend zur Korbmacherwitwe um. »Oder hast du meine Warnung vergessen? Ein sich von der Spule abwickelndes Schicksal, das ist unser Leben nicht. Man kann seinen Faden aus Dummheit zerreißen. Oder sich in seinen Schlingen verheddern. In Sicherheit wiegen, das darf man sich nie.«

Am anderen Tag war der Faden zerrissen. Das erkannte Freiwalde am Korbmacherwitwenhuhn. Es war auch wieder schwarz, hatte gelbe, neugierige Augen und flatterte an diesem Mittag in schlingernden Runden ums Haus an der Stadtmauer, flog wieder und wieder zu Berthas Kamin hoch, auf dem es sich ausruhte und mit dem Kopf ruckte, als wolle es sich von Freiwaldes Bewohnern verabschieden, die sich im Garten versammelten. Als man vor der leblosen Bertha den Hut abnahm, flog das Huhn in den bleigrauen Januarhimmel. Aus der Kiefernwaldschonung am Meer kamen Dohlen, erst eine, bald zehn, und am Schluß waren es Hunderte, die Berthas Leichnam bewacht hatten.

Felix kannte sich aus im verwilderten Garten. Im Handumdrehen stand er im Winkel am Stadtwall, aus dem Bertha Sims sich mit Hahnenfuß versorgt hatte. Was man mit Hahnenklee anstellen konnte, hatte er bei der Korbmacherwitwe gelernt. Er riß einen Bund aus der Erde, umrundete Berthas im Eingang mit Brettern vernageltes Haus, bis er auf eine Scheibe im Fenster zur Wohnstube stieß, die zerbrochen war.

Im vom Vollmond beschienenen Zimmer fand er, was er brauchte: Streichholzschachtel, Papier und zwei trockene Scheite. Er hackte den Hahnenfuß klein, den er anschließend in einem Topf auf der Herdstelle siedete. Mit der Pampe, die er in ein Taschentuch wickelte, kletterte er in den Garten und rannte nach Hause, wo er sich von Kopf bis Fuß einschmierte.

Am anderen Vormittag war er mit Blasen bedeckt, die blutig waren, weißlichen Eiter absonderten und Dehmel ein ratloses Schnaufen entlockten. Er schickte Mathilde zu Sielaffs Arzneiladen, und in Nullkommanichts war sie wieder daheim, puterrot im Gesicht und mit flatterndem Atem, als ob es sich um einen Sterbefall handele. Emilie fand sich bereits vor Mathilde ein. Besorgt wollte sie seine Hand nehmen und streicheln, was Dehmel in letzter Sekunde verhinderte, man wisse ja nicht, ob es ansteckend sei. Emilie verzog sich, als Mutter ins Zimmer trat und, Felix betrachtend, versetzte: »Warum diese Aufregung, Dehmel? Er streift seine Haut ab. Bei einem Schlangenkind ist das normal.«

Als zwei Wochen vergangen waren, setzte sich Felix vors Bechsteinklavier in der Sielaffschen Wohnung und stimmte einen

Chopinschen Walzer an. Emilie flog im Dreivierteltakt von der Kommode zur Standuhr, vom Sofa zum Kachelherd und war beschwingter denn je. »Und eure Dienstmagd behauptete, es seien seelische Dinge, die dir deine Kraft rauben. Es waren keine seelischen Dinge, nicht wahr?« – »Es war ein Hautausschlag«, grummelte Felix.

Von Tag zu Tag hatte er schlechtere Laune, verbiß sich in trotzigem Schweigen. Oder er war von erzwungener Lustigkeit, die Emilie verunsicherte und verprellte. Mit der Zeit neigte sie zu mehr Scheu und Verschlossenheit. Sie kratzte und schimpfte, wenn er sie umklammerte und nicht mehr loslassen wollte. »Du mußt von Sinnen sein«, sagte Emilie keuchend, als er sie am Busen anfaßte. Verwirrt ließ er sie los, warf sich wieder ins Gras zu den Noten, in die er sich wortlos vertiefte. Er empfand sein Verlangen als schmutzig und armselig.

Vor seinem letzten Besuch in Stettin hatten sie Stunde um Stunde im Wipperversteck verbracht. Er mußte Emilie nicht bitten zu kommen. Sie schwang sich aufs Fahrrad, um Felix beim Notenstudieren und Schwimmen Gesellschaft zu leisten. Bereits in der Ferne begann sie zu klingeln. Mit fliegendem Hutband und flatterndem Kleid war Emilie ein sausender Punkt auf dem Feldtorweg. Im Weidenkorb, der an der Lenkstange baumelte, brachte sie Erdbeeren mit oder andere, bei Willi Barske erstandene Leckereien, saure Spreegurken, Heringe, Pfannkuchen, klebrigen Himbeersaft und Limonade.

Das war Vergangenheit. Sie setzte sich nicht mehr aufs Rad, um zur Flußuferstelle zu flitzen. Wenn er einen Spaziergang zur Wipper anregte, entschuldigte sie sich mit schulischen Aufgaben, wollte ein Kleid schneidern, hatte sich leider den Fuß verstaucht. Als er sie beschuldigte, das seien Ausreden, verneinte sie stumm und beleidigt. Sie schlenderte an seiner Seite zum Feldtorweg, wirkte lustlos und vorwurfsvoll, hatte nichts Lebhaftes an sich, und er bereute es, nicht allein zu sein.

Bald zog er es vor, sie zu meiden. Ins Apothekerhaus kam er im Abstand von Wochen. Emilie war nicht verletzt, und er mußte sich keine Rechtfertigungen einfallen lassen. Sie tauschten belanglose Dinge aus, Klatsch aus Freiwalde, Berliner Theaterskandale, und waren beide erleichtert, wenn Alma ins Wohnzimmer segelte, um Anstandsdame zu spielen, und sich ans Klavier setzte. Alma klimperte, holprig und stur, einen Straußwalzer, den sie sich vor einer Ewigkeit im Internat hatte beibringen lassen.

Emilies Heiterkeit kehrte erst wieder, wenn er seine Teetasse austrank und ging. Er ließ sich von Alma zum Laden begleiten, die dringend Klavierunterricht nehmen wollte und sich erkundigte, was er verlangte. Um seinen Hals aus der Schlinge zu ziehen, beteuerte er, keine freie Minute zu haben, in ein paar Monaten mache er Abitur, und bei der Begabung, die sie an den Tag lege, sei ein erfahrener Lehrer erforderlich. Alma war kein bescheidener Mensch. Bei allem Mißtrauen, von dem sie beherrscht war, konnte sie sich nicht vorstellen, sein Lob sei nicht ehrlich.

Um Klavier zu spielen, stieg er zur Mietwohnung von Adolf Haase hoch, der nicht zu Hause war. Haase lebte bei einer verwitweten Leutnantsfrau, die sich als Schneiderin ein Auskommen verschaffte. Mit diesem Geld hielt sie sich den Klavierlehrer warm, der vom vergangenen Feldzug als Segen sprach, Schlawe sei voller alleinstehender Frauen. Er war Mitte dreißig und sie Ende vierzig, was sich er zum Vorteil anrechnete, im Bett und beim Kochen, schwor er, lasse sie sich nichts vormachen. Vom Schneiderinnengeld hatte er seine Mietwohnung ausschwefeln lassen, und Bettwanzen hatte er keine mehr, sein schadhaftes, faules Gebiß war erneuert und blinkte als goldener Zahnkranz im Mund. Das sei erst der Anfang, behauptete Haase, bei der ersten Gelegenheit werde er umziehen und sich in der pommerschen Hauptstadt ein besser verdienendes Frauenzimmer zulegen.

In seine Wohnung zu kommen war ein Kinderspiel. Vorm Eckhaus, in dem Haases Leutnantsfrau lebte, pfiff Felix zwei Beethoventakte, prompt schleuderte Haase seinen klingelnden Bund aus dem Fenster. Falls Adolf Haase aus Zufall bei sich zu Hause war, schob er seinen Waschzuber zum Instrument, setzte sich neben Felix ins dampfende Wasser – und lauschte.

An einem Oktobertag stieg er krebsrot aus der Wanne und zappelte nackt um sein Feurichklavier. Es werde Zeit, ein Konzert zu veranstalten, und zwar in der pommerschen Hauptstadt! Seine Freundin besitze ein Telefon, ergo werde er mit Franz Blasendorff Tacheles reden, mit dem er aus Studientagen bekannt sei. Der habe beste Beziehungen in Stettin und sei im Konzerthaus Klavierstimmer. »Ergo«, meckerte Haase und kratzte sich an seinem Bauch, »kann er uns dem Direktor vorstellen. Wir brauchen nichts als ein flottes Programm. Und ich werde mich nicht in den Vordergrund spielen. Ergo wird niemandem auffallen, wer von uns beiden der Bessere ist.«

Ein Auftritt zusammen mit Haase war keine verlockende Vorstellung – das war ein Alptraum. Als Pianist war sein Lehrer nichts anderes als Mittelmaß, und in letzter Zeit hatte er keine Minute mehr an seinem Feurichpiano verbracht, das verstimmter war als das Klavier im Bordell. »Verstimmt? Mein Klavier verstimmt?« wetterte Haase, »es klang niemals reiner als heute!« Als Felix, halb scherzhaft, auf eine beginnende Taubheit bei seinem Klavierlehrer anspielte, heulte Haase: »Willst du mich beleidigen, Mistkruke?« und verglich sich am Ende mit Ludwig van Beethoven. Wann habe der seine wertvollsten Sachen verfaßt? – als er ein stocktauber Stiesel gewesen sei! »Ergo«, knurrte er, »ergo«, und schwieg.

Von einem Auftritt zusammen mit Haase im Konzerthaus Stettins wollte Felix nichts wissen. Er sprang vom Klavierschemel auf und stand mit einem Fuß in der schwappenden Wanne. Es entspann sich ein Streit, bei dem Haase dem »Rotzbengel« vorwarf, anmaßend zu sein und vor Ehrgeiz zu platzen. »Hochmut kommt vor dem Fall«, giftete er. »Was du bist, hast du mir zu verdanken«, schrie Haase und hoppelte splitternackt in seinen Korridor,

124

»Dankbarkeit kennst du nicht, was?« Felix warf sich den Schal um und nahm seinen Mantel vom Haken. »Außerdem bist du ein hundsmiserabler Klimperer, der niemals im Leben Erfolg haben wird. Ergo«, zeterte Haase und knallte sein Wohnungsloch zu.

Felix blieb keine andere Wahl, als bei Sielaffs zu spielen – und Alma Klavierunterricht zu erteilen, die sich anderen Lehrern nicht anvertrauen wollte, sei es aus Bammel, sich schusselig anzustellen, sei es aus Geiz und Bequemlichkeit.

Emilie ließ sich von Alma entschuldigen. Sie mußte bald zum Examen antreten, studierte den Briefwechsel Goethes mit Schiller, lernte Mendelsche Regeln und Newtons Gesetze.

Emilie hatte es schwer bei den Professoren. Sie war zu versponnen, um im Unterricht aufzufallen, und besaß keinen Ehrgeiz, was man im Lyzeum als geistige Mattheit auslegte. Wenn sie sich nicht zum Examen vorbereitete, im Lehrbuch las, Stickereien verfertigte, wusch sie Gardinen oder fegte den Hof.

Mit dem Tod Mutter Sielaffs im Mai ’22 hatte Alma im Haushalt zu herrschen begonnen. Um Geld einzusparen, entledigte sie sich als erstes der Hausangestellten, die angeblich »fauler als zehn Hottentotten« war. So fiel massenhaft Arbeit im Haushalt an, die in der Regel Emilie erledigte.

Ohne Murren befolgte sie Almas Befehle. Mit bestandenem Examen war sie um so williger, Butterbrote zu schmieren und ins Zimmer zu bringen, wenn Felix der Schwester Klavierstunden gab. Emilie verzog sich auf Zehenspitzen wieder ins Treppenhaus oder blieb eine Anstandsminute lang, falls Alma und er eine Pause einlegten.

Feindselig benahm sie sich nicht gegen Felix, an Emilies Freundlichkeit war nichts Erzwungenes. Warum er sich mit Haase verkracht habe, wollte sie wissen, und anders als Alma, die meinte, es sei eine Dummheit gewesen, sich diese Gelegenheit eines Konzerthausauftritts in der pommerschen Hauptstadt vermasselt zu haben, nickte Emilie zu seiner Entgegnung, ein mißlungenes Vorspiel sei schlechter als keines. Neugierig erkundigte sie sich nach seiner Familie. Wiederum war sie anderer Meinung als Alma. Sie fand Schulmeister Kannmachers Vorsatz begreiflich, seine Frau vor der Anstalt bewahren zu wollen, ob sie Priebe vergangene Woche vorm Gotteshaus mit einem Messer bedroht habe oder nicht – Pastor Priebe behauptete das.

»Du bist sentimental«, widersprach Alma scharf, »sie ist eine Gefahr, und Gefahren muß man vorbeugen. Soll sie erst Pfarrer Priebe erstechen, bis man sie endlich in Lauenburgs Irrenhaus sperrt?« Alma betrachtete Felix mit hartem Gesicht, das Zustimmung abverlangte, um Emilies Schwachheit den Gnadenstoß zu versetzen. Mit ineinander verflochtenen Fingern, verlegen und stumm, stand Emilie vom Sofa auf, um im Keller Briketts aufeinanderzustapeln.

Heiterkeit strahlte Emilie nicht mehr aus, in seiner Gegenwart wirkte sie fremd und verunsichert. Sie betrachtete Felix mit einem Bedauern, bei dem er sich vor Kummer zusammenzog. In diesem Bedauern verbarg sich kein Vorwurf, keine Spur von Nichtwahrhabenwollen oder Auflehnung. Sie wehrte sich nicht gegen das, was passiert war. Emilie war nicht begierig zu wissen, warum sie entzweit waren, sich nicht mehr wiedererkannten. Er mußte nach Luft ringen, wenn sie sich wortlos entfernte, und daß er nicht im Schmerz versank, verdankte er Alma, die mit einem Sprung am Klavier war und Felix halb lustig, halb herrisch ermahnte: »Ich will keinen Schimmel ansetzen, Herr Lehrer. Und was ist mit dem Fingersatz beim Menuett?«

Chemische Verbindungen

Seine Buchhalterlehre am Bollwerk beendete Ludwig im Mai '22. Er verschob seine Heimreise wieder und wieder, zu begeistert vom quirligen Leben am Hafen, und ließ sich von anderen Kontoren kurzfristig als Buchhalteraushilfe einstellen. Was er verdiente, verspielte er beim Roulette, falls er es nicht in Lokalen verzehrte, die besseren Fraß boten als Friedas tappriger Hausdiener, wo er mit seinen Bekannten zusammenhocken konnte – Schauspielhausleuten, Orchestermusikern, angehenden Dichtern, Studenten und Luden –, an dicken Zigarren sog, Bier und Absinth kippte. Sie bekakelten Pferderennen, Boxmeisterschaften, tauschten Klatsch aus und politisierten bis Mitternacht. Dummerweise zerstritt er sich mit Onkel Heinrich, angeregt von den hitzigen Reden im Freundeskreis und befeuert von einem beachtlichen Pegelstand, als er Wilhelm den Zwoten und seinen Generalstab bezichtigte, am blamablen Kriegsausgang schuld zu sein. Das durfte man Onkel Heinrich nicht sagen! Mit seinem Gewicht von rund zweihundertvierzig Pfund warf er sich auf seinen Großneffen.

Einen Bolschewisten im Haus zu beherbergen konnte man Onkel Heinrich nicht zumuten. Am anderen Tag schickte er Frieda ins Turmzimmer, die in ein Taschentuch schluchzte, »ogottogott« seufzte und Ludwig zum Packen aufforderte.

Ab April '23 hielt Ludwig sich wieder bei seiner Familie auf. Er fand eine Buchhalterstelle in Freiwalde-Bad, die seinen Anforderungen entsprach. Er verdiente sich zwar keine goldene Nase, andererseits mußte er sich nicht krummlegen. Zu voller Stunde verließ er sein Schreibpult, um vorm Kontor in der Sonne zu rauchen, wo Pagelmanns Tochter Fontane-Romane las, ein Strumpfband ausbesserte oder ein Leibchen, und das mit besonderer Hingabe, wenn Ludwig ins Freie trat und sie betrachtete.

Hans Pagelmann, bei dem er arbeitete, war kein strenger

Mensch, an Ludwigs Leistungen hatte er nichts zu beanstanden. Er murrte nicht, wenn sich sein Buchhalter wieder und wieder zur Tochter vors Hafenkontor setzte, um eine Runde zu plaudern. Gegen eine Verbindung zum Schulmeisterhaus hatte Pagelmann sichtlich nichts einzuwenden, und kein Zweifel bestand an Augustes Verliebtheit.

Bei einem Friedhofsbesuch verriet Ludwig, Hans Pagelmanns Teilhaber werden zu wollen. »Ist es nicht komisch?« bemerkte er heiser, als er mit einer Hacke den Boden auflockerte, »in Friedrichs Sarg liegen nichts als zerschmetterte Knochen. Und keiner weiß, ob es Friedrichs Knochen sind.« Felix befreite den Grabstein von Schnecken und Flechten und schielte zum Bruder, der sich auf den Stiel lehnte und eine Pause einlegte. »Stettin ist Vergangenheit«, sagte er mißlaunig, »ich werde bei Pagelmann einsteigen, um meinem Leben den richtigen Halt zu verleihen.« – »Was meinst du mit ›richtigem Halt‹?« wollte Felix erfahren. »Ich werde heiraten«, grummelte Ludwig, »ich werde Auguste heiraten, was mich automatisch zum Teilhaber macht. Und Hans Pagelmanns Handelsgesellschaft auf Vordermann bringen. Und mir sieben Kinder zulegen, verstehst du? Das bin ich Friedrich und Julius schuldig!«

Es war niemand anderes als Alma, die Ludwig auf Umwegen von diesem Vorhaben abbrachte. Beim letzten Gottesdienst im April, den sie mit Vater Sielaff besuchte – Emilie mußte zu Hause den Braten im Ofen bewachen –, bemerkte sie Schulmeister Kannmachers ersten Sohn, der in der Bank von Hans Pagelmann saß. Er steckte in modischen Hauptstadtklamotten, war schlank, sah gut aus, wirkte stark und energisch. Alma beauftragte Felix, den Bruder zu einer Klavierstunde mitzubringen.

Ludwig war nicht bereit, Almas Einladung Folge zu leisten. Er betrachtete es als verplemperte Zeit, mit der Sielaffschen »Zicke« Bekanntschaft zu schließen. »Richte der Haselnußgerte aus, ich sei verhindert.« Haselnußgerte, das paßte nicht schlecht auf sie.

Alma war langbeinig, hager und braunhaarig und strahlte die biegsame Spannung von Zuchtruten aus.

Sein Bruder bedaure, bedaure aufrichtig, meldete Felix, als er zu den Sielaffs kam, er sei von der Arbeit im Handelskontor zu beansprucht. Alma zweifelte nicht an der Ehrlichkeit seiner Entschuldigung. Sie verfluchte Hans Pagelmann, der seinen Buchhalter wie einen Sklaven behandele, und schlug einen Sonntagsausflug an den Buckower See vor.

Was Alma sich vornahm, verfolgte sie mit einem Willen, gegen den man nicht ankam. Sie war außerstande, sich vorzustellen, Ludwig verweigere sich einer Begegnung. Kein Vorwand verfing bei Emilies Schwester, die Ausflug- und Picknickeinladungen aussprach. Sie schrieb einen Brief, den sie Weidemann mitgab. »Sie werden nicht weichen«, befahl sie dem Postkutscher, »bis er meine Zeilen beantwortet hat.« Ludwig mußte sich bremsen, um in seiner Antwort an Alma nicht ausfallend zu werden. Um endlich Ruhe zu haben und sie zu entmutigen, ließ er in seiner Erwiderung einfließen, sich bald mit der Pagelmanntochter verloben zu wollen.

Er kannte sie schlecht, Alma gab keine Ruhe. In der Lehrzeit beim Potsdamer Schwippschwager hatte sie sich eine Weltsicht erworben, die den Vorteil besaß, klar und widerspruchsfrei zu sein. Sielaffs Schwippschwager hatte Chemie studiert, und seine Auffassung, alles, was sich zwischen Himmel und Erde abspiele, sei ein Sichverbinden und -abstoßen von Elementen, die am Ende ein anderes, chemisches Gleichgewicht bilden, vertrat sie mit Leidenschaft. Liebe und Zuneigung waren Reaktionen, die sich in einer Gleichung zusammenfassen ließen. Und sie war nicht abzubringen von der Idee, aus chemischen Bausteinen zu bestehen, die sich zu Ludwigs verhielten wie Kohlen- zu Sauerstoff.

Alma verpaßte Emilie ein einfaches Kleid, das sie von den Schuhen bis zur Kehle bedeckte, um sie zum Kontor in der Westhafenstraße zu schicken. Als sich Emilie aufs Rad schwingen wollte, fing Alma zu schimpfen an: »Du gehst zu Fuß! Oder willst du verknittert und schmutzig sein, wenn du vor Ludwig stehst? Und falls dir eine Naht platzen sollte, um Himmels willen! Pagelmanns Tochter wird dir beide Augen auskratzen!« Um auf Nummer Sicher zu gehen, wies sie Felix an, Emilie zum Handelskontor zu begleiten.

Er war es nicht mehr gewohnt, mit Emilie allein zu sein, betrachtete sie von der Seite, mit staubtrockener Kehle, verwirrt und verlegen. Emilie umklammerte schweigend den Sonnenschirmgriff, starrte Pflaster und Schuhspitzen an. Ohne ein Wort aneinander zu richten, liefen sie bis zum Schlachthof, erreichten das Bleichhaus, begegneten Heuwagen, winkenden Knechten und barfuß vom Ostseestrand kommenden Kindern, und ob er es war, der seine Schritte beschleunigte, oder Emilie drei Meter Abstand hielt, war nicht mit Bestimmtheit zu sagen.

Pagelmanns Tochter Auguste saß auf einer Bank vorm Kontor in der Sonne. Als sie Emilie und Felix bemerkte, versteckte sie eilig das Strumpfband, das sie in der Hand hielt, indem sie es zwischen zwei Buchseiten schob. Und als Ludwig sein Stehpult verließ und ins Freie trat, herzlich Emilies behandschuhte Hand ergriff, um mit spitzen Lippen den Samtstoff zu streifen, machte Auguste ein schiefes Gesicht. Zwei Minuten vergingen mit harmlosen Plaudereien, die sich ums Seewetter drehten.

Emilie mußte sich erst einen Ruck geben. »Ich soll Sie im Namen meiner Schwester einladen«, versetzte sie endlich, »zu einem Picknickausflug an den Buckower See.« Ludwig bat nicht um Bedenkzeit, schob keine Verpflichtungen vor, er nahm kurzerhand an. Das war komisch, besonders im Beisein Augustes, die wutentbrannt Strumpfband und Buch von der Bank wischte, den Rock raffte und ins Kontor rannte. Seelenruhig steckte Ludwig sich eine Zigarre an und begleitete seine Besucher zur Reeperbahn, wo er Emilie beim Abschied versicherte, diese Einladung sei eine Ehre.

Zwei Tage stand Alma am Herd, um Pasteten und Fleischgallert zuzubereiten. Sie scheuchte Emilie zum Laden von Barske, wo sie

Blockschokolade und Zimtstangen, salzige Butter und belgische Biere besorgen mußte, Ungarweine, Makrelen- und Seelachsfilets, in Mengen, die reichten, um eine Gesellschaft von zwanzig Personen pappsatt zu machen. Und als sie aufbrachen, am Sonntag mittag, hatte Alma vor Aufregung Flecken am Hals, die sich von keinem Puder verheimlichen ließen, obwohl sie damit beileibe nicht sparsam gewesen war.

Bis zum Buckower See war es ausschließlich Alma, die redete. Sie quasselte gegen das Schweigen von Ludwig an, der lustlos an seiner erloschenen Zigarre sog, sich weigerte, sie zu beachten. Er starrte zum Himmel, er schaute den Knechten zu, die auf den Wiesen im Sonnenschein faulenzten, und streifte Emilie mit seinen Augen, die an den fusseligen Lippen der Schwester hing und sich anstrengte, Almas Geschichten zu lauschen, vom Internatsaufenthalt in Stettin und der Potsdamer Lehrzeit beim Schwippschwager Sielaffs, mit dem sie zusammen in der Hauptstadt gewesen war, Tiergarten und Schinkelsche Wache besucht und den Pergamonaltar besichtigt hatte, was sie wieder und wieder betonte.

Almas großsprecherisches Verhalten war peinlich, Emilie verging vor Verlegenheit. Und das um so mehr, als es Alma nicht sein lassen konnte, mit chemischem Wissen zu prahlen, um beim Buchhalter Eindruck zu schinden. »Wer sich in der Chemie auskennt«, meinte sie vollmundig, »erkennt mit naturwissenschaftlicher Klarheit, warum zum Beispiel ein Jude kein Deutscher sein kann. Er ist aus anderen chemischen Bausteinen als wir, und die seinen vertragen sich nicht mit den unseren. Stickstoff und Feuer sind nicht miteinander vereinbar. Und nicht anders ist das mit den Kriegen«, fuhr Alma fort, »wenn ein Krieg ausbricht, hat das rein chemische Ursachen. Voraussetzung ist ein Gemisch von Verbindungen und Stoffen, die zur Explosion kommen. « Sie sprach von den Schlachtenentwicklungen an Marne und Maas als einer Kausalkette chemischer Reaktionen, bis Ludwigs Stirnadern anschwollen. Er konnte sich nicht mehr zusammenreißen. »Dummes Zeug ist das«, raunzte er, »absolut dummes Zeug. Wenn ich in der Schlacht von Noyon nicht krepiert bin, verdanke ich das keiner chemischen Reaktion. Ich verdanke es einem beschissenen Zufall, einem blinden, beschissenen Zufall.« Erregt wischte er einen Ascherest von seinem Knie.

Emilie wollte der Schwester zu Hilfe kommen, die sprachlos in Ludwigs Gesicht starrte. »Sie meinte es anders«, bemerkte Emilie, was wiederum Alma nicht zulassen konnte. »Du hast keinen Schimmer«, versetzte sie biestig, »ich rate dir, misch dich nicht in einen Meinungsstreit zwischen Erwachsenen ein!« Ludwig schleuderte seine Zigarre ins Feld und machte Anstalten, Alma den Marsch zu blasen, als der Mietkutscher meldete, man sei am Ziel. Sie betrachteten schweigend den Buckower See, der im Sonnenschein blinkte, als sei er aus Silber.

Um den Kutscher zur Stelle am Ufer zu lenken, wo kein Seeschilf den Zugang zum Wasser erschwerte, stieg Alma zum Bock hoch und setzte sich an seine Seite. Bis sie hielten, vergingen rund zwanzig Minuten. In dieser Zeit stierte Ludwig Emilie an, die zerfahren an den Handschuhen zerrte, sie auszog und anzog und wiederum auszog. Felix verkroch sich im Polster und brannte vor Eifersucht.

Beim Deckenausbreiten und Picknickkorbauspacken erholte sich Alma von Ludwigs Entgegnung. Der strengte sich seinerseits an, seine harsche Bemerkung vergessen zu machen. Hungrig sprach er Pastete und Fleischgallert zu und zauderte nicht, Almas Kochkunst zu loben. »Danke«, erwiderte sie, lief zum Seeufer, um ein Belgisches Bier aus dem Wasser zu holen, schnitt Brotscheiben ab und bestrich sie mit salziger Butter. Sie verkniff es sich, ins Schwadronieren zu verfallen, und behandelte Ludwig wie ein rohes Ei und mit einer peinlichen Hochachtung, die er nicht wahrnahm. Er beachtete niemanden außer Emilie, der er Marzipankonfekt reichte und Ungarwein eingoß. Wieder und wieder ermunterte er sie zum Essen, um so mehr, je verdruckster sie kaute und schluckte.

Emilie gab keinen Anlaß zu diesem Verhalten. Sie blieb schweigsam und wich seinen forschenden Augen aus, wirkte abweisend, scheu und befangen, was Ludwig beileibe nicht abschreckte. Erst als er Emilie ein Spiel vorschlug, taute sie auf, und es war nicht schwer zu erraten, warum. Bei einem Spiel konnte sie sich der lauernden Aufmerksamkeit seiner Augen entziehen. Sie sprang von der Decke, begann, kleine Steine vom Boden zu klauben, und rannte ans Ufer.

In seinen Vorschlag zum Spiel hatte Ludwig die anderen beiden absichtlich nicht einbezogen, was Emilie im Eifer entgangen war. Sie drehte sich strahlend zum Platz mit den Decken um. »Wir fangen nicht ohne euch an«, rief Emilie winkend, »na, kommt und beeilt euch!«

»Ein vom Wasser hochspringendes Steinchen ergibt einen Punkt«, weihte Ludwig sie in seine Spielregel ein, »und der Punktsieger hat einen Wunsch frei.« Ludwig warf seine Steine mit Abstand am weitesten. Sie prallten vom silbernen Seespiegel ab, flogen weiter und weiter und trafen erneut auf das Wasser, das sie nicht verschluckte. Sein Vorsprung war bald nicht mehr einzuholen. Felix hatte am Ende zehn Punkte erreicht, die sich mit Ludwigs hundert nicht messen konnten, Emilie sieben und Alma nicht einen, was sie am Anfang den Steinen ankreidete, die angeblich alle zu groß und zu schwer waren.

Emilie half Alma mit kleineren Steinen aus, die trotzdem kein besseres Ergebnis erzielte. »Laß mich, du Mistkruke«, bruttelte sie verstimmt, um sich ins Ufergras fallen zu lassen. Sie klatschte Beifall und himmelte Ludwig an, wenn seine Steinchen sich springend vom Ufer entfernten, und brach in spitzes, feindseliges Kichern aus bei den platschend versinkenden Kieseln Emilies. Endlich lief Alma zu Decke und Picknickkorb, um die von Wespen umschwirrten Pasteten- und Fleischgallertreste zusammenzupacken.

Sie war von den anderen dreien zu weit entfernt, um mitzubekommen, wie Ludwig sich vorbeugte und seinen Wunsch in Emilies Ohr raunte. »Nein«, sagte sie abwehrend und wankte zur Seite. »Nein«, versetzte sie wieder und raffte den Rock. Sie rannte zur Schwester, die Ungarweinflasche und belgisches Bier in der Kutsche verstaute.

Am Horizont stand eine glutrote Sonne, der Buckower See war ein flammendes Auge. Flußschwalben streiften das brennende Wasser und stiegen als zappelnde Schatten vorm Sonnenball auf. Eine Wolke aus Stechfliegen warf sich auf Pferde und Mietkutscher, der sich beeilte, sein Fahrzeugverdeck zuzuklappen, und fluchend den Wagenschlag schloß. »Halt!« warnte Ludwig den Mann, der bereits auf dem Bock hockte und seine Peitsche ergriff. Emilie war nicht in der Kutsche. Sie lehnte bewegungslos an einem Baumstamm beim Ufer und schien sich in rauchige Luft zu verwandeln.

Schlagartig war es empfindlich kalt und das Grasland mit weißlichen Schleiern bedeckt. Emilie stieg ein, und sie schaukelten schweigend heim. Erst vorm Apothekerhaus meldete Ludwig sich mit seiner kraftvollen Stimme. Er schnappte sich Decken und Picknickkorb, um diese zur Treppe zu tragen, und schmeichelte Alma, als ob er sein rauhes Verhalten vom Nachmittag wettmachen wolle, diesen Seeausflug werde er niemals vergessen. Er beugte sich mit spitzen Lippen zum Handschuh, eine Haltung, in der er verharrte, als ob er an Hexenschuß leide und nicht wieder hochkomme. Auffallend knapp war sein Abschied von Schwester Emilie, was Alma besonderen Schwung verlieh, die vorm Arzneiladen stand und ein Taschentuch schwenkte, bis sie außer Sichtweite waren.

Singend hakte sich Ludwig beim Bruder ein. Er war blendender Laune und von einer Redseligkeit, vor der man sich nicht retten konnte, verspottete die sich als Weltdame aufspielende Alma, die eine Provinzpflaume sei, und was eine reife Provinzpflaume mit faulen Stellen im Sinn habe, wisse man ja. Dringend in einen Schoß fallen, sonst nichts. Wenn sie nicht aufpasse, werde sie eintrocknen, nur noch zum Stopfmittel taugen.

Im Schlafzimmer war er verhaltener. Stumm zog er an der Gardine und starrte zur flimmernden Milchstraße hoch. »Frierst du?« – »Ja«, sagte Felix, der schnatternd ins Bett kroch. »Und woran denkst du?« – »An nichts.« – »Kannst du mir sagen, was dich mit Emilie verbindet?« Felix gab keine Antwort und stierte zur Decke. »Mehr als eine Kinderfreundschaft? Wenn du schweigst, ist es mehr als das«, folgerte Ludwig. »Ist es mehr als das?« wollte er dringlicher wissen, »du mußt es mir sagen, sonst mache ich mir meinen Bruder zum Feind, und das darf nicht passieren!« – »Eine Kinderfreundschaft«, keuchte Felix mit beinahe versagender Stimme.

Ludwig stieß einen erleichterten Seufzer aus. Er eilte mit tappenden Schritten zum Bruder ans Bett, wo er sich auf der Holzkante niederließ. »Das ist mir niemals im Leben passiert«, sagte er, »ich bin selig und dumm vor Verliebtheit. Und sie mußte nichts tun, um mich um den Verstand zu bringen, keinen Finger krumm machen, nicht einen! Ob ich mir einen Korb holen werde, was meinst du? Emilie ist keine Festung, die man mit Gewalt einnimmt. Und mit der Haselnußgerte muß ich mich vertragen, wenn ich mir blutige Striemen ersparen will.«

Felix drehte sich wortlos zur Streifentapete und fiel in einen tiefen, unruhigen Schlaf, aus dem er erst gegen Mittag erwachte. Er sprang in seine Kleider, um zur Apotheke zu hasten, die um diese Uhrzeit verschlossen war, und klopfte Fabricius Sielaff ins Freie, der sauer bemerkte: »Das ist ja ein Taubenschlag heute.« Felix riß seine Kappe vom Haarschopf, bedankte sich stammelnd und war mit drei Schritten beim Stiegenhaus, stand außer Atem im Sielaffschen Wohnzimmer, wo Alma am Bechsteinklavier einen Straußwalzer klimperte und Ludwig bereits auf dem Sofa saß, neben der stummen, verlegenen Emilie.

Hans Pagelmann trennte sich von seinem Buchhalter, was auf Betreiben Augustes geschah, und in den Inflationswirren ging er bankrott. Sein Kontor in der Westhafenstraße schloß Anfang Oktober. Familie Pagelmann wanderte zu einem angeblich steinreichen Bruder aus, der ein Hotel in Manhattan betrieb.

In diesen Monaten, als man Millionen in Schubkarren zum Kolonialwarenladen schob, in dem Barskes Gehilfe von Stunde zu Stunde an den Waren neue Preisschilder anbringen mußte – und Barske den Banknotenhaufen zum Heizen verwendete –, halfen Ludwig und Felix beim Pyritzer Bauern mit, hackten Brennholz und spannten den Pflugochsen ein, misteten Schweine- und Kuhstall aus, hockten auf Melkschemeln, zerrten an Eutern und hatten Schwielen an allen zehn Fingern. Sie ließen sich in Naturalien bezahlen, und wenn der Pyritzer wieder in Geizkragenlaune war, hamsterten sie auf dem Heimweg bei Heise und Seidenkranz. Sie versorgten Kannmacher- und Sielaff-Familie mit Dingen, die man nicht mehr zu kaufen bekam.

Erst im November, als es wieder Zweck hatte, Geld zu verdienen, das neuerdings Rentenmark hieß, reiste Ludwig zur Lauenburger Raiffeisenzweigstelle, wo man einen Buchhalter brauchte. Er hatte mit seiner Bewerbung Erfolg und mußte sich eine Garderobe zulegen, die aus besserem Stoff war als seine bisherige. Bei dem Monatsgehalt, das sein Posten abwarf, konnte er sich diese Ausgabe leisten. Sein Mietzimmer teilte er mit einem Schuhwichse, Natron und Seife verscherbelnden Reisenden, der niemals vor Mitternacht aus seiner Stammkneipe heimschwankte.

Sich im Apothekerhaus rarer zu machen erwies sich für Ludwig als Vorteil. Was Alma beeindruckte, waren seine Stelle als Buchhalter in einer Bank und sein Monatslohn. Mit Emilie verhielt es sich anders. Sie legte auf Posten und Geld keinen Wert – diese Dinge vergaß sie im Handumdrehen. Es war Ludwigs Umzug ins Lauenburger Zimmer, der sie aus dem Gleichgewicht brachte. In seinem Beisein, das aufdringlich sein konnte, war sie zur Befangenheit verurteilt. Ludwigs Wirkung entfaltete sich in der Ferne. Erst diese Ferne erlaubte Emilie, sich in Ideen einzuspinnen, die luftig und schwerelos waren und Ludwig von Woche zu Woche begehrenswerter machten. Bis sie zum Schluß einen stechenden Schmerz empfand, wenn er sich sonntags verabschiedete und zum Zug rennen mußte, dem letzten, der Lauenburg anfuhr.

Im Jahr '24 kam es in Freiwalde zu aufsehenerregenden Neuerungen. Man stellte den Postverkehr auf langen Strecken von Kutschen auf Kraftwagen um, und als die ersten vorm Steintor in Sicht kamen, zogen sie Horden von Kindern an. »Diese neue Zeit soll uns ja Annehmlichkeiten bringen«, sagte Postkutscher Weidemann, seinen ergrauenden Bart zwirbelnd, »das sind Annehmlichkeiten, die uns von der Stille befreien.« Er deutete auf eine Staubwolke zwischen den Roggen- und Rapsfeldern vom Bauern Seidenkranz, wo ein Automobilmotor knallte und knatterte. »Nie wird es mehr still sein in unserer Welt! Das ist klarer als Kloßbouillon«, sagte er nickend.

Im Juni besorgte sich Gastwirt Kempin einen Radiodetektor, einen von Batterien betriebenen Kasten mit Drehschaltern, der sein im Winter verstummtes Orchestrion ersetzte. Ab 19 Uhr 30 empfing er mit seinem Detektor Beethoven- und Mozartkonzerte aus dem Chorprobesaal in der Stettiner Oper. Witwen, Altsitzerinnen und polnische Knechte, Kriegsinvaliden und Werftenarbeiter versammelten sich vorm Kempinschen Lokal. Sie lauschten den himmlischen Stimmen aus dem Apparat, Klarinetten und Geigen, Oboen und Pauken. Und wenn aus dem Holzkasten nichts als ein Jaulen und Krachen kam – und Kempin seinen Radiodetektor verfluchte oder das Wetter, das schuld war am schlechten Empfang –, zuckten Witwen und polnische Knechte zusammen, die annahmen, es seien verstorbene Seelen, die im Jenseits zu heulen anfangen, oder sich mit den Radiowellen verwickelnde Luftgeister, und verzogen sich schleunigst nach Hause.

In diesen Wochen arbeitete Felix als Kellner im Gasthaus von Louis Kempin. Er mußte Geld verdienen, das war das eine. Es war zu erniedrigend, sich ewig vom Bruder aushelfen zu lassen. Und er wollte sich ablenken mit seiner Kellnerei, von Emilies Verschlossenheit, Ludwigs Verliebtheit in sie und vom Irrsinn, der Mutter befallen hatte. Am Zapfhahn und mit der Musik aus dem Radiodetektor im Ohr konnte er diese an seinem Lebensmut fressenden Dinge vergessen.

Abwechselnd rannten Kempin und sein Kellner zum Radio, um an den Schaltern zu drehen. Als sein Apparat keinen Neuigkeitswert mehr besaß, wollte Kempin Spediteure und Zollassistenten vor Mozart verschonen, der sie vom Skatdreschen abhielt. Seine Einnahmen schrumpften empfindlich zusammen, wenn man sie an lieben Gewohnheiten hinderte.

Felix verbitterten diese Gewohnheiten, die gegen Mozarts vollendete Werke stocktaub waren. Er beugte sich wieder und wieder zum Radiodetektor und drehte am Regler. Vor Mozartbegeisterung vergaß er Bestellungen, bewirtete Zollassistenten und Reichsbahngehilfen mit schalen und schaumlosen Bieren, schwenkte sein volles Tablett beim Allegro, und ein Glas ums andere kippte vom Rand. »Das ist eine Gastwirtschaft und kein Konzertsaal. Wann wirst du das endlich kapieren?« stauchte Louis Kempin seinen Kellner zusammen, »wehe, wenn ich dich wieder beim Radiodetektor erwische. Ich schmeiße dich hochkant aus meinem Lokal, ist das klar?«

In seiner freien Zeit streunte er zu dem von Erlen und Weiden beschatteten Uferplatz, wo er sich ins eiskalte Bachwasser warf, um zur Besinnung zu kommen. Was sollte er anfangen mit seinem Leben? Außer Klavierspielen hatte er nichts gelernt, und er, der es zum Pianisten bringen wollte, besaß bis zum heutigen Tag kein Klavier. Bertha Sims konnte nicht mehr verraten, wann er seine erste Konzertreise antreten werde. »Ein sich von der Spule abwickelndes Schicksal, das ist unser Leben nicht«, grummelte Bertha

in seinem Ohr, »man kann seinen Faden aus Dummheit zerreißen.«

Als Nachfolger von Adolph Liebherr zu enden war eine ab-
scheuliche Vorstellung. Liebherr beabsichtigte, in Pension zu gehen, und hatte bei Schulmeister Kannmacher angefragt, ob sein
Sohn nicht bereit sei, im Gotteshaus vorzuspielen, ein Vorschlag,
der Vater zupaß kam. Zwar war er mit Priebe verfeindet, ging niemals zum Gottesdienst, und die in Freiwalde verbreitete Bigotterie
war dem Vater verhaßt. Andererseits mußte sein Sohn einen Brot-
beruf finden.

»Ich bitte dich, lehne nicht ab«, sagte Vater, »bald wirst du
zwanzig, vergiß das nicht, Junge. Bei diesem Beruf kannst du Neigung und Pflicht miteinander verbinden, nicht wahr? Um den
Gottesdienstquatsch mußt du dich ja nicht scheren. Du spielst
deinen Bach und man wird dich bezahlen, nach Auskunft von
Liebherr nicht schlecht.«

Er zeigte zum Loch im Regalbrett hoch, das seine Kantischen
Schriften enthielt. »Niemals mehr wirst du dich an einem Kant-
buch vergreifen, um dir etwas Geld zu verschaffen«, bemerkte er
mit einem Zwinkern, und Felix bekam einen knallroten Kopf. Bei
dieser Erinnerung an seinen Diebstahl – und die Bordellnacht am
Stettiner Hafen – brach sein Widerstand in sich zusammen.

Es waren nicht Verstocktheit und Widerwillen, wenn er beim
Gotteshausvorspiel versagte. Er war zu erregt, als er vor Liebherrs
Orgel saß und zwei sich beim Blasebalgtreten abwechselnde Bengel dem Instrument Leben einhauchten. Dieses Sausen und Brausen war er nicht gewohnt, und Liebherr, der dauernd ein anderes
Register zog, steigerte seine Verwirrung ins Maßlose. Mit diesem
mißlungenen Vorspiel empfahl er sich nicht. Liebherr nahm von
seinem Angebot Abstand und lud eine Handvoll Kirchenmusiker
aus Sachsen und Schlesien ein.

Nicht zum Kantor berufen zu werden beruhigte Felix. Ein paar
Wochen hielt seine Erleichterung an, bis Liebherr aufs Neue zum

Schulmeister stapfte. Von seinen Kandidaten aus Sachsen und Schlesien sprach er mit blankem Entsetzen.

Vater zeigte nicht wieder zum Loch im Regalbrett hoch, als er Felix von Liebherrs Besuch unterrichtete. »Ich setze auf deine Vernunft«, sagte er. Felix bat sich Bedenkzeit aus, die er verstreichen ließ, ohne sich zu einem Vorspiel zu melden, ein Verhalten, das Liebherr beileibe nicht abschreckte. Er wollte eine Entscheidung erzwingen. Alle drei Tage ließ er sich beim Schulmeister anmelden oder schob seinen Buckel ins Bierlokal.

An einem glutheißen Mittag im Juli, als Felix den Gastwirtschaftsboden abschrubbte, bewegte sich vor seinen Augen ein schneeweißer Kleiderstoff. Emilie stand in der niedrigen Schankstube, klappte den Sonnenschirm zusammen und quetschte sich in eine Holzbank beim Fenster. Sie zog an den Handschuhen und legte sie sich in den Schoß, Felix verlegen betrachtend, der aus seiner Hocke beim Blecheimer hochkam. Wortlos ließ er den Lappen ins Schmutzwasser fallen, rieb sein verschwitztes Gesicht mit dem Ellbogen ab. »Ich sterbe vor Durst«, sagte sie, »kannst du mir eine Faßbrause bringen? Oder besser ein Wasser mit Soda. Das ist erfrischender als dieses klebrige Zeug.«

Er bemerkte nichts mehr von der scheuen Verlegenheit, die sie am Anfang beherrscht hatte. Emilie wirkte bestimmter als sonst. Das war um so verwirrender, als Zielstrebigkeit und Bestimmtheit ein Vorrecht von Alma waren. Emilie war zu versponnen, um sich Ziele zu stecken. Ehrgeiz und Anspannung, Gier und Verlangen, die Alma im Griff hatten, kannte sie nicht.

Am heutigen Tag war das anders, Emilies Unruhe hatte ein Ziel. Sie war nicht im Bierlokal, um eine Runde zu schnacken. Mißmutig spritzte er Soda ins Wasserglas und beeilte sich, sie zu bedienen. Er wollte allein bleiben, nichts als allein bleiben, und seine Arbeit in Ruhe beenden.

»Kannst du nicht neben mich kommen?« versetzte sie eilig, als

Felix sich wieder zum Blecheimer umwandte, »ich brauche dringend deine Hilfe.« Sie wedelte sich mit den Handschuhen Luft zu. »Ich will deinen Bruder in Lauenburg treffen. Ohne Begleitung ist das nicht zu machen, sonst wird man mich scheel anschauen und schlecht von mir denken.«

Es war Donnerstag nachmittag, und bis zum Samstag, wenn Ludwig sich gegen halb zehn mit dem Zug in Freiwalde einfand, waren es keine zwei Tage, was Emilie nicht davon abhielt, sich auf eine Reise am morgigen Tag zu versteifen.

Verbittert befestigte er seinen Lappen am Schrubber und machte sich wieder ans Dielenbodenwischen. Entgangen war Felix Emilies wachsende Zuneigung zu seinem Bruder nicht, sei es beim Himbeerensammeln im Schlawewald, sei es beim Badestrandausflug zu viert. Im Wald blieb sie an Ludwigs Seite, am Strand warf sie sich in den Liegestuhl neben dem seinen. Sie plauderte lebhaft mit Ludwig, der sich seine Aufdringlichkeiten verkniff und niemals vergaß, Alma einzubeziehen.

Wahrhaben wollen hatte er diese wachsende Leidenschaft nicht, die Emilie zum Bruder trieb. Es sei keine ernste und tiefe Verbundenheit – mit dieser Vorstellung hatte sich Felix beruhigt. Um so schmerzhafter war es, als er seinen Irrtum erkannte.

Emilie war in seinen Bruder verliebt. Sie scheute sich nicht, ins Kempinsche Lokal einzudringen und um seine Hilfe zu bitten! Und diese Bestimmtheit, mit der sie verlangte, er solle sie zu Bruder Ludwig begleiten, war gnadenlos, grausam und abstoßend. Er stieß seinen Schrubber ins klatschende Schmutzwasser. »Ich werde nicht freibekommen von einem Tag auf den anderen«, bemerkte er grimmig.

»Komm zu mir, ich bitte dich«, sagte Emilie mit bebender Stimme und streckte den Arm aus, »und laß diesen Schrubber im Eimer, um Himmels willen.« Letzteres bemerkte sie mit einer Heiterkeit, die schlecht zur Verzweiflung paßte, in der sie versank. Erkennbar dem Weinen nah, preßte sie seine Hand, als er trotzig und steif auf der Holzbank Platz nahm und zum Bierkutscher stierte, der vorm Lokal seinen Karren entlud. Faß um Faß rollte donnernd zum Gastwirtschaftskeller.

Emilies Stimme klang kratzig, erstickt, und was sie sagte, war schwer zu verstehen. »Du haßt mich, und ich kann es dir nicht verdenken.« Wieder knetete sie seine Hand, an der Laugenschaum glitzerte. »Wenn ich mich mit Ludwig verlobe, ist das kein Verrat an uns. Wir teilen andere Dinge als die, die mich mit deinem Bruder verbinden. Ich habe dich in meinem Herzen bewahrt, und ich werde dich niemals verstoßen.« Als er wortlos zum Bierkutscher starrte, der wieder zum Bock hochstieg und seine Pferde auf Trab brachte, war es mit Emilies Beherrschung zu Ende.

Er hatte sie niemals verzweifelt erlebt. Und an diesem hilflosen Weinen war nichts Falsches, Verlogenes. Sie war reiner im Kummer als er, der sich in seinem Schmerz verbiß, in Verbitterung und Feindseligkeit. »Ich hasse dich nicht«, sagte er. »Ich hasse dich nicht«, wiederholte er schluckend, ohne mehr zu verraten – sein Herz war zu schwer.

An Emilie war nichts mehr verzweifelt und rein, als sie am anderen Tag Richtung Lauenburg dampften. Im Zug, der um Seen und Kuhweiden bummelte, schwankte sie zwischen Verzagtheit und Lustigkeit. »Wird Ludwig nicht zornig sein«, wollte sie wissen, »wenn wir ohne Anmeldung in seine Bank schneien?« Oder sie sagte: »Ich platze vor Neugier, diesen Natron und Seife verscherbelnden Reisenden kennenzulernen, mit dem er sein Zimmer teilt. Ich wette, es ist eine feuchte und muffige Bude, was Ludwig verschweigt, um uns nicht zu beunruhigen.« Oder sie sagte: »Er wird mir bestimmt einen Korb geben. Falls er sich mit einer anderen verheiratet, schließe ich mich dem fahrenden Volk auf der Bleiche an, die sollen mich an einen Zigeuner verkaufen.« Erschauernd betrachtete sie die im Mittagsweiß gleißenden Turmhelme Lauenburgs. Und als sie am Bahnhof eintrafen, wollte sie lieber nicht aussteigen – mit Gewalt mußte er sie zum Trittbrett zerren.

Als Alma vom Lauenburger Ausflug erfuhr – und von der Verlobung Emilies mit Ludwig –, schloß sie sich im Dachzimmer ein. Vater Sielaff bat sich eine Woche Bedenkzeit aus. Er hielt nichts vom Schulmeister, der sich vom Gottesdienst fernhielt und mit Pastor Priebe verfeindet war. Und seine dem Irrsinn verfallene Frau war ein Fleck auf der Schulmeisterweste. Mit dieser Familie verwandt zu sein war nicht erstrebenswert.

Sielaff lehnte es ab, seine Zustimmung ohne den Segen von Alma zu erteilen. Seine bevorzugte Tochter zu einer Verwandtschaft zu zwingen, die sie ablehnte, konnte und wollte er sich nicht erlauben.

Seine Bedenkzeit verstrich ohne eine Entscheidung. Ob es Rachsucht war, Scham oder nichts als Verwirrtheit – Alma weigerte sich, eine Antwort zu geben. Sie ließ sich vom Vater das Essen aufs Zimmer bringen, um nicht mit Emilie zusammenzutreffen, aß Spatzenportionen, verlor an Gewicht, wirkte magerer und spitzer denn je. Sie blieb im Bett und fing Fliegen, zierliche Stubengesellen und haarige Schmeißfliegen, die vom Hinterhofplumpsklo ins Dachzimmer schwirrten, aus Mauerwerksrissen und Dielenritzen krabbelten. Alma entwickelte eine beachtliche Fertigkeit, sie mit der Hand zu erhaschen, was ein hohes Maß an Geduld und Beherrschung erforderte. Besonnenheit und Ausdauer fielen von Alma ab, wenn sie ein Insekt mit den Fingern umschloß und den Fang voller Ekel zerquetschte.

Alma willigte ein in Emilies Heirat. Ludwigs chemische Bausteine seien mit den Bausteinen Emilies zu einer Einheit verschmolzen. Sich gegen diese Verbindung zu stemmen, die einem Naturgesetz folge, sei hirnverbrannt. Sie war es, die mit der Nachricht hausieren ging, beim Pfarrer vorsprach und ins Rathaus marschierte, um das Aufgebot vorzubereiten. Alma betonte, dem Herrgott von Herzen zu danken, bald einen Schwager zu haben, der vorzeigbar sei. »Und das bei diesem Seelchen von Schwester«, bemerkte sie schnippisch zum Banknachbarn in St. Marien. »Als

Kind wollte sie eine Wolke sein, stellen Sie sich vor«, sagte Alma zum Messer- und Scherenschleifer, der mit dem Pedal seine Scheiben antrieb, »und als Backfisch war sie ohne Sinn und Verstand in Ballonfahrer Kaulen verliebt. Einen Raiffeisenbuchhalter ziehe ich vor.«

Diese kleinen Gemeinheiten konnte sie sich nicht verkneifen. Trotzdem benahm sie sich anders zu Schwester Emilie als in der Vergangenheit. Befehlshaberlaunen versagte sie sich. Sie packte im Haushalt mit an, stellte eine Bedienstete ein, die erst sechzehn und stumm war. »Ich rate euch zu einer stimmlosen Magd«, sagte Alma bei einer Klavierstunde, »die sich nicht beschweren kann und kein dummes Zeug schwatzt.«

Emilie war wieder von kindlicher Heiterkeit. Sie beugte sich aus einer Dachluke, um mit dem Bezirksschornsteinfeger zu plaudern. Wenn der Eismann am Brunnen seine dampfende Truhe aufklappte, rannte sie mit einem Geldschein ins Freie, um den Kindern, die sich um sein Rad scharten, Eis zu spendieren. Pausenlos schrieb sie Briefe an Ludwig in Lauenburg, packte Pakete mit Rilkes Gedichten, Zigarren, Rasierwasser und Karamellen.

Ab Mitte August setzte Alma sich nicht mehr im schlotternden Hauskleid ans Bechsteinklavier. Sie schaffte den ewigen Haarknoten ab, ließ sich von Emilie das volle, kastanienbraune Haar zum schwankenden Wagenrad hochstecken, legte sich Ringe und Armreifen an und schwebte als Duftwasserwolke zum Schemel. Alma steckte in Kleidern, die Busen und Becken betonten, zog klaffende Blusen an, beugte sich an seiner Seite verschwenderisch vor, bis Felix beim Fingersatzkritzeln den Bleistift abbrach. Wenn er einen kurzen Klavierlehrervortrag hielt, streichelte sie seine Knie oder lehnte sich an seine Schulter und spielte am Blusenknopf. Vor Befangenheit fing er zu stottern an und mußte seine Belehrungen vorzeitig beenden. Noten von Mendelssohn, Liszt oder Debussy, die er nicht besaß – und die entschieden zu teuer waren –, bestellte sie in der Stettiner Musikhandlung. Als sie eintrafen, schrieb sie ein kurzes Begleitbriefchen, steckte es zwischen Kordel und Packpapier und gab beides dem Postkutscher mit.

»Ich will einen Besenstiel fressen, wenn sie keine Absichten hat«, sagte Weidemann, als er das Paket in den Fliesengang stellte, den er mit seinen wuchtigen Schultern verdunkelte. Niesend las Felix den Brief, der nach Veilchen stank und den Vorschlag enthielt – falls es nicht ein Befehl war –, sich um vier Uhr im Strandbad zu treffen. Sie habe erfahren, das Wasser sei angenehm warm. Außerdem wolle sie Dinge besprechen, die zu ernsthaft und schwerwiegend seien, um sich zwischen zwei Tonleitern quetschen zu lassen.

Er war alarmiert und beeilte sich, Alma zu antworten. Zur Zeit leide er an einer Blasenempfindlichkeit, die einen Strandbesuch leider verbiete, und ob er zur Klavierstunde komme, sei zweifelhaft. Felix beauftragte einen der Kulis am Bahnhofsplatz, seine Antwort zum Sielaffschen Laden zu bringen. Als er um sechs bei Kempin seine Haare glattstreichend ins Schankzimmer trat, stieß er an der Garderobe mit Alma zusammen. Alma, die bis vor zwei Tagen betont hatte, nie werde sie einen Fuß ins Kempinsche Lokal setzen, Bierschwemmen seien ekelhaft und einer Dame nicht zumutbar, bestellte beim Wirt eine Weiße mit Himbeergeschmack.

Andauernd zischte sie Felix zu sich an den Eichentisch und wollte wissen, ob sich seine Blase bis Donnerstagmittag beruhigt haben werde. Oder sie fauchte, es sei eine Schande, wenn ein Pianist sich als Kellner verdinge, er solle sich lieber sein Geld in der Kirche verdienen, auf der Stelle vom buckligen Liebherr!

In dieser Nacht schwoll sein Handgelenk an. »Sehnenscheideninflammation«, sagte Dehmel, »solltest du auskurieren, sonst kannst du deine Klavierspielerlaufbahn vergessen.« Felix bekam einen straffen Verband verpaßt und mußte versprechen, sein Handgelenk nicht zu bewegen. »Abstand halten von allen Klavieren, verstanden?«

Im Arzneiladen setzte er eine Verzweiflungsgrimasse auf. Er schwenkte sein Handgelenk, das im Verband steckte, und teilte Alma mit leidender Stimme mit, Klavierstunden werde er nicht mehr erteilen. Sie werde begreifen, wenn er zu nichts Lust habe und sich mit seinem Seelenschmerz – und seinen knirschenden Sehnen – zu Hause verbarrikadieren werde. Er bezahlte bei Sielaff die von Doktor Dehmel verschriebene Salbe und nickte zu Alma hoch, die blaß und versteinert auf einer Regalleitersprosse stand.

Niedergeschlagen, das war er beileibe nicht – er betrachtete seine Erkrankung als Himmelsgeschenk, mit dem er sich Alma vom Leib halten konnte. Als sie mit zwei Ungarweinflaschen im Vorgarten auftauchte, schob er Mathilde zum Korridor, die sich bereitwillig hatte verklickern lassen, was sie dem Sielaffschen Ding an den Kopf werfen solle.

Eine beleidigte Woche verging, bis er einen Brief Alma Sielaffs erhielt, in dem sie wortreich bedauerte, Felix nicht mehr zu Gesicht zu bekommen. »Verliebt bin ich nicht, es ist eine Verleumdung, was eure Mathilde verbreitet. Als ob ich ein augenverdrehender Backfisch sei, eine verschmachtende Magd«, schmollte Alma. Sie sei eine reife, erwachsene Frau mit naturwissenschaftlichen Kenntnissen – letzteres war mit zwei Ausrufezeichen versehen. »Und wenn ich mich mit dir verbinden will«, schrieb sie, »was ich nicht bestreite, ich bin keine Heuchlerin, verbeuge ich mich vor der Logik.« Und nichts sei logischer, fuhr Alma fort, als dem Beispiel von Bruder und Schwester zu folgen. Das biete praktische Vorteile, beginnend mit dem Geld, das sich einsparen ließe, wenn man beide Trauungen in einem Aufwasch erledige. »Und mit einer Doppelhochzeit im Oktober werden wir in Freiwalde Furore machen. Das verschafft dem Arzneiladen Kunden, die sonst in der Skagerrak-Straße beim Armbruster einkaufen!« Felix trabte ins Erdgeschoß, riß an der Badeherdklappe und warf Almas Schreiben ins Feuer.

In den kommenden Tagen, die strahlend und warm waren,

stahl er sich mittags zur Flußuferstelle, nutzte staubige Pfade und lief querfeldein, bis er an seinen Lieblingsplatz kam, sich ins kniehohe Gras fallen ließ und im Handumdrehen einschlief. Nachts erlaubte er sich keinen Schlaf. Wenn Mathilde im Dienstbotenzimmer verschwunden war, wickelte er Doktor Dehmels Verband ab und schlich sich zum Lauenburger Kasten im Wohnzimmer. Er trotzte dem Klappern und Scheppern, das aus dem Klavier von Fritz Klemm & Konsorten kam. Mozartsonaten erklangen in seinem Kopf, und der hallte wider, als sei er ein leerer Konzertsaal. Schlimmer verhielt es sich mit seinem Handgelenk, das teuflische Schmerzen aussandte. Das verstehe er nicht, knurrte Dehmel, wenn er seine Sehnenverdickungen betrachtete, »von einer Besserung ist nichts zu erkennen, zum Deibel!« Seine Stirnfalten furchten sich tiefer und tiefer. »Falls es bei diesen Schwellungen bleibt, werde ich einen Gipsverband anlegen, Junge!«

Einen Gipsverband wollte sich Felix ersparen und faßte den schweren Entschluß, in der Nacht nicht Klavier zu spielen. Keine drei Stunden blieb er seiner Absicht treu. Als er sich an den Lauenburger Kasten warf, vergaß er Verzagtheit und Mutlosigkeit, und Freiwalde begann sich zu drehen. Eine Windhose pfiff um den Glockenturm von St. Marien und ins Sielaffsche Dachzimmer, wirbelte Alma ins Freie und blies sie zum Sumpf der Kraut-Glawnitz, wo sie auf den Erdboden plumpste. Gasblaue Lichtlein und eisige Flammen umringten sie, leckten an Almas zerrissenem Nachthemd, raunten und kicherten. Als sie bis zum Scheitel im braunen Morast steckte, warfen sich Flammen und Irrlichter auf sie und es kam zu einer chemischen Reaktion. Es knallte und puffte im Sumpf der Kraut-Glawnitz, aus dem eine Stichflamme aufstieg, die zu einem gelblichen Irrlicht zusammenfiel. Es vereinigte sich mit den gasblauen Flammen – und in alle Ewigkeit blieb Almas Seele ein wirbelndes Irrlicht im Moor.

Kaiserwetter

Im September traf ein Telegramm aus Berlin ein, mit dem Onkel Alfred sein Kommen anmeldete. Vaters erste Beunruhigung legte sich rasch. Zigfach hatte sein Schwager Freiwaldebesuche versprochen und wieder verschoben, sei es als Minenbesitzer in Afrika, der sich mit der anstrengenden Reise entschuldigen konnte, sei es als Textilfabrikant an der Spree, der sich auf seine dringenden Verpflichtungen berief.

Kannmacher verheimlichte Clara das Telegramm. Vor Aufregungen mußte man sie verschonen. Und sollte Alfred sie wieder versetzen, war es eine absolut sinnlose Aufregung. Zwar hatte sie seine ewigen Absagen in der Vergangenheit eisern verschmerzt – trotzdem war es nicht ratsam, sie kopfscheu zu machen und aus dem ruhigen Zustand zu reißen, in dem sie sich in diesen Wochen befand.

Er dachte nicht mehr an das Alfredsche Telegramm, was mit den Hochzeitsvorkehrungen zusammenhing und der von Sielaff erhobenen Forderung, Clara vom Gottesdienst in St. Marien, Polterabend und Hochzeitsschmaus fernzuhalten und sicherheitshalber zwei Tage am Bett festzubinden, um einen Skandal zu vermeiden. Mit diesem Ansinnen biß Sielaff bei Kannmacher auf Granit. Alle Begegnungen endeten ohne Ergebnis, in um so verbissenerem Streit.

Alfred meldete sich gegen Ende September erneut. Er sei in der pommerschen Hauptstadt, wo er sich berufshalber aufhalte, kabelte er, und wolle ab kommendem Mittwoch zehn Tage bei Clara und Claras Familie verbringen.

Vater las seine Drahtnachricht voller Entsetzen. Er verabscheute Alfred, der grausam und kalt war – was er mit seinen herrischen Briefen belegte, die Clara am Mittagstisch vorlas. Alfred besaß einen gierigen Geldinstinkt und einen Machtwillen, der keine Hemmungen kannte. Zu schweigen von seinen politischen Ansichten, die abstoßend waren, bestialisch und roh. Verzeihen konnte er seinem Schwager nicht, mit diesen Ansichten Clara verblendet zu haben, bis sie vom Krieg – und vom Kaiser – begeistert gewesen war. Mit Friedrichs Tod, den sie niemals verkraftet hatte – vor Reue und Scham, die den Kummer ins Maßlose steigerten –, war sie in einem Abgrund aus Irrsinn versunken. Und dieser Irrsinn erlaubte es Clara, Friedrichs grauenhaftes Ende zu leugnen.

Sie lebte bis heute in einer vergangenen Kriegswelt. Was »Spartakusaufstand« und »Kapp-Putsch« sein sollten, »Versailler Vertrag« oder »Weimarer Republik« – Begriffe, die in Alfreds Briefen auftauchten –, konnte sie sich nicht zusammenreimen. Beklommen erkundigte sie sich bei Ludwig, den sie beharrlich mit Friedrich ansprach, was er von dieser Hitlerschen Revolution halte, an der Bruder Alfred beteiligt gewesen sei, und ob dieser Hitler den Kaiser beseitigen wolle. Als Ludwig erwiderte, um Kaiser Wilhelm den Zwoten solle sie sich keine Sorgen machen, der schneide Rosen in seinem Exil, und Adolf Hitler, den werde man in ein Verlies sperren, bis er ein schimmliger Tattergreis sei, umhalste sie »Friedrich« erleichtert und dankbar.

In der Nacht schrieb sie einen ermahnenden Brief an den Bruder, er solle sich von falschen Predigern fernhalten und nicht der Moral an der Heimatfront schaden. Sie bat Alfred, dem Kaiser zu folgen, der weiser sei als dieser Raufbold von Hitler. Im Morgengrauen lief sie im Nachthemd ins Freie, las sich das Schreiben mit klirrender Stimme vor, und als sie fertig war, legte sie sich in den Schnee, keilte wild um sich, war bissig und kratzte, als Vater sie wieder ins Warme zerren wollte.

Alfred wußte Bescheid, wie es um seine Schwester bestellt war. Er empfing ja zwei Briefe im Monat von Clara, nicht anders als zu der Zeit, als er in Bogenfels Edelsteingrubenbesitzer gewesen war.

Seine Minen hatte er bereits zu Beginn des Krieges verloren.

Was er vor den Buren in Sicherheit brachte, war ein Drei-Kilogramm-Schatz Diamanten, den er im Garten vergrub – und eine Handvoll glitzernder, in seinen Schuhsohlen verborgener Steinchen.

Den burischen Truppen entkam er nicht mehr, als er zu Pferd nach Norden fliehen wollte. Am Stadtrand von Angra Pequena begegnete er einer Gruppe Unionssoldaten, die Alfred zum Absteigen zwangen und festnahmen. Zusammen mit Hunderten anderer Deutscher geriet er in Burengefangenschaft. Vor seiner Deportation in ein Lager, das sich in der Umgebung der Hauptstadt Pretoria befand – wenn man den Senkgrubennachrichten trauen konnte –, bestach er den Hauptmann, der seinen Gefangenentransport kommandierte, mit zwei Diamanten. Der filzte erst seine Kleider und Schuhe, ehe er den Gefangenen abhauen ließ. Vor Darmschmerzen keuchend lief Alfred zum Wald, wo er sich in einem Graben erleichterte und seine verbliebenen Steinchen, die er im After versteckt hatte, ins Gras kackte.

In der dritten Nacht war er in Angra Pequena. Gegen eine enorme Bestechungssumme durfte er ein Lazarettschiff besteigen, das mit Kranken beladen war, Frauen und Kindern, und von britischer Seite Erlaubnis erhalten hatte, am anderen Vormittag auszulaufen. Angeblich litt Alfred an Tuberkulose. Als im Morgengrauen ein Burenkommando aufs Lazarettschiff kam, um Passagiere und Seeleute zu kontrollieren, zerstach er sich vorsorglich Gaumen und Backentaschen und hustete einen Soldaten mit Blut voll, der vor Ekel und Grausen sein Vorhaben fallen ließ, in Alfreds Seesack zu linsen. Bis zur Ankunft im Hamburger Hafen blieb Alfred an Deck und benutzte den Seesack als Kissen, der nichts enthielt außer Zeitungspapier und seinem Drei-Kilogramm-Schatz Diamanten.

Bis 1918 nahm er als Soldat an den Schlachten in Frankreich teil, bekam eine Reihe von Kugeln ab, ohne je schwerer getroffen zu werden, erblindete nicht, trotz der Augenverletzungen, die er sich bei einem Gasangriff zuzog, verlor keinen Arm und kein Bein – auf Mittel- und Ringfinger an seiner linken Hand konnte er bestens verzichten. Alfred sammelte Orden und brachte es zum Offizier.

Als man einen Waffenstillstandsvertrag abschloß, der Deutschland um Ehre und Ansehen brachte, und in Berlin Bolschewisten zur Macht kamen, stieß er das Vorhaben um, mit dem Drei-Kilogramm-Schatz Diamanten in seine Geburtsstadt an Oder und Haff zu ziehen. Dort hatte er sich als erstes ein Haus bauen wollen, vornehm, in bevorzugter Lage, das Aufsehen und Neugier erregte. Wenn er in der guten Stettiner Gesellschaft erst Fuß fassen würde, ergab sich der Rest von selbst. In Stettin, das er vor einem Vierteljahrhundert als Messerstecher verlassen hatte, zu Geld, Macht und Einfluß zu kommen war ein Vorsatz, der Clara in seligen Taumel versetzte. Sie litt um so mehr, als er diese Idee wieder sausen ließ.

Bei der Nachricht vom Spartakusaufstand warf er seinen Kram in den Koffer und reiste schnurstracks an die Spree, wo er sich einem Freikorps anschloß. Das besaß eine bessere Kampfmoral als das von Roten und Juden befehligte Heer. Erst mußte man den Kommunisten das Fell abziehen und anschließend diese Regierung sozialdemokratischer Weichlinge kaltstellen. Zu einer Beseitigung der Republik kam es nicht – und Alfred verbrachte zwei Monate in einer lausigen Hinterhofwohnung, war schwer deprimiert, soff Absinth, schluckte Barbiturate und kletterte in einer Nacht auf den Fenstersims. Sternhagelvoll warf er sich aus der dritten Etage und landete auf einem mannshohen Schneehaufen. Als er aus seinem Schneeloch zum Himmel hochstarrte, der mit Milliarden glitzernder Steinchen bestirnt war, wußte er, was er zu tun hatte.

Alfred blieb in Berlin, wo er eine Textilfabrik kaufte und sich eine vornehme Villa im Grunewald zulegte. Er besaß drei Telefonapparate, ein marmorverkleidetes Bad und zwei Automobile, stellte einen Kameraden vom Freikorps als Fahrer ein, mit dem er Verbindung zur Truppe hielt. Von Frauengeschichten bemerkte er nie etwas in seinen Briefen an Clara, sei es, um sie im Glauben zu wiegen, er liebe kein anderes weibliches Wesen als sie, sei es aus Verachtung sentimentaler Erlebnisse.

Bald konnte sich Alfred mit seinen Gewinnen eine zweite Textilfabrik zulegen, die sich im Stadtviertel Wedding befand und moderner war als seine erste. Als sein Chauffeur mit der Nachricht ins Haus platzte, es stehe ein Aufstand der Reichswehr bevor, an dem sich das Freikorps beteiligen werde, legte sich Alfreds Begeisterung rasch. »Dieser Staatsstreich wird scheitern, ich wittere es«, warnte er seinen Fahrer, der Alfred bezichtigte, feigen Verrat zu begehen.

Alfred konnte sich auf seinen Riecher verlassen. Der von meuternden Truppen berufene Reichskanzler floh auf eine schwedische Schäreninsel, und ein Dummkopf von Freikorpssoldat erschoß seinen Chauffeur aus Versehen. Wenn das kein verheerendes Ergebnis war! Am Grab seines toten Chauffeurs legte er einen Eid ab, den Beweis zu erbringen, kein Feigling zu sein, wenn sich eine Gelegenheit biete.

Bald kam Alfred der Name von Hitler zu Ohren, der ein begnadeter Redner sein mußte und eine schlagfertige Truppe besaß. Er pfiff seinen neuen Chauffeur aus dem Schlaf, der in Null Komma nichts an der Freitreppe vorfuhr, um in der bayrischen Landeshauptstadt eine neue Fabrik zu erwerben und sich diesen Hitler aus der Nähe zu betrachten. Alfred wies seinen Fahrer an, sich zu beeilen, er wolle um neun in der Isarstadt sein. Trotz der Barbiturate, die er aus Gewohnheit fraß, war er zu erregt, um zu schlafen, als sie aus Berlin losbrausten und zwischen Birkenwald, pechschwarzen Seen und nebligen Feldern dem Mond folgten, der ein verwitterter Totenkopf war.

Hitlers Auftritt im Bierbrauhauskeller begeisterte Alfred. Aus dieser Stimme sprach maßloser Haß – einen reineren Haß hatte er nie erlebt. Und als man Hitler in Landsberg einsperrte, trat Alfred in seine verbotene Partei ein, erwies sich als treuer Genosse. Er zweigte beachtliche Summen von seinen Gewinnen ab, die er der Parteikasse zufließen ließ. Alfred weinte nicht um dieses Geld. Er steckte es monatlich in einen Umschlag aus Packpapier, den ein Kamerad mit zerschossenem Gesicht aus der Villa im Grunewald abholte. Er zweifelte nicht am Erfolg Adolf Hitlers, wenn er erst aus der Festung in Landsberg entlassen war.

Als Clara von Alfreds bevorstehender Ankunft erfuhr, konnte sie es vor Freude nicht fassen. Sie brachte Mathilde auf Trab, die den Dielenboden schrubbte, Gardinen wusch, Staub wischte. Sie beauftragte Polsterer Wilhelm, im Wohnzimmer neue Tapeten zu kleben – ein Auftrag, den Kannmacher heimlich stornierte. Mit einer Schere lief sie in den Garten, um Hecken und Rosen zu schneiden – diese englischen Rosen, die Alfred beleidigen mußten –, bis der Bogengang rostig und nackt in der Herbstsonne stand. Sie trug einen Haufen aus Zweigen und Faulobst zusammen, den sie mit kindischer Freude in Brand setzte, ohne den starken Nordwest zu beachten, der prasselnde Schauer von Funken zum Haus wehte. Alfreds Lieblingsgericht waren Klopse in Kapern- und Mehlsoße – waren es in seiner Jugend gewesen –, und als sie keine Kapern im Laden von Barske bekam, machte sie sich zu Fuß auf den Weg nach Freiwalde-Bad und verirrte sich auf halber Strecke.

Vor der Ankunft des Bruders bemerkte sie fassungslos, kein schickes Kleid zu besitzen. Was sie aus dem Schrank zog, waren zerschlissene, mottenzerfressene Fetzen. Kurz entschlossen behalf sie sich mit einem Vorhang, den sie von der Stange im Schlafzimmer riß. Sie warf sich den schweren Stoff um beide Schultern, und mit der im Straßenstaub schleifenden Schleppe lief sie Stunde um Stunde vorm Haus auf und ab.

Clara hielt sich an Schulmeister Kannmacher fest, als ein Automobil vor dem Gartenzaun bremste. Sie erstarrte vor Alfred, der sich auf das Trittbrett schwang und beide Arme ausbreitete. »Das ist nicht mein Bruder«, bemerkte sie bitter, »das ist nicht mein Bruder! Du hast mich belogen!« Mit dem Ellbogen boxte sie in Vaters Rippen. Sie wollte ins Haus fliehen, was Felix und Ludwig verhinderten, die nebeneinander im Gartentor lehnten und Alfred betrachteten. Nichts am Onkel erinnerte mehr an das schlanke und pfiffige Kerlchen der Wohnzimmerphotographie. Er hatte ein feistes Gesicht bekommen und eine Halbglatze, um die ein Kranz grauer Haare stand. »Und ob ich es bin, Lala«, schmetterte Alfred, und als er Claras Kosenamen aussprach, drehte sie sich erschaudernd am Gartentor um.

Es war ein blinkender, warmer Oktobertag. »Nichts als Gewitter und Regen und Finsternis, und wenn mein Bruder zu uns kommt, herrscht Kaiserwetter!« Mutter hakte sich seufzend bei Alfred ein. Arm in Arm schlenderten sie in den Garten, wo Mathilde den Kaffeetisch deckte. Um faulende Pflaumen im Gras summten Wespen, was Alfred veranlaßte, seinen Chauffeur zu beauftragen, sich nach dem Nest umzuschauen. »Es ist ja ein Herrenvolk«, meinte er spitz gegen Vater, »angriffslustig, verfressen und raubgierig. Und absolut nutzlos, das ist das Entscheidende. Anders als diese Bienen, die arbeiten und fabrizieren und sich am Ende vom Menschen bestehlen lassen. Und wenn sie zustechen, sterben sie. Das ist verachtenswert, Kannmacher, oder?« Vater erwiderte nichts. »Trotzdem kann ich Wespen nicht ausstehen«, fuhr Alfred fort, »sie sollten uns nicht in die Quere kommen. Und wenn man ein Nest findet, muß man es ausmerzen.« – »Laß man, das ist zwecklos«, entgegnete Mutter, »wir haben massenhaft Nester im Garten, und ich kann nicht einschlafen bei diesem Sausen. Es ist qualvoll und peinigend, qualvoll und peinigend, wenn sie in meinen Ohren summen, sage ich dir.«

Alfreds Chauffeur kam vom Rundgang im Garten wieder, um zu melden, er habe zwei Nester entdeckt, eines an der Laube und eines am Dachvorsprung, und wollte wissen, ob er sie sich vornehmen solle. »Erst wenn wir fertig sind«, grummelte Alfred und drehte sich wieder zur Schwester um. »Und wer ist der sechste Gast, Schwesterchen?« wollte er wissen und zeigte auf Teller und Tasse am Tischende, wo niemand saß. »Ludwig«, antwortete Mutter, »der dich nicht verpassen will. Er arbeitet in einer Lauenburger Bank, und wenn er den Zug versäumt, dauert es, bis er zu Hause ist.« Alfred zeigte auf Ludwig: »Ich dachte, er sei das.« – »Oh nein, das ist Friedrich«, erwiderte Mutter, »der ist aus anderem Holz als sein Bruder, nicht auf Geld oder Frauenbekanntschaften aus. Friedrich hat nichts im Sinn außer Kaiser und Vaterland. Stimmt das nicht, Friedrich?, Kaiser und Vaterland!« Ludwigs murrende Antwort war nicht zu verstehen. »Allerdings sind sie schwer auseinanderzuhalten, ich verwechsele sie alle naslang.«

Und als Mathilde den Pflaumenkuchen austeilte und sich von Ludwig den Teller erbat, sage Mutter: »Ist das nicht zum Schieflachen? Kein Mensch kann mehr sagen, wer Friedrich ist und wer Ludwig.«

Verwirrt oder erstaunt wirkte Alfred beileibe nicht. Er zwinkerte Ludwig klammheimlich zu, den er beharrlich mit »Friedrich« ansprach. Auf Verlangen von Mutter berichtete Alfred, wie es um den Feldzug in Frankreich bestellt sei, und behauptete, man stehe kurz vor Paris – spottlustig zuckte es um seine Mundwinkel. Falls er seine Schwester bemitleidete, nahm er sich zusammen und zeigte es nicht. Ratlos war er, als Clara zu schimpfen begann, es sei schamlos, ein Automobil zu besitzen, das aus kriegswichtigen Rohstoffen sei, er solle es schleunigst von seinem Chauffeur zur KRA-Sammelstelle am Markt bringen lassen. »Und was mache ich mit meinem Fahrer?« warf Alfred, halb scherzhaft, halb mißmutig, ein. »Der soll Soldat werden und in Paris einmarschieren«, erwiderte Mutter streng.

Alfreds Augen verrieten bisweilen Befangenheit, nie einen Anflug von Schmerz oder Kummer. Und er verbarg seinen Widerwillen schlecht, wenn sie seine Hand nehmen und sich in den Schoß legen wollte. Um Clara abzuwehren, griff er zur leeren Kaffeetasse oder steckte sich vorsorglich eine Muratti an.

Mutter verstummte, sank in sich zusammen, und Alfred sprach von seinen Edelsteinminen in Bogenfels. »Mein Geld hast du niemals verachtet, nicht wahr?« sagte er mit ironischem Blinzeln zum Schwager. Vater konnte dem schwer widersprechen. Verlegen versorgte er sich mit dem Rest aus der Birnenschnapsflasche, trank eilig sein Glas leer und floh in den Keller, um Nachschub zu holen.

Bis er sich wieder zeigte, verstrich eine Ewigkeit. »Ich kann dich als Buchhalter einstellen«, wandte sich Alfred an Ludwig, »was meinst du? Du wirst besser verdienen als in deiner Zweigstelle und an meiner Seite Berlin kennenlernen. Was ist dieses piefige Lauenburg gegen Berlin? Du wohnst bei mir in der Grunewaldvilla und darfst meine Automobile benutzen! Du mußt ein Trottel sein, wenn du mein Angebot ablehnst.« Ludwig gab maulfaule Antworten. »Aha, ich verstehe, dein Schulmeistervater hat dich verhetzt. In seinen Augen bin ich ein verschlagener, gesetzloser Kerl, oder nicht? Ich bin nicht gesetzlos, das laß dir man sagen! Ich beuge mich einem Gesetz, und das lautet: Wer schwach ist, den muß man zertreten. Und Leute wie ich werden Deutschland Gesetze aus Kruppstahl verpassen, verstanden? Ich bin das kommende Zeitalter, ich!« schnauzte Alfred. Mit finsterem Gesicht paffte er in die Abendluft, die nach Herbstfeuern und frischem Most roch.

»Es wird kalt«, sagte Vater, der sich seine Finger rieb, »ob wir Clara nicht besser ins Haus schaffen sollten? Sie wird frieren, ja, ich denke, sie friert.« Liebevoll streichelte er seine Frau, die den Bruder anstarrte, als wisse sie nicht, wer das sei. Erst als ein Fledermausschatten um Pflaumen- und Apfelbaum wischte, erwachte sie aus der Versteinerung. Mit einem Aufschrei stieß sie Vaters Hand weg. »Er darf mich nicht anfassen, Alfred! Er spielt den Besorgten und will mich in Wahrheit vernichten!« – »Ich bin ja bei dir«, entgegnete Alfred mit mehliger Stimme, »dir kann nichts passieren.« – »Ja, ja«, sagte Mutter, »mir kann nichts passieren. Und wir werden uns niemals mehr trennen, nicht wahr?«

Alfred warf seine Muratti zu Boden und nahm sich der Schwester an, um sie ins Warme zu bringen. Im Korridor setzte er sie auf die Treppe und eilte zum Fahrer vors Gartentor, dem er befahl, mit dem Nesterverbrennen zu beginnen. Der rappelte sich aus dem Fahrersitz hoch, sperrte den Kofferraum auf und besprengte den an einer Stange befestigten Lappen aus einem Kanister mit Spritzern Benzin, um in den hinteren Garten zu gehen, wo Mathilde bereits eine Leiter ans Dach lehnte.

Felix folgte dem Mann in ein paar Metern Abstand. Er kam sich beklommen und niedergeschlagen vor, ohne recht zu verstehen, warum. Er zitterte, als Alfreds Fahrer zur obersten Sprosse stieg und seinen Lappen in Brand setzte, den er mit der Stange zur Wabe bugsierte. In der Hitze begann sie zu schmelzen. Wespen stoben aus Flammen und Rauchwolke in alle Richtungen und fielen als glimmende Funken ins Gras.

Mutters wimmernde Stimme erklang aus dem Korridor. »Warum willst du allein schlafen?« jammerte sie, »als wir Kinder waren, mußte ich niemals allein schlafen, du warst bei mir und hast mich bewacht, Alfred, weißt du das nicht mehr?, du hast mich bewacht.« Sie zog den Bruder vom Hausflur ins Zimmer zum Garten, wo sie das Elektrische andrehte, das seinen gelblichen Schein auf den Rasen warf.

Nach kurzer Pause erklang Mutters Stimme erneut. »Wer kann mir sagen, wo Felix steckt?« wollte sie wissen, »er soll etwas spielen!« Von der Schwelle zur Steintreppe winkte sie Felix erregt zu, der sich seufzend erhob. »Ein Marsch soll es sein«, sagte Mutter, »verstehst du? Dein Onkel verlangt einen Marsch.«

Einen Marsch wollte Alfred, den sollte er haben! Felix hob beide Arme und ließ sie aufs Tastenbrett fallen – und aus dem Lauenburger Kasten kam nichts als mechanisches Klappern. »Was ist das?« erkundigte sich Onkel Alfred und klemmte verdutzt sein Monokel ins Auge, »was ist zum Teufel mit eurem Klavier passiert? Oder will mich der Bengel vergackeiern?« Mutter verstand nicht, warum sich der Bruder beschwerte. »Soll er einen anderen Marsch spielen, Alfred? Oder magst du sein Spiel nicht? Ich bin ja im Zweifel, ob er ein begabter Klavierspieler ist, was alle Welt in Freiwalde behauptet. Ach Gott, vom Klavierspielen haben sie halt keinen Schimmer.« Eine Entschuldigung stammelnd, schloß sie sich dem Bruder an, der seinem Fahrer vom Flur aus Befehle erteilte. »Du wirst im Automobil schlafen und dich bei Tagesanbruch auf den Zug schwingen, klar? Deine Dienste sind nicht mehr erforderlich!« Endlich war Felix allein und erleichterte sein schweres Herz mit dem Bachschen Choralvorspiel.

Als Mutter im Bett war und Felix ins Bad huschte, stand Vaters Zimmer sperrangelweit offen. Onkel Alfred marschierte vom Lehnstuhl zum Lesepult. Er fuchtelte mit beiden Armen, den Schwager belehrend, der barfuß, im Nachthemd, mit Haarnetz und blassem Gesicht auf der Bettkante hockte. »Deine Vernunft ist ein totes Prinzip«, schimpfte Alfred, »und toten Prinzipien fehlt es an Leidenschaft. Dein allgemeines Gesetz ist ein Hirngespinst. Soll man es auf alle Zweibeiner ausdehnen, auf Juden und Slawen, Schlitzaugen und Neger? Weltfremder kann man nicht sein! Als ob ein Jude sich deinem Moralgesetz beugt! Sein Imperativ ist es, sich zu bereichern! Und ein Herero, der andere Menschen frißt, soll sich von deinen Maximen beeindrucken lassen? Dieser Kantische Menschheitswahn ist ohne Hand und Fuß. Weißt du nichts von den neuesten Erkenntnissen, Schwager? Befaßt du dich niemals mit Biologie oder anthropologischen Forschungen? Von der Menschheit zu sprechen ist Papperlapapp, kein Gran besser als dieses Gerede von Kapitalisten- und Arbeiterklasse, das auf einer Judenerfindung beruht. Und diese Erfindung verfolgt keinen anderen Zweck, als Verwirrung zu stiften. Ein teuflischer Einfall, das kann man nicht leugnen, der sich als wirksam erwiesen hat, wirksamer als dein Moralgesetz, Schwager. Diese Judenerfindung erzeugt nichts als kleinlichen Neid und lenkt uns von unserer wahren Bestimmung ab. Sie zersetzt eine starke, vom Kampfgeist beseelte Nation. Dumm sind wir, dumm, uns in Klassen aufspalten zu lassen, die sich gegenseitig zerfleischen.«

Alfred hieb mit seiner Hand auf das Lesepult. »Wir haben vergessen, was maßgeblich ist. Stark oder schwach zu sein, das ist entscheidend, und wer will einer Herrenrasse mit der Moral kommen? Eine Herrenrasse kennt keinen anderen Gott als den Willen, einen eisernen Willen, der keine Verbrechen scheut, um seine Herrschaft zu sichern! Ein imperiales Volk kann nicht vor Imperativen im Staub kriechen«, spottete Alfred, »es schreibt den anderen Rassen Gesetze vor! Rasse und Blut sind entscheidend, Herr Schulmeister, Rasse und Blut sind lebendiges Fleisch, und in dieses Fleisch schneidet man mit einer Klinge, die scharf ist, und nicht mit verstaubten Prinzipien.«

Vater erwiderte nichts. Er mußte sich nicht erst zum Stillhalten zwingen, um einen erbitterten Streit zu vermeiden. Er litt, das war seinem Gesicht abzulesen. Und er litt nicht an dem, was sein Schwager vom Stapel ließ, ja, es war zweifelhaft, ob er es mitbekam. Er war von maßloser Schwermut beherrscht und besaß keine Kraft mehr, um Alfred zu lauschen. Und woran er litt, war nicht schwer zu erraten. Er verzweifelte an Mutters Feindseligkeit, die Hand in Hand ging mit blindem Vertrauen in Alfred. Sie lieferte sich an den Schwager aus, und das bereitete Vater Entsetzen, der den dumpfen Verdacht hatte, Alfred verfolge mit seinem Besuch eine Absicht.

Vier Tage blieb Alfred im Schulmeisterhaus. Er setzte sich mit seiner Schwester ins Automobil, um den Buckower See zu erkunden. Sie aßen im Brixschen Hotel frische Aalsuppe und nahmen zusammen ein Bad in der eisigen Ostsee.

Mutters Seelenzustand besserte sich. Sie lief keine sinnlosen Kreise im Garten und stand nicht versteinert im Treppenflur. Sie sprach Ludwig mit richtigem Namen an, wollte erfahren, warum er nicht in seiner Bank sei. Alfreds Vorschlag, sie sollten nach Schlawe zum Damenschneider fahren, begeisterte Clara. Sie ließ sich vom Bruder zwei Stoffe aussuchen, einen aus weißem Leinen, einen anderen aus schwarzem Samt. Am vierten Tag lieferte man beide Kleider an, die sie in einen Holzkoffer faltete. Und als Vater zu wissen verlangte, was los sei, erwiderte sie: »Wir verreisen.«

»Ich werde zwei Monate bei meinem Bruder verbringen, der mir Ku'damm und Friedrichstadt zeigen will. Wir wollen zusammen ins Berliner Theater gehen und, warum nicht, im Kasino spielen, das ist eine Leidenschaft Alfreds.« Sie schaute zur Photographie an der Blumentapete, auf der Kaiser Wilhelm mit wehendem Helmbusch zu Pferd saß. »Und ich werde den Kaiser besuchen, versteht sich.«

»Ich verbiete es dir zu verreisen«, entgegnete Vater. Seine Stimme klang rauh und erstickt und erreichte sie nicht. Mutter kramte zu aufgeregt in einer Waschtischschublade, warf Nagelfeilen, Scheren und Dosen ins Becken, und Vaters Verbot ging ins Leere. Er wiederholte es nicht, halb aus Mangel an Kraft, halb aus Einsicht, sie werde sich niemals von dieser Berlinreise abhalten lassen. Und der im Treppenflur lehnende Felix beobachtete seinen Vater, der stumm und mit pendelndem Kopf ins Studierzimmer schlurfte, halb mitleidig und halb verbittert.

Bei Sonnenaufgang standen sie alle vorm Haus, als Alfred den Koffer von Mutter zum Automobil schleppte. Er vertrieb eine Horde Kinder, die seine als kleine Trompete mit Gummiknauf neben der Scheibe befestigte Hupe bediente, schob das Lederverdeck, auf dem Tauperlen glitzerten, zwischen Stauraum und hintere Sitzbank und wischte mit einem Lappen das Frontfenster ab.

Mutter nahm Abschied von Ludwig und Felix. Sie umarmte sie hastig und meinte: »Nicht weinen, ich bin ja bald wieder zu

Hause.« Sie reichte dem Vater die Hand, der sie an sich ziehen wollte, was Mutter nicht zuließ, und nickte Mathilde zu, raffte das Kleid zu den Waden und ließ sich auf den Beifahrersitz neben Alfred fallen, der ein Paar Handschuhe überstreifte. Er preßte den Knopf, bis der Motor ansprang und sein Automobil einen Satz machte. Grußlos trat er das Gaspedal und preschte los. Bereits an der Ecke von Bahnhof- und Scheunenstraße flog Mutters breitkrempiger Hut in die Luft und landete vor einem Pferdegespann. Mit blassem, im Sonnenschein verzerrtem Gesicht drehte Mutter sich um, streckte hilflos die Arme aus – Alfred hielt seinen Wagen nicht an. Als das Automobil in der Ferne verschwand, rannte Vater zur Scheunenstraßenecke, wo er vor dem schmutzigen und von den Pferden zertrampelten Hut in die Knie ging. »Wenn sie wiederkommt«, seufzte Mathilde, »bin ich Mata Hari«, und eilte zum Vater, der sich Mutters Hut vors Gesicht hielt und schluchzte.

Am Montag traf ein Telegramm aus Berlin ein: »Habe Schwester ins Irrenhaus einweisen lassen«. Vater brach in seinem Zimmer zusammen. Und in der Nacht warf sich Felix ans stumme Klavier, sprang mit den Fingern von Taste zu Taste, heulte und knirschte mit seinem Gebiß – und Mutters Hut flog um Steintor und Schloßdach und bimmelnden Kirchenturm und landete sauber und heil auf der Schwelle zum Kannmacherhaus. Und den aufs Gaspedal tretenden Alfred, der rasch in der Hauptstadt sein wollte, um Mutter ins Irrenhaus zu bringen, verfolgte ein Wespenschwarm. Bald schloß sich ein zweiter Schwarm an und ein dritter und alle drei schwirrten ums Automobil, das vom Feldtorweg in die Berliner Chaussee abbog. Und als der erste Schwarm um seinen Kopf kreiste, ließ er vor Entsetzen das Steuerrad los. Alfred schlug um sich und mit letzter Not brachte er seine schlingernde Kiste auf Kurs, die in Gefahr war, im Graben zu landen. Und als er sich zur hinteren Sitzbank umwandte, auf der eine wimmelnde Traube von Wespen saß, schrie er seine Schwester an:

»Schlag sie tot!« Mutter schaute auf blinkende Seen und flammenden Herbstwald und summte und regte sich nicht. Und der dritte Schwarm ließ sich auf seinem Gesicht nieder, stach in seine Lippen und in seine Augen und krabbelte in seinen gurgelnden Schlund. Alfreds Automobil knallte vor einen Baum. Mutter stieg aus dem qualmenden Wrack und ließ sich neben dem kopflosen Leichnam des Bruders ins Gras fallen. Wespen krochen aus seinem zerrissenen Anzug, der sich mit Wiesentau vollsog. »Und was wird aus meinem Besuch im Berliner Schloß? Und bei den Gorillas im Tiergartenzoo? Wollten wir nicht im Kasino Roulette spielen, Alfred? Du bist ein miserabler Fahrer«, bemerkte sie vorwurfsvoll, als sie seinen Kopf in der Pappel entdeckte, der sie blutverschmiert anglotzte, »ein Fahrer, dem man sich nicht anvertrauen darf! Du hast kein Vertrauen verdient, Alfred!« Sie erhob sich vom Boden, das Leinenkleid abklopfend, richtete sich das zur Schnecke geflochtene Haar, auf dem Blutspritzer klebten, und bummelte singend nach Hause.

Wenn das kein Fehler war, heiße ich Josephine Baker

Angesichts der Ereignisse kam es nicht zu Ludwigs Hochzeit mit Sielaffs Emilie. Im Einvernehmen beider Familien verschob man sie auf einen besseren Zeitpunkt. Vierzig Tage war Schulmeister Kannmacher krank, und erst Mitte November fuhr er nach Berlin, um den Schwager zur Rede zu stellen. Er kehrte heim, ohne Alfred begegnet zu sein, der sich in seiner Grunewaldvilla versteckt hatte.

Im Dezember brach Vater erneut in die Hauptstadt auf. Als man im Morgengrauen Schrippen anlieferte, konnte er sich beim Dienstboteneingang ins Haus stehlen. Ohne von einem der wuselnden Alfredschen Diener ertappt und vertrieben zu werden, stieg Vater ins Obergeschoß. Alfred, der in seine Zeitung vertieft war, hockte im Schein einer Stehlampe beim Kamin.

Es war ein verregneter, finsterer Tag. Wind pfiff in der Dachrinne, der Vaters Schritte verschluckte. Er schlich zum Kaminsessel, in dem sein Schwager sich reckte und rekelte.

Das war Tarnung, er hatte den Fremden bereits bemerkt. Unvermutet schoß er aus dem Polster hoch, packte den Eindringling, der auf den Boden fiel, preßte ein Knie in sein Kreuz. Ein Pistolenlauf bohrte sich in Vaters Nacken, der keuchte: »Ich bin es, dein Schwager.«

Alfred bekam einen Lachanfall! Als er sich wieder beruhigt hatte, verstaute er seine Pistole im Halfter am Schienbein und teilte Adresse und Namen der Anstalt mit, die sich in Potsdam befand. Und mit der Bemerkung, er sei ja kein Unmensch, bugsierte er Vater zu einem Kaminsessel. »Blutsbande sind Blutsbande, habe ich recht, Schwager?« Er klingelte einem Bediensteten, bei dem er Eier und Kaviar bestellte. Vater weigerte sich, einen Happen zu essen. Mit dem Hut in der Hand blieb er neben dem Sessel stehen. »Warum hast du sie einweisen lassen?« verlangte er von seinem Schwager zu wissen, »warum mußtest du deiner Schwester das antun?«

Seelenruhig pellte Alfred sein Ei ab, halbierte es mit einem Messer und strich eine Schicht schwarzen Kaviar auf beide Teile. »Willst du nichts essen?«, erwiderte er, »keine Schrippe mit russischem Kaviar? Du hast vergessen, was maßgeblich ist. Maßgeblich ist, ob du stark oder schwach bist, und mein Schwesterchen ist leider schwach.« – »Sie liebt dich«, entgegnete Vater, »und hat deine Herzlosigkeit nicht verdient.« – »Mhm«, machte Alfred, der in seine Schrippe biß, »laß uns nicht sentimental werden, Schwager. Wir haben strengere Ideen als eine vom Weltschmerz befallene Dienstmagd, nicht wahr? Und herzlos, nein, herzlos war meine Entscheidung nicht. Ich wollte zu Clara nicht grausam und roh sein. Es war dieses Leiden, das ich nicht mehr aushielt. Ich hielt es nicht aus, eine Schwester zu haben, die hilflos und schwachsinnig ist. Und sie wollte bei mir bleiben, stell dir das vor. Sie wollte auf immer und ewig bei mir bleiben. Als ich meinte, das ginge nicht, kam es zum Streit. Sie entwendete meine Pistole und schoß in den Garten. Und als vom Nachbarn benachrichtigte Polizisten ins Haus kamen, zog sie sich splitternackt aus. Es war ein grauenhafter Auftritt.«

Er steckte sich eine Muratti an, um wieder ruhig zu werden, und stieß einen Seufzer aus. »Ach was«, sagte Alfred, »sie war nicht berechenbar, und wer nicht berechenbar ist, muß verwahrt werden. Ich bin in einer Partei, die das Kranke, Verfaulte und Morsche vernichten will. Soll ich etwa vor meinen Kameraden ein Schlappschwanz sein, der seine Prinzipien verleugnet?« Vater verzichtete auf einen Abschiedsgruß und holte tief Luft, als er endlich im Freien war.

Eine Erlaubnis zum Anstaltsbesuch zu erhalten erwies sich als schwierig. Man mußte beglaubigte Urkunden vorweisen, die eine Verwandtschaftsbeziehung belegten, und die hatte Vater nicht bei sich. Er reiste heim, kramte Tauf- und Geburtsscheine und sein

Familienbuch aus der Schublade, brachte sie zu einem Schlawer Notar, der sie mit blauen Stempeln versah.

Wieder in Potsdam, erfuhr er vom leitenden Arzt, Besuchertermine seien keine mehr frei, vor Mitte Januar solle er nicht wieder vorsprechen. Vater beging einen Fehler, und zwar einen groben, als er dem von Schmissen entstellten Mann einen Papierumschlag zustecken wollte. Er sei nicht bestechlich, versetzte der Anstaltsarzt. Mit dem Porzellanknopf am unteren Ende der Schnur, die von der Decke bis auf seinen Schreibtisch hing, alarmierte er das Personal. Von Korridorende zu Korridorende schrillte eine elektrische Klingel. Zwei Aufseher rannten ins Zimmer und schleiften den strampelnden Vater zum Hof.

Und der Winter verging. Vater beriet sich mit Dehmel und bat um den Rechtsbeistand einer Stettiner Kanzlei. Doktor Dehmel erstellte ein Gutachten, in dem er Mutter als vollkommen normal beschrieb, von nichts anderem belastet als starker Erregbarkeit und einer Neigung zu heftigen Stimmungswechseln. Mut machte er Kannmacher keinen. Er sei nicht vom Fach, und bei einem Gerichtsprozeß werde sein Gutachten nicht ins Gewicht fallen. In der Stettiner Kanzlei lehnte man Vaters Ansinnen ab, gegen Potsdam zu klagen. Wer erst in einem Irrenhaus einsitze, hieß es, sei nicht wieder freizubekommen.

Nicht besser erging es dem Vater in anderen Kanzleien. Lediglich ein versoffener Gauner am Bollwerk war bereit, ein Verfahren anzustrengen, und vertrank seinen Vorschuß in einer Spelunke.

Als man Vater im Februar endlich zu Mutter ließ, verlor er den letzten Rest Zuversicht. Blaß und mit Herzschmerzen kam er nach Hause und mußte sich wieder zu Bett legen, das er zwei Monate nicht mehr verließ. Und von seiner Begegnung mit Clara verriet er nichts.

Und der Winter verging. Vater rappelte sich mit der Schneeschmelze auf, um sich wieder zur Schule zu schleppen. Erneut brach er zusammen, als drei Wochen verstrichen waren, und Dehmel sprach von einem drohenden Infarkt. Er forderte Kannmacher eindringlich auf, sich vom Dienst in der Schule entbinden zu lassen und seinen Ruhestand einzureichen. Vater lehnte den Rat seines Freundes barsch ab. Wenn er in seinem Alter in Rente gehe, werde er eine zu kleine Pension beziehen, um imstande zu sein, den Kredit bei der Bank abzustottern.

Mathilde bot an, keinen Lohn zu beanspruchen, bis der Kreditvertrag auslaufe – Vater bekam feuchte Augen und lehnte ab. Ludwig berechnete Einnahmen und Ausgaben und trug seine Summen am Mittagstisch vor. »Deine Kreditzinsen lassen'sich mit der von Sielaff versprochenen Mitgift begleichen.« – »Ich werde mich nicht an der Mitgift vergreifen«, erwiderte Schulmeister Kannmacher schroff, »das ist euer Geld, Junge, Emilies und deines.« Als milder Wind von der Ostsee anwehte und Fliedergeruch ins Studierzimmer drang, stand er aus seinem Krankenbett auf, um zur Schule zu stapfen.

»Es kommt schlimmer, als es bereits ist«, sagte Weidemann. »Wenn das man gutgeht«, bemerkte Mathilde. »Dein Vater ist von einer atemberaubenden Sturheit«, beschwerte sich Dehmel bei Felix, als er seinen Gipsverband abnahm. »Wesentlich besser«, bemerkte er strahlend, »wenigstens deine Sehnen sind wieder auf Vordermann. Und wenn ich mich einmischen darf«, sagte Dehmel und wischte sein Brillenglas linkisch am Arztkittel sauber, »nimm den Posten als Kantor im Dom von Freiwalde an. Es wird deinem Vater den Abschied vom Schuldienst erleichtern, wenn du etwas Geld mit nach Hause bringst.«

April, Mai und Juni vergingen, und Felix befolgte den Dehmelschen Rat. Freitags leitete er Liebherrs Chor aus zehn Altsitzerinnen, zwei Hebammen und einer Handvoll dem Kinderchoralter entwachsener Backfische. Als Pfarrer Priebe ein Pfingstkonzert vorschlug, entschuldigte Felix sich mit seinen Sehnen und der fehlenden Orgelerfahrung. Anstrengend war sein Leben als Kantor bei Priebe nicht. Aus dem Gesangbuch, das Felix aus Kinder- und Konfirmationszeiten auswendig kannte, verlangte der Pfarrer von Woche zu Woche nie mehr als zehn Lieder, die sich mit der Zeit wiederholten. Felix hatte sein Einkommen, mit dem er zum Haushaltsgeld beitrug, was Vater erlaubte, in Rente zu gehen.

Bald wollte Alma im Kirchenchor mitsingen. In einem Brief bat sie um seine Zustimmung. Felix erwiderte, seinerseits schriftlich, ausschlaggebend sei Almas Begabung, sonst nichts, sie solle am Freitag um viertel vor sieben zum Vorsingen ins Gotteshaus kommen.

Am Freitag, um sechs, als er mit einem Notenpaket in der Hand zur Empore hochkletterte, lehnte Alma bereits an der Orgel. Sie wirkte befangener als in der Vergangenheit, sei es aus kindlicher Ehrfurcht vor seiner Kantorsstellung, sei es aus Bammel, beim Singen zu versagen. Vorbeugend behauptete sie, nicht bei Stimme zu sein. »Ich habe ein scheußliches Kratzen im Rachen und werde bestimmt eine Grippe bekommen.« Er machte den Vorschlag, sie solle bei anderer Gelegenheit probesingen, wenn sie bei Stimme sei. Sie wollte von einer Verschiebung nichts wissen.

Almas Sopranstimme klirrte und schepperte, kam nicht in tiefere Lagen, und wenn sie sich hochschraubte, piepste sie schauderhaft. Von einer beachtlichen Anzahl an Noten zu schweigen, die sie, ohne es zu bemerken, verfehlte. Was Alma nicht entging, war sein verkniffenes Gesicht – und um so verbissener warf sie sich ins Zeug.

Mit einem Wink brachte er sie zum Schweigen. »Du mußt mich beurteilen«, sagte sie, als er schwieg, und fing eine Fliege vom Pfeiler, die sie voller Ekel im Handschuh zerquetschte. »Mhm«, machte Felix und starrte das zuckende Fliegenbein an, das den schneeweißen Handschuh beschmutzte. Er gab sich einen Ruck und nahm sie in den Kirchenchor auf, teils, um sich einen Streit zu ersparen, teils aus Mitleid mit Sielaffs ehrgeiziger Tochter.

In den ersten drei Chorprobestunden benahm sie sich folgsam, nichts als erpicht, sich mit Altsitzerinnen- und Hebammenstimmen zu messen. Sie vermied es, dem Kantor zu nahe kommen, und legte keine Vertraulichkeit an den Tag, was seine Bedenken zerstreute.

Almas Besonnenheit war nicht von Dauer. Rasch legte sie sich mit den Backfischen an, die den Kantor zu auffallend anhimmelten, verzankte sich mit einer Hebamme, die sich erlaubt hatte, Alma den Rat zu erteilen, in oberen Tonlagen leiser zu singen. Bei Probenschluß rannten sie beide zum Chorleiter, den sie vor die Wahl stellten: »Die oder ich!«

Mit Hebamme und Backfischen zankte sie nicht mehr. Zum Ausgleich kam sie mit Paketen zur Probe, die sie auf sein Notenpult stellte, Paketen, die Fleisch in Aspik und Pasteten enthielten. In den Begleitkarten bat sie um seine Besuche im Sielaffschen Haus. Ludwig beabsichtige eine Nachtwanderung zur Kraut-Glawnitz, die gruselig zu werden verspreche, und plane, am Sonntag ins Strandbad zu gehen, ob er sich nicht anschließen wolle. Zu viert sei es lustiger, schrieb sie, und Schwester Emilie rechne mit seiner Begleitung. Als er diese Zeilen las, mußte er schlucken. Pastete und Fleischgallert lieferte er bei Mathilde ab und verkroch sich an seiner von Weiden und Erlen beschatteten Flußuferstelle, als Ludwig am Sonntag sein Badezeug packte.

Sein Bruder sprach neuerdings ausschließlich lobend von Alma. Vergangenheit waren seine Spottnamen »Haselnußgerte« und »reife Provinzpflaume«. Wenn sie sich launisch und schnippisch verhalte, habe das mit den Anforderungen zu tun, hohen Anforderungen, die sie an sich stelle. Ansonsten sei Alma ein kluges, bescheidenes Wesen, zudem herzlicher, als es den Anschein besitze.

Er rechnete es Sielaffs Tochter hoch an, seine Heiratsabsicht nicht vereitelt zu haben. Aus Dankbarkeit schwang er sich zu Almas Anwalt auf.

Und er war von Emilie beeinflußt – das stritt er nicht ab –, die keine Zweifel an Alma erlaubte, sei es aus ehrlicher Schwesternverbundenheit, sei es aus schlechtem Gewissen. Sie hatte sich mit dem Kannmachersohn verlobt, in den sich Alma als erste verliebt hatte, was gemein und verletzend gewesen war. Diese Hartherzigkeit wollte sie wiedergutmachen. Und wiedergutmachen ließ sie sich mit der Verlobung von Felix mit Alma.

Ludwig bekniete den Bruder, Vernunft anzunehmen. Er solle Alma mit anderen Augen betrachten, die eine ernste, erwachsene Frau sei, keine schielende Gans ohne Sinn und Verstand.

Als seine Ermahnungen wirkungslos blieben, griff Ludwig zu anderen Mitteln. Zusammen mit Emilie weihte er Alma ein, wo sein Bruder sich aufhalte, wenn er allein bleiben wolle. Alma lieh sich bei der Schwester das Fahrrad aus. Mit einem baumelnden Flechtkorb am Lenker, der Heringe und saure Gurken enthielt, Erdbeeren, Pfannkuchen und Karamellen, folgte sie schlenkernd und schlackernd der Wipper und tauchte am Uferrand auf, wo sie den sich splitternackt sonnenden Felix entdeckte. Mit einem Aufschrei fiel Alma vom Sattel.

Sie hinkte zum Baumstamm und rieb sich den Fuß, den sie sich beim Fallen verstaucht hatte. »Sage mir, wann ich mich umdrehen kann. Und wenn du fertig bist, hilfst du mir bitte beim Erdbeeren- und Karamelleneinsammeln. Mit meinem schmerzenden Fuß kann ich mich nicht bewegen.« In Null Komma nichts raffte er seine Kleider zusammen und schlich sich ans andere Ufer. Und aus der Ferne erkannte er Alma, die Flechtkorb und Fahrrad vom Boden aufhob und mit humpelnden Schritten im Weizen verschwand.

Am Freitag nahm sie an der Chorprobe teil und verehrte dem Kantor ein schweres Paket, das von einer straff sitzenden Kordel umwickelt war, an der sich ein Holzgriff befand. Almas stumme Bedienstete stellte es vorsichtig, vorsichtig in einer Kirchenbank ab und lief mit einem Knicks zum Altar aus dem Dom.

Als sie gegen zehn mit der Chorprobe fertig waren, verbummelte Alma sich nicht, brach zusammen mit Hebammen und

Backfischen auf. Und im schweren Paket, das er fluchend nach Hause trug, befand sich ein richtiger Radioapparat, mit Drehschaltern und einem Skalenanzeiger, der sich von London bis Moskau bewegen ließ. Fassungslos starrte Felix den Radiokasten an, in dem man ein Brahmsches Klavierkonzert sendete.

Almas Begleitbrief las er erst am anderen Tag. Sie beteuerte, niemals mehr aufdringlich in sein Versteck an der Wipper zu platzen. Schwester Emilie werfe sich vor, seine Flußuferstelle verraten zu haben, und sei mit einer kleineren Summe am Kauf dieses Radios beteiligt gewesen.

Neugierig betrachtete Ludwig den Apparat, als er am Samstag aus Lauenburg kam, stieß einen Pfiff aus und spielte den Ahnungslosen. »Radios von Seibt kosten richtiges Geld«, sagte er. Beim Essen vertilgte er Quark und Kartoffeln mit Heißhunger – in Lauenburg aß er nichts anderes als Brot und Konservenfleisch – und forderte Felix zu einem Besuch bei den Schwestern auf. Im Flur ließ er sich von Mathilde den Schlips richten, schnappte sich einen Spazierstock und sagte streng: »Du nimmst an unserer Nachtwanderung zur Kraut-Glawnitz teil!«

Bei einsetzender Dunkelheit liefen sie los, mit Signalpfeife, Gaslampe und einem Seil, das Ludwig sich um seine Schultern legte, festem Schuhwerk und warmen Klamotten. Weizen- und Rapsfelder blinkten im Mondschein, der aus zerrissenen Wolken aufs Land fiel. Als sich eine Eule vom Turm der St. Gertrudskapelle warf, um mit den Klauen eine Feldmaus zu packen, erschauderte Alma bereits. Und vorm Sumpf der Kraut-Glawnitz behauptete sie, schwere Beine und einen Mordshunger zu haben, und machte den Vorschlag, zu Hause Pasteten zu essen. Ludwig stellte sich taub, und Emilie lehnte es ab, Alma heimzubegleiten.

Ludwig hob seine Gaslampe hoch und befahl, man solle sich an seinem Vordermann festhalten. Der Pfad, den er kenne, sei stellenweise keine zwei Meter breit, und wer sich einen Fehltritt erlaube, der werde vom Boden verschlungen. Emilie, die von seiner

Warnung begeistert war, konnte es nicht erwarten, das Moor zu betreten, und Alma begann, um so schlimmer zu bibbern. Wenn sie sich bis zum Sumpfrand auffallend beherrscht und befangen gegen Felix benommen hatte, fiel diese Vorsicht schlagartig von Alma ab, als Ludwig in seine Signalpfeife blies. »Darf ich deine Hand nehmen?« flehte sie Felix an, was er mit einem Murren erlaubte. Krampfartig verknoteten sich Almas Finger in seinen.

Im Moor war es duster und totenstill. Anders als auf den Wiesen, die sich um Freiwalde erstreckten, ging in der Kraut-Glawnitz kein Wind. Sie begegneten Gruppen aus Baumleichen, knorrigen, morschen, von Pilzen befallenen Gesellen, die sich krumm vor dem nachtblauen Himmel verbeugten.

Emilie deutete auf einen schimmernden Stein. »Wenn das man kein Totenkopf ist«, flachste sie. »Und das keine Hand, die vergeblich ins Leere greift.« Sie zeigte zum Wasserpfuhl, aus dem ein Wurzelstrunk ragte. »Du spinnst«, sagte Alma verdrossen. Ludwig kam seiner Verlobten zu Hilfe. »Und ob! Eine Knochenhand ist das«, versetzte er trocken, »eine Knochenhand mit ein paar Fleischresten. Und bei diesem Verwesungsgrad muß sie von einem Kadaver stammen, der keine drei Tage alt ist.« – »Das ist bei einer Nachtwanderung passiert«, sagte Emilie, »wollen wir wetten?« Ekelhaft fauliger Modergeruch kam vom Wasserloch, in dem zwei Blasen zerplatzten.

»Und was ist mit den Irrlichtern?« maulte Emilie und klatschte Beifall zu Ludwigs Idee, sie mit seiner Signalpfeife munter zu machen. Mit hohl klingender Stimme beteuerte Alma, diese Schauerlegende der dreißig ertrunkenen Matrosen habe keinen naturwissenschaftlichen Wert, und zuckte zusammen, als ein Schrei in der Ferne erklang. »Das war ein menschlicher Schrei«, sagte Ludwig. Alma erwiderte nichts. Verzweifelt und wild quetschte sie Felix' Hand, bis Ludwig Entwarnung gab, Hanfseil und Gaslampe von sich warf und mit seiner Verlobten zum Ostseestrand rannte, der an dieser Seite ans Moor grenzte.

Alma plumpste erleichtert zu Lampe und Strick in den Flugsand. »Puhh«, seufzte sie, »war das aufregend. Und stell dir vor, meine Beine sind nicht mehr schwer. Als wir losliefen, waren sie aus Blei. Und du warst mein Retter«, bemerkte sie atemlos, richtete sich aus dem Strandhafer auf und zerrte an seinem Schuh, bis er neben sie fiel. Er konnte den Lippen nicht rechtzeitig ausweichen, die sich mit den seinen begierig vereinten. Vor dieser verwirrenden, entfesselten Gier brach sein Widerstand in sich zusammen. Fassungslos wischte er sich seine Lippen ab, als sie sich keuchend zur Seite war und ohne etwas zu sagen den Himmel betrachtete.

Felix verlobte sich mit Alma Sielaff und war bereit, sie im kommenden Juli zu heiraten. Elf Monate mußten vergehen, bis er einundzwanzig war und sie zur Frau nehmen konnte.

An diesen elf Monaten kaute sein Bruder schwer. Erst hatte Mutters Einweisung ins Irrenhaus seine bevorstehende Hochzeit vereitelt, und im April war es Vaters Erkrankung gewesen. Diese dritte Verschiebung war bitter – und wenn sie sich nicht abwenden ließ, war das Almas Idee einer Doppelhochzeit zuzuschreiben, die Emilie beharrlich verteidigte. Sie lehnte es ab, vor der Schwester zu heiraten. Erstens war Alma bereits vierundzwanzig, nicht erst knappe zwanzig wie sie. Zweitens konnte sie mit der bewiesenen Großmut von Schwester Emilie Beherrschung verlangen. Drittens besaß sie im Haushalt das Sagen und begann mit den Planungen zu einer doppelten, aufsehenerregenden Hochzeit. Emilie war nicht im geringsten bereit, Alma an diesen Planungen zu hindern.

Felix betrachtete diese elf Monate Aufschub im stillen als Galgenfrist. Alma zu lieben, das bildete er sich nicht ein. Aus Mutlosigkeit hatte er sich mit Sielaffs bevorzugter Tochter verlobt. Er war nichts als ein lausiger Kirchenchorleiter und Organist, der keine andere Wahl hatte.

Außerdem konnte er Almas besinnungslos gierigen Kuß nicht vergessen. In sein Begehren, das wild und verworren war, mischten sich Kummer und Trotz. Verbittert betrachtete er seinen Bruder, der sich von Emilies Leichtigkeit anstecken ließ. Ludwig hatte nichts Rauhes mehr an sich, nichts Ruppiges, wenn er mit Emilie am Badestrand Sandburgen baute und Wasserball spielte. Vergangenheit war sein zerrissenes Wesen, er war nichts als kindisch und selig verliebt.

Mit seiner Verlobten verhielt es sich anders. Emilies Leichtigkeit konnte abrupt einer Stimmung Platz machen, die Schwermut verriet und verhangener war als ein grauer Novembertag. Ludwig setzte dem Sandburgenturm eine Muschel auf, fand Bernsteine, die sich im Seetang verfangen hatten, rannte ins Wasser und tauchte. Emilies elegische Stimmung hielt keine Minute vor und teilte sich niemandem mit außer Felix, der neben Alma im Liegenstuhl hockte. »Mhm«, sagte er zu den Hochzeitsschmausvorstellungen Almas, »mhm« zu dem Vorschlag, zwei Wochen Paris zu besuchen, wenn sie erst verheiratet seien. »Mhm«, sagte er wieder und zuckte zusammen, als Emilie, im Sand kniend, zu seinem Liegestuhl starrte.

In Emilies Augen erkannte er Schmerz und Bedauern. Sie machte den Eindruck, als wolle sie sich in ein Zimmer einschließen und weinen. Sein Befremden bemerkend, sprang sie auf die Beine und folgte dem winkenden Ludwig ins Wasser.

Alma waren Leichtigkeit oder Verspieltheit vollkommen fremd. Sie verschwand in der weißblauen Badekabine, ohne wieder zum Vorschein zu kommen. Am Ufer war niemand mehr außer dem Badestrandaufseher, der den Sand rechte und seine Sturmflagge hochzog. Felix starrte zum glutroten Horizont, sammelte Muscheln und Steine, die er wieder von sich warf.

Als er keine Geduld mehr besaß, klopfte er ans Kabinenholz und wollte wissen, was los sei, mußte versichern, allein zu sein, und durfte eintreten. Mit verheultem Gesicht hockte sie auf der

Umkleidebank. »Ich halte es nicht mehr aus«, schluchzte Alma, »zehn Monate sind eine endlose Zeit!« Mit einem Ruck stand sie von der Kabinenbank auf, ließ das Handtuch zu Boden fallen, das sie von den Schienbeinen bis zu den Schultern bedeckt hatte. »Du bist der erste Mensch, dem ich mich nackt zeige«, sagte sie kratzig und bebend vor Lust. »Soll ich mich umdrehen?« Sie hob beide Arme, bewegte sich trippelnd im Kreis. »Nicht anfassen!«, schnappte sie, als er sie an sich ziehen wollte, und zerrte das Handtuch vom Lattenrost hoch. Und auf dem Heimweg vertraute sie Felix an, er sei gegen Ludwig im Vorteil, Emilie sei schamhafter in diesen Dingen als sie, mehr als einen Kuß habe er nie bekommen.

»Warum ich mich dir nackt zeigen wollte, das weißt du, nicht wahr?« Er mußte bekennen, keinen Schimmer zu haben. »Zehn Monate sind eine Ewigkeit, Liebster! Sie machen mich rasend und krank, diese Monate, und dir soll es nicht besser ergehen als mir! Ja, du sollst dich verzehren und leiden wie ich«, und das sagte sie mit einem bitteren Ernst, bei dem sich sein Nackenhaar aufstellte.

»Wenn das mit der Hochzeit man gutgeht«, bemerkte Mathilde am Montag zu Weidemann, dem sie Wacholderschnaps in seine Teetasse kippte, »wenn das man kein Fehler war, heiße ich Josefin Baaker!« – »Josephine Baker«, erwiderte Postkutscher Weidemann, der auf seine englischen Aussprachekenntnisse stolz war, was Mathilde nicht davon abhielt, stur »Josefin Baaker« zu sagen. Ein schlimmeres Frauenzimmer als diese Negerin, die Busen und Po in Pariser Lokalen schwenkte und nichts anderes anhatte als einen Rock aus Bananen, konnte sie sich nicht vorstellen!

Felix, der beide belauscht hatte, nahm seine Joppe vom Haken und stahl sich ins Freie. Er lief querfeldein, bis er Pressel erkannte, der von seinen Schafen umgeben im Wiesengras lehnte, als sei er Gottvater, der auf einer Wolke schwebt. Zwei Tage bereits hatte er diesen Fleck nicht verlassen. Was sich an Pressel bewegte, war nichts als sein Schafsfell im brisigen Wind.

Sein Alter war schwer zu bestimmen. Pressels Fransenhaar wollte nicht weiß werden, und dieses Runzelgesicht hatte er vor dem Krieg besessen, ganz zu schweigen von seinem verkrumpelten Hirtenhut, der Pressel als Sonnenschirm und Dachrinne diente und allen Unwettern trotzte.

»Warum sollte ich mich vom Fleck bewegen?« sagte er mit seiner knarrenden Stimme, »wenn das Wiesengras hoch steht und saftig ist. Nachts regnet es, und mit der Sonne am Vormittag sprießt es wieder frisch aus der Erde. Ich kann es beim Wachsen beobachten.« Wie alt er war, wußte er nicht. »Das spielt keine Rolle«, erwiderte er, »ob sechsundsechzig, ob siebenundsiebzig, was schert es mich, ich lebe in einer anderen Zeit. Und ich werde nicht sterben, das laß dir man sagen.« – »Sie werden nicht sterben?« – »In meiner Zeit kann man das nicht«, sagte Pressel, »sie kennt keinen Tod. Sie kennt nichts als Ebbe und Flut, Wind und Wolken. Faß meine Haut an! Das ist keine menschliche Haut mehr. Das ist Baumrinde, oder, mein Junge? In einer Nacht werden sich meine Zehen in den Erdboden graben und wird aus meinem milchigen Auge ein Ast ragen. Das wird bald sein, verspreche ich dir«, sagte Pressel, »und es ist besser, wenn wir uns verabschieden.« – »Das hat keine Eile«, entgegnete Felix, und als er sich erkundigte, wie Alma Sielaff roch, spuckte Schafhirte Pressel ins Gras und gab vor, sein Geruchssinn sei nicht mehr der alte.

Kontrapunkt, Menschenskind!

September, Oktober, November vergingen. Schafhirte Pressel
stand auf seiner Wiese in Regen und Nebel und regte sich nicht.
Kein Ast ragte aus seinem milchigen Auge und seine Zehen gru-
ben sich nicht ins Erdreich ein. »Gott hat mich in seiner riesigen
Herde vergessen«, bemerkte er seufzend und spuckte zu Boden,
»was macht es, ich habe Geduld.«

November, Dezember und Januar vergingen und vom Steilhang am Meer kam Kanonendonner. Alma besorgte zwei Ringe in
Lauenburg, ließ sich ein Hochzeitskleid schneidern. Andauernd
sprach sie beim Brixschen Hotelkoch vor und stieß den vereinbarten Hochzeitsschmausspeiseplan um. Sie kaufte Schlafwagenfahr-
karten bis an die Seine, besann sich eines Besseren und wollte zum
Tiber, tauschte sie gegen zwei andere Fahrkarten ein. Und der
Winter verging, und es sollte April werden, und im Mai wehte
Fliederduft in alle Zimmer, und Wiesen und Weiden am Fluß waren bunter bestickt als ein persischer Teppich.

An einem Tag Anfang Juli bemerkte er in seinem Wipperversteck eine Staubfahne. Felix warf sich in seine Klamotten und
folgte der glitzernden Wolke, die bald bis zum Ringgrabenufer vor
Bogislaws Schloß reichte. Aus den drei Automobilen stieg eine
Gesellschaft von achtzehn Personen. Herzog Bogislaws Schloß
konnte man nicht besichtigen, es war mit Brettern und Latten
vernagelt, im Hof wuchsen Grindkraut und Brennesseln. Die drei
Automobilmotoren sprangen wieder an und entfernten sich knat-
ternd zur See.

»Das ist hoher Besuch«, sagte Postkutscher Weidemann, »der
bei uns eine Ferienwoche verbringen will. Er hat sich im Brixschen Hotel einquartiert. Bei Brix ist der Teufel los, kann ich euch
sagen. Sie haben eine komplette Etage verlangt – die mit der Terrasse zur Badeanstalt –, und Hermann Brix mußte umbuchen und

zwei Berliner Familien auf andere Zimmer verlegen. Und als man den Steinway anlieferte, kam es im Treppenhaus zu einem Wandschaden.« – »Einen Steinway? Warum brauchen die einen Steinway?« Felix, der sich seine Stoppeln rasieren wollte, eilte mit Schaum im Gesicht aus dem Bad. »Ach Gott, wenn man Kalk in der Birne hat!« bruttelte Weidemann, »ich habe vergessen zu sagen, um wen es sich handelt. Er heißt Victor Marcu und ist Pianist. Und er kommt aus der Walachei, meint Hermann Brix. Vergangene Woche hat er in Stettin konzertiert, bald soll er in Danzig und Warschau auftreten. Alle anderen sind seine Begleiter. Er reist nie ohne Anhang, hat Brix mir versichert. Zwei, drei Leute nimmt er sich aus Bukarest mit, und von Stadt zu Stadt schwillt seine Reisegesellschaft an. Sie sind ja vom Fach, kennen Sie seinen Namen, Herr Felix?«

Und ob er den Namen Victor Marcu kannte!, den man vor sechs Tagen im Radio verlesen hatte, um sein Rundfunkkonzert anzuzeigen. Victor Marcu war mehr als ein Vollblutklavierspieler, der schwierigste Stellen mit Leichtigkeit meisterte. Ohne Anstrengung wechselte er von verhaltenen Stellen zu wilden Akkordfolgen oder spannte sich zu einem harten Stakkato an, das wieder in schmerzhafte Weichheit umkippte. An seinem Spiel war nichts Aufdringliches. Mit diesem Anschlag, der streng war und rein, konnte man keine billigen Wirkungen erzielen. Von Verzweiflung und Schwere bis zu luftiger Heiterkeit – nichts klang bei Marcu erzwungen oder falsch.

Felix hatte zwei schwindelerregende Stunden vorm Radiokasten verbracht und kam sich vernichtet vor, als er ins Bett kroch. Er schwor sich, nie mehr ein Klavier anzufassen, an dem er, verglichen mit Marcu, ein Hudler und Pfuscher war, der sich vor Scham in der Erde verkriechen mußte. Er hatte nichts Besseres verdient, als auf seiner Kantorsstelle zu verschimmeln!

Zwei Tage schlich Felix ums Brixsche Hotel, wo Victor Marcu und seine Begleiter zur Mittagszeit auf der Terrasse zusammentrafen, um zwischen flatternden Sonnenschirmen zu essen. Nachts waren sie am Schwadronieren und Rauchen, zankten erbittert, vertrugen sich wieder und schwangen das Tanzbein zu schmissiger Blechblasmusik aus dem Grammophontrichter. Victor Marcus Gesicht konnte er nicht erkennen, es blieb von einem Schlapphut beschattet.

Es verstrichen drei Tage, bis sie sich begegneten. Marcus Hut tauchte zwischen den Badekabinen auf, seine Krempe bewegte sich flatternd im Wind. Vor dem Meer stehend, betrachtete Marcu den glutroten Himmel und lutschte an seiner Zigarre. Anscheinend war sie erloschen, er kramte vergeblich in Anzug und Weste. Als er kein Streichholz fand, winkte er Felix, der Muscheln und Steine vom Boden aufklaubte. »Haben Sie Feuer?« erkundigte er sich auf Deutsch, das er mit einem weichen Akzent aussprach, »haben Sie Feuer, mein Herr?« – »Nein«, sagte Felix bedauernd, »ich rauche nicht«, und trat unsicher von einem Fuß auf den anderen. Ein peinliches Schweigen entstand. Marcu wandte sich nicht etwa ab. Er schnupperte an seiner kalten Zigarre und musterte Felix mit forschenden Augen. »Stammen Sie aus diesem Ort?« fragte Marcu. Er hob seinen Arm, setzte sich in Bewegung, und das konnte nichts anderes als eine Einladung zu einem Uferspaziergang sein.

Sie entfernten sich drei Kilometer von Hafen und Brixschem Hotel bis zur Beelkower Nehrung. Marcu verlangte als erstes zu wissen, was Felix berufshalber treibe. »Ah, ein Kantor«, versetzte er nickend, »das ist eine Stelle, die wir nicht vergeben. In unseren Kirchen kommen Orgeln nicht vor.« Er bat Felix, von seiner Familie zu sprechen, er liebe Familiengeschichten – selber stamme er aus einem Kuhdorf Olteniens, wo er seine Kindheit in Armut und Kot verbracht habe. »Meine Kindheitserlebnisse sind nicht der Rede wert.«

Stammelnd, mit klopfendem Herzen, berichtete Felix von seiner Familie. »Verstehe, verstehe«, erwiderte Marcu, »zwei Mahlsteine haben Sie zerrieben, der eine hieß ›reine Vernunft‹ und der andere ›Irrsinn‹, vor diesem Schicksal verneige ich mich, mein Herr!« Er zog seinen Schlapphut vom Kopf und verbeugte sich.

Zu Schulmeister Kannmachers Spruch vom wurmstichigen Holz, das sich Menschheit nennt, schnalzte er anerkennend, und Mathildes Erwiderung »Wir kommen ja nicht aus der Walachei« fand er zum Umwerfen komisch. Sein Deutsch mußte er nicht zusammenkramen. Er sprach es fließend, mit singender Stimme – und bei dieser Stimme kam Felix sein eigenes, karges und eckiges Pommerndeutsch abstoßend vor.

Als sie im Dunkeln beim Strandbad eintrafen, ruderte Victor Marcu mit seinem rechten Arm, um Felix zur Treppe zu scheuchen, die neben den Badekabinen zum Brixschen Hotel hochstieg.

Seine Gesellschaft erwies sich als bunter Haufen aus Landsleuten, die zu beruflichen Zwecken an Spree, Elbe, Oder und Rhein lebten, wo sie bald bitteres Heimweh befallen hatte. Es befanden sich Schnorrer in Marcus Begleitung: Orchestermusiker, die stellungslos waren und seine Beziehungen in Anspruch nehmen wollten; ein adliger Freund, der sich aushalten ließ – Victor Marcu beglich ja Hotelkosten, Essen und Kartenspieleinsatz aus seiner Schatulle; und ein verfressener Klavierfabrikantensohn, der nichts anderes im Sinn hatte, als Victor Marcu ein Firmeninstrument aufzuschwatzen.

Drei von den Verehrern in seiner Gefolgschaft waren Frauen, eine Telefonistin mit modischem Bubikopf, eine Schauspielerin aus Italien und eine Dichterin, die fuchsteufelswild werden konnte, wenn Schauspielerin oder Telefonistin es wagten, sein Knie zu befummeln. Letztere kam aus der Weddinger Gosse und hatte ein Lottermaul, das keine Grobheiten scheute. Wieder und wieder brach grimmiger Streit aus, den Marcu beendete, indem er Faxen schnitt und eine Vorstellung als Pantomine gab.

Vorstellungen zu geben, das war seine Leidenschaft – nicht nur am Klavier. Er imitierte den plumpen Klavierfabrikantensohn, der gegen Steinwayklaviere vom Leder zieht, bis seine Gesellschaft in Johlen ausbrach. Mit einer anderen Vorstellung, bei der er Faust und sein Gretchen in einer Person spielte, brachte er seine Schauspielerfreundin zum Schluchzen.

Marcu war ein belesener Mann. Ob es Goethe und Schiller waren, die er zitierte, Shakespeare oder Molière, alle kannte er auswendig. Er wechselte von einer Sprache zur anderen, vom Deutschen ins Englische und Italienische, lediglich Ungarisch konnte er nicht, was er vor seinem Begleiter aus Budapest wettmachte, indem er Stellen aus »Lohengrin« und »Figaros Hochzeit« sang, die der Mann von der Oper mit schmetternder Baritonstimme – und Stellen aus »Fidelio«, »La Traviata« und »Missa solemnis« – erwiderte. Stundenlang tauschten sie Ansichten oder Geschichten aus und mußten niemals um passende Opernstellen ringen, und falls sie sich stritten, was vorkommen konnte, sangen sie mit besonderer Leidenschaft.

In der ersten Nacht, als sich sein Anhang zerstreut hatte, bis auf zwei ineinander verklammerte Landsleute – und seinen drei Freundinnen, die sich gegenseitig belauerten –, stapfte Marcu ins mittlere Zimmer der Luxussuite, wo er sich auf dem Sofa ausstreckte. Er wickelte sich eine Wolldecke um seine Beine, und um es bequemer zu haben, schob er zwischen Nacken und Lehne zwei Kissen. Seinen Schlapphut zum Kinn ziehend, winkte er Felix, der scheu und betreten im Zimmer stand, neben sich. »Kannst du mit einer Geschichte dienen?« wollte er wissen, »mit einer Geschichte aus deinem Freiwalde? Ob sie komisch ist oder zu Herzen geht, spielt keine Rolle. Was dir in den Sinn kommt, und wenn du es dir aus den Fingern saugst! Ich brauche Geschichten, um ruhig zu werden.«

Felix war zu benommen von dem, was er in den vergangenen Stunden erlebt hatte. Zu einer besseren Geschichte als der von den dreißig im Sumpf der Kraut-Glawnitz versunkenen Seeleuten reichte es nicht. Marcu erhob keinen Einwand und schnarchte, als er seine Schauerlegende beendet hatte, was Felix ermutigte, sich aus dem Sessel zu schieben.

»Willst du mich allein lassen?« wetterte Marcu, »allein lassen darfst du mich nicht! Du legst dich aufs Sofa, und ich werde mich in mein Bett hauen!« Er stapfte zur Spanischen Wand, um in seinen Pyjama zu steigen, der schwarzrotgestreift und aus Seide war, und mit einem rauhen »Gute Nacht« kroch er in seine Federn. »Gute Nacht«, sagte Felix und ließ sich aufs Sofa fallen, das bereits anheimelnd warm war.

Am anderen Morgen erwachte er mit einer Mozart-Sonate. Barfuß, im Schlafanzug, mit schwarzem Bartschatten, hochstehenden Haaren, sich wiegend und summend, hockte Marcu am Steinway. Felix schloß seine Augen und stellte sich schlafend. Er lauschte dem munteren ersten Satz und dem ergreifenden zweiten und seufzte vor Seligkeit. Sein Seufzer kam Marcu zu Ohren, der prompt seinen Mozart abbrach und mit klatschenden Sohlen zum Sofa marschierte, vor dem er sich breitbeinig aufbaute. »Hoch mit dem Hintern, Herr Kantor. Sie sind an der Reihe. Marsch, marsch, ans Klavier!«

Felix rappelte sich aus der Wolldecke hoch. Er sollte vor Marcu spielen, er, der ein mickriger Kirchenchorleiter und Domorganist war? »Das kann ich nicht«, stammelte er. »Ach was«, widersprach Victor Marcu, »bescheiden sind ausschließlich Lumpen, das schreibt euer Goethe. Soll ich annehmen, du seiest ein Lump? Oder deinen Nationaldichter anzweifeln? Ich erlaube dir, erst einen Mokka zu trinken, und anschließend spielst du mir vor.« Er eilte zum Telefon, das an der Wand hing, und kurbelte, bis er Verbindung bekam, um zwei Tassen mit »Sultanskaffee« zu bestellen.

Felix trank seinen bitteren »Sultanskaffee«, der belebender war als ein Bad in der Februarwipper, und setzte sich mutig ans Steinwaypiano. Er stimmte sein Bachsches Choralvorspiel an. Victor

181

Marcu, der eine Zigarre anbrannte, stand lauschend im Zimmer und muckste sich nicht. »Mehr«, sagte er, »mehr! Goldberg-Variationen oder Wohltemperiertes Klavier.«

Zu Anfang ließ er sich nichts anmerken. Er verzog keinen Mundwinkel, hob keine Braue und nuckelte schweigend an seiner Zigarre. Mit der »Aria« verfinsterte sich sein Gesicht. »Das ist nicht reif«, warf er an einer Stelle ein, um bei anderen zu fauchen: »Erspare mir diese Effekthascherei. Das ist reine Effekthascherei von der billigsten Sorte!« Und als Felix aufgeben wollte, versetzte er grimmig: »Was ist? Keine Fisimatenten! Schluß machen, das darfst du, wenn ich es verlange!«

Er wanderte um seinen Steinway und zeterte: »Deinem verdammten Klavierlehrer sollte man alle zehn Finger abhacken!« Oder beschwerte sich: »Kontrapunkt, Menschenskind! Verstehst du den Kontrapunkt nicht? Laß dich nicht vom Fluß linearer Ereignisse mitreißen. Beim Kontrapunkt mußt du den Tiefenverstrebungen folgen. Keine Note kommt ohne Vergangenheit und Zukunft aus!« Wegwerfend sagte er: »Stuck ist das, der nicht betont werden muß«, oder meckerte: »Und diese Modulationen? Hast du diese Modulationen nicht bemerkt? Der in der Oktave verdoppelte Baß ist entscheidend, dem muß man Gewicht verleihen!« Erst als seine Schlafanzugjacke schweißnaß war, versetzte er knurrend: »Es reicht.«

Mutlos taumelte Felix vom Schemel. »Wir haben keine andere Wahl«, sagte Marcu, seinen Marsch um das Piano wieder aufnehmend, »wir haben keine andere Wahl. Wenn wir Montag nacht aufbrechen, mußt du dich anschließen. Und wenn wir zu Hause in Bukarest sind, werde ich dir Klavierstunden geben. Du hast zweieinhalb Tage Zeit, um zu entscheiden, ob du dich mir anschließen willst oder nicht.« Er tappte ins Bad, wo er Beethovens Dritte pfiff, und erst mit dem letzten Ton kam er wieder zum Vorschein, rieb sich seine Finger und meldete: »Essenszeit! Hai la masă! Ich sterbe vor Hunger!«

»Wo bist du gewesen, um Himmels willen?« sagte Mathilde, als Felix im Treppenhaus stand. Mit der Holzkelle drohend, an der fetter Rahm klebte, teilte sie mit, Pfarrer Priebe sei außer sich und wolle dem Kantor zur Strafe den Monatslohn streichen. »Was im Apothekerhaus los ist, das kannst du dir denken! Deine Verlobte war andauernd bei uns, um sich zu erkundigen, ob du zu Hause bist, und ich durfte sie aufrichten, ich! Du mußt sie dringend besuchen, das sage ich dir, sonst ißt sie Strychnin oder nimmt einen Strick. Wo bist du zum Deibel gewesen, du Lauser, du Rotzbengel?« Sie lief in den Flur, um den Lauser und Rotzbengel an sich zu ziehen und im Nacken zu kraulen.

Er durfte sich nicht von Mathilde verabschieden, wenn er seine Abreise nicht in Gefahr bringen wollte, nicht von seinem Vater und nicht von Emilie. Gegen Mittag stieg Felix zum Dachboden hoch. Schluckend nahm er seine Holzfiguren an sich – Clara und Leopold Kannmacher, Friedrich, Ludwig, Mathilde und seine Emilie aus Kirschholz –, legte sie in seinen Koffer, zu Pelzkappe, Mantel und Noten.

Anschließend stapfte er zum Apothekerhaus, wo er eine rotnasige Alma antraf, die ein Taschentuch zwischen den Fingern zerknuddelte. Sie beruhigte sich, als er von seiner Bekanntschaft mit einem Pianisten von Weltrang berichtete, und war um so erleichterter, als sie erfuhr, Marcu packe bereits seine Sachen. Rasch kam Alma auf andere Dinge zu sprechen, ein kostbares Seidenkleid, das sie beim Schneider bestellt hatte, anstehende Wohnungs- und Zimmeraufteilungen, wenn sie erst verheiratet waren. Emilie sollte bei Schulmeister Kannmacher einziehen und Felix ins Sielaffhaus umsiedeln, wo er ein Klavier hatte, das nicht kaputt war. Er betrachtete sie von der Seite, verstohlen und eine Spur mitleidig, und sagte nichts.

Am Nachmittag stattete er seinem Wipperversteck einen letzten Besuch ab. Er streichelte Erlen und Weiden und winkte den Flußbibern zu, die im Sonnenschein faulenzten. Als er sich zum

Jankenberg aufmachen wollte, um Abschied vom Schafhirten Pressel zu nehmen, stieg Emilie vom Fahrrad und lehnte es an einen Baumstamm. Er betrachtete sie halb verwirrt, halb beklommen. Hatte sie seine Absicht erraten, zum Reisebegleiter von Marcu zu werden und vor seiner Hochzeit mit Alma Reißaus zu nehmen?

Emilie wirkte erregt, und es dauerte, bis er in seiner Verwirrung begriff, warum sie sich auffallend komisch anstellte, teils anstekkend heiter, teils wieder befangen war. Sie hakte den Sonnenhut auf eine Astgabel, stieg aus den Schuhen und eilte zum Fahrrad, um sich den Flechtkorb am Lenker zu schnappen, der Spreegurken, Heringe, Pfannkuchen und eine Flasche Zitronenlimonade enthielt, die sie auf eine Decke im Ufergras legte.

»Hast du keinen Appetit?« wollte Emilie wissen, als er keine Anstalten machte, von den Leckereien zu essen. »Zu einer Zeit konntest du dich mit Heringen vollstopfen, bis sie dir aus beiden Ohren hingen«, sagte sie mit einem kehligen Lachen, an dem nichts Befreiendes war. »Du hast recht«, sagte er, »als wir Kinder waren, konnte ich das.«

Schlagartig packte sie diese verhangene Stimmung. Sie war nicht mehr munter und legte den Hering, den sie in den Fingern hielt, wieder aufs Zeitungspapier. »Soll ich sie in den Fluß werfen?« fragte sie schwach. »Und warum?«, sagte Felix mit kratziger Stimme, »sie werden nicht wieder lebendig.«

Emilies Augen verrieten Bedauern, dieses schmerzhafte, tiefe Bedauern, das er bei den Strandaufenthalten bemerkt hatte. »Ich habe dich in meinem Herzen bewahrt«, sagte sie, nicht anders als seinerzeit in der Kempinschen Wirtschaft, »ich werde dich niemals verstoßen.« Und sie sagte andere Dinge, die seine Verwirrung und Anspannung steigerten. »Du weißt ja, ich wollte als Kind eine Wolke sein, um von einem Ende der Welt bis zum anderen zu segeln. Und mit dreizehn schrieb ich dem Ballonfahrer Kaulen, er solle mich zu einer Luftreise einladen. Ich weinte nachts, wenn ich mir vorstellte, er werde sich eine andere zur Frau nehmen als mich. Ich wollte mit Kaulen bis Afrika schweben in einem Ballonkorb, der nie wieder landen mußte und unser Wohnzimmer war. Diese Kinderideen haben mich nie verlassen, und als ich dich kennenlernte, hefteten sie sich an dich. Du hast mich mit deinem Klavierspiel ergriffen und mit deinen Geschichten von Pudding und Zimtstangen, die auf unsere Dachspeicher pladdern.«

Er lauschte Emilie und schaute den Wespen zu, die ums Paket mit den Heringen schwirrten. Als ein Windstoß Emilies Sonnenhut packte und zum Fluß wehte, sprang er nicht hoch, um den Hut aus dem Wasser zu retten, mit dem er zum Meer eilte.

Emilie bekam es nicht mit. »Ludwig ist praktisch veranlagt, ein kraftvoller, starker, entschiedener Mensch, und an seiner Entschiedenheit kann ich mich aufrichten. Kannst du das nicht einsehen?« fragte sie traurig. Oder sie sagte: »Und wenn du mit Alma verheiratet bist, wird uns niemand mehr trennen. Wir werden zusammenbleiben, bis wir verknittert und krumm sind.« Sie konnte sich nicht mehr beherrschen und weinte.

Es war bereits dunkel, als sie sich zum Zeitungspaket mit den Heringen beugte, Pfannkuchen und Gurken im Flechtkorb verstaute. Emilie wirkte entschlußlos, als habe sie etwas vergessen, stand zaudernd vor Felix und starrte zu Boden. Sie fielen zusammen ins Gras. Sie rollten ans Ufer, wo sie sich umklammerten und ineinander versenkten. Was passierte, war nicht zu verstehen. Und als Emilie, zerzaust und mit schmutzigen Kleidern, zum Rad rannte, sich auf den Sattel schwang, ohne Flechtkorb und Sonnenhut beim Feldweg einbog und im flirrenden Weizen verschwand, setzte er sich zu Heringen und Gurken und Pfannkuchen, selig, verzweifelt und ratlos.

Mit dem aus der Ferne erklingenden Glockenschlag von St. Marien erwachte er aus seiner Starre und stapfte zur Weide am Jankenberg. Es war nicht schwer, Pressels Herde zu finden, die sich auf der Bergkuppe in alle Richtungen zerstreut hatte und das Wiesenland schimmernd befleckte.

Pressel selber war nicht zu entdecken. Felix rief seinen Namen – eine Antwort bekam er nicht. Jaulend stand Pressels Hirtenhund vor einem Baum, schnupperte an seiner Rinde und leckte sie ab, fing aufs neue zu jaulen und winseln an.

Diesen einsamen, knorrigen Baum auf dem Jankenberg hatte er bis zum heutigen Tag nicht bemerkt. Felix kraulte den Presselschen Hund an der Kehle und kniff seine Augen zusammen. In den Zweigen, die sich in der Seebrise wiegten, erkannte er einen verkrumpelten Hut. Und an einer Stelle im Baumstamm ein milchiges Auge, verholzte, sich knarrend bewegende Lippen. Was sie sagten, war nicht zu verstehen.

In der Nacht, gegen elf, brach er auf, und beeilte sich mit seinem Koffer, der schwer war, um rechzeitig beim Brixschen Hotel zu sein. Davor standen drei Automobile mit laufendem Motor. Er stieg in das erste und quetschte sich zu Marcus Freundinnen, zwischen Telefonistin und Dichterin, und Victor Marcu rief: »Haideți!« – und los ging's!

IV

Ein Spiel mit dem Teufel
1926–1945

Sielaffs seelischer Panzerwagen

Trotz der im Bierlokal laufenden Wetten nahm Alma kein Gift und ging nicht aus Verzweiflung ins Meer. Sie trotzte den Gassen- jungen, Knechten und Arbeitern, die sie mit Pferde- und Kuhmist bewarfen. Sie stellte sich taub gegen spitze Bemerkungen und Sti- cheleien der Freiwalder Gesellschaft. Ob falsches Bedauern, ob ehrliches Mitleid – sie blieb kalt und vertraute sich niemandem an.

Am Sonntag schloß Priebe sie in seine Predigt ein und verglich Alma Sielaff mit Hiob. Altsitzerinnen, Hebammen, Bedienstete schneuzten sich, Vater Sielaff bekam feuchte Augen. Alma lausch- te dem Pastor mit hartem Gesicht – und reichte der schluchzen- den Schwester ein Taschentuch.

Im Kempinschen Bierlokal waren sich Zollassistenten und Buchhalter einig: An eine Verbindung Emilies mit Kannmachers Ludwig war nicht mehr zu denken. Sielaff konnte der Heirat nicht zustimmen, das war er seiner verlassenen Tochter schuldig – und seiner beleidigten Ehre! Man durfte mit einem Familienkrieg zwischen Schulmeister- und Apothekerhaus rechnen. Wenn der nicht ausbrach, lag das an Alma. Beharrlich verlangte sie von Va- ter Sielaff, Emilies Hochzeit mit Ludwig nicht abzusagen.

Anfangs kam Sielaff zu keiner Entscheidung, sein Groll gegen Schulmeister Kannmacher war zu stark. Und er besaß kein Ver- trauen in Ludwig. Wer mit diesem Hundsfott verschwistert war, der seine Tochter erniedrigt hatte, war bestimmt keinen See- mannsfurz besser als er.

Drei Tage verbarrikadierte er sich mit Emilie und Alma in sei- nem Apothekerhaus. Er ließ Ludwig und Leopold Kannmacher abwimmeln, die sich bereits brieflich entschuldigt hatten und um Erlaubnis zu einem Besuch baten. Er wollte nichts wissen von ei- ner Zusammenkunft, zur Vergebung war er nicht bereit.

Emilie verkroch sich vor Scham in der Dachbodenkammer, die sie neben der Schwester bewohnte, und zeigte sich nicht. Sie fehlte am Mittagstisch, anders als Alma, die sich an den Herd stellte, Socken ausbesserte, den Hinterhof fegte und Feuerholz hackte. Alma bekniete den Vater, sich nicht zu verrennen und an seine andere Tochter zu denken, die keine Schuld an der Flucht Felix Kannmachers habe. »Du bist der Meinung, ich sei ein zu stolzer Mensch, um diese Schmach zu ertragen, nicht wahr?« – »Ja«, erwiderte Sielaff, »das bin ich.« – »Du solltest mich besser kennen, Vater«, entgegnete Alma, »ich bin zu stolz, um sie *nicht* zu ertragen.«

Diese sich mit der Zeit in Freiwalde verbreitende Antwort verhalf Alma zu dem Ruf, eine starke Person zu sein, die sich von keinem Schicksalsschlag umwerfen ließ – und im Kempinschen Bierlokal nannte man sie »Sielaffs seelischen Panzerwagen«.

Sielaff schrieb einen Brief, den sein Ladengehilfe am anderen Mittag zu Kannmachers brachte, und trat mit dem Schulmeisterhaus in Verhandlungen ein. Er war kein versponnener Pillendreher – er war ein Kaufmann, und aus Felix Kannmachers Flucht vor der Doppelhochzeit wollte er Kapital schlagen. Sielaff stellte Bedingungen, die halb materieller und halb ideeller Natur waren. Mit der Emilie und Ludwig versprochenen Aussteuer konnte er nicht mehr dienen, die als Schadensersatz – oder Schmerzensgeld – seiner verratenen Alma zustand. Er strich Poltergesellschaft und Hochzeitsschmaus. Emilies Heirat mit Kannmachers Sohn solle ohne besonderen Aufwand erfolgen, schrieb Sielaff, sei es, um Kosten zu sparen, sei es, um der peinlichen Aufmerksamkeit zu entgehen, die sich mit dem Ereignis verband. Etwas anderes als eine Hochzeit im engsten Familienkreis konnte er sich nicht vorstellen. Und was den kirchlichen Ablauf betraf, drang Sielaff auf eine Vereinbarung mit Pastor Priebe, der Emilie und Ludwig bei Sonnenaufgang und klammheimlich verehelichen sollte.

Alma hatte an Sielaffs Bedingungen nichts zu beanstanden, die ein Beweis seiner Zuneigung waren. Und im Rechnen war Alma nicht schlechter als er. Ja, Familie Kannmacher mußte bestraft werden. Und es schadete Schwester Emilie nicht, wenn sie als armes Ding in den Ehestand eintrat. Mit diesem Schuß vor den Bug konnte man sie vor Hochmut und Leichtsinn bewahren!

»Wer von uns beiden hat Anlaß zu Seelenschmerz, du oder ich?« schimpfte Alma, als sie an Emilies verschlossene Dachkammer klopfte. »Wenn du nichts zu dir nimmst, wirst du am kommenden Sonntag ein klappriges Scheusal sein. Ein klappriges Scheusal wird Ludwig nicht wollen. Soll er sich am Ende vor dir aus dem Staub machen, wie dieser Schlawiner, der stiftengegangen ist? Komm aus deinem Zimmer, sonst bin ich nicht mehr deine Schwester!« Mit verheultem Gesicht schloß Emilie auf und warf sich, vor Dankbarkeit stammelnd, an Almas Hals. »Ist ja gut«, sagte Alma, »ich weiß nicht, warum du heulst. Oder willst du dich nicht mehr verheiraten, Schwesterchen, und mit mir zusammen vertrocknen?« Und als Emilie weinend verneinte, grunzte Alma: »Das dachte ich mir.«

Alma verhandelte mit Pfarrer Priebe, bis er einer kirchlichen Hochzeit bei Sonnenaufgang zustimmte. Sie ging Kannmachers Hausangestellter zur Hand, wusch vergilbte Gardinen und putzte im Wohnzimmer, wo man den Hochzeitsschmaus einnehmen wollte, mischte sich wieder und wieder beim Kochen und Backen ein, belehrte Mathilde mit herrischer Stimme.

Ludwig Kannmachers kirchliche Hochzeit mit Sielaffs Emilie nahm knapp zehn Minuten in Anspruch – Pfarrer Priebe beeilte sich, wieder ins Bett zu kommen. Als beide Familien vorm Gotteshaus eintrafen, weigerte sich Vater Sielaff beharrlich, Leopold Kannmachers Hand zu ergreifen. Und beim Hochzeitsschmaus, den er am Kopfende einnahm – Kannmacher hockte am anderen Ende –, sprach er kein Wort mit dem Schulmeister. »Wollen wir nicht anstoßen?« polterte Kannmacher und schwenkte sein Birnenschnapsglas. Sielaff wandte sich knurrend an Emilie. »Ich bin nicht in Stimmung«, erwiderte er, »kannst du das dem Herrn Schulmeister ausrichten?« Als Emilie rot anlief, kam Alma der Schwester zur Hilfe. »Vater ist nicht in Stimmung, Herr Kannmacher.« – »Sage dem Schulmeister«, grummelte Sielaff, »ich sei in Beerdigungslaune.« Alma zauderte nicht, seine Worte zu wiederholen, und das mit einer Stimme, die heiter und schwungvoll klang, als ob sie den Hackbraten anpreisen wolle, den Kannmachers Dienstmagd ins Wohnzimmer brachte.

Alma ließ sich vom peinlichen Schweigen nicht anstecken, das von der Bohnensuppe bis zum Pudding am Schluß reichte. Sie war von einer grimmigen Lustigkeit, die sich aus den verzerrten Gesichtern der anderen nichts machte. Vater Sielaff blieb reizbar und einsilbig, Leopold Kannmacher rettete sich in den Birnenschnaps, und Emilie war zu befangen, um zu plaudern.

Ludwig erging es nicht anders. Um einen klaren Gedanken zu fassen, war er zu verwirrt – und zu selig. Außerdem mußte er ja seine Seligkeit vor Apotheker und Alma verbergen, wenn er sie nicht vor den Kopf stoßen wollte, und nichts konnte anstrengender sein. Hunger hatte er absolut keinen. Er kaute und schluckte mechanisch, er rauchte und sprach Vaters Birnenschnaps zu. Und wenn sich eine Gelegenheit bot, preßte er heimlich Emilies Hand. »Was ist?«, wollte Alma erfahren, als Emilie aufseufzte. Endlich ließ Ludwig Emilies Finger los, die er vor Anspannung in seiner Pranke zerquetscht hatte, und Emilie stammelte: »Nichts.«

Es war Alma, die pausenlos schnackte und schnackelte. »Zu Internatszeiten habe ich Briefe an unseren Kaiser verfaßt, mit der Bitte, mich in seinem Schloß zu empfangen. In meinem Backfischverstand bildete ich mir ein, ich lebte in seinem besonderen Schutz, und bei allen Sorgen um seine Soldaten habe Wilhelm ein Auge auf mich. Es dauerte Monate, bis eine Antwort eintraf, und sie kam nicht vom Kaiser, versteht sich. Von einem Empfang im Berliner Schloß war keine Rede. Und soll ich euch sagen, was in dieser Antwort stand? Zum Beweis meiner Kaiser- und Vaterlandsliebe solle ich unserem Wilhelm zehn Kinder schenken! Ich war erst vierzehn«, bemerkte sie kichernd, »und nahm mir fest vor, meinem Kaiser zehn Kinder zu schenken.«

Vater Sielaff ließ Messer und Gabel fallen, die klirrend auf seinem Porzellanteller landeten. »Wie man das anstellt, das wußte ich leider nicht. Ich dachte, es reicht, saure Gurken zu essen und um Gottes Segen zu bitten. Als das nichts half, stahl ich mich aus dem Internat. Ich lief zu einem schmutzigen Gassenjungen, der vor der Schule Kastanien einsammelte, um mir einen Kuß abzuholen.«

Kannmacher verschluckte sich an seinem Birnenschnaps, und Vater Sielaff rief Alma zur Ordnung. »Du solltest uns diese Geschichte ersparen, mein Kind.« – »Vater, es ist keine schlimme Geschichte«, erwiderte Alma mit heiterer Stimme, »dieser Dreckfink verweigerte mir einen Kuß. Ja, dieser Dreckfink in widerlich riechenden Lumpen verweigerte mir einen Kuß! Er ließ seinen Sack mit Kastanien fallen und rannte, als sei er dem Teufel begegnet. Ist das nicht zum Schieflachen, Vater?«

Niemand lachte außer Alma. »Ach ja. Spreegurken, Spreegurken«, witzelte sie. Mit der Holzzange fischte sie sich eine Gurke aus dem auf der Anrichte stehenden Keramikpott. »Es muß Gottes Wille gewesen sein, wenn mir versagt blieb, dem Kaiser zehn Kinder zu schenken. Gott wußte, was von unserem Wilhelm zu halten ist. Bei Nacht und Nebel ins Ausland zu fliehen, dieser Feigling!«

»Richtig«, warf Kannmacher ein, »einen Tritt hat er sich verdient. Nichts Besseres als einen Tritt in den Hintern!« – »Sage dem Schulmeister«, polterte Sielaff los, »er solle nicht politisieren! Wenn wir diesen Feldzug verloren haben, war das nicht Wilhelms Schuld, das steht man fest. Schuld war der Mangel an Mut und Moral an der Heimatfront. Und wer hat den Kampfgeist zu Hause versaut?« Drohend stierte Sielaff zum Schulmeister. »Ich dachte, wir wollten nicht politisieren«, sagte Alma. »Ja, du hast recht, mein Kind«, bruttelte Sielaff und wandte sich wieder dem Hack-braten zu.

Alma ließ sich nicht kleinkriegen von der erlittenen Schande. Alle zwei Tage besuchte sie Kannmachers, um Schwester Emilie zu hel-fen, die Claras verlassenes Zimmer ausmistete.

Diesen Floh hatte Alma Emilie ins Ohr gesetzt. »Du brauchst ein Zimmer, in dem du allein sein kannst. Das mußt du deinem Mann und dem Schulmeister beibringen.«

Leopold Kannmacher wehrte sich nicht, als sein Sohn Mutters Zimmer beanspruchte. Mit Claras Heimkehr war nicht mehr zu rechnen. Zweitens hatte er nichts mehr im Haus zu vermelden, in dem er sich fremder und fremder vorkam. Vorzeitig hatte er sich pensionieren lassen, was ein heilloser Unfug gewesen war. Ein krankes Herz ließ sich nicht in den Ruhestand schicken! Er hatte nichts anderes mehr zu erledigen, als seine restliche Lebenszeit ab-zusitzen.

Es war maßgeblich Alma, die Claras Kommode, Matratze und Bettrost zum Dachboden hochschleppte und wegwarf, was alt und vergammelt war. Und zu Emilie, die Skrupel besaß, sagte Alma: »Du wirst dich nicht anstecken, Schwesterchen. Am Irrsinn kann man sich nicht anstecken.« Sie ließ Deckenstuck, Ofen und Fußboden ausbessern, kaufte Gardinen und Vorhangstoff. Und an einem Vormittag kamen aus Stettin neuer Kleiderschrank und neues Bett.

Erst im Dezember brach Alma zusammen. Als sie sich einen Tag in der pommerschen Hauptstadt aufhielt, begegnete sie ei-nem Drehorgelspieler, der eine Ballade zu Schautafeln sang. Auf den als »Mariechen saß weinend im Garten« bekannten Bedien-stetenschmachtfetzen schmetterte er seine Spottverse, die von ei-ner mißlungenen Doppelhochzeit auf der pommerschen Seen-platte handelten:

»Er schaute mit Schaudern auf seine
Magre und knochige Braut
Mit einem Paar krummer Beine
Und ledriger Moorleichenhaut
Bucklig und rotnasig schniefend
Vorm Traualter in weißem Kleid
Bat sie vor Seligkeit triefend:
Bis in alle Eh-he-wigkeit.

Man kann den Verlobten verstehen
Wenn er sich aufs Pferd schwang und floh
Und von den pommerschen Seen
Galopp ritt bis Sarajewo
Aus Rachsucht befahl seine Braut der
Schwester du kriegst deinen Mann
Erst wenn ich den entflohenen Bruder
Zu guter Letzt heiraten kann.

Vor Gram nahm die Schwester zwei Steine
Die wogen schwerer als Erz
Und stand in der Mondnacht alleine
Am Klippenrand seufzend im Schmerz
Sie warf sich in eisige Wasser
Die verschluckten das Kindchen im Nu
Am Himmelszelt blasser und blasser
Schauten Mondmann und Sternjungfrau zu.«

Was Alma besonders in Weißglut versetzte, war dieser erfundene
tragische Schluß. Als er sich vor den klatschenden Leuten verbeugte, fing sich der Drehorgelspieler zwei Ohrfeigen Almas ein,
die kein Wort an den speckigen Menschen verschwendete. Sie
raffte den Rock vor den Schenkeln zusammen und kletterte in
eine bimmelnde Pferdebahn.

Es war dieses Erlebnis, das sie aus dem Gleichgewicht brachte. Was nutzte es, stark zu sein und seinen Stolz zu bewahren, wenn man sie zur Hexe abstempelte? Wenn sie zu nichts Besserem taugte, als von einem Drehorgelspieler verleumdet zu werden! Wenn man sie in der pommerschen Hauptstadt verunglimpfte! Und was nutzte es, Gott zu vertrauen, wenn er sie mit menschlicher Rohheit belohnte? Als Schießbudenfigur wollte Alma nicht enden – und in den Augen der Leute war sie ja nichts anderes. Sie beschloß, aus dem Leben zu scheiden.

Am folgenden Mittag pfiff sie einem Gassenjungen, der sie gegen Bezahlung zum Bahndamm begleitete. Er mußte sich anstrengen, Schritt zu halten, Alma wollte den Zug nicht verpassen, der in zwanzig Minuten aus Lauenburg andampfte. Als sie die Gleise erreicht hatten, zog sie einen Strick aus dem Pelzmantel, den sie sich von dem schlotternden Schmutzfink ums Handgelenk knoten ließ.

»Du mußt mich am Schienenstrang festbinden, hast du verstanden?« Sie streckte sich quer zu den Bahngleisen aus. »Na, wird's bald?« befahl sie dem Gassenjungen, der keine Anstalten machte, sich niederzuknien, um Almas Anweisung Folge zu leisten. »Warum habe ich dich bezahlt«, keuchte sie, »wenn du dir ins Hemd machst, du Feigling?«

Endlich beugte der Kleine sich vor, um mit seinen Fingern ein Loch in den Schotter zu graben und zwischen zwei Bohlen den Strick um das Eisen zu schlingen. »Das ist zu locker«, beschwerte sich Alma, »wenn du nicht fester zurrst, kann ich mich wieder befreien.« – »Fester kann ich nicht«, greinte der Kleine, der roßrotes Haar hatte und neun oder zehn war.

»Dir geht es ums Geld, nicht wahr?« sagte sie grollend, »euch Gassenjungen ist ja nichts anderes heilig. Ich habe zehn Mark bei mir, und wenn ich tot bin, darfst du dir mein Geld nehmen und Leine ziehen.« – »An Toten vergreift man sich nicht, meine Dame«, versetzte der Junge mit schluchzender Stimme. »Du hast meine Erlaubnis«, beruhigte Alma das Kerlchen, das sich mit der Hand beide Augen abwischte. Er weinte um sie, und das machte sie weich.

»Kann ich gehen?« rief der Junge und wollte sich abwenden, als in der Ferne ein gellender Pfiff erklang. »Nein«, erwiderte Alma, »du bleibst.« Scharfe Befehle erteilen, das konnte sie nicht mehr. Halb hing das an der Todesangst, die sie erfaßt hatte, halb an der Schiene, die Almas Kehle quetschte.

Trotzdem entfernte der Bengel sich nicht. Wollte er sie nicht allein lassen? Oder war es das Geld, von dem er sich nicht trennen konnte? »Es ist nichts als ein Scherz, nicht wahr?« flehte der Junge, »bitte sagen Sie mir, wenn ich Sie wieder losmachen darf.« Erneut stieß der Lauenburger Zug einen Pfiff aus, und Alma bemerkte ein Grollen in den Schienen. »Du darfst mich nicht losmachen«, sagte sie schwach.

Als sie den Kopf hob, erkannte sie gegen den Wiesen und Felder bedeckenden Schnee schwarze Dampfwolken. Von der Lokomotive war nichts zu erkennen. Sie blieb an dieser Stelle von dem eine Biegung zum Stadtforst beschreibenden Bahndamm verschluckt. »Vom Lokomotivenhaus aus wird man Sie nicht bemerken«, versetzte der Junge, von Panik ergriffen, »und wenn der Lauenburger Zug um die Kurve kommt, kann er nicht rechtzeitig abbremsen.« – »Das war Absicht, mein Kleiner«, erwiderte Alma.

Sie hatte keine Geduld mehr, es sollte zu Ende gehen! Und was machte der Bengel? Er rannte zum Bahndamm hoch, hob seine Arme und winkte der Lokomotive, die stampfend die Kurve erreichte.

Alma verlor das Bewußtsein. Oder war es der Lokomotivenqualm, der sich zu rußigem Nebel verdichtete, Bahndamm und bleigrauen Himmel verschlang? Und ein eiserner Drache schob sich aus dem beißenden Nebel, um sie zu zermalmen.

Sie wachte erst wieder zu Hause auf. Links auf der Bettkante hockte Emilie, rechts Vater Sielaff, der weinend Almas Finger liebkoste, und Doktor Dehmel behorchte sie mit seinem Stethoskop. »Bin ich am Leben?« bemerkte sie bitter. Fabricius Sielaff erwiderte: »Ja, Gott sei Dank, mein Kind«, und zuckte zusammen, als Alma entgegnete: »Verschone mich bitte mit Gott, Vater! Und dieser Quacksalber soll mich nicht anfassen.«

Alma begleitete Sielaff nicht mehr, wenn er sonntags zum Kirchgang antrat. Und sie ließ Pastor Priebe kalt abblitzen, der sie zu Kaffee und Kuchen ins Pfarrhaus einlud. Mit diesem grausamen Gott, der sie peinigte, wollte sie nichts mehr zu tun haben. »Bitte Gott um Vergebung und sei nicht verstockt, mein Kind«, sagte Sielaff, wenn er mit dem Tischgebet fertig war, an dem seine Tochter sich nicht mehr beteiligte. »Ich bin nicht verstockt«, sagte Alma. »Er ist es. Gott sollte bei mir um Verzeihung bitten.« Das war eine Antwort, die Sielaff entsetzte. Und er war halb erleichtert, als Alma beschloß, zur schwangeren Emilie ins Schulmeisterhaus umzuziehen.

Bis zu dem Tag, als man Alma bewußtlos, mit blutigen Striemen am Handgelenk, vom Bahndamm Freiwaldes ins Sielaffhaus brachte, hatte Emilie verheimlicht, ein Kind auszutragen. Als sie im Dachbodenzimmer allein waren, kroch sie zur fiebernden Schwester ins Bett. »Es wird *unser* Kind sein, Alma, *unser* Kind. Nicht allein Ludwig und meines, verstehst du?« Sie nahm Almas Hand, die sie sich auf den Bauch legte, der warm war und Schmetterlingsschwingungen aussandte.

Das war ein Versprechen, das Alma nicht mehr vergaß. Und als sie im Februar ’27 vor dem Schulmeisterhaus mit zwei Koffern auftauchte, wagte es niemand, sie wieder zum Vater zu schicken.

Alma schlief eine Nacht auf dem Wohnzimmersofa, und am anderen Mittag entließ sie Mathilde. »Eine Bedienstete brauchen wir nicht mehr, *ich* werde in Zukunft den Haushalt versorgen.« Leopold Kannmacher spuckte sein Suppenfleisch aus, und Emilie sagte kein Wort. Niemand verteidigte sie, und Mathilde marschierte zur Dienstbodenkammer, in der sie zusammenpackte, was sie an Habseligkeiten besaß. Grußlos verließ sie das Schulmeisterhaus, in dem sie im Alter von sechzehn als Dienstmagd begonnen hatte, und als Emilie seufzte: »Mathilde, es tut mir leid. Und bitte besuche uns, wenn ich mein Kind habe«, verneinte sie stumm mit dem Kopf.

In den kommenden Monaten war es Emilies Schwester, die kochte und einkaufte, Teppiche klopfte und Staub wischte, sich nicht zu schade war, um sechs Uhr aufzustehen, Kohlen aus dem Keller zu holen und Feuer zu machen. Sie stellte das Schulmeisterhaus auf den Kopf, bis alle Motten und Spinnen vernichtet waren. Man konnte vom Fußboden essen, der blank poliert war und nach Bohnerwachs stank. Mit Leopold Kannmacher stritt sie erbittert, als er sie nicht ins Studierzimmer vorließ, in das sie mit Besen und Kehrschaufel eindringen wollte. »Was ist eine Bibliothek ohne Staub!« schimpfte Kannmacher, »willst du meinem Zimmer den Geist austreiben?« Das wiederum ließ sich Alma nicht bieten. Was sie an Milben und Schaben entdeckte, fand Leopold Kannmacher auf seinem Teller, wenn er sich am Mittagstisch niederließ.

Und sie brach einen Streit mit dem Schwager vom Zaun, der im Lauenburger Geldinstitut seinen Hut nahm, um wochentags wieder zu Hause zu wohnen und mehr mit Emilie zusammen zu sein. Nicht sein verringertes Einkommen erregte sie, als er im nahen Schlawe als Buchhalter anfing. Schlimmer war es, von wem er sich einstellen ließ. Es war kein anderer als Samuel Schlomow. Sich von einem Juden anstellen zu lassen, besudeltes Geld zu verdienen – vom Juden erpreßtes Geld! – war eine Schande! »Schlomow hat sich im Weltkrieg zwei Orden verdient«, wandte Ludwig ein, »und Geld stinkt nicht, das solltest du wissen.« – »Und ob es stinkt, wenn es vom Juden kommt«, fauchte sie und wollte sich nicht mehr beruhigen.

»Diesen Wechsel zu Schlomow wird Ludwig bereuen«, sagte Alma bei einem Spaziergang zur Schwester. Auf der Mole von Freiwalde-Bad wehten eiskalte Brisen. Leinen klatschten an Masten, Gischt spritzte am Bug eines Kutters hoch, der in den Hafen einlief. »Das ist ein Fluch«, zischte Alma, »der sich gegen euch richten wird. Eure Ehe und euer Kind!« Emilie erwiderte nichts und hielt sich beide Ohren zu. »Das willst du nicht wissen, was?« giftete Alma. Emilie, die einem glitzernden Heringsschwarm zuschaute, der sich im Wasser vorm Molenkopf tummelte, erwiderte: »Nein, Alma, es ist der Wind.«

»Es ist der Wind« sollte zu einer Redensart werden, die Alma mit Hohn in der Stimme benutzte, wenn sie bei der Schwester mit Warnungen oder Beschwerden nichts ausrichten konnte. Emilie beherrschte es aus dem Effeff, Almas herrische Auftritte stumm zu erdulden. Aufzubegehren war vollkommen falsch, das mußte sie reizen und fuchsteufelswild machen. Und Emilie wollte sie ja nicht zur Weißglut bringen oder verletzen, besonders in dieser Zeit.

»Es ist *unser* Kind«, betonte Emilie wieder und wieder, was Alma als Freischein zur Namensbestimmung verstand: »Wenn es eine Blage wird, mußt du sie Alma nennen.« – »Ich kann dir versichern, es wird keine Blage. Es wird ein Junge sein«, sagte Emilie. »Ach was«, fauchte Alma, »das kann man nie wissen. Glaubst du, deine Schwangerschaft macht dich zur seligen Bertha Sims? Die konnte weissagen, du kannst es nicht.« – »Und wenn ich es dir sage!« beharrte Emilie und biß sich entsetzt auf die Zunge. »Eine Gans«, zischte Alma, »die schwanger ist, bleibt eine dumme Gans«, und scheuchte Emilie verbiestert zur Treppe, auf der sie zum Brixschen Strandhotel hochstiegen.

An einem sonnigen Vormittag, Mitte April, als Emilie Punkt zehn einen Jungen zur Welt brachte, der, Alma zuliebe, mit erstem Namen Alfred hieß – ein Name, auf dem sie bestanden hatte, sei es aus Rache an Schulmeister Kannmacher, der seinen Schwager als Todfeind betrachtete, sei es, um sich vor dem Mann zu verbeugen, der einen Charakter aus Eisen besaß –, kletterte Weidemann von seinem Bock, um im Kannmacherhaus einen Brief abzugeben, der mit italienischen Marken beklebt war.

Im Hausflur stand Schulmeister Leopold Kannmacher mit erhitztem Gesicht und verwirbeltem Haar. »Weidemann! Weidemann!« keuchte er, »es ist ein Junge!«, nahm Weidemanns Pranke und preßte sie fester als sonst. »Ach, du lieber Gott«, stammelte Postkutscher Weidemann, »ich komme besser am Nachmittag wieder.« – »Iwo«, sagte Kannmacher, »wiederkommen. Wir begießen das mit einem Schnaps!« Weidemann, der seit Mathildes Vertreibung den Fliesengang nicht mehr betrat, wehrte ab.

Um Kannmacher nicht zu beleidigen, wollte er leutselig wissen: »Und wie wird er heißen?« – »Alfred«, erwiderte Alma an Kannmachers Stelle, die einen Bottich mit blutigem Wasser ins Bad schleppte. Fassungslos staunte Weidemann: »Alfred. Aha«, und steckte Kannmacher eilig den Brief zu, als Alma den Bottich entleerte.

Er raunte dem Schulmeister zu: »Den verstecken Sie lieber. Sonst wird er zerrissen und landet im Herdfeuer.« Und im Nu hockte er auf dem Postkutschenbock, seine Hannoveraner zur Eile antreibend.

Pommerscher Holzkopf und Gott am Klavier

Felix verschwendete keine zehn Zeilen, um seine Flucht vor der Doppelhochzeit zu rechtfertigen, besonders zerknirscht oder reuevoll wirkte er nicht. Freiwalde klammheimlich verlassen zu haben, ohne Abschied vom Vater zu nehmen, bedauerte er. Er bereute die Ludwig bereiteten Schererein mit der Familie Sielaff. Zu Alma verlor er kein Wort.

In seinem Brief an den Vater, der zwei Dutzend randlos beschriebene Seiten umfaßte, sprach er mit Begeisterung von den vergangenen neun Monaten. Als Reisebegleiter von Marcu war Felix in Budapest, Karlsbad und Belgrad gewesen, an Weichsel- und Elbestrand, Moldau und Adria, bis er im Januar '27 Italiens Hauptstadt erreicht hatte.

Sie bezogen ein Haus auf dem Aventin, das sein Besitzer, ein Reeder aus Braila, nie nutzte und zu einem Spottpreis an Marcu vermietete. Felix bestaunte den Giebel, den Eierstabsleisten und Dreischlitze zierten, und streichelte eine der Karyatiden im Eingang, als Marcu mit den auf der Treppe versammelten und sich verbeugenden Dienern Bekanntschaft schloß.

Victor Marcu erteilte Befehle. Er bestellte beim Koch eine Vorspeisenplatte, Polenta, Lammkeulen und Schweinekoteletts, beauftragte seinen Chauffeur, den verschlammten und staubigen Wagen auf Hochglanz zu bringen, schickte zwei Diener zum Hauptbahnhof Termini, um seine Pakete und Koffer zu holen, die er der Eisenbahn anvertraut hatte. Schweigend besichtigte er alle Zimmer. Dem maulenden Klavierfabrikanten wies er eine Dienstbotenkammer im Erdgeschoß zu, der Telefonistin ein zugiges Dachbodenzimmer.

Orchestermusiker und Operntenor hatte er in der serbischen Hauptstadt vertrieben, seinen adligen Freund kurz vorm Aufbruch aus Prag im Hotelzimmer einschließen lassen. Der Schau-

202

spielerin hatte er eine Rolle in Belgrad verschafft, seine Dichterin an einen schwerreichen Landsmann verkuppelt. Es blieb sein Geheimnis, warum er Klavierfabrikant und Weddinger Telefonistin bis heute verschont hatte.

»Und was wird aus dem pommerschen Holzkopf?« beschwerte sich seine Berliner Begleiterin, »warum kann der nicht im Dachboden wohnen?« Sie betrachtete Felix halb neidisch, halb feindselig. »Wenn es dir nicht paßt, kannst du Leine ziehen«, grummelte Marcu und wandte sich ab.

»Ich vergesse nie, was ich verspreche, du pommerscher Holzkopf«, versicherte Marcu beim Kofferauspacken, »ich werde dich in meine Klasse aufnehmen – Verzeihung, in die unseres armen Sergej. Ich wette, du hast mehr Begabung als alle Slovaken, Franzosen und Polen zusammen.« An seiner Zigarre kauend, ließ er sich von einem alterslos wirkenden Diener entkleiden – einem dieser schweigsamen und vornehmen Luftgeister – und marschierte ins dampfende Marmorbad.

Felix hatte ein sonniges Zimmer bekommen, vor dem sich zwei Pinien im Meereswind wiegten, angrenzend an das seines Freundes, der sich ohne einen Vertrauten in seiner Umgebung verlassen und einsam vorkam.

Im Speisesaal eines Hotels an der Belgrader Donau hatte Marcu vom Tod seines »armen Sergej« erfahren, eines aus Petersburg stammenden russischen Adligen und Pianisten. Sergej Ivanovs Name war Felix bekannt. Er verehrte den Hofpianisten und Zarenfreund, der ein strahlender Stern am Musikhimmel war, einem Himmel, der sich von Paris bis New York, von Buenos Aires bis London erstreckte. Vor den Bolschewiki war er emigriert, um seiner Verhaftung und Liquidation zu entgehen, die angeblich beschlossene Sache gewesen war.

Marcu hatte Sergej von Herzen verachtet und bei einem Gastspiel in Moskau verlautbaren lassen, dessen Flucht in den kapitali-

203

stischen Westen sei kein Verlust. Ein Scharlatan bleibe ein Scharlatan. »Sergej Ivanov hat es verstanden, aus seinem Emigrantenschicksal Kapital zu schlagen. Mehr hat dieser Mann nicht zu bieten.« In den sowjetischen Presseorganen hatte man diese Spitze begeistert verbreitet.

Wieder daheim, von Protesten empfangen, bestritt er, seinen Kollegen in Moskau verunglimpft zu haben. Er schrieb einen Brief an den »lieben Sergej« mit der Bitte, dem Prawdabericht keinen Glauben zu schenken. Postwendend hatte er Antwort vom Tiber erhalten. Wenn einer der Prawda mißtraue, sei er es, hatte der »liebe Sergej« versichert.

Mit seinem Schreiben, das frei von Beschuldigungen war, konnte Ivanov Marcu im Handstreich erobern. Sie tauschten Briefe, schworen sich ewige Freundschaft, versprachen sich eine Begegnung in Wien oder Mailand – zu der es nicht kam.

Im Telegramm, das ein Bote im Speisesaal abgab, meldete man dem »verehrten Herrn Marcu«, sein russischer Freund sei verstorben. Er werde am kommenden Sonntag in Anwesenheit Mussolinis beerdigt. Ivanovs Tod sei ein schwerer Verlust. Und man sorge sich um seine Konservatoriumsklasse aus jungen, hochbegabten Pianisten, Italienern, Franzosen, Slovaken und Polen. Sergej habe sie bis zum Schluß unterrichtet und sein letzter Seufzer sei »Marcu« gewesen. Was man als Verpflichtung betrachte.

Marcu brachte als erstes den Stehgeiger und seine Schrammelkapelle zum Schweigen, stemmte sich an der Tischkante hoch und befahl: »Kippt euren Schnaps auf den Fußboden, Leute. Zu Ehren meines armen Sergej. Tote sind durstig, na wird's bald!« Dem Klavierfabrikantensohn, der es zu schade fand, seinen Slibowitz mit einem Toten zu teilen, und schleunigst sein Glas leertrank, packte er grimmig im Nacken. Er stumpte sein schmerzhaft verzogenes Gesicht in den Teller mit dampfender Suppe. »Kein Volk auf dem Erdball ist geiziger als diese Deutschen!«

Als eine Schweigeminute zu Ehren des armen Sergej verstrichen war, sagte er wieder und wieder, ins Leere starrend: »Sein letzter Seufzer ist Marcu gewesen«, bis er mit der Faust auf den Tisch schlug. »Ich sage euch, das ist Erpressung! Sie wollen mich mit einem Toten erpressen. Ich kann nicht in dieses kulturlose Land ziehen, das von einem blutigen Affen regiert wird! Was sie mir antragen, ist eine Frechheit! Sergej wird in Anwesenheit Mussolinis beerdigt, folglich muß Mussolini mich einladen. Dieser blutige Affe muß auf seinen Knien rutschen, sonst wird es keinen Vertrag mit dem Konservatorium geben!«

Ohne je eine Einladung von Mussolini erhalten zu haben, verpflichtete er sich zum Unterricht an der Musikschule Roms. Einen Tag nach der Ankunft am Tiber ließ er sich zum Konservatorium bringen. Als er wiederkam, meinte er einsilbig: »Schlecht ist sie nicht, diese Klasse von Meisterstudenten.« Er bestellte Klavierfabrikant und Weddinger Telefonistin ins Herrenzimmer, um bis zum Morgengrauen Bridge und Canasta zu spielen.

Wenn er zu Canasta und Bridge keine Lust hatte, bat er Felix um eine Geschichte. Das konnte bei einem Verdauungsspaziergang zur Orangerie bei der Pietro-d'Illiria-Kirche sein, wo sie Apfelsinen- und Zitronenduft atmend den nachtschwarzen Tiber betrachteten. Oder er fand keinen Schlaf und rief Felix – dem es nicht erlaubt war zu schlafen, wenn er es nicht konnte – halb fordernd, halb weinerlich zu sich ans Bett.

»Was sagte dein Schafhirte, wenn er vom Wind in den Weizen- und Rapsfeldern sprach?« fragte Marcu, »ich habe es leider vergessen.« Felix, der seine verquollenen Augen rieb, erwiderte heiser: »Was Pressel vom Wind sagte? Er sagte, es sei Gottes Hand. Gott streichelt sein Land, sagte Schafhirte Pressel, das vor seiner Liebe erschaudert.« Marcu versetzte versonnen: »Ja, vor seiner Liebe.« Er richtete sich in den schimmernden Kissen auf, »Und das mit dem Staub? Wiederhole das mit dem Staub!« – »Mhm«, sagte Felix, »wir seien aus Staub, meinte Pressel, zu dem wir am Ende verfallen. Unsere Vorfahren seien aus Staub, unsere Kinder und Enkel und alle lebendigen Wesen. Es sei falsch und verwerflich, den Staub zu verachten.« – »Ehrt und verherrlicht den Staub!« seufzte Marcu, »dein Schafhirte Pressel hat recht.« Felix konnte sich nicht mehr zusammenreißen. »Wollten Sie mich nicht ins Konservatorium mitnehmen und mir Klavierstunden geben?« – »Herrgott!« schimpfte Marcu, »ich kann endlich einschlafen, und aus purem Eigennutz weckst du mich auf.«

Er war nie verlegen um Ausreden. Erst mußte er ein Konzert vorbereiten mit zwei jungen Polen aus der Konservatoriumsklasse. Als er sich mit der Hauptstadtgesellschaft bekannt machte, Theater- und Opernvorstellungen besuchte und auf einem Karnevalsball als Vampir antrat – eine Verkleidung, die Aufsehen erregte –, hatte er keine freie Minute mehr, um seinem »pommerschen Holzkopf« Klavierstunden zu erteilen. Er freundete sich mit Politikern und Diplomaten an, Schauspielern und Redakteuren und war bei den adligen Damen beliebt. Vorm Haus hielten Kutschen und Automobile, die Marcu zu Tivoliausflug, Casinobesuch und Premierenfeier abholten. Ende Februar brach er zum Gastspiel in Mailand auf, anschließend zu Rundfunkaufnahmen in Prag.

Zu Opernvorstellungen oder Gesellschaften ließ er sich in der Regel von Felix begleiten, der hopplahopp! in seinen Frack steigen mußte. Sie brausten zusammen zu einem Violinkonzert, das ein namhafter Geiger im Pantheon gab, oder stiegen vor einem Palast an der Spanischen Treppe aus, um im Kreis einer Adelsfamilie Austern zu schlürfen und Krebse zu essen.

Ob er Felix als Sohn oder Neffen vorstellte, als jungen Pianisten, der Weltruhm erlangen werde, als seine rechte Hand oder als taubstummen Diener, war niemals vorhersehbar. Das hing von Marcus Launen ab und von den Menschen, die Felix neugierig beschnupperten. Im Beisein begehrenswerter Frauen spielte er seine Rolle als taubstummer Bursche, der an einem Katzentisch Platz nehmen mußte, zusammen mit affigen Kindern und strengen Erzieherinnen. Wenn sie in politischen Kreisen verkehrten, war er sein vom Faschismus begeisterter Sohn, der Mussolinis Bewegung studieren wollte.

»Ich verstehe nichts von Politik«, meinte Marcu zerknirscht, »um mir eine Meinung zu bilden, muß ich meinen Sohn fragen. Er beabsichtigt, Parlamentarier zu werden, und bei seinem Ehrgeiz schafft er das bestimmt!« – »Und was wollen Sie anfangen als Parlamentarier?« erkundigte sich ein faschistischer Redakteur – forschend starrte er Felix durch sein Monokel an –, »Abgeordnetenkammern sind Quasselbuden, besetzt mit bestechlichen Lumpen und Faulpelzen, die sich auf Kosten des Volkes bereichern wollen.« – »Das sind exakt seine Worte«, versicherte Marcu, um seinem vermeintlichen Sohn aus der Patsche zu helfen, »zu keinem anderen Zweck will er ins Parlament einziehen, als diesen Schweinestall auszumisten. Verzeihen Sie, wenn er nicht antwortet. Sein Italienisch ist fehlerhaft, und er weigert sich, anders als druckreif zu sprechen.« Das war – ausnahmsweise – kein Schwindel. Felix' grammatikalische Kenntnisse waren bescheiden, trotz der sechs Wochenstunden, die er bei einem von Marcu berufenen Hauslehrer nahm.

Wenn er als Mussoliniverehrer an mangelnder Sprachkenntnis litt und nichts als seine Hand zum faschistischen Gruß heben mußte – falls er es vergaß, zerrte Marcu verstohlen an seinem Arm –, verging er in Musikerkreisen vor Scham, wo Marcu von seinem Begleiter als aufgehendem Stern am Konzerthimmel sprach. Sergej habe mit seiner Konservatoriumsklasse begabte Klavierspieler um sich versammelt – »verglichen mit meiner Entdeckung aus Deutschland«, trompetete er, »sind es Nullen und Zwerge. Was mein junger Freund am Klavier anstellt, ist, mit Verlaub, eine Revolution!« – »Warum spielt er nichts vor?« hieß es von allen Seiten. Felix hatte den Eindruck, sein Herz setze aus. »Von wegen!« entgegnete Marcu mit Hohn in der Stimme, »soll er etwa sein Pulver verschießen? Was er auf dem Kasten hat, wird er in einem

Konzertsaal beweisen – ich verhandele zur Zeit mit Berlin und Paris – und vor der versammelten Weltpresse, nicht vor einem Haufen verkommener Sinfoniker, die in acht Monaten zwei Dirigenten verschlissen haben.«

Mit dieser Bemerkung, die seine Kollegen in Weißglut versetzte, war er aus dem Schneider.

Felix war es erlaubt, Marcus Steinway zu nutzen, wenn dieser ins Konservatorium fuhr und zu anderen Verpflichtungen aufbrach. Es handelte sich um ein himmlisches Instrument, mit einer Mechanik, die reibungslos umsetzte, was die Tasten befahlen. Bei diesem makellos reinen und vollen Klang ließ sich kein Fehler vertuschen. Stunde um Stunde verbrachte er vor dem Klavier, das den Spieler zu Strenge und Sparsamkeit zwang.

Bald kam es zum Streit mit der Weddinger Telefonistin, die Felix um seine bevorzugte Stellung beneidete. »Deine Pfuscherei ist nicht zum Aushalten«, fauchte sie, »willst du mich um den Verstand bringen?« Sie warf mit einem Knall den Klavierdeckel zu, scheuchte Felix vom Schemel und aus dem Musikzimmer, das sie vor seinen Augen verschloß.

Es verging eine qualvolle Woche, bis Marcu vom Rundfunkkonzert an der Moldau heimkehrte. Und als er von Felix erfuhr, was passiert war, machte er kurzen Prozeß. Er ließ seine Weddinger Telefonistin vom Dienstpersonal aus dem Haus werfen. Dem Klavierfabrikant erging es nicht besser. Marcu schleifte den Mann aus dem Dienstbotenloch, wo er schlaff und bequem seine Tage verratzt hatte.

Es dauerte dreißig Minuten, bis sich der Klavierfabrikantensohn weinend ins Automobil neben die Weddinger Telefonistin quetschte, die Marcu beschimpfte. »Ich bin keine billige Schlampe, du Schweinehund, die man von vorne und hinten besteigt und am Ende ins Klo kippen darf. Kein Loch war dir heilig, du Luder, du falsches Aas, du hast mich behandelt, als sei ich ein schmutziges Ofenrohr. Du wirst es bereuen, walachische Ratte, balkanischer Pißpott, du wirst es bereuen!« heulte sie, als das Automobil auf dem knirschenden Kiesweg zum Tor rollte.

Marcus Verhalten war schwer zu verstehen. Warum versorgte er Felix mit Essen und Kleidung – die er bei einem angeblich im Hause Savoia verkehrenden Schneider anfertigen ließ – und zahlte einen Lehrer aus seiner Schatulle? Warum ging er in seiner Begleitung zu Opernvorstellungen und Essenseinladungen? An seiner Zuneigung konnte kein Zweifel bestehen – um so verwirrender war sein Benehmen. Ins Konservatorium fuhr er alleine, vom versprochenen Unterricht war keine Rede mehr.

Als Victor Marcu kein Geld mehr besaß, reiste Bubi Giurgiuca aus Bukarest an. Dieser Bubi Giurgiuca war Marcus Vertrauensmann, bei dem alle Strippen zusammenliefen. Er handelte Rundfunkaufnahmen und Konzerte aus, feilschte mit den Veranstaltern, hielt zu Orchestern und Pressevertretern Kontakte. Bubi war mehr als ein guter Verwalter, der sich im Konzertbetrieb auskannte und keinen Spaß verstand, wenn es um Geld ging. Er war seine »Kinderfrau« und »rechte Hand«. Giurgiuca – mit richtigem Vornamen Romulus – hielt Marcu von schlechten Gewohnheiten ab, wo er konnte: seiner Verschwendungssucht und seiner Lust, mit erfundenen Geschichten zu prahlen.

Nicht zu verhindern war seine Gewohnheit, in großer Gesellschaft zu reisen. Bubi betrachtete Marcus Begleiter mit Argwohn, und wer sich als frecher Schmarotzer erwies, den entfernte er gnadenlos. Er hielt Marcu auf Trab, und wenn der lieber Bridge spielte, als seinen Konzertauftritt vorzubereiten, konnte Bubi zur Furie werden!

Ohne Bubi Giurgiuca war Marcu verloren. Angesichts seiner Konten, die leer waren, und eines mißlungenen Gastspiels in Mailand mit Buhrufen, Pfiffen und einem Verriß im »Corriere« konnte er sich dieser Einsicht nicht mehr entziehen. »Ich komme nicht ohne dich aus«, schimpfte Marcu ins Telefon, verfluchte den

Hurensohn, drohte und schmeichelte, bot an, sein Gehalt zu verdoppeln. Ein Bubi Giurgiuca ließ sich nicht bestechen. Ein Bubi Giurgiuca, der sparsam war bis zum Geiz, erfolgreich mit Geldern jonglierte und Schmiergelder zahlte, wenn er keine andere Wahl hatte, ließ sich von niemandem kaufen. Was er verlangte, war eine Entschuldigung.

»Warum haben wir uns entzweit, Bubi? Mir ist entfallen, warum wir uns entzweit haben. Ich kann mich nicht in einer Sache entschuldigen, von der ich nicht mehr weiß, was es war.« Marcu lauschte der Stimme am anderen Ende. »Na, wenn du nicht mehr weißt als ich, kann ich mich nicht entschuldigen! Romulus!«, flehte er augenrollend, »Romulus! Bubi! Nicht auflegen! Bitte! Kein Mensch kann ein Kriegsbeil begraben, das spurlos verschwunden ist. Na gut«, keuchte der sich im Ohrensessel flegelnde Marcu, »ich knie bereits auf dem Fußboden. Ich knie bereits auf dem Boden, und der ist aus Stein!« Und als Bubi Giurgiuca versprach, seine Koffer zu packen und binnen zweier Tage am Tiber zu sein, spuckte Marcu verstimmt in den kalten Kamin. »Dieser Hurensohn will meine Seele, das ist es. Er will meine Seele besitzen!«

Romulus Bubi Giurgiuca maß keine 1,60, war hager und hatte ein schmales Gesicht, um das sich ein fisseliger Ziegenbart rankte, der an seinen Spitzen versengt war. Bubi war wasserscheu, Reinlichkeit kannte er nicht. Aus seinem Bart roch es ranzig und sauer, er hatte verknitterte, fleckige Hemden an, steckte in mottenzerfressenen Pullovern, und wenn seine Hose ein Loch hatte, flickte er es.

Um so strenger und kleinlicher ging er mit Marcu um, dem er keine schmutzigen Kragen erlaubte. Vor Auftritten legte er seine Garderobe fest, zog an Marcus Fliegen, bis sie nicht mehr schief saßen. Er verbot Victor Marcu zu rauchen, damit dieser sich keine Asche aufs Hemd schnickte. Seinerseits kam er nie ohne Glimmstengel aus, qualmte ergiebiger als eine Dampflok und nebelte

210

seine Umgebung ein. »Bubi steckt sich im Schlaf Zigaretten an«, wetterte Marcu, »ich wette, er wird eines Tages sein Bettzeug in Brand setzen und bei lebendigem Leibe verkohlen.«

Bubi Giurgiuca verlor keine Zeit, als er in der Tiberstadt eintraf. Er machte sich in einem Erdgeschoßzimmer breit, das der Reeder aus Braila zum Billardspiel nutzte. Billard- und Rauchertisch ließ er entfernen, schaffte Regale und Rechenmaschine an und schrieb einen Antrag auf zwei Telefonleitungen, den er selber zur Postdirektion brachte – nicht ohne sich vorsorglich Geld einzustecken. Zwei persische Teppiche mußten Europa- und Weltkarte weichen, die er an der Mauer befestigte. Er versah sie mit Wimpeln in Weiß, Gelb und Rot und in winziger Handschrift bekritzelten Zetteln.

Grimmig kam Bubi Giurgiuca ins Herrenzimmer. »Dein Vertrag mit dem Konservatorium ist eine Schande«, schrie er in Tschaikowskis Klavierkonzert. »Und du bist ein Banause«, erwiderte Marcu rauh. »Und was du mit der Steinway-Vertretung vereinbart hast«, keifte Bubi und drehte den Grammophontrichter zur Wand, »ist ein Abschluß auf Lebenszeit. Ein Abschluß auf Lebenszeit, bist du von Sinnen? Und bei deinen Rundfunkaufnahmen in Prag hast du nicht einen Pfennig verdient. Dich kann man keine Minute allein lassen«, tobte Bubi und riß sich verzweifelt am Ziegenbart.

Gegen Felix verhielt er sich mißtrauisch. Vorteile bot seine Gegenwart keine. Sie verursachte laufende Kosten, sonst nichts. »Warum braucht dieser Mensch einen Sprachlehrer?« wollte er wissen, »warum einen Anzug vom Maßschneider?« – »Oh, den braucht er, den braucht er«, entgegnete Marcu mit einer Entschiedenheit, die keinen Widerspruch duldete, »er soll mich zum Botschaftsempfang bei den Briten begleiten.«

Vergeblich warb Felix um Bubis Vertrauen. Ein Bubi Giurgiuca besaß keine Freunde und machte sich nichts aus Beziehungen zu Frauen. Wenn es notwendig war, ging er in ein Bordell. Es kam wesentlich billiger, mit sieben Huren zu schlafen, als sich eine Freundin zu halten. Er hatte nichts als seine Arbeit im Sinn, in die sich kein anderer einmischen durfte.

Furchtsam trat Felix ins Erdgeschoßzimmer, in dem Bubi Giurgiuca gleichzeitig mit Wien und New York sprach – in grauenhaftem Englisch und holprigem Deutsch. »Ich kann Bleistifte anspitzen, Marken befeuchten und Briefe in Deutsch oder Englisch verfassen«, bot er dem telefonierenden Bubi an. Giurgiuca stieß nichts als ein warnendes Knurren aus, und Felix beeilte sich, Leine zu ziehen.

Als er um acht Uhr ins Eßzimmer schlurfte, trank Bubi Giurgiuca sechs Eier im Stehen. Er bohrte ein Loch in die Schale und kippte das schleimige Eiweiß samt Dotter in seinen Rachen. Als vier Wochen vorbei waren, erledigte er das nicht mehr mit verkniffenem Gesicht. Bubi konnte Erfolge vermelden: eine Reise mit Gastspielen in Buenos Aires und Rio, Santiago de Chile und Mexiko-Stadt, außerdem zwei New Yorker Konzerte und Rundfunkaufnahmen mit Berlins Philharmonikern. Es werde Geld regnen, teilte er strahlend mit, setzte ein Ei an und schlurfte es leer. Eigelb rann in seinen Ziegenbart. »Du bist absolut widerlich«, krauterte Marcu, »kannst du nicht besser aufpassen mit deinen Eiern?« – »Es wird Geld regnen«, kicherte Bubi Giurgiuca und schmierte sich Eidotter an seine Weste.

In einer warmen und sternklaren Nacht, als er auf einer eisernen Gartenbank hockte, erlaubte er Felix, sich an seine Seite zu setzen. Ein riesiger, roter Mond rollte am Himmel, ums Haus huschten Fledermausschatten, und Bubi Giurgiuca sog gierig an seinen Zigarretten. »Ich kann mich mit Marcu nicht einigen«, sagte er endlich, »der wieder ein anderes Programm spielen will als das mit den New Yorkern vereinbarte. Wir brauchen Bekannteres als Schumanns ›Sinfonische Studien‹. Du mußt mir helfen und diesen Idioten beeinflussen.« Konnte es eine bessere Gelegenheit geben, mit Bubi vertrauter zu werden? »Ich wette, er wird sich von mir nicht beeinflussen lassen«, entgegnete Felix bedauernd, »ich bin in seinen Augen ein Nichts.« – »Ach was«, sagte Bubi, »er hat eine bessere Meinung von dir, als du denkst. Und wenn du es schlau anstellst, spielt er, was dir in den Kram paßt. Wenn du zum Beispiel von Mozart behauptest, er sei ein musikalischer Simpel gewesen und seine Kompositionen seien frivol, wird er ausschließlich Mozart spielen wollen. Bei mir klappt das leider nicht mehr. Er kennt meine Schliche und Kniffe bereits.«

Felix versprach seine Hilfe. »Mhm«, machte Giurgiuca erleichtert, »er hat einen Knacks abbekommen, als seine Ileana starb. Den Tod seiner Frau hat er niemals verkraftet.« – »Er war verheiratet?« stammelte Felix. – »Oh ja, das verschweigt er«, erwiderte Bubi und steckte an seiner Sohle ein Streichholz in Brand. »Um an diesen Schmerz nicht erinnert zu werden, weigert er sich beharrlich, sein Kind zu besuchen, das bei einer Tante in Bukarest lebt.«

Victor Marcu besaß eine Tochter! Und er stammte nicht aus einer Bauernfamilie. »Aus einer Bauernfamilie, ach was!« schnalzte Bubi, »Gerichtsschreiber in der Provinz war sein Vater und seine Mutter ein richtiges Rabenaas, das sich ewig mit anderen Kerlen verbandelte, Richtern, Kaufleuten und Offizieren. Es muß eine verheerende Kindheit gewesen sein, mit einer Mutter, die andauernd fremdging, und diesem Gierpelz von Vater, der Frau Paraschivas Verehrer erpreßte, um sich an der Liebestollheit seines Weibs zu bereichern. Bis sie sich in einen Mann vom Theater vergaffte, Ehemann und sieben Kinder im Stich ließ und bei dem in Bukarest lebenden Schauspieler einzog. Verdammt«, sagte Bubi und zerrte an seinem Bart, in dem ein glimmender Tabakrest hing. »Bald war dieser Schauspieler seine Provinzhenne leid, der nichts Besseres einfiel, als wieder zum Ehemann heimzukehren, der sie gnadenlos mit seiner Peitsche vertrimmte, im Keller einsperrte, bei Wasser und Brot. Angeblich blieb sie ein Hinkebein und hatte eine zerschlagene Fresse. Kein Kerl wollte sich mit dem Scheusal mehr einlassen.«

Es war schwer zu entscheiden, ob diese Geschichte der Wahrheit entsprach oder Bubis Erfindung war. Verwirrenderweise verbreitete Marcu bei einer Gesellschaft in Tivoli, sein Assistent sei ein Gerichtsschreibersproß. Kleinlichkeit, Habgier und Knickerigkeit habe er von seinem Vater ererbt. Im Allgemeinen sei Bubi ein Menschenfeind, und besonders verachte er Frauen, was wiederum mit diesem schamlosen Flittchen zusammenhinge, das seine Mutter gewesen sei.

»Und ich bin ein Findelkind«, sagte er zu einem namhaften Kritiker vom »Messagero«, »ein Findelkind aus den Karpaten. In den ersten zehn Monaten lebte ich bei einem Wolfsrudel, trank Wolfsmilch und lernte, den Mond anzuheulen.« Und er stimmte ein schauriges Heulen an, das jeden Zweifel an seiner Behauptung zerstreute.

Wenn er kein Findelkind war und nicht aus einer Bauernfamilie stammte, war Marcu entfernt mit Mihai, dem Tapferen, verwandt, hatte angeblich adlige Ahnen, blaues Blut, was er vor Baronen und Grafen betonte.

»Mein erstes Konzert hatte ich in Paris«, sagte Marcu zu einer Contessa, die an der »Ecole normale de musique« studiert hatte. »Das war mitten im Krieg, meine Liebe. Dieses Konzert hat den Weltkrieg entscheidend beeinflußt. Mit meinem Auftritt verlieh ich dem Publikum, in der Hauptsache Offiziere und Soldaten, neue Kampfmoral. Frankreich verdankt mir den Sieg!«

Diese junge Contessa, Giovanna Lopapa, war Anfang zwanzig und bereits verwitwet. Sie langweilte sich am Bracciansee, wo sie ein Anwesen von sieben Hektar besaß. Sich in der Hauptstadtgesellschaft zu tummeln, ins Theater zu gehen und Konzerten zu lauschen, konnte sich eine taufrische Witwe nicht leisten. Um so dringlicher hatte sie Marcu in Briefen zu einem Besuch in den Bergen ermuntert.

Diesen Einladungen hatte er widerstanden, bis er der Witwe leibhaftig begegnet war, die sich als anziehend, lebhaft und klug erwies. Kurzerhand brach er zu einem Ausflug ins Bergland auf. »Und warum hat Frankreich kein Denkmal errichtet, das Sie als Vaterlandsretter verehrt?« erkundigte sie sich mit Spott in der Stimme. Felix, der wieder sein taubstummer Diener war und auf der sonnenbeschienenen Terrasse am glitzernden See einen Schemel im Schatten behockte, rechnete mit einer scharfen Erwiderung Marcus. Er ertrug keinen Spott. Von wegen. »Sie haben ja recht«, sagte Marcu erheitert, »um ein Denkmal hat man mich bis heute betrogen. Gerechtigkeit ist ein Fremdwort in unserer Welt!«

Sie verplauderten Stunde um Stunde und fanden kein Ende. Sich in der Hitze dem Schlaf zu verweigern fiel Felix schwer. Pinien und Palmen am Seeufer flirrten im warmen Wind, und Giovanna Lopapa in weißem, besticktem Kleid, mit weißem Sonnenschirm und weißem Hut und weißem Gesicht, das ein Netzschleier halb verbarg, verflimmerte vor seinen Augen. Als sie endlich, um Mitternacht, aufbrachen, preßte sich Marcu ins Polster und seufzte. Er zerrte am Schlapphut und schwieg, bis sie wieder daheim waren – und wenn sich Marcu nicht mitteilte, war er ergriffen!

Er hatte sich in Giovanna verliebt und besuchte sie alle drei Tage. Bei seiner Konservatoriumsklasse ließ er sich von Bubi Giurgiuca entschuldigen, von anderen Verabredungen wollte er nichts mehr wissen. Wenn er nicht zum Bracciaosee aufbrach, blieb Marcu zu Hause und setzte sich an seinen Steinway, spielte »Wohltemperiertes Klavier« oder Schumanns »Sinfonische Studien« mit einer Leidenschaft, die er in letzter Zeit hatte vermissen lassen. »Ja, Leidenschaft braucht er. Mit Leidenschaft wird er zu Gott«, sagte Bubi und nickte begeistert.

Nicht begeistert war er von den Ausgaben Marcus, der seiner Giovanna Armreifen und Ringe verehrte. »Sie ist millionenschwer«, wetterte Bubi am Mittagstisch, »kann sich vor Schmuck nicht mehr retten, und du wirfst dein Geld einer steinreichen Frau in den Rachen?« Um sich mit Bubi zu streiten, war Marcu zu se-

215

lig. Er erwiderte nichts, und vor seinen Besuchen am See machte er einen Abstecher beim Juwelierladen, der sich an der Ecke zur Piazza Venezia befand. Wenn er nicht am Klavier saß, studierte er Dante und lernte Petrarca-Sonette auswendig oder schrieb Briefe an seine Giovanna.

Als er in einer Nacht gegen zwei Uhr nach Hause kam, stapfte er singend ins Herrenzimmer, wo Bubi Giurgiuca im Ohrensessel schnarchte – er ging nie zu Bett, wenn sein Herr nicht daheim war – und Felix in einem Klavierauszug las. »Du mußt nicht auf mich aufpassen«, fauchte er Bubi an, trat zu Felix und fegte den Brahmsschen Klavierauszug von seinem Schoß: »Wolltest du keinen Unterricht von mir bekommen? Marsch, marsch, ans Klavier!«

Bis zum Morgengrauen saßen sie nebeneinander am Steinway und hielten sich mit bitterem Mokka wach. »Dieser Modulationswechsel«, meckerte Marcu, »braucht Klarheit und Eindringlichkeit.« Oder er knurrte: »Was ist mit dem Tempowechsel?« Oder riet: »Dieser Mollakkord muß arpeggiert werden. Laß dich nicht beeindrucken von seiner konventionellen Notierung, er muß arpeggiert werden!« Oder er legte den Kopf schief und lauschte: »Du machst einen Fehler, den alle begehen. Diese Themenkontraste betonen, das reicht nicht. Was wird aus dem starken motivischen Strang, der sie erst miteinander verbindet?« Er schimpfte, belehrte, ermahnte und fluchte und fuchtelte mit seinen Armen. Und als sie aus dem Musikzimmer taumelten, bemerkte er blinzelnd: »Ich wette, du schaffst es. Wenn du bei mir bleibst, bringst du es zum Pianisten.«

Ein Kind, das der Storch bringt, ist arisch

Alma war vollkommen vernarrt in Emilies Kind. Sie sprach es beharrlich mit »Alfred« an, anders als Großvater Kannmacher und Vater Ludwig, die seinen zweiten Namen »Konrad« benutzten.

Alma badete Konrad im Blechzuber, wusch seine Windeln aus, hockte im Wohnzimmer an seiner Wiege und schaukelte sie mit dem Knie. Stundenlang schob sie den Kleinen spazieren, zu Mole und Leuchtfeuer oder zum Bukower See. Sie stellte den Winzling bei Bader und Schneider vor, mit einem Stolz, als ob sie die Mutter sei. Sie schleppte den schlafenden Konrad zu Sielaff, half dem Vater beim Mischen von Pulvern und Salben und schnatterte: »Wenn man ein Kind hat, kommt alles ins Lot.« Oder sie hackte dem Kleinen auf dem Bechsteinklavier einen Straußwalzer vor.

Im Kolonialwarenladen fing Konrad vor Witwen und Altsitzerinnen zu schreien an und wollte sich nicht mehr beruhigen. »Ich weiß nicht, was er hat«, sagte Alma und wand sich vor Scham. Sie beeilte sich, schleunigst nach Hause zu kommen, um den Kleinen zu Emilie zu bringen. Die zog eine prallvolle Brust aus dem Nachthemd, an der er zu nuckeln und schmatzen begann. »Du wirst vom Fleisch fallen«, grummelte Alma, »dieses Stillen ist zu anstrengend, sage ich dir. Warum stellen wir keine Amme ein, Schwesterchen?«

Almas Beteuerung, sie werde den Haushalt besorgen, erwies sich als leeres Versprechen. Emilie war es, die Kohlen aus dem Keller hochschleppen und sich an den Herd stellen mußte. Sie putzte und bohnerte, erntete Bohnen und Kartoffeln im Garten und heizte den Badeherd. Sie schneiderte an der Maschine, die sie mit dem Fuß antrieb, Handschuhe, Hemdchen und Kleinkinderjoppen und einen Matrosenanzug – der von Friedrich bis Felix benutzte, den sie auf dem Dachboden fand, war verblaßt und verschlissen.

Um Almas Hilfe zu bitten war zwecklos, sie vergaß stets, was sie mitbringen sollte. Anstelle von Rindsknochen, Mehl und zwei Flaschen Bier, die Emilie bestellt hatte, kam sie mit Rindsleber, Backmagarine und Apfelsaft heim. Statt rotem Zwirn brachte sie schwarzen mit, statt einem grauen einen goldenen Knopf. Oder sie konnte sich nicht mehr erinnern, beauftragt gewesen zu sein, einen Brief einzuwerfen. Emilie rannte zu Fleischer und Schloßdrogerie und zum Goldwarenladen von Harnisch am Steintor, um Ludwigs Uhr reparieren zu lassen. Und am Steintor begegnete sie Schwester Alma, die mit dem Jungchen am Kopfberg gewesen war. Um es zwei neugierig linsenden Arbeiterinnen zu zeigen, nahm sie es aus dem Wagen.

Emilie erkennend, hatte Alma es eilig. Ohne sich von den Arbeiterinnen zu verabschieden, nahm sie mit Konrad und Karre Reißaus. Beim Essen am Mittag bestritt sie beharrlich, Emilie vorm Steintor bemerkt zu haben, und verzog sich beleidigt ins Dienstbotenloch.

Emilie hielt trotzdem zur Schwester. »Du bist Konrads Mutter, nicht sie!« knurrte Ludwig, dem Almas Verhalten von Tag zu Tag mehr mißfiel. »Laß man«, wandte Emilie beschwichtigend ein, »du darfst nicht vergessen, sie hat schlimme Dinge erlebt. Und außer mir mag sie niemand in dieser Familie.«

Alma nahm in diesen Monaten auffallend zu. Bereits als Emilie schwanger gewesen war, hatte sie strammere Schenkel bekommen, ein breiteres Becken und rundliche Schultern. Was besonders ins Auge stach, war Almas Busen. Er ließ sich in keines der Mieder mehr pressen, die sie im Schrank aufbewahrte. Nicht mehr gertenschlank zu sein brachte sie nicht aus der Fassung. Leid tat es Alma ausschließlich ums Geld, das sie bei Damenschneider Pfaff lassen mußte, sie brauchte ja dringend neue Sachen zum Anziehen.

»Ich bin bereits achtundzwanzig und bald eine reife Frau«, betonte sie fuchsig am Mittagstisch, warf sich mit Lust auf den

Lachs in zerlassener Butter und stopfte sich bis zum Umfallen mit Heringen voll. Anschließend litt sie an Magenbeschwerden und eilte mit gelbem Gesicht zur Toilette. Und Almas Brechreiz verschlimmerte sich, es reichte ein Schluck aus der Teetasse. Sie mußte sich sputen, rechtzeitig im Klo zu sein, und vor der Muschel kniend, spuckte sie Galle und Magensaft.

Sie weigerte sich, einen Arzt aufzusuchen. Solle sie einem Quacksalber Geld bezahlen, um zu erfahren, bei bester Gesundheit zu sein? An Brechreiz zu leiden, das sei keine Krankheit. »Ich muß einen lebenden Falter verschluckt haben«, mutmaßte Alma am anderen Mittag, »ich habe ja diese bekloppte Gewohnheit, im Schlaf meinen Mund aufzusperren, bei dieser Gelegenheit wird es passiert sein. In meinem Bauch muß ein Nachtfalter sein.«

Als Konrad zwei Monate alt war, erlaubte Emilie der Schwester, zusammen mit dem Kind in der Dienstbotenkammer zu schlafen, was Alma als reine Erziehungsmaßnahme ausgab, die besonders bei Jungen erforderlich sei. Zu eng mit der Mutter verbunden zu sein, das mache sie weibisch und schwach. Und falls er Hunger bekommen solle, werde sie schleunigst ans Schlafzimmer klopfen.

Das war nicht notwendig, bei seiner Tante im Erdgeschoß meldete sich Konrads Hunger nie. Gegen seine Gewohnheit erwachte er nicht mehr um drei in der Nacht, um zu trinken. »Es hat keinen Zweck, und das weiß er«, behauptete die auf der Bettkante kauernde Alma. Sie fing mit der Hand eine Fliege von dem seine Wiege bedeckenden Schleier und brummte: »Wenn es den Mangel nicht kennenlernt, verzieht man ein Kind. Und das kann man nie wiedergutmachen.«

Komischerweise war Konrad pappsatt. Er nuckelte schwach an Emilies Brust und ein Milchfaden sickerte aus seinem Mundwinkel. Erst zur Mittagszeit hatte er Hunger.

»Alma stillt unser Kind mit der Flasche, das steht man fest«, sagte Emilie zu Ludwig im Schlafzimmer, der seine Augen fest zukniff, nicht zuschauen durfte, wenn sie sich den Milchvorrat abpumpte. »Alma stillt unser Kind mit der Flasche, und ich habe Brustschmerzen.« – »Sie will euch entfremden«, erwiderte Ludwig verbittert, »sie will dich von Konrad entfremden.« – »Nein«, sagte Emilie, »es ist Almas ehrlicher Vorsatz, dem Kleinen Beherrschung und Willenskraft anzuerziehen.«

Almas strenge Erziehungsmaßnahme erwies sich als Tarnung. In einer klaren Septembernacht machte sie sich mit dem Kind aus dem Staub. Emilie erlitt einen Ohnmachtsanfall, als Pritsche und Wiege bei Sonnenaufgang leer waren. Nicht hart auf den Boden zu knallen, verdankte sie Schulmeister Kannmacher, der sie, halbnackt aus dem Bad rennend, rechtzeitig auffing.

Beim Geruch von Salmiakgeist belebte Emilie sich wieder. »Alma ist weg«, keuchte sie. »Ich verstehe nicht, Kind«, sagte Großvater Kannmacher, der seine Flasche mit Riechsalz verschloß. »Sie ist mit dem Jungchen weg«, schluchzte Emilie. »Reg dich nicht auf«, sagte Kannmacher, »reg dich nicht auf. Sie wird einen Spaziergang am Meer machen.« Er eilte zum Sprechapparat, der im Korridor hing, einem Kasten mit Kurbel und Trichter aus Bakelit, um sich mit Ludwig im Bankhaus von Samuel Schlomow verbinden zu lassen.

Ludwig und Leopold Kannmacher liefen von Sielaff zu Barske, von Barske zu Gastwirt Kempin, und vom Gastwirt zum Damenschneider Pfaff. Sie marschierten zum Friedhof am Kopfberg hoch, folgten dem Wipperlauf, hielten am Ostseestrand Ausschau, sprachen mit Knechten und Kuhhirten, Kulis und Mietkutschern, Fischern und Dachdeckern. Erst als sich Dunkelheit breitmachte, erkundigten sie sich bei Kohlhoff, dem Bahnhofsvorsteher.

»Ob mir Alma Sielaff bekannt ist, die sich vor den Lauenburger Zug schmeißen wollte? Und ob!« Kohlhoff spuckte den Kautabak vor seine Schuhspitzen. »Gestern nacht stand sie mit einem Koffer am Bahnsteig.« – »Und sie hatte nichts anderes bei sich als das?« Kohlhoff kratzte sich grunzend am Hinterkopf. »Und einen

Flechtkorb, der mit einem Stofftuch bedeckt war. Bei der Vorsicht, die sie an den Tag legte, konnte man meinen, sie hat rohe Eier im Korb.«

Emilie, die diese Nacht mit verzweifeltem Weinen verbracht hatte, sprang aus dem Bett, als im Korridor Schritte erklangen. Im Nachthemd und barfuß flog sie in den Hausflur, in den erstes Morgengrauen sickerte, und kniete sich neben den Weidenkorb, der auf der Diele stand. Der Schwester, die zitternd und stumm an der Wand lehnte, schenkte sie keine Beachtung. Emilie preßte das Kindchen ans Herz. Es roch nach Lysol und verqualmtem Waggon – und vergorener Milch, als es aufstieß. Alma zerknitterte seufzend den Reisehut, den sie vorm Schoß hielt und stammelte: »Es war nicht recht von mir … es war nicht recht.«

Es blieb bei dieser halben Entschuldigung Almas, die sich in der Kammer am Flurende einschloß. Sie nahm keine Mahlzeiten zu sich, wusch sich nicht. Ob sie sich vorm grimmigen Schwager verkroch oder ehrlich zerknirscht war, das ließ sich nicht sagen. Sie erwiderte nichts, wenn Emilie anklopfte und eine Kanne mit Tee vor der Schwelle abstellte. Erst am vierten Tag riß sie am Holzriegel, steckte den Kopf aus der Kammer und meldete heiter: »Mein Milchfluß ist endlich versiegt!«

Alma nahm in den kommenden Monaten wieder ab und nannte den Damenschneider einen Halunken. »Um sechshundert Reichsmark hat er mich begaunert.« Im Winter zog sie aus der eisigen Dienstbotenkammer ins Vaterhaus um. Sie besuchte Emilie und Konrad am Vormittag, trank Gerstenkaffee und aß Pflaumenkompott, schob den Kleinen im Schneematsch zur strudelnden Wipper, bei trockenem Wetter zum Strand.

Fabricius Sielaff und seine bevorzugte Tochter vertrugen sich nicht. Alma lehnte es halsstarrig ab, sich zu Gott zu bekennen. Im Wohnzimmer nahm sie das Kreuz von der Wand und brachte an seiner Stelle ein Hufeisen an. Katechismus und Bibel fand Sielaff im Dachstuhl, als er einen Unwetterschaden besichtigte, feucht, halb zernagt und verkrustet mit Taubenkot. Beide stammten sie von seinem seligen Großvater Anton, dem Lauenburger Pfarrer. Und diese Familienandenken hatte er seinerzeit, zur Einsegnung Almas, in Schweinsleder einbinden lassen! Entsetzt kratzte Sielaff am schmutzigen Buchdeckel.

»Ohne ein Leben in Gottesfurcht wirst du verloren sein und keinen Halt finden, Kind.« Seine Ermahnungen fruchteten nichts. Alma kaute bereits, wenn er mit seinem Tischgebet fertig war. Er bat Pastor Priebe um einen Besuch. Und was machte Alma, als Priebe ins Haus kam? Sie nahm vorm Klavier Platz und klimperte Straußwalzer, bis der seinen Hut wieder aufsetzte. Sielaffs Geduld war am Ende. »Zieh meinetwegen beim gottlosen Schulmeister ein«, fluchte Sielaff, »bei mir bleibst du nicht mehr«, und warf seine Tochter hochkant aus der Wohnung.

Im April '29 stand Alma aufs neue mit Koffern und Schirmen vorm Schulmeisterhaus und verlangte ein richtiges Zimmer. Schlaf- und Studierzimmer waren belegt, sie konnte kein anderes bekommen als das, in dem Konrad schlief. Emilie, die wieder schwanger war, nippte verdrossen am Gerstenkaffee. »Soll ich in eurer Dienstbotenkammer versauern?« beschwerte sich Alma, »das kann nicht dein Ernst sein!« – »Habe ich das behauptet?« versetzte Emilie. »Du willst mich loswerden«, grummelte Alma und stand von der Gartenbank auf. Sie sammelte Schnecken aus Kohl- und Salatbeet ein, die sie in einen Blecheimer warf und mit Kochsalz bestreute. »Ewig wird es nicht dauern«, versicherte Alma, in den Blecheimer mit den verreckenden Schnecken stierend. Emilie zuckte zusammen, Almas leidende Stimme beunruhigte sie. »Was dauert nicht ewig?« erkundigte sie sich verwirrt. »Nichts dauert ewig«, erwiderte Alma, »wir werden bald Platz haben, sage ich dir. Ludwigs Vater ist sechzig und herzkrank, nicht wahr? Er wird binnen kurzem sein Zimmer verlassen, um den Maden am Kopfberg Gesellschaft zu leisten.«

Als man in den Zeitungen vom »Schwarzen Freitag« las, kam es zu einer Plage im Schulmeisterhaus. Aus der dem Gaswerk benachbarten Fleischfabrik, wo sie sich sprunghaft vermehrt hatten, wanderten Ratten bei Kannmachers ein. Am Tag der Geburt von Helene stieß Alma im Bad auf drei grauenhafte Biester, die sich um Emilies Fruchtkuchen balgten. Ein verfressenes Viech hing am Vorhang im Wohnzimmer, ein anderes saß auf dem Lesepult Schulmeister Kannmachers, wo es seine Kantische Abhandlung »Zu den verschiedenen Rassen der Menschen« verkotete. Nachts raschelte, huschte und fiepte es grauenhaft. Und an einem Februarvormittag fielen drei Ratten das Kindchen im Wiegenkorb an.

Niemand befand sich im Haus, außer Alma. Leopold Kannmacher hielt sich in Potsdam auf, wo er seine Frau in der Anstalt besuchte, in der verzweifelten Annahme, mit der Zeit werde sie aus der Umnachtung erwachen. Ludwig befand sich im Bankhaus von Schlomow, Emilie mußte Besorgungen machen, und Konrad begleitete sie.

Alma hatte versprochen, beim Kindchen zu bleiben. Sie summte der Kleinen ein Wiegenlied vor, bis sie sich nicht mehr muckste, und sank in den Schaukelstuhl neben dem Ofen, um im »Zarathustra« zu lesen.

Als zehn Minuten verstrichen waren, greinte und quakte es wieder im Korb. »Ruhe«, wetterte Alma, »du hast deine Milch vor zwei Stunden bekommen, dummer Fratz.« Konrads Schwesterchen schrie um so schlimmer. »Hast du keine Achtung vor geistiger Arbeit?« Alma versetzte der Wiege zwei Tritte, und als das nichts half, schob sie Wiege und Kindchen ins eisige Dienstbotenloch. »Bei diesem Frost wird dir der Hunger vergehen.«

Alma vertiefte sich grollend im Nietzsche-Buch. Dieser Prediger namens Zarathustra begeisterte sie. Er verachtete schwache und mutlose Menschen, die sich an Gott wandten, wenn sie in Not waren und es nicht in der Einsamkeit aushielten. Einsam zu sein war kein Anlaß für Niedergeschlagenheit. Erst in der Einsamkeit konnte man stark werden. In der Einsamkeit legte man sich einen Panzer zu, bis man nicht mehr verletzt werden konnte. Wenn man dem belanglosen Leben entrinnen wollte, mußte man einen schwindelerregenden Gipfel erklimmen. Das war ein steiler und steiniger Aufstieg, und wer sich nicht am Riemen riß, fiel in den Abgrund. Alma klopfte erregt mit dem Fuß auf den Boden und lauschte den Schreien, die aus der Bedienstetenkammer ins Wohnzimmer drangen. »Du hast kein Mitleid verdient«, sagte Alma, »wenn ich dich bemitleide, bleibst du ein seelischer Wurm und wirst niemals zur Wahrheit aufsteigen.«

Sie knallte verbittert den Buchdeckel zu, als das Schreien zu ohrenzerreißendem Kreischen anwuchs. »Ich kann dich nicht stillen, du zickiges Ding«, fauchte sie, »und deine Mutterkuh ist nicht zu Hause.«

Alma eilte zur Dienstbotenkammer am Flurende, wo sie auf der Schwelle erstarrte. Aus dem Wiegenkorb sprangen zwei Ratten und flohen zum Verschlag, den ein Vorhang vom Zimmer abtrennte. Und sie erkannte ein drittes Biest. Das hatte sich in der Kleinen verbissen und war zu gierig, um sich aus dem Staub zu machen. Erst als sie den Schleier vom Korb zerrte, nahm es Reißaus. Sie packte das blutende Kindchen und rannte zum Gartentor, wo sie um Hilfe rief und auf ein Fuhrwerk sprang, das sie zu Dehmel am Schloßgraben brachte.

Ludwig nagelte Bretter vors Loch in der Mauer, das es den Ratten erlaubt hatte, aus der Bedienstetenkammer ins Haus vorzudringen. Alma wies alle Schuld von sich. »Ich bin keine Kinderfrau«, sagte sie schroff zu Emilie, die neben der Stehlampe hockte, um Socken zu stopfen, »verschone mich mit deinen Blagen. Ich werde nicht mehr mit Alfred spazierengehen, der von Tag zu Tag bockiger wird. Ich bin zu anderen Dingen berufen, als deinem verzogenen Bengel Benehmen einzubleuen.« Emilie schwieg, legte Nadel und Faden beiseite und beugte sich hastig zur Wiege, in der

224

Konrads Schwesterchen wimmerte. »Ruhig«, sagte Emilie, »ruhig, mein Kind.«

Alma sonderte sich in den kommenden Monaten ab. Sie blieb in der Regel im Zimmer und las, mit besonderer Vorliebe im »Zarathustra« oder dem Spenglerschen Untergangsbuch. Es erregte sie, an diesem Untergang teilzunehmen, der vor Freiwalde nicht haltmachte. Ahrens- und Schollziegelei mußten schließen, als vereinbarte Zahlungstermine verstrichen und neue Bestellungen ausblieben. Knapp sechzig Mann waren arbeitslos, die als kummervolle Gestalten vorm Bierlokal lungerten oder sich mit den Kulis am Bahnhof erbittert um Koffer und Hutschachteln stritten. Laufend kam es zu Handgreiflichkeiten und Keilereien. Und das war erst der Anfang vom Ende. Jeske, der Rundholz zu Balken und Brettern schnitt, machte sein Werk an der Bleiche im Juli dicht, und Karl von Mohrs Kugellagerfabrik meldete im Oktober Konkurs an. Der Treibriemen und Fette verkaufende Palmann ging pleite, und bald folgte Fiebelkorns Tapisserieladen.

Wenn Alma nicht las, schrieb sie Briefe. Einer ging an den Schwager von Schulmeister Kannmacher, den sie als Geistesverwandten betrachtete. Alfred war an keinem Fehlschlag verzweifelt, mit eisernem Willen hatte er seine Ziele erreicht. »Ich will mich erhabenen Zwecken verschreiben, um dem faulen Morast dieser Welt zu entkommen«, schrieb Alma, »Sie kennen bestimmt eine Aufgabe, der ich mein einsames Leben vermachen kann.« Sie spickte den Brief mit Zitaten von Nietzsche, die sie als Eigenerfindungen ausgab, um in Alfreds Augen kein dummes Provinzhuhn zu sein.

Mehr als einen Schrieb seiner Vorzimmertippse erhielt sie nicht. Alfred sei leider im Ausland verhindert und werde erst Ende August wieder heimkommen. September, Oktober, November vergingen ohne eine Erwiderung Alfreds, und Alma, die halb entmutigt war und halb beleidigt, verzichtete auf einen zweiten Brief.

Seine Antwort war außerdem nicht mehr erforderlich. Sie hatte

Beistand vom Sielaffschen Schwippschwager und Apotheker aus Potsdam erhalten. »Du solltest dein Leben dem Menschen vermachen, der Deutschland von Elend und Schande befreien wird, und das ist kein anderer als Hitler.« Und er schickte der Nichte ein Buch mit dem Titel »Mein Kampf«.

Als sie sich in diese Seiten versenkte und von Hitlers Kampf gegen Dummheit und Feigheit las, dem Kampf eines einsamen Mannes, ergriff sie ein Schauder aus Lust und Bereitwilligkeit. Hitler wollte dem von seinen Feinden erniedrigten deutschen Volk wieder zu Ansehen verhelfen! Es sollte zum Herrenvolk werden und nicht mehr in Armut und Zwietracht versinken! Und wer hinderte Deutschland an seiner Bestimmung zur Weltherrschaft? Es waren diese ewigen Juden! Diesen Blutsaugern konnte nichts Schlimmeres passieren als ein einiges, starkes und wehrhaftes deutsches Volk. Hitlers Ziel war ein grausamer Rassenkampf und ein Eroberungskrieg gegen Rußland, mit dem sich das Volk neuen Lebensraum schaffen und den Bolschewismus im Osten zerschlagen sollte.

Alma rannte erregt zu Emilie ins Erdgeschoß, die Steinpilze anbriet und Kohlen in den Ofen warf und nebenbei mit Klein-Konrad Teekesselchen spielte. »Du kannst dir nicht vorstellen, was ich erlebt habe!« – »Und was hast du erlebt, Alma?« fragte Emilie, ins Bad wuselnd, wo sie verschissene Windeln auswusch und den Wasserhahn abdrehen mußte. »Ich lese und lese«, fuhr Alma fort, »und zwischen Hitler und mir kommt es zu einer chemischen Reaktion.« Sie folgte Emilie von Zimmer zu Zimmer und knuffte Klein-Konrad, der maulend am Rock seiner Mutter hing, um ein neues Ratewort bettelnd. »Ich werde in seine Bewegung eintreten.« Als Emilie zum rasselnden Telefon lief, schnauzte Alma: »Ich bin dir ein Klotz am Bein, richtig? Und was ich erlebe, schert dich einen Dreck!«

Am Nachmittag, als es am Bahnhofsplatz wieder zum Streit zwischen Kulis und Arbeitern kam, stapfte sie mit dem Hitlerschen Buch aus dem Haus. Vor der Sperre zum Reichsbahngebiet stieg sie auf eine Obstkiste. »Ein Herrenvolk sollte sich anders benehmen!« Murrend drehten sich Kulis und Arbeiter um. »Wir sind keine Herren!« schrie ein zahnloser Kohlenhauer, »mit deinen Benimmregeln kannst du uns kreuzweise!« – »Bist du etwa kein deutscher Mann?« wetterte Alma, »fließt Judenblut in deinen Adern? Wenn kein Juden- und Slawenblut in deinen Adern fließt, bist du von arischer Rasse. Ein arischer Mann ist zur Weltherrschaft ausersehen!« – »Was ein deutscher Mann ist, das wissen wir besser als du!« Alma trotzte den gellenden Pfiffen. »Wir sind ein arisches Herrenvolk«, kreischte sie. »Du willst ein Herr sein? Hast du einen Schniepel im Schritt oder was?« heulte einer. Kulis und Arbeiter johlten. Alma schwenkte verbissen das Buch Adolf Hitlers und redete gegen den Hagel aus Pferdemist, Steinchen und Erdbrocken an.

Am anderen Tag hetzte sie zur Apotheke, um Sielaff in Hitlers Ideen einzuweihen. Alma hatte sich zwischen dem Herrgott und Hitler entschieden. Hitler lebte und Gott war tot, das war das eine. Und was war dieser Glaube an Engel und Himmelreich verglichen mit Hitlers Idealen aus Eisen und Stahl? Er wollte ein herrliches, machtvolles Reich schaffen und Christus zur Rache an Judas verhelfen. Das mußte den Vater beeindrucken!

Verwirrt starrte Alma auf das Schild, das im Eingang hing. Warum hatte er seinen Laden verriegelt? Es war Donnerstag vormittag und keine Schließungszeit. Von Amtsrichter Dubski, dem Nachbarn, erfuhr sie, Sielaff habe bereits vor drei Tagen den Laden versperrt. Alma benachrichtigte einen Schlosser.

Es herrschte ein gasiger, fauler Geruch im Haus, das ansonsten blitzsauber und ordentlich wirkte. Seinen Namen rufend, lief sie von Zimmer zu Zimmer. Als sie die Luke zum Dachstuhl aufklappte, empfing sie ein wilder Gestank. In der blendenden Vormittagssonne war nichts zu erkennen. »Wo steckst du, was ist mit dir los?« rief sie wieder, bis sie mit der Stirn einen Gegenstand

227

streifte, eine Schuhspitze, die in der Luft hing. Sielaff baumelte von einem Dachbalken.

Alma verbrachte zwei Stunden mit dem in der knisternden Dachstuhlluft baumelnden Leichnam, fing Stuben- und Schmeißfliegen von seinen Schuhen, die sie voller Ekel zerquetschte. Vor der Ankunft von Dehmel, der Sielaff vom Dachbalken schneiden ließ und seinen Totenschein ausstellte, stieß sie auf einen Abschiedsbrief im Katechismus, der auf der Verkaufstheke lag.

Zu der Zeit, als er mehrere Reparaturen am Haus hatte vornehmen lassen, hatten sich seine Einnahmen mehr als halbiert. Er behalf sich mit einem Kredit, einem zweiten, bis er bei seiner Landwirtschaftsbank hoch verschuldet gewesen war. Neue Kredite bekam er nicht mehr. Schlomow hatte ein Darlehen verweigert, trotz Sielaffs Verwandtschaft zu Buchhalter Ludwig. Und bei der Raiffeisenzweigstelle Lauenburgs war es dem Vater nicht besser ergangen. Falls er seine Tilgungsfrist wieder nicht einhalte, hieß es in einem Schreiben der Landwirtschaftsbank, werde man seine Ware beschlagnahmen und Apotheke samt Wohnhaus versteigern.

Es war eine Ehrensache, aus diesem Leben zu scheiden, in dem er als Kaufmann versagt hatte. Und nie hatte er etwas anderes sein wollen als ein Kaufmann von preußischer Rechtschaffenheit. Mit seiner Wahl, einen Strick und kein Gift zu nehmen, hatte er dieses Versagen bestraft. »Was ich an Giften im Laden zur Hand habe«, schrieb er im Abschiedsbrief an seine Tochter, »ist nicht mehr in meinem Besitz, und an fremdem Eigentum werde ich mich nicht vergreifen.«

Im Januar versteigerte man Apotheke und Haus. Das brachte der Landwirtschaftsbank eine Summe ein, mit der Sielaffs Schulden bei weitem beglichen waren. Ein Guthaben von circa achttausend Reichsmark floß an seine Kinder, Emilie und Alma.

Emilie wollte vom Erbteil nichts wissen. Ohne zu zaudern trat sie es an Alma ab, denn es herrschte bereits dicke Luft in der Schulmeisterwohnung, was mit Ludwigs Stellung bei Schlomow zusammenhing. Emilies Verzicht konnte Alma nicht abhalten, wieder und wieder zu schimpfen: »Verantwortlich ist dieser drekkige Jude mit seinen Brillantringen an allen zehn Fingern, der unserem Vater ein Darlehen verweigert hat!«, wenn Ludwig vom Bankhaus in Schlawe nach Hause kam. Der nahm seinen Hut ab und zog seine Schuhe aus, stieg in bequemere Hauslatschen. Und wieder und wieder entgegnete er: »Und was ist mit der Lauenburger Raiffeisenzweigstelle? Haben die deinem Vater ein Darlehen bewilligt? Und Samuel Schlomow hat keine Brillantringe an seinen Fingern, das laß dir man sagen.« – »Und er hat keinen Pelzmantel!« spottete Alma, »und besitzt keine Automobile, nicht wahr?« Und zu Emilie sagte sie laufend: »Es war dieser Schlomow, der Vater ermordet hat. Und wenn Hitler zur Macht kommt, wird er sein Verbrechen bezahlen.«

Von den achttausend Reichsmark beanspruchte sie keinen Pfennig. Im Februar trat Alma der Hitlerpartei bei und nahm an den Versammlungen im Bierlokal teil. Sie erhielt einen Ehrenplatz neben dem Ortsgruppenleiter, Konrektor Pooch vom Kreisheimatmuseum, als sie mit sechstausend Mark ins Kempinsche Lokal kam, um sie der Partei zu vermachen. Alma hatte die Scheine im Strumpfband versteckt. Sie ließ sich von Maurer Masowski zum Plumpsklo begleiten, der vorm stinkenden Bretterhaus breitbeinig Wache schob, wo sie das Geld aus dem Gummiband zerrte. Als sie es im Lokal beim Kassierer ablieferte, brachen Schmiede und Zollassistenten, Schuhmacher und Metzger in Hochrufe aus.

Niemand sprach mehr von Alma als ranziger Jungfer. Kempins Lieblingsspruch: »Binde sie mir auf den Bauch und es wird nichts passieren«, war Vergangenheit. Alma stand hoch im Kurs bei Freiwaldes Bewohnern, die sich in wachsender Anzahl zu Hitler und seiner Bewegung bekannten. Wenn nationalsozialistische Gastredner anreisten, war bei Kempin bald kein Stehplatz mehr frei. Alma hing an den speichelnassen Lippen der Redner, die Hitler persönlich kannten und sein Vertrauen besaßen. Das war eine schwindelerregende Vorstellung! Und wenn sie im Laufe der Rede zum Wasserglas griffen, sprang Alma vom Stuhl hoch und streckte den Arm aus, um »Heil Hitler« und wieder »Heil Hitler« zu schmettern, und in der Bierkneipe tobte und toste es!

Sie erkannte im Publikum Buchbinder Hildebrandt, Baumeister Pirwitz mit seiner Familie, Stadtgasdirektor und Bahnhofsvorsteher. Und in einer Aprilnacht entdeckte sie den in der vorderen Sitzreihe lauschenden Priebe, der sich am Ende nicht scheute, »Heil Hitler!« zu schreien.

»Gott ist tot«, sagte Alma am anderen Nachmittag, als sie Prediger Priebe im Pfarrhaus besuchte. Er bewirtete Alma mit Bohnenkaffee und verknotete seine zehn Finger. »Gott kann nicht sterben, mein Kind, er ist ewig.« – »Ach was«, sagte Alma, »er ist eine menschliche Vorstellung. Wer zu Gott betet, hat keinen Mumm in den Knochen und richtet sich an einem Hirngespinst auf. Wir Nationalsozialisten verachten den Tod, wir marschieren mit Lust ins Verderben! Wir beten Rasse und Vaterland an, ein Himmelreich brauchen wir nicht mehr.« – »Das ist es ja, was mich begeistert«, entgegnete Priebe, »Gott hat unsere arische Rasse erschaffen, nicht anders als Erde und Wasser.« Und voller Behagen biß er in ein Schmalzbrot. »Und Juden und Neger«, erwiderte Alma scharf. »Ja, Juden und Neger, was willst du, mein Kind? Er hat niedrige Tiere erschaffen und herrliche, Sklaven und Herren, nicht wahr? Und wer sollen unsere Sklaven sein, wenn wir im Erdkreis regieren? Niemand anders als Juden und Neger!« – »Falsch«, sagte Alma, »von diesen verschlagenen Juden darf keiner am Leben bleiben.« – »Du hast recht«, meinte Priebe, der sich seine fettigen Finger ableckte, »wir sollten sie totschlagen.« Und als er Alma zum Gartentor brachte und mit einem Handkuß verabschiedete, sagte Priebe: »Gott wird dir verzeihen, mein Kind. Vergangene Nacht kam Er in meinen Traum, und du kannst dir nicht ausdenken, was Er mir anvertraut hat, im Herzen sei Er Nationalsozialist. Ja, im Herzen ist Gott Nationalsozialist!«

Was sie mit den restlichen zweitausend Reichsmark anstellte, verriet Alma nicht. Und es blieb Almas Geheimnis bis zu einem Januartag im Jahr '37. Sie legte ein Sparkonto an bei der Stadtbank von Stolp auf den Namen Paul Frohmann.

Diesen Paul Frohmann besuchte sie monatlich, klammheimlich, im Dunkeln, mit einem von Netzschleier oder Kapuze verborgenen Gesicht. Sie huschte zum Haus an der Westlichen Stadtmauer, wo er mit der vom Vater verlassenen Mutter und seiner kleineren Schwester – die wiederum von einem anderen Halunken abstammte – ein stickiges Untermietszimmer bewohnte.

Pauls Mutter arbeitete in einer Fischfabrik. In der nicht beheizbaren Kammer von dreizehn Quadratmetern herrschte ein traniger Fischgeruch, den Alma als qualvoll empfand. Wenn zehn Minuten vergangen waren, brauchte sie Frischluft und beeilte sich, wieder ins Freie zu kommen.

In der Vergangenheit hatte sie Paul Leckereien mitgebracht: Wurstkringel, Pfannkuchen und Schokolade, Zitronenlimonade und englische Drops. Ab und zu packte sie kniefreie Hosen, ein Hemd, ein Sandalenpaar aus. Alma setzte sich kurz auf den wackligen Stuhl – mehr als einen Stuhl gab es nicht –, streichelte Pauls wirren Schopf, stellte Fragen, die er scheu beantwortete. Er war sichtlich erleichtert, wenn er sich zu Mutter und Schwester aufs Bett verziehen durfte. Seine Mutter, die Alma mit Handkuß empfing und mit Handkuß verabschiedete, seufzte wieder und wieder: »Gott wird Sie belohnen, meine Dame. Wer gut ist wie Sie, wird vom Herrgott belohnt.« Und Alma entgegnete wieder und wieder: »Nein, nein, seinen Schutzengel darf man nicht loslassen. Und Sie wissen ja, Paul war mein Schutzengel, seinerzeit, als ich zum Sterben bereit war.«

Pauls Mutter vergaß Knicks und Handkuß zum Abschied, als Alma das Sparbuch aufs Bett legte. Versteinert betrachtete sie das mit Stempeln versehene Heft auf der fleckigen Decke, bis sie losschluchzte: »Kind, du bist reich.« Sie konnte sich nicht mehr beruhigen. Paul schmiegte sich an seine fassungslos weinende Mutter und kam nicht zu Alma, die sagte: »Außer Paul kommt kein Mensch an das Geld, wir verstehen uns. Und erst wenn er achtzehn ist, darf er es abheben.«

Am Sonntag stand Maurer Masowski, der mit Alma Sielaff verabredet war, vor dem Gartenzaun. Stellvertretender Ortsgruppenleiter war er, eine stramme, weißblonde Erscheinung. Trotzdem machte sich Alma nichts aus diesem Menschen, der sie zum Tanzball im Strandbadhotel einlud oder zu einem Ausflug im Kraftwagen, den er beim Automobilverleih mietete. Er wollte sie mitnehmen zum Schießplatz im Schlawewald, am Buckower Seeufer picknicken oder den Rummel in Lauenburg besuchen.

Alma hatte nicht vor, mit Masowski vertrauter zu werden. Sie konnte sich nicht einem Mann an den Hals werfen, der slawische Vorfahren hatte – was er idiotischerweise weit von sich wies. Außerdem war sie mit Hitler verheiratet. Das sprach sie nicht aus, Gott bewahre. »Ich bin mit der Bewegung verheiratet«, sagte sie lieber, wenn Masowski es wagte, sie an sich zu ziehen. Mit besonderer Vorliebe streichelte er Almas Knie, wenn sie nebeneinander im Kinosaal hockten und in der Wochenschau Hitler auftauchte. Vor Hitlers Augen vom Maurer befummelt zu werden, das war niedrig und ekelhaft. »Sie schamloser Mensch! Was erlauben Sie sich!« zischte Alma und sprang aus dem Klappsessel auf, um sich in eine andere Reihe zu setzen.

Maurer Masowski blieb stur. Er steckte Beschimpfungen und Grobheiten ein, ohne beleidigt zu sein oder aufzubegehren. Das konnte sie zur Raserei bringen. Es mußte sein Slawenblut sein, das zu kalt war und einen Riesen zur Knechtsseele machte, einer lauernden, triebhaften Knechtsseele. Alma gab Maurer Masowski den Laufpaß, als man dem Mann seine Aufgabe als stellvertretender Ortsgruppenleiter entzog.

Bald hatte sie einen anderen Verehrer, der gewiß keine polnischen Vorfahren hatte, knapp achtundzwanzig, SA-Mann und Schriftsetzer war. Er lebte bei seiner Mutter, die einen bescheidenen Hof in der Gegend von Zizow besaß, den sie alleine bewirtschafteten. Ein anziehender Kerl war er nicht. Er neigte zu Fettleibigkeit, besaß rotes Haar und ein schlechtes Gebiß. Rotes Haar konnte Alma nicht ausstehen und Riensbergs schadhafte Stummel waren abstoßend.

Sich zu verlieben, das lehnte sie ab. Alma wollte nicht wieder zur flachen Person werden, die sich im Alltag einrichtete. Sie hatte sich anderen Zielen verschrieben als einem behaglichen Leben zu zweit. Und was sollte sie auf dem Hof seiner Mutter? Zur Melkerin werden und Strohgarben binden? Was sie an Hans Riensberg besonders abscheulich fand, war dieser Stallgeruch, den er verbreitete. Es half nichts, wenn er sich mit Duftwasser einrieb und in seiner sauberen SA-Uniform mit Pistole im Halfter, straff sitzendem Leibriemen und Stiefeln aus blinkendem Leder vorm Gartentor einen Strauß Feldblumen schwenkte! Duftwasser, Feldblumen und Lederzeug kamen nicht gegen den Riensbergschen Stallgeruch an.

Mit einem Mann zu verschmelzen, das reizte sie nicht mehr, sie empfand nichts als Widerwillen bei dieser Vorstellung. »Meine Lebenserfahrung erlaubt es mir nicht«, sagte sie zu Emilie, »ich bin zu vergeistigt. Ich bin zu vergeistigt, um mit meinem Riensberg ins Bett zu fallen. Ich bin vollkommen frei vom Verlangen aus der Backfischzeit, das biologische Ursachen hatte. Und wenn man reifer ist, wird es zu Pflicht und Gewohnheit, nicht wahr?« Emilie, die sich im Garten mit Kresse versorgte, erwiderte nichts. »Es schaudert mich, wenn ich an fleischliche Lust denke«, sagte Alma, »den Austausch von Speichel und Schleim.« Emilie schnupperte schweigend am Kressebund. »Und sein Stallgeruch ist nicht zum Aushalten!«

Riensberg war anders als Maurer Masowski. Er erfrechte sich nicht, sie beim Walzer fest an sich zu ziehen. Er befummelte sie

nicht im Kinossaal, nie, und erst recht nicht bei Wochenschauauf-
tritten Hitlers! Er nahm eine strammere Haltung an, starrte ergriffen zur Leinwand und rieb seine schweißnassen Finger am Hosen-
bein ab.

Als SA-Mann war Riensberg ein Rauhbein. Er bedrohte Personen mit seiner Pistole, warf Scheiben ein und legte Feuer. Er hatte
verschiedene Verfahren am Hals und mußte sich wegen Mißhand-
lung und Menschenraub vor einem Lauenburger Richter verantworten. Mit seiner SA-Truppe hatte er einen kommunistischen
Werftarbeiter verschleppt und sieben Tage in einer verlassenen
Braunkohlengrube gefangengehalten.

Was Alma anging, war er scheu und befangen. Niemals stellte
er sie als Verlobte vor, was sich der andere, Masowski, erlaubt
hatte. Es fiel Hans Riensberg nicht ein, Alma Sielaff zur Mutter in
Zizow zu schleppen und vorzustellen. Er verlangte nichts, keine
Ermutigung und kein Versprechen.

Schulmeister Kannmacher schimpfte: »Warum lungert dieser SA-
Flegel dauernd am Gartenzaun?« Er nahm seine Mahlzeiten lieber
im Zimmer ein, um nicht mit Alma zusammenzutreffen, die er
vor seinem Freund Doktor Dehmel als »nationalsozialistische
Natter« bezeichnete. Nur am Sonntag, wenn Ludwig zu Hause
war, nahm er am Essen im Kreis der Familie teil.

Alma konnte sich niemals beherrschen, kein Ostseelachs und
keine Aalsuppe stimmten sie milder. »Man muß alle kranken Or-
gane beseitigen, die unsere Rasse bedrohen.«

»Immanuel Kant hat vier Rassen bestimmt«, wandte Schulmeister Kannmacher ein, »eine hochblonde Rasse im Norden Europas; eine schwarze, die reinrassig in Senegambia vorkommt; eine
rote, die sich in Amerika findet; eine vierte, die sich hindistani-
sche nennt und von olivgelbem Aussehen ist. Was ergibt sich aus
diesen Bestimmungen logischerweise?« verlangte er von seinem
Enkel zu wissen. »Sie ist kein Menss …«, stammelte Konrad und

stieß mit der Zungenspitze an seinen lockeren Milchzahn, »… sie ist eine nassi-anal-sossa-listisse Sslange.« – »Wovon sprichst du, mein Kind?« wollte Alma erfahren.

»Juden sind keine besondere Rasse«, beeilte sich Kannmacher fortzufahren, »das ergibt sich aus diesen Bestimmungen in logischer Deduktion. Und nicht anders ist das mit den slawischen Volksgruppen, die man der hochblonden Rasse zurechnen muß. Sind sie etwa olivengelb, schwarz oder kupferrot?« Er streckte den Arm aus, um Konrad am Ohr zu kraulen, der seinem Großvater aufmerksam lauschte.

»Ach was«, sagte Alma, »Kant ist eine taube Nuß. In der biologischen Welt geht es anders zu als in einer verstaubten Studierstube. Wenn eine Gattung nicht aussterben will, muß sie grausam sein und sich im Kampf mit den anderen Gattungen behaupten!«– »Ja, eine Gattung«, entgegnete Kannmacher lehrerhaft, »und Gattungen kann man nicht kreuzen! Bohnen vermischen sich nicht mit Kartoffeln, ein Flußbiber wird sich nicht mit einem Dachs paaren. Und was ist mit einem weißen Mann, der sich mit einer Indianerin zusammentut? Er zeugt einen Mulatten, na bitte. Wir leiten uns von einer Stammgattung ab, wir sind eine Familie, und die nennt sich Menschengeschlecht.«

»»Menschengeschlecht‹«, sagte Alma verbiestert, »dieses hohle Wort soll uns vom Abgrund ablenken, der wertvolles Leben von wertlosem trennt. Ein Untermensch kann nicht zum Herrenmenschen werden! Und wenn sich eine Herrenmenschenrasse erhalten will, darf sie nicht weichherzig sein.« – »Laßt uns in Frieden mit euren verqueren Ideen«, knurrte Ludwig, »ich will meine Suppe genießen.« Das ließ sich Alma nicht bieten. »Als Buchhalter solltest du wissen«, versetzte sie giftig, »was Irrenanstalten verschlingen. Man verschleudert Millionen und Abermillionen, um nicht heilbare Kranke am Leben zu halten. Wir sollten sie schließen, ruckzuck!« Emilie betrachtete Alma verwirrt. »Und was soll mit den Kranken passieren, mein Gott?« – »Die muß man vernichten, was sonst«, sagte Alma entschieden und schielte zum Schulmeister, der in seine Aalsuppe starrte und schwieg.

Bei einer anderen Gelegenheit stichelte sie gegen Leopold Kannmacher: »Warum Sie mir laufend mit Bastarden kommen, mit diesen ›Mulatten‹ und was weiß ich, kann man sich denken. Als Großvater, der einen Bastard zum Enkel hat …« – »Das verstehe ich nicht«, sagte Kannmacher aufrichtig, »Konrads braune Haut kommt von der Sonne!« – »Ich meine ja nicht seine braune Haut«, kicherte Alma, »ich rede vom Vater.« – »Und was soll mit mir sein?« fragte Ludwig. »Du bist es nicht«, sagte sie glucksend, »du bist nicht sein Vater. Wer sein richtiger Vater ist, steht außer Zweifel. Um das nicht zu erkennen, muß einer stockblind sein. Oder ein Esel, der schlicht zu vertrauensselig ist. Alfreds Ohren verraten es ja. Zu schweigen von Augen- und Kinnpartie. Wer mit Rassemerkmalen vertraut ist, dem kann man nichts vormachen!«

Ludwig erlitt einen Hustenanfall, und Emilie schluchzte: »Was tust du uns an!« Konrad rannte beunruhigt zum Spiegel im Korridor, um seine Ohren zu betrachten. Und Schulmeister Kannmacher, der seinen Steinbutt verzehrte, als sei nichts Besonderes passiert, sagte: »Rassemerkmale, das ist ja zum Schieflachen. Was haben Familieneinsprengsel bitte mit Rassemerkmalen zu tun?« – »Will niemand erfahren, wer sein richtiger Vater ist?« Alma weidete sich an der weinenden Schwester und Ludwigs verbissenem Schwagergesicht. »Das mußt du uns nicht erst verraten. Sein richtiger Vater bin ich!« sagte er mit Entschiedenheit – und vor seiner schneidenden Stimme verstummte sie lieber.

Konrad zuppelte aufgeregt an Almas Strickjacke. »Hast du nicht behauptet, du weißt, wer mein richtiger Vater ist?« – »Laß mich lesen«, erwiderte Alma verstimmt. »Es ist der Storch, nicht wahr, der auf dem Steintordach nistet?« – »Richtig«, sagte Alma. Drucksend blieb Konrad beim Schaukelstuhl stehen. »Und was ist mit Schlomow, ist der nicht mein richtiger Vater?« – »Kind!« sagte

236

Alma streng, »bist du von Sinnen? Du bist ein arischer Junge, verstanden? Deine Rassemerkmale beweisen es ja!«

Konrad rannte zur Mutter, die Zwiebeln kleinhackte. »Mama«,
keuchte er, »ich habe arische Ohren! Ein Kind, das der Storch
bringt, ist Arier, sagt Tante Alma.« Emilie wischte sich Augen und
Wangen ab und schob das Brett mit den Zwiebeln beiseite.

Eine andere Zeit

In den Jahren zwischen '27 und '33 trafen rund zwanzig Briefe im Ostseeort ein. Sie waren in der Regel an Schulmeister Kannmacher adressiert, mit drei Ausnahmen: zwei Briefen an Ludwig und einem an Emilie. Antwort erhielt Felix Kannmacher nie, was sich seinen Zeilen entnehmen ließ. Er bettelte regelrecht um eine Antwort.

Felix wollte vom Vater erfahren, was sein krankes Herz mache und ob er bei Mutter im Irrenhaus gewesen sei. Oder er beichtete, Heimweh zu haben, Wipper, Hafen und pommersche Seen zu vermissen, Seeschwalben, Flußbiber und sein im Duft von Lavendel und Flieder versinkendes Elternhaus.

Sein Heimweh verschlimmerte sich mit der Zeit, von Brief zu Brief wirkte er mutloser. Es war ein Fehler gewesen, sich von Victor Marcus Versprechungen locken zu lassen. In den ersten drei Monaten seiner Verbindung zur Witwe Giovanna Lopapa ließ Marcu sich von seiner Hochstimmung mitreißen. Wenn er von einer Verabredung heimkam, schwang er das Tanzbein zu Foxtrott und Tango, die aus dem Schalltrichter schepperten, und drehte mit Bubi im Herrenzimmer Straußwalzerrunden. Er weckte den Hausdiener, der italienische Schmachtfetzen anstimmen mußte. Oder er zog sich um Mitternacht splitternackt aus und ließ sich von Bubi mit eiskaltem Wasser begießen, und wenn er erfrischt war, marschierte er an seinen Steinway. Gelegentlich packte er Felix im Nacken, der mit trommelnden Fingern im Ohrensessel hockte und eine Chopin-Polonaise studierte. »Mach keine Faxen und komm ans Klavier, Kleiner. Du sollst ja ein strahlender Stern am Musikhimmel werden. Los, los, spiel mir deinen Chopin vor, ich platze vor Neugier!«

Seine blendende Laune hielt leider nicht an, was mit dem Versteckspiel zusammenhing, das Giovanna Lopapa dem Liebhaber abverlangte. Sie stammte aus einer Verlegerfamilie, besaß keine adligen Vorfahren und konnte es sich nicht erlauben, zum Gegenstand von Klatsch und Tratsch in der besseren Gesellschaft zu werden.

Sie verpflichtete Marcu zur Heimlichkeit, er durfte niemanden in seine Leidenschaft einweihen. Besuche am See waren strengstens verboten, außer wenn sie ein Essen veranstaltete und seine Gegenwart keinen Verdacht erregte. Um alleine zu sein, trafen sie sich in Absteigen, Stundenhotels und Spelunken mit Gastzimmern.

Ohne Verkleidungen ging das nicht ab. Marcu tarnte sich mit einem Schnauzbart, den er sich von Bubi Giurgiuca ankleben ließ, Giovanna Lopapa, die schwarzhaarig war, hatte rotblonde Locken, wenn sie sich in Civitavecchia oder Capranica trafen. Sie legten sich andere Namen und Lebensgeschichten zu, falls man sie aushorchen sollte – Giovanna hieß Elsa und Victor war Cesare –, und zogen Klamotten aus billigen Stoffen an. Sie reisten im Automobil bis Neapel und ließen es bei einem Bauern stehen, der sie mit seinem Karren zur Stadtgrenze brachte. Sie verbrachten zwei Tage in einer Matrosenpension, wo sie sich besinnungslos liebten, verfleckte Tapeten und schmieriges Bettzeug vergaßen, bis sie vor den verfressenen Wanzen Reißaus nehmen mußten.

Drei Monate machte er dieses Versteckspiel mit, das erregend und kurzweilig war. Erst als er von Bubi entwurmt und entfloht werden mußte, verfiel er in Unmut und Groll. Er schrieb einen Brief an Giovanna Lopapa, nichts sei ergreifender als eine »heilige Liebe«, er wolle sie nicht mehr verheimlichen. Sich in verlausten Pensionen zu verkriechen betrachte er – bei seinem Ruf! – als Beleidigung.

Giovanna antwortete prompt. Wenn er nicht einhalte, was man verabredet habe, werde sie sich ins Ausland absetzen.

Diese Nachricht traf Marcu ins Mark. Fassungslos las er sie wieder und wieder. Um nicht in Versuchung zu kommen, in sein Automobil zu springen und zu Giovanna zu brausen, ließ er sich von Bubi ans Bettgestell fesseln. Er wies seine Dienerschaft an, aus Bracciano eintreffende Briefe seien nicht in Empfang zu nehmen, und verlangte andauernd zu wissen, ob man eine Sendung beanstandet habe. Seine Freundin erwies sich als starrsinnig, zeigte keine Spur von Zerknirschung und Reue.

Marcu hielt sich zwei Wochen am Strand von Nettuno auf, um in der Mittelmeersonne zu braten und seine Seele zu reinigen. Sonnenverbrannt kam er heim und bereitete sich mit besonderem Eifer auf seine Konzertreise Ende Oktober vor. Einen Abstecher in seiner Heimat zu machen – außer in Budapest, Belgrad und Wien sollte er in der Moldaustadt Iasi auftreten – war eine Aussicht, die Marcu in selige Stimmung versetzte. Bubi Giurgiuca stand horchend im Herrenzimmer, rieb sich seine Finger und nickte begeistert. »Uns konnte nichts Besseres passieren als diese Geschichte«, vertraute er Felix beim Schachspielen an, »bereits in seiner Liebe war Victor ein Gott am Klavier. In Leiden und Schmerz bringt er es zur Dreifaltigkeit.« Bubi Giurgiuca bekreuzigte sich – und setzte nebenbei Felix schachmatt.

Mit Giurgiucas Begeisterung war es zu Ende, als ein Telegramm von Giovanna eintraf, das er nicht rechtzeitig abfangen konnte. Sie wollte zu Ehren eines Schriftstellers und Philosophen, der sich zur Zeit am Bracciansee aufhielt, ein Essen in kleinerer Runde veranstalten, und bat Victor Marcu mit herzlichen Worten, an dieser Geselligkeit teilzunehmen.

Er folgte der Einladung, ohne zu zaudern. Es fiel Victor Marcu nicht ein, seiner »Hure« und »Seelenvergifterin« zu widerstehen. »Sie ist mir verfallen«, sagte er zu Giurgiuca, der aufgeregt an seinem Ziegenbartzipfel riß und Marcu als liebeskrank, sklavisch und ehrlos beschimpfte, »sie kann nicht ohne mich leben, mein Gott. Soll ich sie aus Stolz in den Tod treiben?« Er holte zwei Tausender aus seinem Strahltresor, die er im Juwelierladen ausgeben wollte, und brach zum Bracciansee auf.

Bis zum Morgengrauen war er nicht wieder zu Hause, und am Vormittag telefonierte Giurgiuca mit einem der Diener Giovanna Lopapas, der nicht wußte, wo sich seine Herrin befand. Das konnte sich Bubi ja denken. Beide mußten sich heimlich verabredet haben, trieben es in einer Absteige oder an einer verschwiegenen Stelle im Wald.

Als Marcu zur Mittagszeit wieder am Tiber eintraf, war er von besorgniserregender Lustigkeit. Er sprang in den Seerosenteich zwischen Palmen und Pinien, ohne erst aus seinem Anzug zu steigen, und half dem Chauffeur, der ein Rad wechseln mußte. »Paß auf deine Finger auf!« warnte Giurgiuca schrill, und Marcu erwiderte: »Bubilein, sie sind versichert. Wenn ich sie mir breche, bekommen wir Millionen.«

Am anderen Tag wollte er seine Konzertreise absagen. »Bist du von Sinnen?« keifte Bubi Giurgiuca, »soll ich deiner idiotischen Launen wegen Strafe zahlen? Es kostet Geld, wenn wir unsere Vertragspflicht verletzen! Du setzt deinen Namen aufs Spiel, nimm Vernunft an!« – »Du irrst dich«, entgegnete Marcu, »es sind keine Launen, es sind meine Lenden. Und Lenden kennen keine Vernunft. Wenn du Giovanna bewegen kannst, uns zu begleiten, steht unserer Abreise nichts mehr im Weg.« – »Das ist Erpressung«, erwiderte Bubi. Er ließ sich vom Diener den Ziegenbart stutzen und zog seine saubersten Sachen an, um mit der Contessa zusammenzutreffen.

Eine Stunde vor Mitternacht war er zu Hause. »Na, was ist?« wollte Marcu erfahren, »wenn du es vermasselst hast, bring ich dich um!« Beunruhigt stupste er Bubi Giurgiuca an, der keine Anstalten machte zu reden und mit seinen Fingern ins Leere griff, als er sich seufzend am Bart reißen wollte.

Schlagartig brach er in schallendes Lachen aus. »Sie ist eine harte Verhandlerin«, keuchte er, »und du weißt ja, ich liebe es, hart zu verhandeln.« – »Wenn du nicht mehr liebst als das«, fauchte Marcu, halb mißtrauisch und halb erleichtert.

Victor Marcu, Giurgiuca und Felix bestiegen am anderen Tag einen Zug, der bis Budapest dampfte. Und in diesem Zug saß – aus Zufall! – Giovanna Lopapa, die Budaer Burgviertel, Gellert-Berg und Donauinseln besichtigen wollte. Es kam zu einer Zufallsbegegnung im Speisewagen, wo man sich gegenseitig beteuerte, aus allen Wolken zu fallen. Man aß Gulasch und sprach saurem Ungarwein zu, und Giovanna Lopapa schwor hoch und heilig, am anderen Tag Marcus Konzert zu besuchen.

Bubi teilte sich eine Kabine mit Victor, eine Vorsichtsmaßnahme, die weitsichtig war. Wiederholt wollte Marcu zum Gang tappen, um sich zu seiner Giovanna zu schleichen, was allen Vereinbarungen widersprach.

Wenn sie in der Pester Hotelhalle wieder Giovanna Lopapa begegneten, war das, versteht sich, ein lustiger Zufall. Marcu und seine Begleiter bezogen drei Zimmer im sechsten Stock, die miteinander verbunden waren, Aussicht auf Donau und Burgviertel boten. Giovanna Lopapa bewohnte ein mehr als bescheidenes Zimmer im ersten Geschoß. Bubi Giurgiuca bezahlte es ja, und Bubi Giurgiuca war geizig, besonders bei absolut sinnlosen Ausgaben. »Sie haben Abstand verlangt«, sagte Bubi schlau, als sie sich zischelnd beschwerte, »ich wollte nichts als unsere Abmachung einhalten. Oder sollte ich Sie in den Keller verbannen?«

Felix kam in diesen Tagen ins Schwitzen. Dauernd rannte er von einem Stockwerk zum andern, um Marcus Kassiber zu schmuggeln, die Giovanna postwendend beantworten mußte.

Er huschte ins Zimmer Giovanna Lopapas und kippelte mit halber Arschbacke auf einer Fußbank vorm glutheißen Ofen. Sie scherte sich nicht um den klaffenden Morgenrock, wenn sie am Schreibtisch drei Zeilen aufs Hotelpapier kritzelte, und benahm sich, als sei sie alleine im Zimmer. Sie war anziehend, begehrenswert, makellos!

In der Regel verhielt sie sich freundlich zu Felix, seine pommersche Eckigkeit fand sie erheiternd. Er kam aus einer rauhen, entlegenen Gegend und war in den Augen Giovannas ein halber Barbar. Beleidigend fand er das nicht. Es handelte sich nicht um Hochmut und Anmaßung, Contessa Lopapa war keine verstiegene Gans. Sie kannte sich aus in Theater und Oper, Naturwissenschaften und Philosophie.

Er empfand keinen Widerwillen gegen Giovanna, verehrte sie – heimlich und aus der Entfernung. Und wenn sie seine schielende Aufmerksamkeit nicht bemerkte und Felix als besseren Diener behandelte, durfte er sich nicht beschweren! Was war er sonst als ein Laufbursche, wenn er mit Liebeskassibern von Stockwerk zu Stockwerk marschierte!

Marcu war nicht bei der Sache, als er im Konzertsaal von Budapest spielte. Er zwinkerte ewig zur Loge Giovannas hoch, die beide Augen abschirmte und sich vor Verlegenheit tiefer im Sessel verkroch. Seine Zerstreutheit bezahlte er mit einem Patzer in Beethovens »Waldsteinsonate«, bei dem ein tadelndes Raunen von Reihe zu Reihe ging, das seine Stirnadern anschwellen ließ. Er wollte nichts anderes mehr, als ans Ende zu kommen, und hetzte zum letzten Akkord. Es hagelte Buhs, als er von seinem Schemel sprang und ohne Verbeugung im Vorhang verschwand.

Als sie im Taxi zum Pester Hotel brausten, jammerte Bubi Giurgiuca: »Wir machen bankrott. Du wirst uns in den Ruin treiben mit deinen Lenden.« – »Ich ruiniere uns?« wetterte Marcu, »von wegen! Kriech in den Schoß deiner Mutter, ţiganule!, und beschwer dich bei diesen Hunnen. Wußtest du das?« wandte er sich mit kratziger Stimme an Felix, »sie sind ein barbarisches Reitervolk, das ohne Sattelzeug auskommt. Sie reiten auf Fleischfladen, rohen und sehnigen Fleischfladen, um sie genießbar zu machen. Diese aus der Uralgegend stammenden Ungarn sind halbe Mongolen, und was sollten Mongolen von Musik verstehen! Und sie sind unsere erbitterten Feinde, Transilvaniens wegen, das wieder bei uns ist! Ich bin nichts als ein Opfer des nationalistischen Wahns!«

Im Morgengrauen reiste Giovanna Lopapa ab und bestieg einen Schnellzug in Keleti pu. Sie traf diese Entscheidung allein, es bedurfte nicht erst Bubis dringender Bitten.

Seine Beteuerungen halfen Giurgiuca nichts. »*Du* bist verantwortlich«, zeterte Marcu, »*du* hast meine Freundin vertrieben. Mit diesem lumpigen Zimmer im ersten Stock und deiner kleinlichen Eifersucht. Du kannst neben dir keinen anderen Menschen ertragen, das ist es, du willst meine Seele besitzen!« Und er schwor, wenn Giovanna sich abwende, werde er Bubi Giurgiuca entlassen!

Seine Konzerte in Belgrad und Wien waren Riesenerfolge, die den Reinfall von Budapest wettmachten. Im heimischen Iasi, das im Schnee versank, hallte es wider von bimmelnden Schlitten und raunendem Singsang, der aus der Erzbischofskirche ins Freie drang. Und im Nachtdunkel, zwischen den wirbelnden Schneeflocken, schwankten hundert Laternen zum Hotel. Im Mantel aus Wolfspelz und mit einer Bisamfellkappe trat Marcu auf seinen Balkon, um dem Menschenauflauf in der Tiefe zuzuwinken, der Hochrufe und patriotische Lieder anstimmte. »Das ist mein ernstes und leidendes Heimatland«, sagte er mit einem Anflug von Schwermut, »in dem ein Feuer glimmt, das nie verlischt.« – »Es war eine lohnende Reise«, bemerkte Giurgiuca und schloß seine Stahlkasse ab, die er zwischen Matratze und Bettrost versteckte, »und wenn du dem Metropoliten ein Geldgeschenk machen willst, kann ich nicht nein sagen. Unser Seelenheil soll nicht zu kurz kommen, nicht wahr?«

Marcu warf seine Absicht, drei Tage in Iasi zu verbringen, am anderen Vormittag um. Ohne Giovanna Lopapa hielt er es nicht aus. Er sagte seine Verabredungen ab – eine Ehrenmedaillenverleihung im Rathaus, ein Essen im Metropolitenpalast –, und am Nachmittag hockten sie bibbernd im eiskalten Schnellzug.

In den kommenden Monaten lebte er wieder und wieder in fiebriger Anspannung. Wenn er nicht mehr zum Versteckspiel bereit war und vor der Hauptstadtgesellschaft bekennen wollte, mit Giovanna Lopapa zusammen zu sein, machte sie sich aus dem Staub, um dem Mann zu entkommen, der sie mit seiner rasenden Liebe verfolgte. Sie besaß eine Villa in Pietra Ligure, einen Palast in Venedig und zahlreiche Landsitze zwischen Kalabrien und der Toskana.

Wenn sie abtauchte, brach Victor Marcu zusammen. Er hielt sich von allen Gesellschaftsereignissen fern, vor Besuchern ließ er sich verleugnen. Tage um Tage verbrachte er an seinem Steinway und legte beim Spielen eine Strenge und Kraft an den Tag, die zu seiner schlurfenden Jammergestalt, zu Stoppelbart und verwirbeltem Haarschopf nicht paßten. Er schmolz seinen Kummer in reine Musik um.

Zu einer Klavierstunde kam es nicht mehr. Ob er selig war oder vor Kummer verging – er war zu besessen, um an sein Versprechen zu denken. Nachts setzte er sich zu Felix ans Bett, um Geschichten vom Schafhirten Pressel zu lauschen und sich seine Schlaflosigkeit zu vertreiben.

Um sein krankes Herz zu erleichtern, brach er in Beschimpfungen gegen Italien aus, das von einem verschlagenen Volksstamm bewohnt werde. »Dieser von Dumpfheit befallene Menschenschlag, der Weisheit und Mut seiner Ahnen verspielt hat. Eine Meute aus Feiglingen, die nichts als Theater spielt. Und dieser blutige Affe, der sich Mussolini nennt, ist der Direktor im Schmierentheater!«

Oder er sprach vom Trost, den er in einer Bachschen Fuge fand. »Denke an diesen Modulationswechsel! Ein Thema, das tief und verzweifelt klang, kann sich zu strahlendem Singen erheben. Eine geringe Verschiebung, ein wechselndes Vorzeichen, und wo nichts als Schmerz war, herrscht schwindelerregende Heiterkeit. Vom Kummer zum Trost ist es nichts als ein winziger Schritt! Weißt du, was Musik vermag?« wollte er wissen, und Felix verneinte mit klopfendem Herzen, »sie erschafft eine andere Zeit. Sie entwickelt

sich erst im Vergehen, nicht wahr? Sie entwickelt sich erst im Vergehen und bringt es zum Stillstand! Musik ist verfließende Zeit,
die zu Gegenwart wird. Zu einer schwebenden Gegenwart, an der
nichts Hartes und Stoffliches ist.«

Er tappte zur Spanischen Wand, die er fuchtelnd umrundete.
»Und in dieser Gegenwart herrschen Gesetze, die von atemberaubender Klarheit und Strenge sind. Sie kennen keinen Zufall, der
sie außer Kraft setzen kann. Du wirst mir antworten, das sei halt
Mathematik, das seien logische Zahlenbeziehungen. Bitte, ich
leugne es nicht, es sind Zahlenbeziehungen! Und was bringen sie
zum Erklingen? Kalte Formeln und witzlose Gleichungen? Nein.
Was sie zum Erklingen bringen, sind unsere Seelen, unsere tief-
sten, verworrensten Regungen. Ist das nicht ein schwindelerregen-
der Widerspruch? Logische Zahlenbeziehungen verleihen unseren
Seelen eine singende Stimme – unseren Seelen, die nicht logisch
sind und sich dem kalten Verstand entziehen. Musik ist eine andere Zeit!« wiederholte er, nahm seine Petroleumlampe vom Nacht-
tisch und warf einen schwankenden Schatten zur Decke.

Mit diesen Bemerkungen konnte er Felix in Bann schlagen.
Leider schwatzte er lieber von anderen Dingen oder las Briefe aus
Bukarest vor. »Wann besuchst du uns endlich?« schrieb Tanti Ca-
tinca, »dein Kind hat dich nie zu Gesicht bekommen.«

»Meine Tanti ist schlau«, fauchte Marcu, »wenn sie mir ein
schlechtes Gewissen macht, will sie mehr Geld kassieren.« Erst als
Catinca zu Drohungen griff und beabsichtigte, an den Tiber zu
reisen, pfiff er Bubi Giurgiuca an: »Pack meine Koffer!«

In einer heißen Augustnacht, als sie zwischen Pinien und Palmen am Seerosenteich hockten, weinte sich Felix bei Bubi Giurgiuca aus. »Ich werde mich bald von euch trennen«, sagte er. Bubi
wedelte sich mit dem Ziegenbart Luft zu. »Du willst dich von uns
trennen?« meinte er, »na, das tut mir ja leid.« Was diese Nachricht
bei Bubi in Gang setzte, ließ sich an seinen Kieferbewegungen erkennen: Er stellte Berechungen an. Er rechnete aus, was er einspa-

ren konnte. Und als es eine bescheidene Summe war, zeigte er echtes Bedauern.

»Und warum?« wollte Bubi erfahren, »zerreibt dich dein Heimweh? Vom Heimweh kann ich dir ein Lied singen. Mir fehlen Cişmigiupark und Calea Victoriei, meine Freunde im Capşa und unsere Frauen – unsere sinnlichen, erdigen Frauen! Sie sind hingebungsvoller als diese verkniffenen katholischen Weiber, mein Junge. Wenn ich es mit einer der hiesigen Huren treibe, kommt es mir vor, als ob ich einen Beichtstuhl betrete!« Er warf seine glosende Kippe ins Wasser, die mit einem Zischen erlosch.

»Oder«, sagte er, schlagartig mißtrauisch werdend, »willst du in ein weicheres Nest fallen? Hast du einen anderen Dussel entdeckt, der bereit ist, dich mit seinem Geld auszuhalten?« – »Nein«, erwiderte Felix, »es hat keinen Zweck mehr. Victor wollte mich zum Pianisten ausbilden, doch er findet nie Zeit, mir Klavierunterricht zu erteilen. Und ich bin bereits vierundzwanzig.« – »Das ist normal«, sagte Bubi Giurgiuca, »was Victor am Vortag beteuert hat, ist heute nichts wert. Von einem Gott zu verlangen, sich an Regeln zu halten, ist mehr als vermessen und dumm. Es ist sinnlos.« Das paßte zu Bubi, der fuchsteufelswild werden konnte, wenn andere Leute sich anmaßten, Marcus Verhalten in Zweifel zu ziehen. Wenn einer das durfte, war er es, und niemand sonst.

»Ich darf keine Zeit mehr verlieren«, sagte Felix mit kleinlauter Stimme, als Bubi sich wieder beruhigt hatte. »Du bist ja bereits vierundzwanzig«, erwiderte Bubi ironisch. »Ja«, antwortete Felix, »wenn man Pianist werden will, ist das reichlich alt. Und außerdem weiß ich nicht, ob er es ernst meinte, als er sagte, ich sei hochbegabt.« Seinen Verdacht sprach er lieber nicht aus. Marcu neigte zu Urteilen, die sich seinen Launen verdankten, sie waren keinen Pfifferling wert. Er liebte es, Menschen zu schmeicheln und ihnen Honig ums Maul zu schmieren – keiner beherrschte das besser als er –, wenn er bezweckte, sie an sich zu binden. »Er mag dich«, entgegnete Bubi, »was willst du? Und ob er es ernst meinte, kann ich nicht sagen. Er hat mir niemals verraten, was er von dir denkt. Und das ist ein Beweis seiner Zuneigung.«

Um den Seerosenteich brannten Fackeln, die knisternd Insekten und Falter verschlangen. In der dunstigen Luft sangen Grillen, und Bubi, der in seine Wassermelone biß, wischte sich schmatzend den Fruchtsaft vom Kinn. »Eines kann ich dir sagen: Er wird es dir nie verzeihen, wenn du ohne sein Wissen Reißaus nimmst.« – »Und meinst du, er wird es erlauben?« – »Nein«, sagte Bubi, »das kannst du vergessen«, und schleuderte seine Melone ins Wasser.

»Sag rechtzeitig Bescheid«, meinte er, als sie schlafen gingen, »ich kann dir Geld leihen, wenn es erforderlich sein sollte. Keinen Riesenbetrag«, fiel er sich vorsichtshalber ins Wort, »außerdem muß ich dir Zinsen berechnen, als Deutscher verstehst du das: Ordnung muß sein. Und ich werde mir eine Entschuldigung ausdenken, mit der ich Victor beschwichtigen kann.«

Bald war Felix am Tiber allein. Marcu konnte sich von seiner Tochter nicht losreißen, wollte in Bukarest bleiben. Bubi blieb keine andere Wahl, als sich in einen Zug zu schwingen, um rechtzeitig beim Pianisten zu sein, der in drei Wochen zu Rundfunkaufnahmen und einer Konzertreise aufbrechen mußte.

Anfang September ließ er seinen Steinway abholen. Es war Marcu lieber, mit seinem Instrument aufzutreten, als an fremden Klavieren Konzerte zu geben, und in der Regel nahm er seinen Steinway mit, wenn es nicht zu teuer und aufwendig war. Und teuer war diese Verschiffung nicht, was er seinem Reederbekannten aus Braila verdankte, der Anteile an einer Mittelmeerflotte besaß, die zwischen Genua, Athen und Constanza verkehrte.

Fassungslos hockte Felix im leeren Musikzimmer, als man den Steinway zum Lastwagen schleppte, der vor der Freitreppe stand. In nichts unterschied sich sein Kummer von dem zu Hause erlebten, als das Klavier seiner Mutter verstummt war.

Und wenn er es nicht besser verdient hatte? Er hatte versagt, als

248

sein Bruder ertrunken war, und sich mitleidlos zu seiner Mutter benommen, der am Ende dem Irrsinn Verfallenen! Und mit seiner Flucht vor der Doppelhochzeit Emilie, Ludwig und Alma verraten!

In der kommenden Nacht hatte er einen Traum. Er saß wieder im Kirchenschiff von St. Marien, in der harten, sein Hinterteil marternden Holzbank, und lauschte dem tobenden Prediger Priebe, der sich schlangenhaft über den Rand seiner Kanzel wand. Priebes Gesicht schwebte geifernd vor seinem. »Man muß wertvolles Leben von wertlosem trennen. Und kein Leben in unserer Gemeinde ist wertloser als das vom Schulmeistersproß Felix Kannmacher. Sein Leben ist nutzlos, und Nutzlosigkeit ist ein Aussatz, an dem man sich anstecken kann«, heulte Priebe, »verstoßt diesen Menschen aus unserer Stadt, unserem starken, erwerbsamen pommerschen Heimatland!« Es donnerte von Liebherrs Orgelempore, und an seine Stirn knallten Stopfeier.

Schweißbedeckt schreckte er hoch. Ein Gewitter entlud sich am Himmel der Ewigen Stadt, es knallte und krachte zum Ohrenzerreißen, und aus dem Park, der sich peitschend im Sturmwind bewegte, flogen Pinienzapfen und -zweige ins Zimmer.

Seine Mahlzeiten mußte er ohne Gesellschaft einnehmen. Von seinem Vorschlag, zusammen zu essen, wollten Diener und Gartenarbeiter nichts wissen, die lieber am Hintereingang auf den Steinstufen Platz nahmen, beschattet von Efeu und Weinlaub. Mit den Fingern im Topf grabend, schnatterten sie ohne Pause, und Felix beneidete sie um den lustigen Trubel.

Er studierte Klaviernoten, bis seine Augen zu brennen begannen und er abbrechen mußte. Er spielte Schach oder Billard, um sich zu zerstreuen. Was er an Lesestoff aus dem Regalschrank im Herrenzimmer holte, war albern und langweilig. Er gab es bald auf, diesen Schauergeschichten und Liebesschmonzetten zu folgen. Die von Marcu bevorzugte Literatur war in Sprachen verfaßt, die er nicht beherrschte, und Bubi Giurgiucas zerfledderte Ausga-

249

ben – er kramte sie aus einer Truhe beim Bett – erwiesen sich als pornographische Schriften. Sein erster Widerwille legte sich bald. Nachts schlich er in Bubis Schlafzimmer, um wieder ein Buch aus der Truhe zu nehmen, das er erregt und begierig verschlang. Um so wertloser kam er sich vor!

Und er hatte kein Geld, keinen lausigen Pfennig. Bubi Giurgiucas Pakete aus Geldscheinen schlummerten sicher im Strahltresor, der sich im Erdgeschoßzimmer befand.

Stundenlang ging er am Tiber spazieren und starrte ins schlammige Wasser. Er streunte um Thermen- und Tempelruinen, lernte lateinische Inschriften auswendig. In den sich verzweigenden Gassen floh er vor der glutheißen Vormittagssonne in schattige, Weihrauchduft atmende Kirchen.

In einem Gotteshaus konnte er sich nicht beherrschen. Er stapfte zur Orgel hoch, die nicht verschlossen war, und warf sich aufs klappernde Tastenbrett. Einen elektrischen Antrieb besaß sie nicht. Er sang sich sein Bachsches Choralvorspiel vor, bis ein rundlicher Priester auftauchte, der Felix mit zwinkernden Augen betrachtete. »Du treibst keine gottlosen Scherze, nicht wahr?« sagte er und marschierte zum Blasebalg.

Als Felix benommen dem verklingenden Schlußakkord lauschte, klopfte es zustimmend auf seine Schulter. »Wenn du bei uns spielen willst«, keuchte der Priester, der sich mit der Hand seinen Schweiß von der Stirn wischte, »bist du willkommen, mein Sohn.« Es sei nicht schwer, einen Bengel zu finden, der zum Blasebalgtreten bereit sei. »Du mußt nichts als einen Brotkanten mitbringen, an dem er nagen kann.«

Erst beim Abschied vorm Kirchenportal kam dem Priester von Sant'Agostino ein schlimmer Verdacht. »Oder bist du evangelisch, mein Junge? Wenn du evangelisch bist, mußt du verzichten. Sonst verunreinigst du meine Kirche. Sag mir bitte, du seiest im katholischen Glauben erzogen, und wir bleiben bei unserer Abmachung.«

Es stand fest, Bertha war einem Irrtum erlegen. Sie hatte im Spinnennetz aus schwarzen Strichen am Boden nicht Schulmeister Kannmachers Lauser erkannt, der als Erwachsener von einem Konzertsaal zum anderen reist. Sie hatte Felix verwechselt, und es war nicht schwer zu erraten, mit wem. Vom Abglanz, der von Victor Marcu auf Felix fiel, hatte sich Hexe und Heilerin Bertha verwirren lassen. Und bei einer pommerschen Korbmacherwitwe, die zwischen Kuhmist und Fledermausschatten zu Hause war, konnte man diesen Irrtum verstehen!

Es war Ende November, als Marcu und Bubi Giurgiuca am Aventin eintrafen. Beide waren sie blendender Laune, und Marcu, der einen Brief von Giovanna Lopapa vorfand, sprang ohne zu zaudern ins Automobil. »Warum hast du den Brief nicht zerrissen, du Dummkopf?« knurrte Bubi Giurgiuca, als er sich mit Felix vorm Schachbrett im Herrenzimmer niederließ.

Erst im Januar kam es zum irreparablen Bruch zwischen Marcu und seiner Contessa, die er mit seinen Heiratsabsichten verschreckte. Sie lehnte es ab, sich zur Ostkirche zu bekennen, wollte nicht in ein barbarisches Land ziehen und mit knapp zweiundzwanzig zur Stiefmutter werden. Diese Weigerung fand Marcu besonders verletzend. Und als sie bei einem Besuch am Bracciansee seine extra angefertigten Ringe ins Wasser warf, war es mit seiner Beherrschung zu Ende. Er versetzte Giovanna Lopapa zwei schallende Ohrfeigen und versprach, nie mehr wiederzukommen.

Er machte sich rar in der Ewigen Stadt. Im Februar brach er mit Bubi zu Gastspielen im fernen Amerika auf. In Paris stiegen sie aus dem Zug in ein Luftschiff um, mit dem sie bis Lakehurst im Staate New York schwebten – das war der Zeppelin, den Bertha Sims in den Strichen am Boden entdeckt hatte, wettete Felix.

Wiederum blieb er am Tiber allein, und das war Bubi Giurgiucas Schuld, der sich diese »vollkommen sinnlosen Kosten« erspa-

251

ren wollte, die ein zweiter Begleiter verursachen mußte. Auswendig sagte er Summe um Summe auf, die Marcus Liebesbeziehung verschlungen hatte. »Du verbrennst unser Geld ohne Sinn und Verstand«, sagte Bubi und zerquetschte vor Eifer und Mißmut ein rohes Ei. Von den an Giovanna Lopapa verplemperten Summen beeindruckt, verzichtete Marcu auf seine Idee, Felix mitzunehmen.

Bubi wollte nicht knickrig und hartherzig wirken. Er sprach von einem Briefumschlag mit etwas Taschengeld, den er Felix am Reisetag zustecken wolle, was er im Kuddelmuddel beim Aufbuch vergaß.

Felix verpaßte es wieder und wieder – aus Zuneigung, Feigheit und Scham –, sich von Marcu zu trennen, der lustlos und maulend seine Konservatoriumspflichten aufnahm, als er Ende April aus den Staaten heimkehrte. Marcu begann sich zu langweilen in dieser Stadt – und in einer Gesellschaft, die eitel und engstirnig war. Er fand es beleidigend, nie eine Einladung von Mussolini erhalten zu haben, und wollte vom blutigen Affen empfangen werden. »Das bin ich meinem Ruf schuldig«, teilte er Bubi Giurgiuca mit, der seine sechs Eier trank und keinen Widerspruch einlegte.

Stur und beharrlich verfolgte er diesen Plan, nahm an faschistischen Kundgebungen, Trabrennen, Theater- und Opernpremieren teil, um mit Personen von Einfluß zusammenzutreffen, Diplomaten, Parteibonzen, namhaften Schauspielern. Wenn er Fortschritte bei seinem Vorhaben machte, boxte er Felix begeistert vors Brustbein und zerrte am Ziegenbart Bubi Giurgiucas – und wenn sich wieder ein Hindernis auftat, an dem eine bevorstehende Einladung scheiterte, brach er in Mussolinibeschimpfungen aus.

»Er ist nichts als ein schwulstiger Angeber, sage ich euch! Und ein richtiger Herrscher muß milde und klug sein, er darf seine Gegner nicht grausam verfolgen. Das werde ich diesem Kerl ins

Gesicht sagen.« – »Wer wird grausam verfolgt?« wandte Bubi Giurgiuca ein, »Anarchisten und Diebe, ja, hat er nicht recht? Er will aus einer wachsweichen Masse ein stahlhartes Volk brennen und kann halt nicht zimperlich sein.« – »Du solltest bei deinen Zahlen bleiben, Bubi, und dich nicht in Dinge einmischen, von denen du nichts verstehst«, Marcu schwenkte den Billardstock gegen Giurgiuca, »im Konservatorium haben sie bereits zwei Studenten verhaftet, die spurlos verschwunden sind. Das waren keine Diebe, kann ich dir versichern, es waren ein Geiger und ein Posaunist. Und wenn ich dem blutigen Affen begegne, werde ich mich erkundigen, wann er sie freilassen will.« – »Das laß lieber bleiben«, versetzte Giurgiuca, »sonst kommen seine Schwarzhemden in unser Haus und sacken am Schluß meine Kasse ein.«

Im Oktober erhielt er ein Einladungsschreiben. Außer um seine Gesellschaft beim Essen bat man um ein kleines Konzert aus Scarlatti-Sonate und Verdi-Musik. »Es ist nicht zu fassen. Ich soll diesen Schmierenschauspieler mit Verdi unterhalten!« Es kam zu Verhandlungen mit Mussolinis Kanzlei, die sich als endlos und schwierig erwiesen und ohne Ergebnisse blieben. Erst wollte Marcu nicht auftreten – was man mit einer Ausladungsdrohung beantwortete. Verdi zu spielen, das lehnte er ab und machte den Vorschlag zu einer Tschaikowsky-Sonate. Verdi durch einen Russen ersetzen zu wollen, das war eine schwere Entgleisung, die den Protokollchef zu eisigem Schweigen veranlaßte. Bald traf eine Karte mit Marcus Konzertprogramm ein, das er angeblich zu Ehren Mussolinis gab und das aus Scarlatti-Sonate und Verdi-Musik bestand. »Er ist ein blutiger Affe, ich sagte es ja«, meinte Marcu und knirschte mit seinem Gebiß, als er sich ins Automobil setzen mußte, das, besetzt mit zwei Uniformierten, vorm Hauseingang hielt, um den Pianisten zur Villa Torlonia zu bringen.

Von seinem Wortwechsel mit Mussolini verriet er nichts, als er um Mitternacht wiederkam, und konnte nicht mitteilen, was mit Posaunist und Geiger vom Konservatorium passiert war. »Sei nicht zu vorlaut«, verwarnte er Felix scharf, der sich zu erkundigen wagte, ob sie mit einer baldigen Freilassung rechnen konnten, »ich bin Pianist, und mit Politik habe ich nichts am Hut!«

1930, im Januar, standen Konzerte in Belgien, Frankreich und Deutschland an. Eine bessere Gelegenheit ließ sich nicht finden. Felix weihte Giurgiuca in seine Entscheidung ein, sich an der Spree aus dem Staub zu machen, und Bubi versprach seine Hilfe. Er bot eine Leihgabe von tausend Reichsmark an. Marcu war in Berlin zu drei Gastspielen verpflichtet, bis zum letzten Tag solle sich Felix nicht absetzen, lautete Bubis Bedingung. »Es wird ein Schlag sein, den er erst verkraften muß, ich darf seine Auftritte nicht in Gefahr bringen.«

Felix hielt sich an diese Vereinbarung, und seine wachsende Unruhe teilte sich Marcu mit. »Dein Benehmen kommt mir komisch vor«, sagte er mißtrauisch, als sie sich im Berliner Hotelzimmer einrichteten, »du bist quecksilbriger als ein Rennpferd vorm Start.« – »Warum kommt dir das komisch vor?« mischte sich Bubi ein, »er hat seine Heimat vermißt. Deine Aufregung ist nicht geringer, wenn du wieder heimkommst.«

Beim letzten Konzert stahl er sich aus der Loge und umarmte zum Abschied den weinenden Bubi, der einen Briefumschlag in seine Fracktasche schob. Felix hetzte zum Adlon, wo seine zwei Koffer bereit standen, und schleppte sie zu einem Doppelstockomnibus, der mit der Werbeaufschrift »Chlorodont« im spritzenden Schneematsch ums Eck bog. Er hatte kein Ziel und ließ sich bis zur Endstation vor einer Kneipe am Prenzlauer Berg bringen, in der er sich zwei nicht zu teure Pensionen nennen ließ. In Bubis Briefumschlag steckten nicht mehr als knapp dreihundert Reichsmark in kleineren Scheinen.

Felix machte kein Auge zu in dieser Nacht. Er warf sich im schauerlich quietschenden Bettgestell von einer Seite zur anderen. Aus den benachbarten Zimmern drangen Lustschreie, die sich mit knatterndem Furzen abwechselten. An der von einer Straßenlaterne beschienenen Tapete erkannte er rostbraune Flecken, als habe sich in diesem Loch eine Bluttat ereignet. Er empfand keine Spur von Erleichterung, Marcu entronnen zu sein, nichts als Abscheu und Einsamkeit.

Und im Morgengrauen hatte er einen verwischten Traum. Er hockte im Kirchenschiff von St. Marien, in dem Witwen und Hebammen Lustschreie ausstießen, Liebherrs Pfeifenwerk knallte und furzte. »Wahrlich, ich sage euch, er ist ein Judas, der wieder und wieder Verrat begeht«, donnerte Prediger Priebe im Gotteshaus, das mit fleckigen, braunen Tapeten beklebt war, »Kaiser und Vaterland hat er verraten. Und seine Familie. Und Gott, unseren Gott am Klavier, gegen lumpige dreihundert Reichsmark!«

Er fand am Prenzlauer Berg eine Bleibe, die eine Feldwebelwitwe vermietete. Sein Zimmer befand sich am Korridorende der Hinterwohnung im Erdgeschoß. Es besaß keinen Ofen, mit dem es sich heizen ließ, und war dusterer als eine Grotte im Forst von Freiwalde. Ein Loch in der Scheibe versorgte das Zimmer mit eisiger Frischluft, was den in der Wohnung verbreiteten Pisse- und Kohlgestank milderte.

Er teilte es mit einem Maurer, der Lemke hieß und zur Zeit stempeln gehen mußte. Sein verknautschtes Gesicht stammte aus einem anderen Leben, als er ein erfolgreicher Boxer gewesen war, der mit seinem letzten K.O.-Schlag im Ring erst sein Ansehen und bald seinen Zaster verbumfidelt hatte. »Von Lemke spricht niemand mehr«, bruttelte er, »man hat Lemke lebendig begraben.« Sein restliches Geld hatte er bis zum Koma versoffen und an der Pferderennbahn in Karlshorst verspielt, bis er sich wieder aufs Maurern verlegt hatte.

Lemkes letzter Besitz war ein rotes Parteibuch. Er ging zu Kommunistenversammlungen, was besser war, als vor seiner Stammkneipe beim Planetarium herumzulungern, um sich eine Molle zusammenzuschnorren – anschreiben lassen durfte er nicht mehr.

Mit Vorliebe mischte er Braunhemden auf, wenn sie es wagten, im Kiez aufzutauchen, brach gnadenlos Nasen und Kiefer. Bei diesen Keilereien mußte er seinerseits einstecken. Wenn er heimkam, war er einen Backenzahn los oder hatte ein blaues, verquollenes Auge, was einen Ex-Boxer nicht aus der Fassung bringen konnte.

Bei der Feldwebelwitwe stand Lemke bereits in der Kreide, sie drohte dem Maurer mit baldigem Rausschmiß. »Lemke, wann zahlen Sie mich aus?« keifte Erna Witt, die halb blind und gebrechlich war, nicht ohne Gehstock auskam, an Urinabgang litt – und eine schneidende Stimme besaß, die scharfkantiger klang als das Fallbeil von Moabit. »Otto Lemke, Sie schulden mir dreieinhalb Mieten!«

Lemke bekam sechzig Reichsmark von Felix, beglich seine Mietschulden bei Witwe Erna, seine Deckel beim »Dicken Max« am Planetarium, kippte zehn Mollen und – war wieder pleite.

»Das werde ich dir nicht vergessen«, schwor Lemke. Er klaute ein Fahrrad in Friedrichshain, flickte Reifen und Sattel, lackierte es neu und verkaufte es gegen zehn Reichsmark an Felix. Und er schrieb eine Liste mit Eßlokalen, Bierschwemmen und Nachtschuppen die Pianisten einstellten.

Am anderen Tag schwang sich Felix aufs Fahrrad. Er begann in der Friedrichstraße, wo er von Lokal zu Lokal auf abwehrende Kellner traf, die mißmutig grummelten: »Brauchen wir nicht« oder »Haben bereits einen Klemperer«. Bis er mit dem ersten Besitzer sprach, war es ein Uhr, und beim Vorspielen knurrte sein Magen. »Was soll das? Wir sind keine Philharmonie! Bei deinen Schopengschen Walzern muß unsere Kundschaft ja Schluckauf bekommen. Hast du keine flotteren Sachen zu bieten, die sich aufs Klavier pfeffern lassen? Ohne kessere Sachen wirst du keine Anstellung finden, das laß dir man sagen, mein Junge.« Zum Abschied bekam er zwei scharfe Bouletten – was er seinem knurrenden Magen verdankte, der mehr Aufsehen erregt hatte als sein Klavierspiel – und mußte sich wieder aufs Rad schwingen.

256

Lemke konnte mit Abhilfe dienen. Er schleppte Felix zum »Dicken Max« beim Planetarium, wo er einen Akkordeon spielenden Kumpel besaß, der sich in schmissiger Tanzmusik auskannte und mit Leidenschaft Schlager und Schmachtfetzen sang. Felix lauschte dem Schifferklavierspieler dreieinhalb Stunden, trank zwei Liter Faßbrause – und Otto Lemke zehn Biere. »Und du brauchst keine Noten?« verlangte sein Zimmergenosse zu wissen, als sie aus dem Kellerlokal stiegen und benommen zum blinkenden Nachthimmel hochstarrten, »du vergißt seine Schnulzen und Anpeitscher nicht?«

Bei seiner Bewerbung am anderen Vormittag haute Felix Couplets, Gassenhauer und Schlager auf Ebenholztasten und Elfenbeingriffbrettchen, und zum Schluß klopfte er einen schwungvollen Foxtrott aus dem Klavier. Im ersten, aus Zufall betretenen Nachtschuppen bekam er eine Stelle und zwanzig Mark Vorschuß.

In dieser Kaschemme verkehrten Ganoven und Kleingangster, ansehnliche Huren und Ringvereinsmitglieder oder Herren aus der besseren Berliner Gesellschaft, Juristen, Finanzspekulanten und Bauunternehmer, die mit Amerikafranzl und Panzerschrank-Ede zwei sausende Stunden verbringen wollten, falls sie kein Schmuggelgut loswerden mußten oder sich mit einem Mordauftrag an Tollen Hund und Pistolenheini wandten.

Sein Honorar war bescheiden. Das glichen Amerikafranzl und Panzerschrank-Ede aus, die beim Trinkgeldverteilen nicht knauserig waren. Geldscheine wanderten in seine Fracktasche, er mußte mit Gangstern und Luden anstoßen, bis er benommen vom Klavierschemel taumelte. Er nickte an Busenausschnitten ein, lauschte im Halbschlaf zwei Ringvereinsmitgliedern, die einen Kuchen im »Ochsenkopf« abgeben wollten. Im Teig wollten sie eine Feile verstecken, um dem im Pankower Knast seine Strafe abbrummenden Kumpel zur Flucht zu verhelfen. Vor Polizeirazzien mußte er sich nicht ins Hemd machen. Als Pianist stand er nicht im Verdacht, an Verbrechen beteiligt gewesen zu sein oder Pferdchen am

Laufen zu haben. Er durfte sich heimschleichen und eine ruhige Nacht verbringen, was sich die Ganoven zunutze machten. Von einem Liliputaner, der Schmiere stand, alarmiert, steckten sie dem Klavierspieler rechtzeitig Messer, Pistolen und Schriftsachen zu.

Er kam zu einer zweiten Pianistenanstellung in einem vornehmen Eßlokal beim Nikolaiviertel, dessen verglaste Terrasse zur Spree zeigte. Zur Mittagszeit ließen sich Richterfamilien und Offiziere im Speisesaal nieder, zwischen klirrenden Kristalleuchtern, Spiegeln und Topfpalmen. Felix entlockte dem Schimmelpiano Chopin-Walzer, Beethovens »Mondscheinsonate«, Allegri von Mozart und Schmankerl vom Wiener Strauß. Mit seinen – vom Besitzer verlangten – »verdaulichen klassischen Sachen« traf er bei der Eßlokalkundschaft auf Zustimmung und durfte bleiben.

Mit diesem Verdienst konnte er eine bessere Butze bezahlen als das stinkige Loch bei Frau Witt. Er fand eine Wohnung beim Volkspark mit Kachelherd, Treppenklo, zweieinhalb Zimmern. Otto bekam feuchte Augen, als er vom bevorstehenden Umzug erfuhr. »Warum ist das ein Anlaß zum Heulen?« raunzte Felix, der niemals beabsichtigt hatte, allein umzuziehen, »willst du in diesem Drecknest verfaulen?« Endlich verstand Otto Lemke, was los war. In um so schlimmeres Schluchzen ausbrechend, zerquetschte er Felix vor Dankbarkeit an seiner Brust.

Lemke besserte Eckbank und Betten aus, die sich bereits in der Wohnung befanden, flickte ein Leck an der Leitung zum Gasofen, klebte Tapeten und hobelte Dielenbretter ab. Und er bewies seine begnadete Kochkunst, bereitete Suppen und feuriges Gulasch zu, Fisch- oder Eiergerichte. Sich in der Nacht an den Herd zu stellen, um seinem Freund etwas Warmes zu bieten, wenn dieser im Morgengrauen heimkam, ließ er sich nicht ausreden. Mit dem Haushaltsgeld, das er von Felix erhielt, ging er sparsam um und verjuxte es nicht in der Kneipe. Er putzte im Treppenklo, heizte den Kachelherd, ohne sich je zu beschweren. Und zum Geburtstag im Juli besorgte er Blumen und buk einen Kuchen.

Es kam niemals zu Streit oder Feindseligkeiten, lediglich bei politischen Dingen bekriegten sie sich. Sich mit den SA-Leuten Schlachten zu liefern betrachtete Otto als Pflicht. Sein rechtes Ohr war ein verwachsener Fleischklumpen, zwanzig Wochen lang blieb er ein Hinkebein. Er bekam eine Kugel ab, die er sich wimmernd vor Schmerz aus dem Schenkel entfernte. »Tief steckte sie nicht«, weihte er seinen Wohnungsgenossen ein, der entsetzt seinen klaffenden Schenkel anstarrte.

»Bist du von Sinnen?« schimpfte Felix, »warum weichst du diesen Idioten nicht aus?« – »Erstens bin ich kein Feigling«, antwortete Otto, »und außerdem muß man sie aufhalten. Sie werden uns abschlachten, wenn sie zur Macht kommen.« Mißmutig entgegnete Felix: »Ich weiß.« – »Na, wenn du das weißt, warum wirst du nicht Kommunist? Du bist ein guter Mensch, das steht man fest.« – »Und um Kommunist zu sein, braucht man ein großes Herz?« fragte Felix mit Spott in der Stimme. »Ja!« erwiderte Otto, aufrichtig und ernsthaft.

Felix' Heimweh verschlimmerte sich. Er schrieb einen Brief an Emilie, den er in Fetzen riß, und einen anderen an seinen Bruder. Ludwig blieb stur und verbiß sich ins Schweigen. Und an einem Tag im August '32 brach Felix zu einem Besuch in Freiwalde auf. Ohne erst seine Kleider zu wechseln, sprang er aus dem Nachtschuppen kommend im Ostbahnhof auf einen Zug, der zur pommerschen Hauptstadt abdampfte. Als er in Stettin eintraf, hatte er zwei Stunden Aufenthalt. Er spazierte zur Villa am Quistorpark, die halb verborgen von mannshohen Brennesselstauden mit Latten und Brettern verrammelt war. Scheiben besaß sie nicht mehr. In der Dielenhalle schwankte ein letztes, vom Onkel als Junge verfertigtes Segelschiff in einer rußigen Glasflasche, die bei der Treppe hing. Er erschrak, als zwei kichernde Stimmen an sein Ohr drangen, und stellte sich seine Verwandten vor, die als Skelette in mottenzerfressenen Sesseln an staubigen Teetassen nippten. Aus

dem Herrenzimmer sprangen zwei Bengel, beladen mit Krims-
krams, und brachten sich schleunigst in Sicherheit.

Zur Mittagszeit traf er am Bahnhof Freiwalde ein. Benommen
verließ er den Holzklassewagen. Lerchen stiegen aus Pappeln und
Weiden am Flußufer, das auf dem Steintordach wohnende Storchenpaar stand auf dem Nestrand und regte sich nicht. In der
Mittagshitze flimmerten schwarzrote Giebel, verfallene Stadtmauer, Bogislaws Wehrturm, dem man eine Haube aus Kupfer
verpaßt hatte, St. Marien und Gertrudskapelle am Friedhof.

Sein Elternhaus war keine zweihundert Meter entfernt. Mit
grauer Fassade, von der der Verputz platzte, mit von Flechten er-
obertem Dach, wirkte es nicht mehr ansehnlich. Felix wagte sich
nicht bis zum Gartentor, vor dem ein Junge in kniefreien Hosen
Soldat spielte – sein weißes Hemdchen hing von einer Zaunlat-
te –, marschierte und stramm stand und wieder marschierte und,
einen Befehl bellend, sein Holzgewehr anlegte, um auf zwei strei-
tende Spatzen im Buchsbaum zu zielen. Richtig erkennen konnte
er sein Gesichtchen nicht, es blieb von Schulmeister Kannmachers
Pißpott beschattet, der einen Soldatenhelm abgab.

Felix schlug einen Bogen um Schloßhof und Stadtmauer, lief
querfeldein bis zum Pyritzer Bauernhof, wo er auf Mathilde traf,
die eine Karre mit Mist aus dem Schweinestall schob. Sie steckte in
einem verwaschenen Kittel, der bis zu den klobigen Knien reichte.
Vom Hund alarmiert, der vorm Bauernhaus an seiner Kette riß,
starrte sie kurzsichtig zu dem am Ziehbrunnen lehnenden Fremden, der die am Zugbalken baumelnde Kelle seelenruhig in den
Blecheimer tauchte und trank. »Was wollen Sie?« verlangte Mathilde zu wissen und richtete sich vor der Schubkarre auf, »ich mache
den Hund los, wenn Sie sich nicht vorstellen!« Sie bewaffnete sich
mit der Mistgabel, die in der Schubkarre steckte, und stampfte
zum Ziehbrunnen, wo sie mit einem Aufschrei die Forke fallen
ließ. »Jesses!« keuchte Mathilde, »wenn das nicht mein Lauser ist,
heiße ich Josefin Baaker!«

»Dich nicht mehr um mich zu haben war schmerzhaft«, bemerkte Mathilde, als sie mit zwei dampfenden Malzkaffeebechern ins Wohnzimmer trat, »ich habe dich schmerzhafter vermißt als meinen Vater.« – »Dein Vater ist tot?« wollte Felix erfahren, der sein Spiegelei salzte und pfefferte. »Ach, dieser Dummkopf«, versetzte Mathilde, »sich beim Heuen einen Zinken der Forke ins Herz zu rammen! Kann man bescheuerter sein? Na, soll er sich in seinem Sarg von der Hofarbeit ausruhen. Von dir Abschied zu nehmen war schlimmer, mein Junge. Soll ich dir keine Speckscheibe abschneiden?« – »Nein danke, Mathilde, ein Spiegelei reicht.«

»Und ich verstand dich, o ja, ich verstand dich. Du durftest dich nicht mit der Zicke verheiraten, wenn du nicht verschrumpeln und eingehen wolltest. Du durftest dein Leben nicht wegschmeißen.« – »Und es war Alma, die dich aus dem Haus warf?« – »Ja, es war diese Mistkruke, die mich entlassen hat. Andererseits war es mir lieber. Sollte ich mich von der Zimtzicke triezen und schurigeln lassen, mach dies und mach das? Und mir fehlte mein Lauser im Haus, warum sollte ich bleiben, wenn du nicht mehr bei uns warst?«

Mit der schwieligen Hand strich sie um sein Gesicht. Mathilde war sonnenverbrannt und verrunzelt. Aus dem vorm Kinn fest verknoteten Kopftuch, das sie in der Stube nicht abstreifte, krauste sich graues Haar. »Kann ich dir nicht frischen Kuhrahm anbieten? Als Hemdenmatz warst du ein richtiger Rahmschlecker!« Und als er verneinte, versetzte sie heiser: »Ich lese es in deinen Augen! Ich weiß, was du denkst! Du erkennst deine alte Mathilde nicht wieder. Widersprich mir nicht, Bengel, und außerdem hast du ja recht. Ich rieche nicht mehr nach Lavendel und Zimt, frischer Kernseife, Dill und Muskat. Ich rieche abscheulich nach Schweine- und Kuhstall.«

Als sie einem Knecht vor der Scheune Anweisungen erteilte, blieb er eine Weile im Zimmer allein. Von Kornblumen und

Schaumkraut bewachsene Wiesen stiegen flirrend zum Jankenberg hoch. Und auf der Kuppe erkannte er Pressel, einen sich in
der Seebrise wiegenden Baumriesen, der seiner Schafherde Schutz
vor der Sonne bot.

»Sie haben sich niemals vom Baum entfernt«, sagte Mathilde,
die wieder ins Haus schlurfte, »und das ist logisch, du findest kein
fetteres Gras in Freiwalde als in seinem Umkreis. Und bei Sturm
hat er nie einen Schaden erlitten, diesen riesigen Baum reißt
nichts um. Soll ich uns einen zweiten Kaffee kochen?« wollte sie
wissen und setzte den Kessel mit Wasser auf.

»Und was ist mit deinem Verehrer, mit Postkutscher Weidemann?« – »Ach, laß mich in Frieden«, versetzte sie kratzig, »wer
eine Zunge aus Blei besitzt, kommt nicht zu Potte. Dieser Kerl
war zu maulfaul, um mir einen Antrag zu machen. Sollte ich das
tun, um seine Hand bitten? Nee, Junge! Das konnte ich diesem
Zausel nicht abnehmen. Und es hat Vorteile, wenn du alleine
bleibst und keine Socken zu stopfen brauchst, die nicht die deinen
sind. Wir sollten lieber von dir sprechen.«

Seine Erlebnisse bis zur Berliner Zeit mußte er nicht wiederholen. In der Vergangenheit hatte Mathilde ja Karten von Eiffel-
turm, Hradschin und Hofburg erhalten und einen Stapel mit
Briefen von seiner Hand, die sie im verglasten Regalschrank verwahrte. Sie konnte sie auswendig aufsagen. »Ich lese sie wieder
und wieder, das ist keine Hexerei.« Und sein Wissen um das, was
im Elternhaus vor sich ging – Almas Einzug beim Schulmeister,
Konrads Geburt oder die seines Schwesterchens – stammten aus
Briefen Mathildes, die sie sich von Zeit zu Zeit abrang. Sie tat sich
schwer mit dem Schreiben, was man an der steifen und zittrigen
Handschrift erkannte.

Sie erschauderte bei den Geschichten von Panzerschrank-Ede,
Pistolenheini und Tollem Hund. Und besonders entsetzlich fand
sie seine Freundschaft mit einem kommunistischen Maurer und
Ex-Boxer. »Kommunisten sind Gauner, sie wollen unser Eigen-

tum stehlen.« – »Was soll man mir stehlen, ich besitze ja nichts«, winkte Felix ab, »und lieber mein Otto als einer aus Hitlers Verein.«

Das war eine Schlußfolgerung, die sie teilte. Mit den Raufbolden von der SA hatte sie nichts am Hut. »Alma ist in der Hitlerpartei«, sagte sie, »und bei einer Partei, in der Alma ist, werde ich niemals mein Kreuz machen, Junge.« Sie schauten zur Magd, die am Brunnen ein Huhn rupfte und im Wirbel aus Federn versank.

Als es dunkelte, mußte er aufbrechen. Schwalben flitzten vorm Himmel, an dem schwarze Nachtwolken aufzogen, die sich aufs knisternde Land legten. Er nahm seinen Sonnenhut vom Haken im Dielengang. »Und an Emilies Bengel hast du nichts bemerkt? Er gleicht seinem Onkel aufs Haar. Ich kann es nicht fassen, wenn ich diesem Steppke begegne. Es kommt mir vor, als ob du das seiest zu deiner Schlingel- und Galgenstrickzeit.« Schweigend breitete er seine Arme aus. »Ach, ich habe vergessen«, begann sie zu stammeln und machte sich los, »Mensch, ich habe ja vollkommen vergessen … ich muß dir was zeigen.«

Felix folgte Mathilde zum Kuhstall. Sie stapften um Bottiche mit frischer Milch bis zu einer entlegenen Ecke, die Kannen und Blecheimer, Forken und Strohballen enthielt. Mathilde hielt eine Petroleumlampe hoch. Vor der Holzwand befand sich ein Gegenstand, den eine schmutzige Decke verbarg. Es war nicht schwer zu erraten, worum es sich handelte. »Was willst du im Kuhstall mit einem Klavier?« Mathilde erwiderte nichts. Sie zog an der Decke, die Mutters Klavier von Fritz Klemm & Konsorten freigab.

Als er sich an den Kasten aus Lauenburg setzte und eine Bachsche Fuge anstimmte, vergaß er sich. Sein Kopf hallte wider, als sei er ein leerer Konzertsaal. Und nichts blieb, was es war. Er kam nicht klammheimlich am Bahnhof Freiwalde an. Und er mußte sich nicht um sein Elternhaus schleichen, als ob er an Aussatz erkrankt sei. Er stieg aus dem Zug in Begleitung Emilies, mit der er verheiratet war, und sie kehrten zusammen von einer Konzertreise heim, von Rundfunkaufnahmen in London und Gastspielen in Amsterdam. Und seine rechte Hand war Otto Lemke, der Konzertplan und Kasse verwaltete und lieber in Lackschuhen und einem Flanellanzug steckte, als arbeitslos und Kommunist zu sein. Und Otto war mit Alma Sielaff verehelicht, die dem Ehemann nie nie widersprach. Wenn sie sich zu spitzfindig anstellte oder als nationalsozialistisches Großmaul aufspielte, brachte Otto sie mit einem Kinnhaken zur Vernunft, und vor Dankbarkeit warf sie sich an seinen Hals. Und sie wohnten zusammen mit Kindern und Eltern und treuer Mathilde im Schulmeisterhaus – ohne Ludwig, der Onkel und Tante beerbt hatte und am Bollwerk ein gut gehendes Handelskontor betrieb. Und Mutter war wieder zu Hause und bei Verstand. Sie hockte ewig in Vaters Studierzimmer, um zusammen mit dem Ehemann Kantische Schriften zu lesen. Und wenn er zu seiner Emilie ins Bett kroch, wollte Felix mit heiserer Stimme erfahren: »Kannst du dir vorstellen, mit Ludwig zusammen zu sein?« Und Emilie erwiderte kichernd: »Was soll das? Dein Bruder ist praktisch veranlagt, und praktisch veranlagte Menschen sind trocken und langweilig. Von meinem Leben verlange ich andere Dinge. Und kannst du dir vorstellen«, sagte sie schnippisch, »dich mit meiner Schwester zusammentun? Na bitte«, entgegnete sie, als er seufzte, »diese Dummheiten sollten wir schleunigst vergessen.«

Aus dem Lauenburger Kasten kam nichts als mechanisches Klappern, und mit einem Satz sprang er von seinem Stuhl. »Ich darf den Zug nicht verpassen, Mathilde.« Beim Abschied am Brunnen versetzte er rauh: »Du solltest es besser zu Feuerholz machen. Es taugt ja nichts mehr, dieses stumme Klavier. Und es ist ein zu schreckliches Andenken.« Mathilde, die sich beide Backen abwischte, erwiderte: »Wenn du das willst, lieber Junge« – und steckte Felix ein Freßpaket zu.

Im September schrieb er einen Brief an Emilie, in dem er sich anstrengte, sachlich zu klingen, als er seinen Besuch in der Heimatstadt schilderte. Sein Bericht vom Klavier, das im Kuhstall verrottete, wirkte eher komisch als niedergeschlagen. Leider sei er zu feige gewesen, verriet er zerknirscht, mit dem kleinen Soldaten zwei Worte zu wechseln und den Steppke zu bitten, zur Mutter zu laufen, um sie in den Garten zu holen. Emilie antwortete nicht.

Sein letzter Brief ging an Schulmeister Kannmacher und stammte von Ende April '33. Otto Lemke war nicht mehr am Leben. Im Februar bereits hatte man seinen Freund in der Nacht aus der Wohnung verschleppt. Als Felix im Morgengrauen heimkam, entdeckte er Blutspritzer an der Tapete beim Kochherd, sein auf der Gasflamme schmorendes Gulaschgericht war zu klebriger Kohle verbrannt. Zwischen zerdepperten Stuhlbeinen und Gaslampen sammelte er seine Noten vom Boden und ließ sich weinend aufs Bett fallen.

Er wagte es nicht, in der Wohnung zu bleiben. Bestimmt hatten sie Ottos Freund in Verdacht, seinerseits Kommunist zu sein, und kamen wieder. Was nicht zerfetzt und zerissen war, packte er in seine Koffer, um sich bei der Feldwebelwitwe im Loch am Prenzlauer Berg zu verkriechen. »Hochmut kommt vor dem Fall«, schmetterte Erna Witt und verlangte drei Mieten im Voraus.

An einem Apriltag las er in der Zeitung vom Fluchtversuch eines bekannten Rotfrontmitglieds, das in der Vergangenheit SA-Kameraden schwer mißhandelt, verletzt und ermordet habe. Sich dem Arm des Gesetzes entziehen zu wollen, habe der Maurer und Ex-Boxer namens Otto Lemke mit seinem verkommenen Leben bezahlt.

Das war es, was Felix im Brief an den Vater mitteilte. Und von diesem Apriltag an blieb er verschollen.

Leider kann man nicht wieder von vorne anfangen

Und mit einem Fackelumzug, zu dem sich Freiwaldes Bewohner am Bahnhof versammelten, begann eine herrliche Zeit! An der Spitze marschierten Hans Riensberg mit seinen SA-Leuten und Tante Alma. Zollassistenten und Schmiede, Justizinspektoren und Hausdiener schlossen sich an, Reichsbahnbeamte und Bader und Lehrer zerstampften den Schneematsch und sangen.

Konrad, der bibbernd am Gartenzaun lehnte, verstand nicht, warum seine Eltern an diesem Ereignis nicht teilnehmen wollten. Großvater Leopold war erblaßt, als er aus dem Radio erfuhr, Adolf Hitler sei Reichskanzler. »Aus diesem wurmstichigen Holz, das sich Menschheit nennt«, sagte sein Schatten am Treppenabsatz, der ins Studierzimmer schlurfte, »aus diesem verdorbenen Holz wird man nie etwas Rechtes schnitzen.« Beinahe alle Bewohner Freiwaldes marschierten zum Kopfberg hoch, um sich vorm Kriegerdenkmal zu verbeugen, eine vom Feuer beschienene Schlange aus Handwerkern, Witwen und Kriegsinvaliden, die den hinkenden Wurmfortsatz bildeten – nur Vater und Großvater weigerten sich.

»Willst du nicht mitkommen?« heulte Hans Riensberg, der Konrad im Garten entdeckt hatte, »willst du nicht mit uns kommen, Alfred?« Bei Schriftsetzer Riensberg, der Alma verehrte, hieß er Alfred, wie bei seiner Tante. »Willst du nicht mit uns kommen?« heulte er wieder, als sich Konrad im Buchsbaum versteckte. Oh, er wollte vor Scham in der Erde versinken. War es nicht eine Schande, aus einer Familie zu kommen, in der Adolf Hitler verhaßt war?

Hans Riensberg verließ seinen Platz an der Spitze des Zuges und kam in den Garten. Breitbeinig stellte er sich vor der Hecke auf. »Warum versteckst du dich, Alfred? Wir beißen nicht.« Verlegen kroch Konrad aus seinem Versteck.

Schlagartig hatte er eine Idee. Er zog eine der Holzfiguren aus seiner Tasche, die er an verregneten Tagen im Dachboden schnitzte, und hielt sie vor Riensbergs Gesicht. »Kannst du erkennen, wer das ist?« Riensberg kratzte sich an seiner fleischigen Nase. »Das bin ich«, sagte Konrad, als Riensberg verneinte, »das ist Konrad Kannmacher, klar?« – »Sonnenklar«, sagte Riensberg und kratzte sich wieder. »Konrad wird sich dem Aufmarsch nicht anschließen.« Er beugte sich zu einem Haufen aus harschigem Schnee, in dem seine Holzfigur sicheren Halt fand. Und als das erledigt war, packte er Riensbergs Hand. »Konrad kann Adolf Hitler nicht ausstehen«, sagte er und zerrte den ratlosen Riensberg zum Gartentor.

Alle Erwachsenen waren begriffsstutzig, wenn es um einfachste Dinge ging. Bei Onkel Riensberg verhielt es sich leider nicht anders. Wenn Kannmachers Konrad sich nicht aus dem Garten entfernen durfte, konnte es Kannmachers Alfred tun! Es war Alfred, nicht Konrad, der mit einer knisternden Fackel zum Kopfberg marschierte! Es war Alfred, nicht Konrad, der »Juda verrecke!« schrie und aus voller Kehle SA-Lieder sang! Es war Alfred, nicht Konrad, der lustvolle Schauder empfand, als Hans Riensberg und seine SA-Kameraden – und Freiwaldes Bewohner – vorm Denkmal am Kopfberg den Feinden des Deutschen Reiches heilige Rache schworen! Es war Alfred, nicht Konrad, der wild seinen Arm hochriß und wieder und wieder »Heil Hitler« krakeelte!

Und es war Alfred, der mit Tante Alma nach Hause kam. Er zog seine Konradfigur aus dem Schneehaufen und umklammerte sie mit der Faust, bis es schmerzte, als Vater im Treppenhaus auftauchte. »Habe ich dir nicht verboten, am Fackelzug teilzunehmen?« schimpfte er außer sich. Er streckte den Rohrstock zum Wohnzimmer aus, in dem er seinen Kindern den Hintern versohlte, wenn sie sich einem Verbot widersetzt hatten.

Tante Alma verteidigte Konrad energisch. Und aus dem Schlafzimmer kam Mutters flehende Stimme: »Ich bitte dich, sei nicht zu hart mit dem Kind!« Und zwischen der keifenden Tante, der bettelnden Mutter und Vater, der in alle Richtungen fluchte, floh Konrad ins Dienstbotenzimmer am Flurende, das er bewohnte, seit Alma im Haus war.

Konrad schloß sie in sein Gutenachtgebet ein, ausnahmsweise. Dank Alma war er Vaters Rohrstock entgangen. Und sie verstand mehr von der Welt als sein Vater und der im Studierzimmer philosophierende Großvater. »Wenn Hitler zur Macht kommt, das sage ich euch, werden neue und herrliche Zeiten anbrechen«, hatte Alma von Mahlzeit zu Mahlzeit versprochen. Und Vater und Großvater hatten erwidert: »Red kein Blech. Hitler kann nicht zur Macht kommen. Feldmarschall Hindenburg wird das nie zulassen.«

Diese neue und herrliche Zeit war verwirrend, Konrad wußte nie, zu wem er halten sollte.

Großvater Leopold legte sich in sein Bett und war zum Sterben bereit. Dieses Land sei ein Tollhaus, verriet er dem Enkel, in dem ein Mensch mit Vernunft keinen Platz habe. Großvaters Augenweiß schimmerte in seinem gelblichen Knittergesicht.

Von seinem Kant wollte er nichts mehr wissen – nichts konnte besorgniserregender sein. »Wirf seine Schriften weg oder verbrenne sie, befreie mich von diesem Scharlatan«, sagte er, als Ludwig ins stickige Zimmer trat, um eine Kiste Zigarren zu bringen. Großvaters beharrliche Rauchlust betrachtete Vater als Silberstreif am Horizont. »Befreie mich von diesem Scharlatan, der mich von Anfang bis Ende betrogen hat. Hat Kant nicht behauptet, das Schlechte sei sich von Natur aus zuwider, es werde sich in diesem Widerspruch selber vernichten? Hat er nicht beteuert, es mache dem Guten Platz, wenn es erst richtig verfault und zerfressen sei? Dem moralischen Guten, das er ein Prinzip nannte? Und diesem Fortschrittsgesetz habe ich vertraut, trotz Claras Umnachtung und Friedrichs sinnlosem Tod! Soll ich wieder von vorne anfangen und mich an ein Gesetz klammern, das keinen Pfifferling wert ist?

Ich fange nicht wieder von vorne an. Ich weigere mich, wieder von vorn anzufangen!«

Zu seinem Großvater mußte man halten, ob er ein Hitlerfeind war oder nicht. Konrad liebte den Großvater mehr als sein Schnitzmesser und seinen Fußball aus Leder.

»Du willst einen Arzt holen? Das laß man sein«, knurrte Großvater und steckte sich eine der neuen Zigarren an, »ein beliebiger Quacksalber wird mich nicht heilen, und mein Freund, Doktor Dehmel, ist nicht mehr bei uns.«

Man hatte Dehmel im Mai '33 verhaftet. Das war gegen drei oder vier in der Nacht passiert, als er in seiner Praxis gewesen war, wo er medizinische Studien trieb, um sich seine Schlaflosigkeit zu vertreiben. Und als man Dehmel gewaltsam verschleppt hatte, war seine schaurige Sammlung zu Bruch gegangen. Konrad, der auf eine Holzkiste kletterte, um in Dehmels Praxis zu linsen, erkannte am Boden das Lamm, das drei Augen besaß, das Kind mit den Krallen und das Kind mit dem Wolfsrachen in einer Lache aus Splittern und gelblichem Spiritus, der sich mit Blut vermischt hatte. Zu wem mußte man halten, zum freundlichen Doktor, der Konrad bei seinen Besuchen im Schulmeisterhaus Karamellen zusteckte, oder zu Alma, die von Doktor Dehmel behauptete, er sei am Reichstagsbrand schuld?

Diese neue und herrliche Zeit war verwirrend – und ein Todesfall jagte den nächsten. Postkutscher Weidemann traf es als ersten. An einem Apriltag im Jahr '34 kippte er im Kolonialwarenladen ins Heringsfaß. Als Mathilde vom Pyritzer Bauernhof und Willi Barske den triefenden Postkutscher hochzogen, stieß er einen tiefen, anhaltenden Seufzer aus. »Es kommt schlimmer, als es bereits ist«, sagte Weidemann und verschied in Mathildes Armen.

Im Mai war es Liebherr, der abtreten mußte. Hitlers Parteivolk versammelte sich auf der Bleiche. Mit wirbelnden Trommeln und scheppernden Blechinstrumenten empfing man den pommerschen Gauleiter. Einen zackigen Hitlergruß ins Mikrophon bellend, den man auf der Bleiche begeistert erwiderte, setzte er zu seiner Rede an. Er tobte und raste, und niemand bekam es mit, als sich der Himmel Freiwaldes verfinsterte. Ein grollendes Unwetter zog von der Ostsee an. Binnen Minuten erreichte es Hafen und Reeperbahn, Sportplatz und Bleiche.

Es brach mit einem krachenden Donnerschlag los, der den Gauleiter nicht im geringsten beeindruckte. »Wir sind keine Feiglinge, die sich vor Sturm oder Feuer ins Hemd machen«, schnauzte er ins Mikrophon, das in dieser Sekunde versagte. Mit »Heil Hitler! Heil Hitler!« und wieder »Heil Hitler!« wollte er das Parteivolk zusammenschweißen, das sich vorm tosenden Hagel in Sicherheit brachte und in alle Richtungen stob.

Wer auf der Bleiche blieb, außer dem pommerschen Gauleiter, war Adolph Liebherr. Wie ein vom Wetter verbogener Baum, im rechten Winkel abgeknickt, stand Liebherr allein auf dem Bleichplatz im prasselnden Regen, mit verzerrtem Gesicht und erhobenem Arm. Um seinen Arm wieder sinken zu lassen, brauchte er Hilfe – und Hilfe war nicht in Sicht.

Konrad hatte sich mit seiner Tante im Bleichhaus verkrochen. Er erkannte als erster den rasenden Kugelblitz, der vom Wetterhahn auf dem Marienturm abprallte und an der Wipper zwei Weiden in Brand setzte, in den Gauleiterzug auf dem Gleis sprang und wieder zum Vorschein kam, im Zickzack zum Schlachthof, vom Schlachthof zur Bleiche flog und seine brennende Spur auf der Wiese zog, bis er Adolph Liebherr erreichte, mit dem er sich zu einer Flamme vereinte. Sie zischte drei Meter hoch, taumelte tanzend im Regen, fiel in sich zusammen. Adolph Liebherr verbrannte zu Asche, die man aus dem Krater im Erdboden kratzte.

Großvater strengte sich zweieinhalb Monate an, seinem Freund Doktor Dehmel zu folgen, der im Gefangenenlager verstorben war. Er aß Spatzenportionen, trank zwei Schlucke Wasser am Tag, war bald knochiger als Tante Alma.

Schwer zu sagen, warum er am Ende aufs Sterben verzichtete und wieder philosophierte. Aus Sorge um Großmutter? Oder um Alma zu piesacken? Aus dem, was sie vorhatte, machte sie keinen Hehl. Dringend wollte sie in sein Studierzimmer umziehen, das sonniger war, mehr Bequemlichkeit bot, und an der Wand, wo Immanuel Kant hing, eine Photographie Adolf Hitlers anbringen. Ungeduldig erwartete sie seinen Tod – und das stachelte Großvaters Lebensmut an.

»Wenn dein Großvater stirbt«, sagte Alma mit lockender Stimme, »bekommst du ein Spielzimmer. Er sollte ins Gras beißen, findest du nicht?« – »Nein«, erwiderte Konrad und zog einen Schmollmund. Lieber verzichtete er auf ein Zimmer als auf seinen raunenden Großvater.

Vorm Zubettgehen durfte sich Konrad, zusammen mit Schwester Helene, in seine Studierstube schleichen, und Großvater Leopold legte mit einer Geschichte los. »Stellt euch den Teufel in Menschengestalt vor, verkleidet als harmloser Reisender«, raunte er. »Vor einer Ewigkeit stieg er in dieser Verkleidung zum Turm der Marienkirche hoch, wo Turmwart und Schuster beim Kartenspiel saßen. Er wolle mitspielen, meinte der Teufel und zog einen Beutel mit Gold aus dem Anzug. Begierig aufs Gold stimmten Turmwart und Schuster zu. Der Teufel gewann alle Runden, und als es ans Zahlen ging, knallte er mit seiner Quaste. Geld wollte der Teufel nicht, er wollte Seelen. ›Seelen kosten nichts‹, sagte der Schuster erleichtert. ›Das ist eine billige Forderung‹, meinte der Turmwart. Bedenkenlos trennten sie sich von den Seelen, die ohnehin knauserig und hartherzig waren. Und als sich der Fremde verabschiedet hatte, seufzte der Schuster: ›Mir wird schrecklich elend‹ und warf sich vom Turm auf den Kirchplatz. ›Willst du mich allein lassen?‹ keuchte der Turmwart und folgte dem Freund in den Tod. Hast du verstanden, mein Junge? Wer sich mit dem harmlos verkleideten Teufel ein Spiel leistet, wird seine Seele verlieren.«

Konrad nickte und streichelte Großvaters faltige Hand. Und Schwester Helene, die ohnehin schreckhaft war – stundenlang hockte sie mit der Puppe im Arm in den Winkeln und Ecken des Schulmeisterhauses und muckste sich nicht –, fing zu weinen an.

Oder Großvater sprach von den Zeiten, als er seiner jungen und heiteren Clara begegnet war, der er Schweizer Spieluhren verehrt hatte. Er bekam feuchte Augen und mußte sich schneuzen. Konrad wußte, es war seinem Großvater peinlich. Er zog seine Schwester vom Fußboden hoch, und auf Zehenspitzen stahlen sie sich aus der Studierstube.

Schwerer war es, zum Vater zu halten. Warum mußte er unbedingt Buchhalter bei diesem Schlomow sein, einem verschlagenen Juden? Juden brieten sich arische Kinder zum Essen, die anscheinend leckerer schmeckten als Lamm oder Kalb. Es war in Freiwalde bekannt, von wem Vater sein Buchhaltereinkommen bezog. Und er, Konrad, mußte es ausbaden. Wenn er mit seinem Fußball aus Leder zur Bleiche lief, um mit den Schulkameraden zu kicken, zogen die schiefe Gesichter und spuckten aus. Und als er im Feld seinen Drachen aufsteigen ließ, stoben sechs Jungs aus dem Korn und vertobakten Konrad mit zischenden Ruten.

Konrad verbiß sich sein Mitleid mit Vater, der an einem Junitag blutend nach Hause kam. SA-Leute hatten mit faustgroßen Steinen alle Scheiben im Bankhaus von Schlomow zerdeppert, und Schlomows Buchhalter hatte drei Glassplitter abbekommen. Schlimmer als seine Kratzer an Jochbein und Braue war seine Verletzung am Bauch.

Mutter rannte ins Bad, um mit Watte, Verbandszeug und Alkohol wiederzukommen. »Das bringt nichts«, entgegnete Vater, der weißer war als ein Gespenst und sich keuchend auf dem Sofa wand, »du mußt einen Arzt holen, der mir den Splitter entfernt.« Der in der Nachbarschaft lebende Arzt Doktor Lars war ein hundertprozentiger Nazi. Und der an der Stadtmauer wohnende Kallweit, ein Freund Tante Almas und Ortsgruppenleiter Poochs, hatte im Schulmeisterhaus bereits ausrichten lassen, bei Juden und Freunden von Juden vergesse er seinen Eid! Außer Adam in Zizow fiel Mutter kein Doktor ein, dem sie Bescheid sagen konnte.

Anders als Schwester Helene, die Vater umhalste und hemmungslos schluchzte, stand Konrad versteinert beim Ofen und sagte kein Wort. Und er hatte kein Mitleid, als Adam ins Zimmer trat, der betagt war, halbblind und von Hause aus Viehdoktor, und teilnahmsvoll mit seinem Greisenhaupt wackelte. Seine verschleierten Augen zusammenkneifend, untersuchte er Vaters Verletzung. Er kramte verschmutztes Chirurgenbesteck aus dem Arztkoffer, das er mit Watte und Alkohol reinigte. Konrad hatte kein Mitleid, als Vater ins Kissen biß, gurgelnd und wimmernd, und Mutter auf Adams Befehl seine zuckenden Beine umklammerte.

Alma leugnete nicht, tief befriedigt zu sein, als sie erfuhr, was im Bankhaus von Schlawe passiert war. »Wenn ich Warnungen ausspreche, ist es der Wind, nicht wahr?« schnappte sie gegen Emilie, die heulend den Blutfleck auf dem Sofa entfernte. »Das soll euch eine Lehre sein.«

Vater war sturer, als Alma sich vorstellte! Er lehnte es ab, sich von Schlomow zu trennen. Mit dem Vorfall im Bankhaus nahm seine Entschlossenheit zu, sich dem braunen Verbrechervolk niemals zu beugen. Und Konrad hielt zu seiner mageren Tante, die giftete: »Du hast kein Mitleid verdient.« Er mußte Vaters Entschlossenheit ausbaden. Ohne fauler zu sein als der Ortsgruppenleitersohn, kam er mit lausigen Noten nach Hause. Und als Vater zum Rektor marschierte, um sich zu beschweren, fielen sie nur um so schlechter aus.

Seine Schulkameraden benahmen sich von Tag zu Tag grausamer. Sie stahlen seine Hefte, um sie zu verschmieren – ein besudeltes Heft war zwei Ohrfeigen und eine Sechs im Zensurenbuch wert. Es hagelte Krampen und Kreide im Klassensaal, im Pausenhof mußte er Spießrutenlaufen. Es wimmelte in seiner Schulbank von haarigen Spinnen, verwesenden Spatzen und Ratten. Und an einem Vormittag, als er den Deckel hochklappte, erstarrte er vor einer lebenden Kreuzotter.

Einmal entwendeten sie aus dem Spind in der Turnhalle seine Klamotten. Konrad fand keinen Fetzen mehr vor, den er anziehen konnte, als er splitternackt von der Dusche kam. Das war an einem klirrenden Januartag. Er kauerte sich in den Spind, um dem Hausmeister zu entgehen, harrte aus, bis es dunkel war, hangelte sich aus dem Oberlicht, fiel in den Schnee. Nie war er verfrorener gewesen, und nie hatte er eine schlimmere Schande empfunden.

In dieser Zeit blieb er meistens allein. Er schnitzte Figuren auf dem Dachboden, stellte mit Holzschiffchen Seeschlachten nach. Am liebsten hielt er sich an einem von Weiden und Erlen beschatteten Platz an der Wipper auf, wo er den Flußbibern zuschaute, die auf den Steinen im Bachwasser faulenzten. Oder er stapfte zum Strand, wo er Bernsteine sammelte, die sich im Seetang verfangen hatten. Er stieg ins verfallende Korbmacherwitwenhaus und brachte dem Kolkraben, der in der Wohnstube hauste, Kohlmaden und Schmetterlingslarven mit, die das verhungerte Tier aus der Pappschachtel pickte.

»Du bist Bertha Sims, nicht wahr?« wollte er wissen. Der an einer Schwinge verletzte und fluglahme Kolkrabe stieß ein bejahendes »Krah« aus. »Und wenn du Bertha Sims bist, kannst du meine Zukunft erkennen.« Wieder machte der Kolkrabe »Krah«. »Ich werde ein tapferer, deutscher Soldat werden und meinem Vaterland ehrenhaft dienen, oder nicht?« Der in die Pappschachtel schielende Rabe antwortete heiser: »Krah, krah!« – »Und Adolf Hitler wird mir einen Orden verleihen!« – »Krah«, sagte der Kolkrabe wieder und wieder, bis Konrad verstimmt seine Pappschachtel an sich nahm. »Kannst du nichts anderes als Krah sagen?« schimpfte er. »Krah« machte der Rabe, stolzierte zum Ofen und fegte mit seinem Gefieder den Boden.

Von seiner Tante hielt Konrad sich lieber fern. Zur Mutter verhielt sie sich giftig, und andauernd hatte sie etwas zu meckern, an Emilies Braten, Helenes verschmiertem Gesicht oder Konrads verwirbeltem Schopf. »Du brauchst einen richtigen Haarschnitt«, versetzte sie und zerrte Konrad am Ohr zum Friseur. Oder sie wollte dem Neffen aus Hitlers »Mein Kampf« eine Stelle vorlesen. Konrad setzte sich neben sie, baumelte mit seinen Beinen – Alma fand das nicht passend. Lustvoll popelte er in der Nase, zum Mißfallen Almas, und mußte zwei kratzige Handschuhe anziehen, die sie aus dem Schrank kramte. Er nickte ein, und das brachte sie vollends zur Weißglut. Und als er es wagte, zu sagen, Karl May schreibe spannender als Adolf Hitler, fing er sich zwei schallende Ohrfeigen ein.

Besser kam Konrad mit Almas Verehrer klar, dem dicken SA-Mann Hans Riensberg, der breitbeinig und pfeifend am Gartentor lehnte. Mit der Linken verbarg er den Feldblumenstrauß, den er niemals vergaß, wenn er Alma zu einem Spaziergang abholte, im Kreuz.

Warum Riensberg sich in seine komische Tante verguckt hatte, blieb sein Geheimnis. Er konnte ja Riensberg schlecht fragen, ob er keine anderen Frauenzimmer kenne, die netter und anziehender waren als Alma. Konrad fragte Hans Riensberg, wann man gegen Rußland marschieren werde. »Das wird Adolf Hitler entscheiden, mein Junge.« – »Und warum verbirgst du vor Tante den Blumenstrauß?« konnte sich Konrad nicht bremsen, »sie weiß ja bereits, was du mitbringen wirst, Onkel Riensberg. Du bringst schließlich nie etwas anderes mit.« – »Mhm«, machte Riensberg und kratzte sich ratlos im Nacken. Und am kommenden Sonntag versteckte er in seinem Kreuz eine Schachtel Pralinen.

Riensbergs Pralinen waren ein Volltreffer. Alma mochte zwar Pfeffermakrelen und salzige Heringe lieber als zuckrige Sachen. Sie trank Starkbier und kippte bisweilen einen scharfen Schnaps. Und sie rauchte – mit schlechtem Gewissen und nie in Gesellschaft.

Tabak war wehrkraftzersetzend. Und sie wollte beileibe nicht eine dieser neumodischen Intelligenzbestien sein, die man in der verderbten Systemzeit erlebt hatte. Nein, Riensberg hatte sich endlich ein anderes Mitbringsel einfallen lassen als staubige Feldblumen, das bestach sie an seinen Pralinen. Er erhielt einen schmatzenden Kuß zur Belohnung. Und als sie ins Automobil stiegen, zwinkerte Riensberg dem Almaschen Neffen klammheimlich zu.

Es war dieses Ereignis, das Konrad zur Freundschaft mit Schriftsetzer Riensberg verhalf. Sie trafen sich samstags am Waldrand, wo sie einen Holzstoß behockten, und redeten von Mann zu Mann. Konrad mochte den Kuhstallgeruch in den Kleidern von Riensberg, seine Rauchkringel und sein Harmonikaspiel. Er war kein schlechter Mensch, trotz seines groben Charakters. Er war plump, hatte einen begrenzten Verstand, was er mit Erregbarkeit, Wildheit und Leidenschaft ausglich – und einer Kraft, vor der man sich in acht nehmen mußte.

Riensberg betrachtete Konrad als seinen Berater in allen verwickelten Alma-Belangen. Er ließ sich in Almas Gewohnheiten einweihen, die er anscheinend nicht kannte. Er bat um Verhaltensmaßregeln, um nicht von einer Dummheit zur anderen zu stolpern. Und seine ewigen Feldblumen waren eine maßlose Dummheit gewesen, das hatte Hans Riensberg inzwischen kapiert.

Schwerer war es, dem Schriftsetzer beizubringen, sich von seinem Pralinenerfolg nicht verleiten zu lassen. Er verstand nicht, warum er ein Risiko eingehen sollte, und wollte der Tante nichts anderes mehr mitbringen. »Um sie zu erfreuen«, erwiderte Konrad entschieden, »mußt du dir was Neues ausdenken.« – »Warum?« sagte Riensberg verdrossen und pustete Speichel aus seiner Harmonika.

Trotzdem nahm er sich Konrads Belehrung zu Herzen. Sie legten von nun an zusammen fest, was er zu seinen Besuchen am Gartentor mitbrachte: eine Dose mit Bohnenkaffee, einen Granatapfel, eine Schachtel mit Zahnstochern oder ein Haarband. Oder nur einen glitzernden Wipperstein, Minzezweige, Strandmuscheln.

Selbst mit den nichtigsten Dingen erfreute er sie. Tante Alma benahm sich vertrauter und herzlicher, als er es jemals erlebt hatte. Vor Dankbarkeit konnte sich Riensberg nicht retten. Konrad durfte sich seine SA-Kappe aufsetzen und einen Zigarettenzug nehmen. Er erlaubte es Konrad, mit seiner Pistole zu spielen, die er sicherheitshalber entlud. Und er nahm Almas Neffen zum neuen Horst-Wessel-Platz mit, wo er seine SA-Leute bimste.

Konrad war niemals beim Platz an der Wipper gewesen. Wenn Riensbergs SA-Leute Kniebeugen machten, zum Fahnenappell antraten und mit Pistolen auf Schießscheiben zielten, versammelten sich seine Schulkameraden am Platzrand, um zuzuschauen. Um den Jungs nicht zu nahe zu kommen, hatte er sich seine Neugier verkniffen.

Im Roggenfeld konnte er Hildebrandts Enkel erkennen, die mit anderen Kindern ein Feuerchen machten, um einen lebendigen Frosch in die Flammen zu werfen. Knut Hildebrandt machte ein dummes Gesicht, als Konrad zusammen mit Riensberg im Feldweg auftauchte. »Wachsam sein!« schmetterte Riensberg, und alle sechs Kinder beeilten sich strammzustehen. »Feinde im Auge behalten! Heil Hitler!« Und alle sechs Kinder schrien gellend: »Heil Hitler!«

Begierig zu wissen, was Riensberg und Konrad im Sinn hatten, folgten sie den beiden in sicherem Abstand. Konrad tat, als bemerke er nichts. Sollten Hildebrandts Enkel vor Neid aus der Haut fahren! Sollten sie allen Schulkameraden berichten, mit wem dieser »Kannmacherscheißkerl« befreundet war! Mit Hans Riensberg – und der brachte in seiner Freizeit dem Sohn aus der Judenfreundsippe das Schießen bei!

Riensberg entsicherte seine Pistole und legte sie in Konrads Hand. Zusammen zielten sie auf die Schießscheibe. »Auge zukneifen und Luft holen. Nein, das ist falsch«, sagte Riensberg, »*ein* Auge, nicht beide! In Ordnung. Und Luft holen!« Sie bewegten zusammen den Hahn, bis ein Schuß losging. »Nicht schlecht«, schnalzte Riensberg, »du wirst deinen Mann stehen, wenn wir in den Krieg ziehen, mein Junge.«

Was Hildebrandts Enkel beobachtet hatten, verbreitete sich wie ein Lauffeuer. Konrad fand keine Tiere mehr in seiner Schulbank, und mit den erlittenen Pausenhofhieben war Schluß. Seine Schulkameraden waren neidisch und mißtrauisch. Sie behandelten Konrad, als sei er ein rohes Ei. Sie zogen es vor, Riensbergs Freund nicht zu reizen, um sich Scherereien zu ersparen. Wer seine Feindseligkeiten nicht einstellte, war Ortsgruppenleitersohn Ferdinand Pooch, der sich vor einem Riensberg nicht naßmachen mußte. Ferdinand Pooch mochte bissig und wild sein. Aber er war ein zu schmales Hemd, um es dem »Kannmacherscheißkerl« alleine zu zeigen.

Als Konrad der Poochschen Bande beim Gaswerk begegnete, heulte Ferdinand: »Laßt uns den Dreckskerl zu Brei hauen«, und machte zwei drohende Schritte auf Konrad zu. Hildebrandtenkel und Schmiedesohn scharrten betreten und lustlos im Sand. Konrad war nicht bereit, sich vom Acker zu machen und Ferdinand Pooch einen billigen Sieg zu bescheren. Mit einem Schrei warf er sich auf den Ortsgruppenleitersproß, der seinen Faustschlag nicht rechtzeitig abfangen konnte.

Mit diesem Vorfall verschaffte sich Konrad beachtliches Ansehen. Er schwamm mit den Schulkameraden im Meer und erreichte als einer der ersten den Molenkopf. Das war nichts im Vergleich zu dem Ruf, den er sich auf der Bleiche als Torwart erwarb. Und kein Drache flog besser als seiner. Nur samstags fiel Konrad als Torwart und Wettschwimmer aus, um sich mit dem dicken Hans Riensberg am Waldrand zu treffen.

Gott sei Dank mußte Vater zu dieser Zeit knifflige Dinge erledigen, die mit dem Bankhaus von Samuel Schlomow zusammenhingen, und bekam seine Freundschaft zu Riensberg nicht mit. Er hatte andere Sorgen als seinen Sohn.

An einem Wochentag blieb er zu Hause, stand erst gegen zehn Uhr auf und schlurfte ins Bad, ohne sich seinen struppigen Bart zu rasieren. Als sie sich zum Essen im Garten versammelten, schwenkte er seelenruhig Samuel Schlomows Brief, der seine Entlassungspapiere enthielt. Das sei der Welten Lauf, brummelte Vater, als sei nichts Besonderes passiert. Er grub einen Kanal in den Berg aus zerstampften Kartoffeln, in den seine Buttermilch lief. »Mach dir keine Sorgen, Emilie«, sagte er, »ich bin ein erfahrener Buchhalter und werde bald eine andere Anstellung finden.«

Vater gab vor, nicht zu wissen, ob Schlomow beabsichtige, seine Bank zu verkaufen. Mit Hitlers Machtantritt habe er siebzig Prozent seiner Kundschaft verloren, es sei nichts als klug, wenn er dichtmache, sagte er kauend. »Ich wette, er will sich ins Ausland absetzen, mitsamt seinem Geld«, schimpfte Alma.

Schlomow befand sich bereits in der englischen Hauptstadt, als man seine Wohnung in Schlawe erbrach. Und er war nicht alleine in London. Von einem Fischkutter hatte sich Schlomow zusammen mit seiner Familie zu einer vereinbarten Stelle im Meer bringen lassen, wo ein britischer Frachter sie aufnahm. In der pommerschen Presse verbreitete man, dieser Lumpenhund von einem Israeliten habe in den vergangenen Monaten sein Kapital aus dem Land schmuggeln lassen, eine Meldung, die Vater ein diebisches Grinsen entlockte.

Um so erboster war er, als es hieß, Schlomow sei mit den Kundenersparnissen stiften gegangen. »Das ist dummes Zeug«, sagte Vater verbittert, »kein Mensch hat sich an diesen Konten vergriffen. Als Schlomows Buchhalter muß ich es wissen.« – »Oh, du weißt eine Menge mehr«, wetterte Alma, »und dieses Wissen kann dich deinen Kopf kosten, Schwager.«

Konrads Tante behielt leider recht. In einer Nacht kam Gestapo
ins Haus, zwei Kerle in Lederklamotten und Stiefeln, die von
Mutter mit herrischen Stimmen zu wissen verlangten, ob Kannmacher, Ludwig zu Hause sei. Konrad, der aus seiner Dienstbotenkammer schlich, kniete sich vor seine weinende Mutter und
lauschte dem Stimmengewirr aus dem ersten Stock. In Almas
Heil-Hitler-Gruß mischten sich barsche Befehle. Großvater
schimpfte: »Ich fasse es nicht, Diedrich, Otto und Bewersdorff,
Artur, zwei vor ewigen Zeiten von mir unterrichtete Schniefna-
sen«, und wischte sein Haarnetz zu Boden. »Was wird aus Versa-
gern in Rechnen und Schreiben? Nachts bei ehrlichen Leuten ein-
dringendes Verbrecherpack! Soll ich meinen Rohrstock holen und
eure Hintern versohlen, Diedrich, Otto und Bewersdorff, Artur?«
Vater streckte den Arm aus, um Konrad zu streicheln – was Artur
und Otto verhinderten –, und nickte Emilie aufmunternd zu. Sie
folgte den dreien bis ans Gartentor, fassungslos schluchzend.

Hans Riensberg war hundsmiserabler Laune, als er sich mit
Konrad am Waldrand traf. »Du bist dir im Klaren, was dein Vater
verbrochen hat, Alfred? Und ich bringe einem aus der Judenfreundsippe das Schießen bei, das kann mich teuer zu stehen
kommen!« Konrad nickte, beklommen und einsichtig. »Ich bin
kein Judenfreund«, sagte er trotzig, als Riensberg schwieg. »Bilde
dir das man ein«, knurrte Almas Verehrer, »du hast Ludwig Kannmachers Blut, und das reicht. Seine Abstammung wird man nicht
los, Mendel dixit!«

Dieses »dixit«, das hatte er von Tante Alma, die Belehrungen
am liebsten mit Nietzsche- und Hitler- und Rosenberg-dixit abschloß.

»Und was wird aus unserem Brief?« wandte Konrad ein, als
Riensberg verdrossen in seine Harmonika pustete. Sie hatten vergangene Woche vereinbart, zu zweit einen Brief zu verfassen. Ein
bewegender Liebesbrief sollte das werden, der Tante Almas verschlossenes Herz aufbrach. Aus seiner Arschtasche zerrte er einen

verknitterten Zettel mit Versen von Goethe und Rilke. »Eh ja«, machte Riensberg und kratzte sich an seiner Nase, »leider kann ich auf dich nicht verzichten, mein Junge.«

Sie setzten sich nebeneinander und brauchten drei Stunden, bis sie eine Seite verfaßt hatten, die Lurche und Steine zum Weinen bringen mußte. Und als Riensberg mit seinem ergreifenden Brief Tante Almas Verlobungsversprechen erhielt, erteilte er Kannmachers Sohn wieder Schießunterricht!

Riensbergs Seligkeit dauerte knappe vier Monate. Er durfte Alma in Zizow vorstellen und zwei silberne Ringe besorgen. Den Verlobungstermin legten sie auf April fest, einer Hochzeit im Juli stand nichts mehr im Weg.

Bis zu diesem Januartag '37, als Alma zum Haus an der Westlichen Stadtmauer huschte. Mutter Frohmann empfing sie mit Handkuß, und Paul, der ein kraftvoller, sehniger Junge mit Milchbart war, stand versteinert und stumm neben Alma. Seine Hand streichelnd, fragte sie: »Freust du dich nicht, wenn ich komme?« – »Oh, er freut sich, er freut sich«, versetzte Pauls Mutter, »er ist nichts als scheu, meine Dame. Paul verehrt Sie von Herzen, und Ehrfurcht macht stumm, nicht wahr?« Mit heiserer Stimme erwiderte Alma: »Ich will nicht verehrt werden, Paul, nicht von dir. Ich betrachte dich als meinen Sohn.« Mit Glanz in den Augen rieb sie seine rauhen, von der Arbeit im Ziegelwerk rissigen Finger. »Oh, er liebt Sie«, ließ sich seine Mutter vom Bett aus vernehmen. Paul stierte auf seine krustigen Zehen und nickte. »Mhm«, machte Alma, »warum bist du barfuß? Hast du keine Socken mehr, Kind?«

Als Alma den Weidenkorb auspackte, Speckschwarte, Wurstkringel, Eier und Socken zum Vorschein kamen, trampelten Stiefel ins Haus. Zusammen mit sieben SA-Kameraden brach Riensberg ins stickige Untermietzimmer ein. In der rechten Hand schwenkte er eine Pistole. Alma erkennend, erstarrte er vor seiner

281

Truppe aus feixenden Braunhemden, die sich bereits in der Stube verteilten und mit einer Axt auf den Kleiderschrank einhackten. »Halt!« befahl Riensberg und packte den Kerl mit dem Beil an der Schulter, »verpißt euch ins Freie!« Murrend verzog sich sein Haufen vors Haus.

Verwirrt starrte Riensberg von Alma zu Paul, steckte seine Pistole ins Halfter und stammelte: »Was machst du bei einem Juden, mein Liebes?« – »Was soll das heißen?«, erwiderte Alma schroff. Sie stellte sich dicht neben Paul und ergriff seine Hand. »Es passiert dir nichts, Kind«, sagte sie zu dem zitternden Jungen. »Kind? Wieso Kind?«, fragte Riensberg verdutzt, »bist du mit einem Juden verwandt?« – »Quatsch«, sagte Alma, »wir sind nicht verwandt. Und was soll dieser Unsinn vom Juden? Paul ist keiner.« Ein Papier aus der Uniform kramend, entgegnete Riensberg: »Mein Liebes, ich habe es schwarz auf weiß. Sein Vater, Ernst Frohmann, ist Israelit. Aus Schlawe stammend, hat er als Postkartenmaler und Geiger sein Geld verdient, bis er Freiwalde verließ. Zur Zeit ohne sichere Anschrift. Wenn sein Vater ein Jude ist, ist dieser Dreckskerl ein Halbjude.«

Alma betrachtete Riensbergs Papier eine halbe Minute und riß es in Fetzen. »*Ich* bestimme, wer Jude ist«, fauchte sie Riensberg an, »wenn du dich an Paul vergreifst, wenn du dem Jungen einen Kratzer beibringst, ist es aus mit uns beiden. Hast du mich verstanden, Hans Riensberg?« Sie setzte den Pelzhut auf, packte den Flechtkorb, nahm Abschied von Paul, seiner Mutter und Schwester und scheuchte den sprachlosen Riensberg zum Korridor.

Kurz vor der Verlobung entdeckte ein Pyritzer Knecht Frohmanns Leiche im Fluß. Sein Kadaver war nackt, voller Prellungen und Brandflecke, Nacken und Hals wiesen blutige, von einem Strick stammende Einschnitte auf.

Die von Alma verlangten Ermittlungen verliefen im Sand. Sie stellte sich taub gegen Riensbergs Beteuerungen, mit diesem Mord nichts zu schaffen zu haben, sagte Verlobung und Hochzeit beim Pfarrer ab, Riensberg durfte sie nicht mehr besuchen. Beide waren verzweifelt. Hans Riensberg, der jammerte: »Eines Judenjungen wegen vergißt sie, was uns miteinander verbunden hat, Alfred, verstehst du das?«, und Alma, die schluchzte: »Mein Kind war er, beinahe mein Kind. Und ich dusselige Gans lege Geld auf ein Sparbuch, von dem er nichts abheben konnte. Er war ja erst siebzehn, Emilie.«

Konrad hatte kein Mitleid mit Vater, der selber an seiner Gestapohaft schuld war. Mitleid hatte er mit seiner hilflosen Mutter. Um den Haushalt zu schmeißen, war sie zu besorgt und verwirrt. Beim Zwiebelkleinhacken verletzte sie sich an der Hand und vergaß den im Ofen verschmorenden Braten. Milch brannte an, Spiegeleier verkohlten, und beim Marmeladeeinkochen benutzte sie Salz. Sie schickte Helene in Hausschuhen zur Schule, rupfte im Garten statt Unkraut Trompetennarzissen und Rittersporn aus.

»Willst du dich nicht einsetzen?« flehte sie Alma an, »mit deinen Beziehungen zu Ortsgruppenleiter Pooch kannst du mit Sicherheit etwas erreichen.« – »Du kennst dich nicht aus, Schwester«, bruttelte Alma, »es ist nicht Dr. Pooch, der entscheidet, was mit deinem Mann passiert.« An einem Mittag versetzte sie sanfter: »Ich wende mich mit einem Schreiben an Alfred, es heißt, er verkehre in hohen Parteikreisen. Und Familienbande verpflichten.«

Konrad hatte mit Großvater Leopold Mitleid. »Schau sie dir an, diese beiden brutalen Idioten, die heute Gestapobeamte sind, Diedrichs Otto und Bewersdorffs Artur. Ich wollte den Kindern Vernunft und moralische Werte beibringen, und was habe ich erreicht?« Großvater seufzte. »Ich habe als Lehrer versagt, Junge, vollkommen versagt.«

Und er wand sich im stillen, wenn Großvater anfing, sein Loblied auf Vater zu singen. »Ich sage dir, Konrad, dein Vater hat Mut. Mehr Mut als Hans Riensberg und Diedrichs Otto und Bewersdorffs Artur zusammen. Er hat eine Familie vor Tod und Vernichtung bewahrt, ohne sich um sein Schicksal zu scheren. Immanuel Kant wollte Ludwig nie lesen – er ist ein zu handfester Mensch, um sich mit philosophischen Dingen zu befassen. Und mein praktischer Sohn hat am Ende nichts anderes befolgt als Kants kategorischen Imperativ!« Großvater betrachtete Konrad, der mit einem Stock Hakenkreuze ins Rosenbeet zeichnete. »Du solltest dir an deinem Vater ein Beispiel nehmen.« Und Konrad erwiderte grimmig: »Warum? Seine Abstammung wird man nicht los, Mendel dixit. Und wenn Vater mutig ist, kann ich nicht feige sein.«

Das mit der Abstammung war ein verwickelter, schwer zu entwirrender Zwirnsfaden. Was Konrad beunruhigte, war seine Abstammung von der dem Irrsinn verfallenen Großmutter, die er sich als Hexe mit Warzen und Schielaugen vorstellte. »Wenn du dich nicht endlich benimmst, kommst du in eine Anstalt«, war eine der Drohungen Almas, die Konrad in Schrecken versetzten. Am liebsten ermahnte sie Konrad, sich an seinen Namensvetter Alfred zu halten. »Nimm dir ein Beispiel an Alfred und heul nicht! Du mußt grausam und kalt sein. Wer sich grausam und kalt gegen andere benehmen will, muß es erst gegen sich sein, kapiert?«

Aufregend klang dieses Alfredsche Leben, von seiner Flucht vor den burischen Truppen bis zum Aufstieg als reicher Textilfabrikant. Wenn Konrad vorm Einschlafen seine Gebete sprach, bat er Gott um zwei Dinge: Vaters baldige Freilassung aus der Gestapohaft – und Onkel Alfreds Charakter. »Wenn ich erwachsen bin, lieber Gott, will ich ein starker und grausamer Mensch sein!«

Und was war mit diesem anderen Onkel, von dem man im Kannmacherhaus niemals redete? Erst durch Mathilde, die vor einer Ewigkeit bei seinen Großeltern Dienstmagd gewesen war, hatte er von diesem Onkel erfahren. Bei einer Begegnung am Feldtorweg hatte Mathilde mit rollenden Augen versetzt: »Menschenskind. Dieser Abklatsch ist ja nicht zu fassen.«

Konrad mochte Mathilde, die runzlig und rundlich war, ein

vertrauenerweckendes Vollmondgesicht besaß und eine Kraft, die es unschwer mit der eines Hannoveranerpferds aufnehmen konnte. Wenn sie im Kolonialwarenladen zusammentrafen, durfte er sich ein Glas Limonade bestellen, zwei Heringe einwickeln lassen. Sie war freigebig und geizte nicht mit Geschichten aus Zeiten, als Vater ein Flegel gewesen war. »Er malte Gespenster auf Grabsteine«, sagte sie, »und verfertigte Sprengstoff aus Kohlenstaub und Schwefel, mit dem er Weidemanns Postpferde scheu machte.«

Als sie – verwirrt und verlegen – am Handkarren zog und sich wieder in Marsch setzen wollte, hielt er sie am Handgelenk fest. »Was meinen Sie mit Abklatsch, Mathilde?« Wenn Erwachsene komische Dinge aussprachen und anschließend taten, als seien sie ohne Belang, konnte er aus der Haut fahren.

Mathilde war eine zu ehrliche Haut. Sie konnte niemanden anschwindeln, absolut niemanden, ob es ein Beamter war oder ein Kind. »Dein Vater besitzt einen Bruder, von dem er nichts wissen will«, sagte sie rauh, »und du kannst ein Gesicht machen, das mich verteufelt an diesen verschollenen Onkel erinnert. Wehe, wenn du mich zu Hause verpetzt«, rief Mathilde zum Abschied und zerrte am Karren, auf dem leere Milchkannen klapperten.

Einen verschwiegenen Onkel zu haben, das war eine schwindelerregende Neuigkeit. Warum sprach man daheim seinen Namen nie aus? Ob er ein schlimmes Verbrechen begangen hatte? Oder war sein verheimlichter Onkel dem Irrsinn verfallen, nicht anders als Großmutter? Bei dieser Vorstellung mußte er Luft holen. Wenn er, Konrad Kannmacher, nichts als sein Abklatsch war, konnte er sich kein anderes Schicksal ausrechnen als das, was den Onkel ereilt hatte – Mendel hatte das mit seinen Bohnen bewiesen. Wieder zu Hause, marschierte er schnurstracks ins Bad und betrachtete sich eine Stunde im Spiegel – ein Krankheitsanzeichen entdeckte er nicht.

Am anderen Tag hielt er es nicht mehr aus und lief in den Gar-

285

ten, wo Alma Gymnastik trieb. Barfuß spreizte sie sich auf der taunassen Wiese, die im Sonnenschein dampfte und glitzerte. Alma haßte es eigentlich, sich zu bewegen. Sie ging nicht mehr spazieren, und bei Strandaufenthalten weigerte sie sich, in der Ostsee zu baden. Was sie liebte, waren Ausfahrten in Riensbergs Leihwagen – vor dem Mord an Paul Frohmann – und Jahrmarktsbesuche oder ein Picknick im Freien.

Mit der Leibeserziehung verhielt es sich anders. Sie war ein Prinzip der Partei. Und sich einem Prinzip der Partei zu entziehen konnte sich Tante Alma nicht vorstellen. Kein Tag verging, an dem sie nicht in den Garten trat, um sich zu dehnen und zu spreizen. Leibeserziehung betrieb man an frischer Luft, von Frost oder Regen ließ sie sich nicht abschrecken.

Konrad mußte sich dringend Gewißheit verschaffen, was mit seinem Onkel passiert war. Er stellte sich vor seine Kniebeugen machende Tante. »Ist mein Onkel dem Irrsinn verfallen?« fragte er. Aus der Tiefe drang nichts als ein Grunzen. »Ist mein Onkel dem Irrsinn verfallen?« wiederholte er. »Bist du von Sinnen?« keuchte Alma, »dein Onkel und geisteskrank!«, sprang auf die Beine und packte den Holzreifen, der an der Hausmauer lehnte. »Von wem hast du den dummen Schnack?« wollte sie wissen, »dein Onkel ist mit Adolf Hitler befreundet!« – »Ich meine nicht Alfred. Ich meine den anderen Onkel«, fiel er seiner Tante ins Wort, die den verrutschten Haarknoten befummelte.

In dieser Bewegung versteinerte sie. Kreideweiß starrte sie in sein Gesicht, als ob er sie mit einem Fleischhackermesser bedrohe. Tantes Antwort klang kalt und erstickt. Mit atemberaubender Langsamkeit sagte sie: »Sprich mir nie-mals mehr von die-sem Men-schen!«

Konrad stieg zu seinem Großvater hoch, der seinerseits eine Grimasse schnitt, als er erfuhr, was sein Enkel zu wissen verlangte. Er streckte den knochigen Finger zum Almaschen Zimmer aus. »Psst«, machte er wieder und wieder. »Geisteskrank ist dein Onkel nicht«, raunte er seinem erleichterten Enkel ins Ohr. »Und was hat er verbrochen?« – »Na ja«, meinte Großvater, seine Zigarre in Brand setzend, »er hat deine Tante verletzt.« – »Hat er sie mißbraucht?« wollte Konrad erfahren. Großvater verschluckte sich an seinem Rauch. »Ob er sie mißbraucht hat? Um Gottes willen, nein, mein Kind«, erwiderte Großvater endlich und konnte es sich nicht verkneifen, zu glucksen, »er hat sie seelisch verletzt, Junge, seelisch! Und mehr darf ich dir nicht verraten!«

Großvaters Auskunft befriedigte Konrad nicht. Warum war sein Onkel verhaßt, wenn er Alma nicht richtig mißbraucht und entehrt hatte? Dauernd berichtete Riensberg von einem neuen Mißbrauchsfall, sei es im Sudetenland, sei es in Polen. »Und was ist das, ein Mißbrauch?« erkundigte Konrad sich neugierig. »Ein schlimmes Verbrechen«, erwiderte Riensberg. »Werden ausschließlich arische Frauen mißbraucht?« – »Klar«, sagte Riensberg, »von Tschechen und Polen und Juden.« Alma, die zweifellos arisch war, hatte es nicht erwischt – was Konrad klammheimlich bedauerte.

Diese verwirrenden Dinge vergaß er, als Vater aus der Gestapohaft freikam. Das war an einem sonnigen Tag im Oktober. Blaß lehnte Vater am Gartentor. Er nahm seinen Hut ab, den er in den Fingern zerknautschte. Er benahm sich, als sei er ein ferner Verwandter, der in letzter Minute an seiner Besuchsabsicht zweifelt, oder wie ein Hausierer, der Natron, Rasierklingen, Seife und Waschpulver anbieten will und bemerkt, seinen Koffer mit Ware vergessen zu haben.

Konrad empfand eine seltsame Scheu vor dem Vater. Er rannte ins Haus und benachrichtigte seine Mutter, die einen Kessel mit Wasser vom Feuer nahm, um Almas Aufwachtee zuzubereiten. Mutter stammelte: »Was ist los? Vater? Am Gartentor?«, und spritzte sich kochendes Wasser aufs Handgelenk. »Wo bleibt mein Tee?« heulte Alma im ersten Stock, ohne von Mutter beachtet zu werden, die ans Gartentor rannte und Vater umarmte.

Alma und Großvater stritten sich wochenlang, wem man Vaters Entlassung verdankte. »Meinem Bittbrief an Alfred«, behauptete Alma. »Unsinn«, erwiderte Großvater scharf, »die hatten nichts Stichhaltiges in der Hand gegen Ludwig.« Von seiner Zeit in der Haft wollte Vater nicht sprechen, dem Streit zwischen Alma und Großvater lauschte er schweigend. Dieser ewige Zank war der Hauptgang am Mittagstisch, bis es zu anderen Ereignissen kam, die Großvater und Tante Alma entzweiten.

Erst war das Konrads HJ-Mitgliedschaft, gegen die man nichts ausrichten konnte. Wer zehn Jahre alt war, mußte Pimpf werden. Konrad zog stolz seine Uniform an, an der eine Hakenkreuzbinde befestigt war, und los ging's zum Lageraufbau in den Wald. Sie lernten marschieren oder sich ohne Kompaß in fremdem Gebiet zu bewegen. Und wenn sie zum Liederabsingen keine Lust mehr hatten, brachte ein Weltkriegsgefreiter den Kindern das Boxen bei, in dem er pommerscher Meister gewesen war.

Als Wien Adolf Hitler um Hilfe anflehte, konnte er sich dem Ruf nicht verschließen. »Hitler will Krieg«, schimpfte Großvater, und Tante Alma erwiderte schnippisch: »Sie irren sich, Herr Schulmeister, Hitler will Frieden. Einen Frieden, mit dem man uns nicht mehr in Armut und Elend treibt.« – »Er will einen Frieden zu seinen Bedingungen«, spottete Großvater, »und das heißt: Krieg. Er will Europa beherrschen und scheut keinen Rechtsbruch.« – »Wir leben in anderen Zeiten, Herr Schulmeister. Unsere Gesetze stehen nicht auf Papier. Sie brennen in unseren Herzen. Und recht hat, wer anderen vorschreibt, was Recht und Gesetz ist.«

Große Ereignisse hielten Freiwalde in Atem, was den Streit zwischen Alma und Großvater anheizte. Und Konrad marschierte und turnte und boxte und half bei Kartoffel- und Rapsernte mit. Und Vater war Buchhalter in einer Sparkassenzweigstelle. Und Mutter Emilie zweifelte Großvaters Warnung vor einem bevorstehenden Kriegsausbruch an. »Hitler wird rechtzeitig einlenken«, sagte sie. Es kam zum Sudetenlandeinmarsch, und bald brannten Betstuben und Synagogen.

Im April '39 war Alma bereit, Riensbergs Qualen ein Ende zu machen. Er hatte sie wieder und wieder in Briefen beschworen, seinen Unschuldsbeteuerungen Glauben zu schenken. Bedingungslos war Almas Eheversprechen nicht. Sie weigerte sich, auf den Bauernhof umzuziehen. Erst brauchten sie eine Wohnung, die bei seinem knappen Verdienst nicht zu teuer sein durfte. Gleichzeitig mußte sie »annehmlich« sein.

Was Alma mit »annehmlich« meinte, war Riensberg nicht klar. Er schleppte sie in feuchte Buden und dunkle Behausungen, die er bequem und behaglich fand, was seinem bescheidenen Wesen entsprach. Von Wohnungsbesichtigung zu Wohnungsbesichtigung nahm Almas Verbitterung zu. »Wenn du mir nichts Besseres bieten kannst«, tobte sie, »werden wir nie Mann und Frau. Ich lasse mich in keinem Loch nieder!«

Anfang Juli trieb er eine Wohnung am Kopfberg auf, wo in den vergangenen Jahren eine Siedlung entstanden war, mit zwei sonnigen Zimmern im dritten Stock, Bad und Toilette und allem modernen Komfort: Warmwasser, Zentralheizung, Strom. Zerknirscht sprach sie von einer Bleibe, die »zumutbar« sei, trotz der grausigen Wohnzimmeraussicht zum Friedhof. Sie hatte keine Entschuldigung mehr, um den nahenden Hochzeitstermin zu verschieben.

Sie heirateten im August '39. Alma Riensberg nahm Abschied vom Schulmeisterhaus. Was sie an Habseligkeiten besaß, hievten Riensbergs SA-Leute auf einen Lastwagen, der zur Siedlung am Kopfberg hochknatterte. Almas Sorgen, sie werde bestimmt keinen Schlaf finden mit einem schnarchenden Mann an der Seite – der außerdem Stallgeruch ausdünstete –, waren voreilig. Bereits in der ersten Nacht blieb sie allein. Riensberg mußte am Nachmittag packen, um rechtzeitig in der Kaserne von Lauenburg zu sein.

Alma war nicht besonders verstimmt. Es hatte Vorteile, wenn

289

sie sich erst mit der neuen Umgebung vertraut machen und auf ein Leben als Ehefrau einstellen konnte. Sie betrachtete seine Beorderung als Gnadenfrist. Von der Erregung zu schweigen, die sie ergriff. An der Ostgrenze war mit dem Ernstfall zu rechnen. Und Hans Riensberg beteiligte sich an der ersten Schlacht, wenn es zum Krieg kommen sollte! Sie bebte vor Stolz und Begeisterung, Ehefrau eines Soldaten zu sein.

Im Schulmeisterhaus kehrte Ruhe ein. Emilie fand diese Ruhe beklemmend. Konrad bewegte sich auf seinen Zehenspitzen, wenn er aus dem Flur in sein Zimmer hochkraxelte, das er dem Auszug der Tante verdankte. Großvater sprach zwar von einer erholsamen Stille – andererseits langweilte er sich am Mittagstisch und vermißte den Streit mit Emilies Schwester.

Von seinem letzten Besuch aus der Anstalt in Potsdam kam Großvater strahlend nach Hause. »Nie war sie lieber zu mir«, sagte er zu Emilie und Ludwig, »sie kommt wieder zu sich, ich wette, sie kommt wieder zu sich. Sie nahm meine Hand und gab mir einen Kuß, stellt euch vor, einen richtigen Kuß auf die Wange.« Mit Glanz in den Augen rieb er seine Backe. »Sonst wich sie mir aus und beschuldigte mich, Alfreds Briefe an sie zu vernichten. Ja, nie war sie vertrauter mit mir als bei dieser Begegnung. Ich sage euch, Kinder, sie kommt wieder zu sich.«

Und am 1. September war Leopold Kannmacher tot. Konrad, der seinem Großvater mitteilen wollte, Riensberg sei mit der Wehrmacht in Polen einmarschiert, eilte aufgeregt in sein Studierzimmer. Großvater hockte im Lehnstuhl und regte sich nicht. Er hatte als letztes Kants »Ewigen Frieden« studiert, der zwischen Lehne und Großvaters Bein klemmte. Man konnte meinen, er halte ein Nickerchen. Schlaff hing sein Kinn auf der Brust, und im Schoß konnte man einen Brandfleck erkennen. Konrad hob seine kalte Zigarre vom Teppich, der an einer Stelle verkokelt war, und stupste den Schulmeister vorsichtig an. »Es ist Krieg. Du mußt aufwachen, Großvater.«

Leopold Kannmacher wollte vom Krieg nichts mehr wissen. Am 6. September beerdigten sie seine sterblichen Reste auf dem Freiwalder Friedhof. Es waren nicht mehr als zehn Menschen, die aus der St.-Gertruds-Kapelle den Sargschleppern folgten und sich um den Grabstein versammelten, einen Grabstein mit Großvaters Namen und Kants kategorischem Imperativ. Diese Inschrift war Großvaters Wille gewesen, und diesem Willen zu entsprechen hatte Ludwig bei Pastor und Friedhofsverwaltung ertrotzt. Immanuel Kant war im Reich nicht verboten, das beschwichtigte Prediger Priebe. Und dem Friedhofsverwalter Heinz Kroll brachte Vater bei, ein kategorischer Imperativ gleiche einem Befehl, dem bedingungslos Folge zu leisten sei, was den gewesenen Leutnant aufs tiefste beeindruckte.

Sie standen zusammen vorm Erdloch und schluchzten, Vater und Mutter und Schwester Helene, Mathilde und Barske und Stoph vom Zigarrenwarenladen, der seinen treuesten Kunden verloren hatte, und zwei Altsitzerinnen, die sich keine Bestattung entgehen ließen – sie heulten ergriffener als alle Verwandten. Und Alma Riensberg, gewesene Sielaff, die man in Freiwalde als »seelischen Panzer« verehrte, stand heulend vorm Schulmeistergrab. Und als sie Erde auf Großvaters Sarg schippte, schwankte sie eine Sekunde am Grubenrand. Sie drohte ins Erdloch zu kippen, was Vater verhinderte, der sie am Ellbogen packte.

Hans Riensberg kam Ende Dezember auf Heimaturlaub. Drei Wochen verbrachte er mit seiner Alma im Siedlungshaus, bis er wieder abmarschieren mußte. An diesem Tag weinte sie sich bei der Mutter von Konrad aus, der im Fliesengang hockte und beide belauschte. »Dir ist schwer ums Herz«, sagte Emilie, »ich weiß. Du hast keine Zeit, deinen Mann richtig kennenzulernen.« – »Nein«, erwiderte Alma verbittert, »das ist es nicht.« – »Warum sagst du mir nicht, was es ist?« fragte Mutter. »Ich kann es nicht sagen«, antwortete Alma, »ich kann es nicht.« Sie schwiegen, bis Mutter vom Sofa aufstand, um am Radiokasten zu drehen. »Du solltest ein Kind bekommen«, sagte sie heiser, »wenn du erst ein Kind hast, vergeht deine Einsamkeit.« – »Ein Kind bekommen? Spinnst du?«, entgegnete Alma erregt, »ich bin siebenunddreißig!« – »Das ist nicht zu alt«, meinte Mutter, »denk an Damenschneider Pfaff, seine Frau hat mit vierzigeinhalb einen Racker zur Welt gebracht.« – »Ich kann keine Kinder zur Welt bringen, Emilie.« – »Und wieso nicht?« erkundigte Mutter sich unsicher. Alma konnte sich nicht mehr beherrschen und schluchzte los. »Es ist Riensberg, er kann keine zeugen.« Almas Weinkrampf verwischte zum Teil, was sie sagte. Konrad verdankte es Mutter, wenn er den entscheidenden Satz nicht verpaßte. »Wie bitte?« stammelte sie, »er hat keine ... er hat keine Hoden, dein Mann?«

Konrad zuckte zusammen. Von Hoden zu sprechen war strengstens verboten, besonders bei Frauen, die sich als gut erzogen betrachteten. Und SA-Mann Riensberg besaß keine Hoden, wie ein kastrierter Hengst oder Stier? Sicherheitshalber schob er seine Hand in den Hosenstall. Beruhigt, als er seine nußgroßen Dinger ertastete, verließ Konrad den Horchposten bei der Garderobe.

Tag um Tag hockte Konrad im leeren Studierzimmer und nahm sich Großvaters Kantische Schriften vor, die von Bleistifteintragungen wimmelten. Leider waren sie nicht zu entziffern. Um einen Satz von Immanuel Kant zu verstehen, mußte man es beherrschen, um mehrere Ecken zu denken, und von diesem Umseckdenken konnte man Kopfweh bekommen. Um Großvater in seiner Grube Gesellschaft zu leisten, stieg Konrad zum Friedhof am Kopfberg hoch, wo er dem Grab aus Kants Werken vorlas.

Ob Großvaters Tod seinen Einfluß vermehrte? War es der Krieg, der bald vor keiner Grenze mehr haltmachte? Oder waren es Vaters Soldatengeschichten, die er seinem Sohn nicht mehr vorenthielt? Zum Leidwesen Mutters, die Vater bekniete: »Erspare dem Kind diese grauenhaften Dinge!« – »Das ist es, mein Schatz, was ich will«, sagte Vater, »unserem Sohn diese grauenhaften Dinge ersparen. Soll er einen Schlotterarm kriegen wie ich?« Er lieh Konrad ein Buch, das den Titel »Im Westen nichts Neues« trug und streng verboten war. Was verboten war, zog Konrad an. An verregneten Tagen las er es im Dachstuhl, im Schneidersitz an einem Holzpfosten lehnend und in eine muffige Decke gewickelt. Eine Petroleumlampe mit rußigem Glas gloste auf einer Obstkiste an seiner Seite. Wenn er ein Kapitel beendet hatte, steckte er das verbotene Buch ins Geheimfach der Schiffstruhe, die ansonsten nur modrige Winterklamotten enthielt.

Konrad wollte nicht mehr in den Krieg ziehen. Er lehnte es ab, an den Kriegsspielen teilzunehmen, die seine Schulkameraden begeisterten. Als HJ-Junge Spargel zu stechen und Zeltlager aufzubauen, fand er kotzlangweilig. Er meldete sich lieber krank, litt an viehischen Zahnschmerzen, Kreislaufbeschwerden, grippalen Infekten, mit Durchfall verbundenem Leibweh. Er mußte bei einem HJ-Arzt antreten. Der kritzelte auf sein Berichtsblatt zwei Worte: »Mordsnatur« hieß das eine, »Heuchler« das andere, und mit seinen Krankheitsentschuldigungen war Schluß.

Konrad lief nicht mehr zum Sportplatz, um sich in eines der Tore zu stellen. Lieber blieb er allein und hielt sich an der Wipper auf, wo er in den Briefen las, die er in Großvaters Schreibtisch entdeckt hatte. Sie stammten von seinem verschollenen Onkel. Oder er eilte zum Pyritzer Bauernhof, um Mathildes Geschichten zu lauschen; von der Kannmacherwohnung am Westlichen Stadtwall, die nie einen Sonnenstrahl abbekommen hatte; von Großmutters Schlittschuhausflug mit den Jungs, bei dem sie um ein Haar seinen Onkel verloren hatte, von dem sie behauptete, er sei ein Schlangenkind; vom großen Brand, der Freiwalde verheert hatte, und von Postkutscher Weidemanns Herdfeuerschnackeleien; von Onkel Julius, der in der Wipper ertrunken war; von Onkel Friedrich, dem schweigsamsten, von einer Weltkriegsgranate zerrissenen Kannmachersohn. Und mit einer Zuneigung, die seine Eifersucht weckte, sprach sie vom verschollenen Onkel.

»Als deine Großmutter Clara im Krieg alle Stahlsaiten aus dem Klavierkasten rupfte, war ich es, der mit Onkel Felix zu Sielaffs marschierte, wo er sich in deine Mutter verliebt hat – um am Ende bei Alma zu landen. Es ist meine Schuld, wenn es zu dieser Verbindung kam und beinahe zur Hochzeit, vor der er Reißaus nahm.« Es waren verwirrende Geschichten, man mußte sich teuflisch in acht nehmen, um nichts zu verpassen. Konrad quetschte Mathilde aus, bis in der schmierigen Scheibe zum Obstgarten Nachtwolken aufzogen und Fledermausschatten um Scheune und Schweinestall zappelten. Beim Abschied versetzte sie: »Ist es nicht komisch, mein Junge? Wo meine Geschichten zum Lachen sind, sind sie zum Weinen. Und wo sie zum Heulen sind, will man in Prusten ausbrechen.«

Was er nicht mochte, das waren Mathildes Vergleiche – Vergleiche, die zu seinen Ungunsten ausfielen. Während sie einen Apfel entzweischnitt, meinte sie seufzend: »Du hast seine Augen, mein Kleiner« – bereits dieses Seufzen verknuste er schlecht. Und wenn sie bemerkte, »es fehlt dir ja leider an seiner Begabung«, nahm er seine Kappe und trollte sich. »Du wirst ein praktischer Mensch werden«, sagte Mathilde, »nicht anders als Ludwig, der mit beiden Beinen auf dem Erdboden steht. Das ist normal, Ludwig ist halt dein Vater. Dein verschollener Onkel war vollkommen anders.« Wem sie den Vorzug gab, konnte Mathilde nicht leugnen, was Konrad zum Widerspruch reizte. Er verteidigte Vater mit hitzigen Worten. Das war zwecklos, sie zog an der Stickdecke, zuppelte Flusen vom Teppich und schmunzelte.

An einem Nachmittag zeigte sie Konrad den Lauenburger Kasten mit goldener Aufschrift »Fritz Klemm & Konsorten. Klavierfabrikanten«, der von einer Decke verborgen im Kuhstall stand. Mathilde blieb an seiner Seite stehen, als er auf den Klavierhocker plumpste und in die Tasten griff. Vor einem stummen Klavier mußte er keine Scheu haben. Es verriet nicht, ob er eine Flohwalzerniete war oder beachtlich zu spielen verstand. Seine Fingerbewegungen sagten Mathilde nichts. Sie lehnte sich an einen Stroh-ballen, schloß beide Augen und lauschte erschauernd dem Klap-pern und Scheppern, das aus dem Klavierkasten kam. »Im Tor bin ich besser«, versetzte er ruppig. Als sie zusammen auf den nebligen Hof traten, sagte Mathilde mit heiserer Stimme: »Man kann ja nicht wieder von vorne anfangen.«

Seine Besuche im Bauernhaus stellte er ein, den aus Großvaters Zimmer entwendeten Briefstapel legte er wieder zu Schulmeister-kladden und amtlichem Postkram im Schreibtisch. Man konnte nicht wieder von vorne anfangen. Er war ein anderer Mensch als sein Onkel, der sich im Ausland befand oder tot und begraben war, falls er nicht sein Leben in Kneipen verklimperte.

Konrad verkroch sich am liebsten am Flußufer, wo er bald nicht mehr allein war. Eine Dienstmagd Mathildes, die Minna hieß, kam ins Versteck, wenn sie sich von der Hofarbeit freima-chen konnte. Minna war heiter und liebevoll. Außerdem konnte sie polnische Lieder singen, die sie vom Ladislaus-Vater erlernt hatte, einem Pyritzer Knecht, der aus Lubatsch in Polen stammte. Er hatte sich in eine Melkerin aus Palwitz verliebt, die bereits eine Tochter besaß. Es scherte Minna nicht, von wem sie abstammte, stets hatte sie Ladislaus Bronek als Vater betrachtet, den guten, be-scheidenen Ladislaus. Auch wenn man sie in Freiwalde als Polen-balg scheel anschaute und schlecht behandelte!

Beide Eltern waren nicht mehr am Leben. Und Minna ertrug es nicht, einsam zu sein. Sie hatte Konrad bei seinen Besuchen im Hof bemerkt und eines Tages bis zur Wipper verfolgt.

Es vergingen drei Monate, bis sie den Mut hatte, sich neben Konrad ins Gras fallen zu lassen, nicht ohne sich erst zu erkundi-gen, ob es erlaubt war. Er war zu verdattert, um sie zu verscheu-chen. Er haßte Gesellschaft, und Minna erwies sich als redselig, was seinen Widerwillen steigerte. Sie verstummte, als sie seinen Unmut wahrnahm, und stimmte ein polnisches Lied an.

Minna hatte nicht mehr als vier Klassen besucht, sich nie in ein

Buch vertieft außer der Bibel. Sie mochte schlicht sein – dickfellig war sie nicht. Und sie besaß eine Stimme, die reiner war als das im Wipperfluß glitzernde Wasser.

Konrad begann diese polnischen Lieder zu lieben. Und wenn Minna, beansprucht von Heuernte, Melken und Schweinestallausmisten, nicht ins Versteck kommen konnte, vermißte er sie. An heißen Augusttagen zogen sie sich bis aufs Unterzeug aus, um ein Bad in der Wipper zu nehmen. Wenn sie aus dem Rock stieg und sich von der Bluse befreite, starb Minna vor Scham. Sie hatte zerstochene Schultern und Narben an beiden Knien, die sie vor Konrad verheimlichen wollte. Von der Feldarbeit schwielige Finger zu haben empfand sie als peinlich genug. »Deine grobe Haut macht mir nichts aus«, sagte Konrad. Minna schwieg – ob aus Kummer, Verlegenheit oder Erleichterung, war schwer zu sagen – und stimmte ein polnisches Lied an.

Wenn es regnete, schleuste er sie in den Speicher. Er bediente sich zu diesem Zweck einer Leiter, die Mutter zur Apfel- und Kirschernte nutzte. Sie war ausreichend hoch und erlaubte es Minna, ins Schulmeisterzimmer zu steigen. Um keinen Verdacht zu erregen, stieß er Mutters Leiter ins Gras und verriegelte Großvaters Fenster. Im Dachboden fielen sie auf einen kratzigen Strohsack und preßten sich atemlos, scheu und begierig – und bibbernd vor Bammel und Frost – aneinander. Er bat Minna, ein polnisches Lied zu summen, und las seiner Freundin aus Kantischen Schriften vor, die sie in einen friedlichen Schlaf wiegten. Und an einem Wintertag, als sie alleine im Haus waren, hielten sie es nicht mehr aus. »Du darfst mich nicht anschauen«, bettelte Minna, die sich bebend und nackt auf dem Strohsack ausstreckte. Er schloß beide Augen, erforschte sie mit seinen Fingern, er leckte sich tiefer und tiefer. Und als sie sein Geschlecht mit den Lippen bewegte, zerbarst er vor lustvollen Schaudern.

Ab Mitte Februar fanden sie keine Gelegenheit mehr, sich zu treffen. Konrad mußte zu seiner Rekrutenausbildung antreten und

bald als Soldat in den Krieg ziehen. Sie hatte versprochen zu win-
ken, wenn er sich am Freiwalder Bahnhof verabschiedete. Zwischen
den wimmelnden Menschen, im beißenden Lokomotivendampf,
konnte er sie nicht entdecken. Umsonst streckte er seinen Kopf
aus dem Frachtwaggon. Vater stand neben dem Einstieg, versteinert, zusammen mit Mutter und Schwester Helene, die weinten.
Ein scharfer Befehl erklang, und man verschloß den Waggon, in
dem sich seine Altersgenossen mit Zoten und forschen Bemerkungen Mut machten. Mit einem Ruck setzte sich der Zug in Bewegung. Im Luftklappenspalt konnte er den Marienturm erkennen,
Herzog Bogislaws Schloß, Gaswerk, Schlachthof und Wasserturm,
den ein einsamer Sonnenstrahl traf. Ohne Eile entfernten sich Bleiche und Sportplatz, im Nebel versinkende Weizen- und Rapsfelder.

Und am Steilufer donnerten sieben Kanonen.

V

Um den Staub zu ehren

Als Schulmeister Kannmacher friedlich entschlafen war, reiste mein Großvater Ludwig nach Potsdam. Er traf seine Mutter nicht mehr in der Anstalt an, man hatte sie in eine andere verlegt. In den vergangenen Monaten, hieß es, habe sich Clara Kannmachers Krankheit verschlimmert und bessere Behandlungsmethoden verlangt. Es fehle in Potsdam an Fachpersonal und notwendigen Apparaturen, die in der moderneren Anstalt vorhanden seien. Großvater Ludwig fuhr wieder nach Hause. Er verschob seine Reise an Claras Verbringungsort auf einen anderen Zeitpunkt.

Von Leopold Kannmachers Tod sollte seine Frau Clara nie etwas erfahren. Mit seinem Besuchsantrag hatte mein Großvater keinen Erfolg. Nicht besser erging es der Klage, die er ans Gericht schickte. Es verstrichen zwei Kriegswinter, bis man sie endlich verhandelte und als »nicht statthaft« verwarf.

Clara Kannmacher starb '44 im Gas. Großvater Ludwig erhielt im April eine Nachricht aus einem Flecken im Westerwald, den seine Mutter, von Anstalt zu Anstalt verschoben, im Februar erreicht hatte. Er zog aus dem Hadamar-Brief einen amtlichen Totenschein, mit Personenangaben und Sterbetag und der auf »Herzstillstand« lautenden Todesursache.

Im vorletzten Kriegsmonat meldete sich Ludwig Kannmacher freiwillig in der Kaserne, um nicht beim Volkssturm zu landen, und schloß sich dem Wehrmachtsverband an, der Danzig verteidigte. Ende Februar hatte Emilie drei Karten erhalten, die zur Flucht mit dem Schiff aus Freiwalde berechtigten. Das beruhigte Großvater einigermaßen. Er selbst brachte seine Familie zur »Seglerhans«, die an diesem Vormittag auslaufen sollte. Er nahm Abschied von Tochter und Ehefrau und der am Kai einen Koffer behockenden Alma, die erst gegen Emilies Fluchtplan gewesen war, den sie als »ehrlos« und »feige« betrachtete, bis sie sich am Vorabend anders besonnen hatte.

Almas Stimmung war dusterer als eine Moornacht. Und in letzter Minute, als man eine Unzahl von Kisten im Schiffsbauch verstaut hatte und den Passagieren erlaubte, an Bord zu gehen, entschloß sie sich nun wieder zu bleiben. Erstens passe sie in keine andere Gegend als diese. Zweitens sei sie kein Mensch, der Reißaus nehme. Drittens wolle sie Silberbestecke und Porzellan vor den mongolischen Horden verteidigen. Kurzerhand scherte sie aus der Schlange vorm Schiffssteg aus, eilte zu einer weinend vorm Absperrseil stehenden Dienstmagd, Paul Frohmanns Schwester, die sie in der Menge entdeckt hatte, und trat den Berechtigungsschein an sie ab.

Nach Kriegsende hatte sich Großvater Ludwigs Familie im Holsteinischen wieder vereint. Großmutter erreichte als erste Lensahn, zusammen mit Schwester Helene. Großvater, der auf einem Kriegsschiff nach Westen floh, traf Ende Mai in der Holsteingemeinde ein. Mein Vater entzog sich der amerikanischen Kriegsgefangenschaft im August, wanderte aus dem Hessischen hoch in den Norden, schlief in den Ruinen von Hamburg und mischte beim Schwarzmarkt mit, bis er im Dezember durch Zufall erfuhr, wo sich Eltern und Schwester aufhielten. Zu Weihnachten stand er vorm Haus in der Sandkuhle, das sie zusammen mit anderen Familien aus Pommern und Schlesien bewohnten.

Als letzte traf Alma im Westen ein, erst im April '46. Sie grenzte sich scharf von den Pommern und Schlesiern ab, die den russischen Truppen rechtzeitig entkommen waren und keine Vertriebenen waren wie sie. Sie habe ausharren wollen, allen schlimmen Erfahrungen mit Russen und Polen zum Trotz! »Meine Schuld ist es nicht«, sagte sie zum Besitzer des Hauses, Karl Eduard Papenfuß, den sie im Erdgeschoßzimmer besuchte, um Karten zu spielen, »wenn Sie drei fremde Familien am Hals haben.«

Großvater freundete sich mit Herrn Papenfuß an, der Direktor einer Regulatoren produzierenden Fabrik war. Als Papenfuß seinen Betrieb wieder aufnehmen konnte und Werftenbestellungen aus Hamburg und Kiel eintrafen, stellte er Ludwig Kannmacher als seinen Buchhalter ein.

Im Jahr 1954 ließ sich Papenfuß in einer Villa am Stakensee nieder, die seinem Ansehen besser entsprach – dem Ansehen eines Fabrikbesitzers, der mit seinen Regulatoren wieder Geld machte. Sein von Pommern- und Schlesierfamilien verwohntes Haus vermietete er an den Buchhalter.

Alma verbrachte zweiundzwanzig Jahre mit Schwager Ludwig und Schwester Emilie im Haus an der Sandkuhle. Sie bewohnte alleine den ersten Stock, in dem sich vier Zimmer befanden, ein Wohnzimmer, in dem sie stickte und las, dem Radio lauschte und Briefe schrieb. Sie schrieb dem in Rußland verendeten Ehemann und anderen verstorbenen Bewohnern Freiwaldes Briefe und Postkarten, die als »nicht zustellbar« wieder im Almaschen Briefkasten landeten.

Ein Zimmer im ersten Stock hatte den Spitznamen »Almas verbotenes Reich«. Es war nicht in Erfahrung zu bringen, was sie in dieser doppelt und dreifach verriegelten Kammer verwahrte. Wenn wir bei den Großeltern waren, betrat sie sie nie, und vorm Fenster zum Garten hing ein schwarzer Vorhang, der Almas Geheimnis in Dunkelheit tauchte.

Im Februar 1969 verließ Großtante Alma das Papenfußhaus. Sie bezog eine Wohnung im Neubaugebiet von Lensahn, die drei Zimmer besaß, warm und billiger war. Von Vaters Schwester aus Kiel kommend, statteten wir seiner Tante Zwei-Stunden-Besuche ab. Vater, der kannenweise Kaffee trank, sei es zu Hause, sei es an der Hochschule, saß mit verkniffenen Lippen vor Almas Kaffeetasse. Ich biß in Marzipan, das uralt und verstaubt schmeckte, und floh auf den Pott, um das Zeug wieder auszuspucken. Wenn wir uns winkend zum Auto entfernten, merkte ich meinem Vater Erleichterung an – eine Erleichterung, die uns verband. Um des lieben Familienfriedens willen faßte er Alma mit Samthandschuhen an. Und um seines Seelenfriedens wegen, vermute ich. Sie war eine der letzten Verbindungen zu seiner Kindheit im fernen Freiwalde.

Warum er mich bei einem Besuch in Lensahn mit der Großtante allein ließ, das weiß ich nicht mehr. Ich war zehn oder elf und nicht mehr in dem Alter, mich vor dem »Drachen« zu grausen. Ich empfand Ekel vor dem sauren Geruch, der mich aus Tantes Kleidern anwehte, und Ekel vor Almas besonderer Leidenschaft, Fliegen zu fangen, die sie mit der Hand von der Tischdecke haschte und zwischen den Fingern zerquetschte.

In den ersten zwei Stunden war Alma von auffallender Freundlichkeit. Sie langweilte mich mit Geschichten vom Krieg, die um den verstorbenen Ehemann kreisten. Als Gefangener der Roten Armee war Hans Riensberg in einem sibirischen Zwangsarbeitslager verreckt. Sie zeigte zum Photo im goldenen Rahmen, das neben dem Fernseher an der Tapete hing. »Er besaß einen Druckerbetrieb in Freiwalde.«

»Was du dir aus den Fingern saugst«, sagte ich frech, »dein Mann war ein einfacher Schriftsetzer.« Alma ließ beide Stricknadeln sinken und starrte mich an. »Von wem hast du das?« wollte sie wissen. Und bei meiner Antwort: »Von Großvater habe ich das. Und außerdem meinte er, du seiest ein richtiger Kinderschreck«, wischte sie Nadeln und Wolle zu Boden.

Alma schlurfte zum Herd, um den Topf auf die Flamme zu stellen, der einen Mischmasch aus Kohl und Kartoffeln enthielt, bei dem mir mein Hunger verging. Fleisch aß unsere Tante nicht mehr. Von der pflanzlichen Nahrung versprach sie sich Widerstandskraft gegen Altersbeschwerden und Auszehrung. Sie war fest entschlossen, uralt zu werden. Was sie zu dieser Entschlossenheit trieb, war Almas beharrlicher Glaube, sie habe ein besseres Leben verdient. Großtante rechnete mit einer satten Belohnung, und vorzeitig ins Gras beißen durfte sie nicht!

Einen Hauch von Befriedigung konnte sie niemals verleugnen, wenn sie vom Tod unserer Großeltern sprach. Dieser Schicksalsschlag hatte Emilie und Ludwig ereilt, ausnahmsweise nicht sie, die vom Schicksal benachteiligte. Das war eine schwache Genugtuung, eine am Ende zu teuer bezahlte Gerechtigkeit. Sie befreite sie nicht von der Trauer um Schwester Emilie, nicht von der Einsamkeit, die sie verbitterte. Alleine zu wohnen fiel Alma entsetzlich schwer. Sie besaß keinen Menschen mehr, mit dem sie Erinnerungen austauschen konnte, niemanden mehr, der sich anraunzen ließ – außer die vor der Mietwohnung spielenden Kinder.

Ich stocherte mit meiner Gabel im salzlosen Essen, von dem ich nicht mehr als zwei Happen herunterbrachte. Alma betrachtete mich voller Widerwillen, ohne ein Wort zu verlieren. Sie hatte Vater versprochen, friedliche Stunden mit mir zu verbringen.

Großtante ließ mich alleine im Wohnzimmer hocken, als sie sich nebenan kurz aufs Ohr legte. Mit den Nachbarschaftsbengeln Bekanntschaft zu schließen hatte sie mir untersagt. Ich kniete mich vor den verschlossenen Kasten, in dem der Schwarzweißfernseher meiner Großtante versteckt war. Ich betrachtete Almas verblichenen Ehemann, der vor einem Kornfeld in seine Harmonika blies. Auf Zehenspitzen schlich ich zum Korridorende, wo sich Almas verbotenes Reich befand. Als sie im Schlafzimmer hustete, machte ich schleunigst kehrt.

Ich wußte nicht, was mit mir anfangen, tappte zum Radio und stellte es an. Ich drehte am Knopf, bis ich auf einen Sender stieß – ein anderer war nicht zu empfangen –, in dem man Klaviermusik brachte. Um Alma beim Mittagsschlaf nicht zu behelligen, schob ich den Schaukelstuhl von seinem Platz bei der Anrichte neben das Radio, wo ich der schwachen Klavierstimme lauschen konnte. Bald nickte ich ein und war um so erschrockener, als sie vor meinem Schaukelstuhl stand. Alma war kreideweiß im Gesicht. Von der Lippe zum Kinn floß ein Speichelfaden, den sie sich ruckartig abwischte. »Das machst du nie wieder«, bemerkte sie grimmig und zeigte zum Radio, das nicht mehr spielte.

Am Nachmittag konnte ich mich nicht beherrschen. Ich haßte den bitteren Tee, den sie in meine Tasse goß, diesen trockenen Kuchen, der an meinem Gaumen rieb, als sei er aus Schmirgelpapier. »Ich weiß, warum du mir das Radio verboten hast«, sagte ich naseweis zu meiner Großtante, die sich mit der Hand an den Haarknoten griff. Ich hatte Alma nie anders erlebt als mit diesem Dutt auf dem Kopf. Andauernd war sie in Sorge, er sitze zu locker, und fummelte wieder und wieder am Knoten. »Du weißt nichts«, sagte Alma, »du hast keinen Schimmer«, und starrte mich wutentbrannt an.

Mein Schweigen beruhigte sie nicht. »Du bist ein dummes und vorlautes Kind, ich werde mich bei deinem Vater beschweren.« Mich »vorlaut« und »dumm« zu nennen war eine schlechte Idee, die mich erst richtig rebellisch machte. Ich spuckte den Staubkuchen auf meinen Teller. »Diese Klaviermusik hat dich an unseren verschollenen Onkel erinnert.« Mit meiner Eingebung traf ich ins Schwarze, was Alma bewies, als sie aufsprang und mir eine klatschende Ohrfeige gab.

»Ist etwas zwischen euch beiden passiert?« – »Nein«, log ich Vater an, »nichts ist passiert.« Trotzdem ließ er mich nie mehr mit Alma allein.

Bald war ich dem Alter entwachsen, in dem man seine Ferien mit Tantenbesuchen verbringt. Meinen verschollenen Onkel vergaß ich komplett, als ich an der Dahlemer Uni studierte, und beantwortete keinen Brief meiner Großtante. Ich mußte von Vater ermahnt werden, wenn ein Geburtstag von Alma bevorstand. Alma schien laufend Geburtstag zu haben.

Inzwischen war sie Mitte Achtzig und grauste sich vor dem Tod. Mit Anrufen machte sie Vater ein schlechtes Gewissen, bis er

zur Miete im Ahrensburger Altersheim beitrug. Bei Altersheimin-
sassen und Personal erwarb sie sich umgehend den Ruf einer lau-
nischen Alten, der man nie etwas recht machen konnte. Wenn sie
im Fernseh- und Spielzimmer aufkreuzte, kam es in der Regel
zum Streit.

Keine drei Monate brauchte sie, um es zum »Altersheimdra-
chen« zu bringen. Sie hockte allein am Kantinentisch und starrte
feindselig in alle Richtungen. Mißbrauch trieb sie mit dem Klingelknopf, der sich beim Bett befand. Keiner der Pfleger im Heim
hatte Lust, sich in der Nacht zweier Spinnweben wegen be-
schimpfen zu lassen, die Alma beim Eisschrank entdeckt hatte.
Und eines Nachts, als sie stolperte, sich einen Bruch zuzog und
nicht mehr aufstehen konnte, rief sie mit dem Stock, den sie gegen den Klingelknopf preßte, um Hilfe. Vergeblich.

Als man sie vom Krankenhaus wieder ins Altersheim brachte,
war Alma verwirrt. Sie wirkte nicht mehr verbiestert, war kindlich
und weich – Vater faßte es nicht. Mit verschrumpeltem Kopf und
verknoteten Fingern hockte Alma im Sessel und freute sich still
und bescheiden, wenn man sie besuchte. Sie machte zwar krause
Bemerkungen, schwelgte zusammenhanglos in Erinnerungen
oder wußte nicht mehr, wo sie war. Almas Verwirrung erstreckte
sich allerdings nicht auf vertraute Gesichter und Namen – bis zu
dem Januarnachmittag, als ich ins Altersheimzimmer trat.

Sie empfing mich mit einer befremdlichen Scheu. Meine Hand
nehmen wollte sie nicht, und warum, das begriff ich erst, als sie
mich mit »Felix« ansprach. Sie war sich nicht sicher, ob ich keine
Einbildung war. »Ich bitte dich, sag nichts«, verlangte sie heiser,
den Arm zum Besucherstuhl ausstreckend. Mit zittriger Stimme
sprach sie von der Zeit, als sie sich von Großvaters kleinerem Bruder Klavierstunden hatte erteilen lassen.

Sie verfiel in ein Brabbeln, von dem ich kein Wort verstand.
Im Zimmer, in dem es vergoren und ranzig roch – sie hortete neuerdings Lebensmittel, die sie vor den Pflegern im Bettzeug ver-

307

steckte, zwischen den Heizrippen oder im Besenschrank –, machte sich Dunkelheit breit. »Willst du nicht unserem Kind guten Tag sagen?« fragte sie streng, als ich mich aus dem Sessel erhob. Sie fiel in sich zusammen. Almas Kopf sank zum Brustbein, sie stieß einen pfeifenden Seufzer aus und nickte ein.

Sie starb Ende Januar '89. Ich sei ja erst vor einer Woche in Ahrensburg gewesen, beruhigte mich Vater am Telefon, durch die Zone zu reisen sei außerdem anstrengend, ich solle mir Almas Beerdigung ersparen.

Ende der 90er Jahre, als Vater vier Wochen in einem Sanatorium zubringen mußte, bat er mich um eine Handvoll zu Hause vergessener Dinge: einen Platontext und ein altgriechisches Lexikon plus einige Krimis, die er zur Entspannung las, und seinen Zigarrenabschneider, der Vater inzwischen als Handschmeichler diente.

Ich fand den Zigarrenabschneider im Schreibtischfach auf einem Stapel mit fleckigen Photographien, von dem ich das Gummiband streifte. Zerstreut schaute ich mir den Haufen mit Aufnahmen an, bis ich auf ein Photo stieß, das meinen Großvater zeigte, der am Gartenzaun vor seinem Elternhaus lehnte. Es war nicht mein Großvater, den ich beunruhigt betrachtete, es war der junge Mann an seiner Seite. Und dieser junge Mann glich mir aufs Haar.

Drei Stunden verbrachte ich im Sanatorium, ohne auf meine Entdeckung zu sprechen zu kommen, teils aus mangelndem Mut, teils um Vater zu schonen, der schlechter beisammen war denn je. Er war niemals bei bester Gesundheit gewesen, was er dem Lungendurchschuß aus dem Krieg zuschrieb und der Tuberkuloseerkrankung als Lehramtsstudent. Bis ins Alter von siebenundvierzig Jahren Zigarren zu rauchen hatte seine Herz-Lungen-Beschwerden verschlimmert.

Ob er sein Leben verfehlt hatte? Von dieser beklemmenden Vorstellung kam ich bei unserer Begegnung nicht los.

Vater hatte in Hamburg aufs Lehramt studiert. Mit dem Diplom trat er in einer Volksschule an, die sich in einem Nest Schleswig-Holsteins befand. Konrad Kannmacher galt in der Schule als »streng und gerecht« und war bei seinen Kindern beliebt.

In der Freizeit las er philosophische Schriften. Bald stellte er einen Antrag auf Mitgliedschaft in der Immanuel-Kant-Gesellschaft, dem er einen Aufsatz beilegte: »Bemerkungen zur Antinomie zwischen Freiheit und Pflicht zur moralischen Handlung«. Er erhielt eine Einladung zu der bevorstehenden Kant-Tagung, mit der Aufforderung, einen Vortrag zu halten.

Vater war alles andere als eitel und ehrgeizig. Um als Pauker, der an einer Volksschule lehrte, vor rund hundert Kantprofessoren eine Rede zu halten, mußte man selbstbewußt sein oder sagenhaft dumm – an beidem ließ er es vermissen. Er wollte ein Lehrer sein, der seine Pflicht tut, und in der Freizeit Kants Schriften studiert, andere Ziele verfolgte er nicht.

Konrad Kannmacher heiratete eine Kommilitonin, mit der er sich im Laufe des Studiums liiert hatte. Diese Ehe hielt keine zwei Jahre. Seine Frau blieb zu eng mit dem Vater verbunden, einem Hamburger Oberzahlmeister und flammenden Nazi, der seinen Schwiegersohn triezte und piesackte, sei es aus Eifersucht auf seine Tochter, sei es aus politischer Feindseligkeit. Schwiegersohn Konrad verhehlte ja nicht, seine Naziparolen abscheulich zu finden.

Seine Ehen mißlangen, und er machte Hochschulkarriere. Das verdankte er einem Philosophen aus Hamburg, mit dem er auf einem Kant-Kongreß Freundschaft schloß. Der war von Kannmachers Kenntnissen mehr als beeindruckt und fand seine Bescheidenheit absolut fehl am Platz. Um bis zur Pensionsreife Pauker zu bleiben und in einem Holsteiner Nest zu versauern, sei er zu beschlagen und klug.

Vater schrieb eine Doktorarbeit zu den Antinomieproblemen in der Morallehre Kants und erhielt einen Ruf an die Frankfurter Uni. Nach Jahren des Streits trennten sich unsere Eltern, er bezog eine dunkle Bude am Main, die seinem Verlangen, sich selbst zu bestrafen, entsprach. Nie konnte er seinem Anspruch gerecht werden – bis er einen Text publizierte, verging eine Ewigkeit. Auf Kongressen zu reden, zu Namen und Ehren zu kommen, das lehnte er weiterhin ab.

Er wollte nichts mehr von der Hochschule wissen, als er in den Ruhestand trat. Gerne reiste er zu seiner Schwester nach Kiel oder mietete sich eine schwedische Ferienbehausung, wo er kochte und schwamm, auf den Klippen spazierenging und Ostseeluft in seine Lunge sog.

»Kannst du dich an meine Geschichte erinnern, diese Geschichte vom einbeinigen Offizier, der bei Nebel und Unwetter seine Kanonen am Steilhang abfeuerte?« fragte mich Vater bei meinem Sanatoriumsbesuch. »Ich habe sie niemals vergessen«, bemerkte ich mit einem Seufzer. Meine Abwehr bezog sich auf Vaters Erinnerungsseligkeit, die schuld war, wenn er sein erwachsenes Leben verfehlt hatte. Vor der Gegenwart hatte er sich in Erinnerungen an Kindheit und Heimat verkrochen, dem heiklen, schmerzhaften Teil der Vergangenheit ausweichend. Seine Ohnmacht und seine Erinnerungsseligkeit waren in meinen Augen zwei Seiten derselben Medaille.

»Mir fiel sie bei Almas Beerdigung wieder ein«, fuhr Vater fort, ohne auf meinen Seufzer zu achten. Das war eine Bemerkung, mit der er mich neugierig machte. »Warum auf Almas Beerdigung?« wollte ich wissen. Vater schlenkerte mit beiden Armen, sichtlich befriedigt, mich wieder am Haken zu haben, und holte bei seiner Freiwaldegeschichte aus. »Tja«, sagte er, »unser einbeiniger Offizier schoß nicht ausschließlich auf Nebel- und Unwetterwolken. Er feuerte seine Kanonen bei Meldungen von Siegen an West- oder Ostfront ab, bei der Einnahme Warschaus, dem Blitzsieg in Frankreich. Und als Stalingrad fiel, wollte sich seine Artillerie auf dem Steilufer nicht mehr beruhigen.« – »Entschuldigung«, wandte ich ein, »Stalingrad war kein Sieg. Das war eine verheerende Niederlage.« – »Jungchen«, sagte mein Vater, halb mitleidig, »denkst du, ich bin verkalkt? Ich wollte dir etwas anderes klarmachen. Ob es Siege waren oder vernichtende Niederlagen – seine Kanonenkugeln donnerten steil in den Himmel und fielen am Horizont zischend ins Meer.«

»Stell dir vor«, sagte er, als ich stumm blieb und mir nicht zusammenreimen konnte, was diese Geschichte mit Großtante Alma zu tun haben sollte, »kurz vor dem Einmarsch der Roten Armee drehte er seine sieben Kanonen am Steilhang um. Er schoß auf Freiwalde, verstehst du? Eine Kugel traf Bogislaws Schloß, eine andere das Korbmacherwitwenhaus neben dem Stadtwall, eine dritte fiel in unseren Garten, zerschmetterte Laube und Bogengang und riß einen Krater ins Erdreich. Eine vierte schlug ein ins Kempinsche Lokal, wo sich in diesen Minuten der Volkssturm versammelte, der drei Tage vor Ankunft der russischen Truppen siebzehn Kinder und Greise verlor.« – »In der irrigen Meinung, die Russen seien bereits in der Stadt?« erkundigte ich mich, halb mißmutig und halb verwirrt. »Schwer zu sagen«, erwiderte Vater, »mag sein, er nahm den bevorstehenden Einmarsch zum Vorwand, um seine Heimatstadt in Schutt und Asche zu legen.«

Mein Taxi traf ein. Ich winkte dem Fahrer, der aus seinem Wagen stieg, um sich im Sanatorium bemerkbar zu machen und den Knopf an der Klingelanlage am Pfeiler zum Parktor bediente, das um diese Uhrzeit verschlossen war. Er nickte, verzog sich ins Auto und wendete.

»Und warum fiel dir diese Geschichte bei Almas Beerdigung ein?« fragte ich meinen Vater, der mich umarmen und verabschieden wollte. »Ach, Tante Alma«, entgegnete Vater, »was man von meiner Mutter behauptete – deiner Oma Emilie, meine ich –, sie habe Wolken im Kopf, traf in anderer Weise auf Alma zu. Zeitlebens war Alma ein Mensch, der auf Wolken schoß.« Er hielt mir den Wagenschlag auf.

Ich hing bereits halb auf der Sitzbank, besann mich eines Besseren und stieg wieder aus. »Und was war das mit unserem Onkel? Warum durfte er in den Familiengeschichten nicht vorkommen, besonders im Beisein von Alma?« – »Naja«, sagte Vater, »du mußt deinen Zug kriegen, bei anderer Gelegenheit mehr. Warum machen wir zwei keine Reise in meine Geburtsstadt?«

Ich denke, er ahnte sein nahendes Ende.

Im Oktober verbrachte ich eine Nacht in seiner bescheidenen Bleibe am Main, und am kommenden Tag stiegen wir in den Zug. Trotz der Scham, die er vor mir empfand, konnte er seine kindliche Aufregung nicht mehr verbergen. Seine Redseligkeit war erstaunlich, ich hatte sie niemals an Vater erlebt. Erst als wir den Rostocker Bahnhof verließen, sank sein Kinn auf die Brust, und er schlief eine Runde.

Ich hatte bereits eine Menge erfahren, als wir auf die polnische Grenze zurollten. »Unser Onkel schrieb rund zwanzig Briefe an Großvater Leopold, an deinen Ur-Opa, die ich als Junge im Schulmeisterschreibtisch entdeckt habe«, sagte Vater, der bei unserer Ankunft im Grenzbahnhof aus seinem Nickerchen hochschreckte, »und neulich erst stieß ich auf weitere Briefe, zwei an deinen Opa und einen an Oma Emilie.« – »Neulich?« – »Naja«, sagte Vater, »vor gut vierzehn Jahren. Du machst dir keine Vorstellung, wo ich sie fand. In den Habseligkeiten von Alma.«

Vor der Beerdigung unserer Tante hatte Vater im Ahrensburger Altersheim Almas verbliebenen Kram in drei Umzugskartons verpackt. In der Nachttischschublade stieß er auf den Stapel mit Briefen aus Rom und Berlin. »Sie waren vollkommen zerlesen«, bemerkte er heiter, »zerfielen mir beinahe zwischen den Fingern.«

Diese Entdeckung traf Vater nicht unvorbereitet. Von der Altersheimleiterin hatte er bei seiner Ankunft bereits einen Umschlag erhalten, den man im Haustresor aufbewahrt hatte. Er enthielt Almas letzte Befehle. »Sie wollte verbrannt werden«, sagte mein Vater und wedelte sich mit dem Reisepaß Luft zu, es war furchtbar stickig in unserem beheizten Abteil, »und sich in einem Urnengrab beisetzen lassen. Was mich erstaunte, das war Almas zweiter Befehl. Sie verlangte, zusammen mit den Briefen in Flammen aufzugehen.« – »Zusammen mit den Briefen von Großvaters Bruder?« versetzte ich reichlich verdutzt. »Ja«, sagte Vater, »zusammen mit den Briefen von Felix.«

Was Alma mit dieser Bestimmung bezweckt hatte, war meinem Vater nicht klarer als mir. Hatte sie seine Briefe beseitigen wollen? »Sie wollte sich mit unserem Onkel im Feuer vereinen«, mutmaßte ich. »Zwangsweise«, erwiderte Vater belustigt, »kann sein. Wir sollten nichts ausschließen bei unserer Alma.« – »Vergessen hat sie Felix Kannmacher nie«, sagte ich und berichtete von meinem letzten Besuch bei der Tante. »Sie hat mich mit unserem Onkel verwechselt, als seine Gespenstererscheinung betrachtet. Was mir vollkommen abstrus vorkam, war dieser Satz: ›Willst du nicht unserem Kind guten Tag sagen‹.«

»Um das zu verstehen«, sagte Vater und schaute zum Grenzer hoch, der seinen Reisepaß stempelte, »muß ich dir eine andere Sache verraten. Außer den Briefen fand ich eine Pappschachtel unter dem Bett unserer Tante. Und diese Schachtel enthielt ein Skelett.«

Ich beugte mich vor: »Ein Skelett?« – »Ein Kinderskelett, winzig klein. Eine Totgeburt oder ein Abgang, ich weiß es nicht.« – »War das Almas Kind?« – »Kann ich nicht sagen«, antwortete Vater rauh, »zu Kriegsende war sie bereits dreiundvierzig.« – »Und falls sie vor Kriegsende schwanger war?« – »Kann ich mir nicht denken. Von wem? Riensberg konnte kein Kind zeugen. Was sie mit den Russen erlebt hat, verschwieg sie. Sie sprach nur vom Silberbesteck, das sie mitgehen ließen.« – »Du meinst, man hat sie vergewaltigt?« – »Kann sein«, sagte Vater, »kann nicht sein. Auf jeden Fall bildete sich Tante Alma ein, es sei Felix Kannmachers Kind. Sie habe zusammen mit Felix ein Kind bekommen.« – »Und mir wird klar«, sagte ich, »was sie in den verbotenen Zimmern versteckte, im Papenfußhaus und der Wohnung im Neubaugebiet.« – »Kannmachers Briefe und dieses Skelett«, sagte Vater.

Unser Zug setzte sich in Bewegung. Es war nicht mehr weit bis zum Bahnhof von Szczecin. Bis wir ankamen, starrte er reglos aufs nachtschwarze Haff, das vorm Zugfenster auftauchte, auf Hakenterrassen und Hafenanlage, die mehr zu erahnen waren als zu erkennen.

Vater hatte den Willen von Alma befolgt und den Leichnam zusammen mit Kindergerippe und Kannmacherbriefen verbrennen lassen. »Hast du sie wiedergelesen?« – »Ich nahm mir nur die drei Schreiben vor, die ich nicht kannte«, erwiderte Vater, »was anstrengend genug war, anstrengend und zeitraubend bei meinem grauen Star. Ich mußte sie mit der Lupe studieren und vorsichtig sein, um sie nicht zu zerreißen.« – »Sie sollten verbrannt werden, Vater«, bemerkte ich lachend. Murrend stopfte er Zeitung und Buch in den Beutel, der unseren restlichen Vorrat enthielt. »Willst du mich mit deiner Logik beeindrucken?« Vater schnitt eine Grimasse. Er nahm seinen Mantel vom Haken und zog sich mit zitternden Fingern am Fensterrahmen hoch.

Bei unserem Aufenthalt in Vaters Heimatstadt hatten wir Pech mit dem Wetter. Es regnete Strippen, war windig und kalt. Wenn wir uns aus dem Pensionszimmer wagten, waren wir binnen Minuten klatschnaß. Unsere polnische Wirtin, die makellos Deutsch sprach, richtete uns mit der Nachricht von einem bevorstehenden Sonnentag auf.

Aus diesem Sonnentag sollte nichts werden. Wir erwachten bei Nebel, der sich nicht verziehen wollte und Vaters Geburtsstadt verschluckte. Um einen Gegenstand zu erkennen, mußte man in seiner Reichweite sein. Vaters Absicht, mich zu seinem Wipperversteck zu bringen – beim letzten Freiwaldebesuch wollte er die bis heute von Weiden und Erlen bestandene Stelle am Flußufer wiederentdeckt haben –, entpuppte sich bei diesem Nebel als sinnloses Unterfangen.

Drei Nachmittagsstunden verbrachten wir in seinem Elternhaus, das man unbegreiflicherweise verschont hatte, als man in den 60er Jahren im Bahnhofsbereich eine Reihe von Wohnblocks errichtete. Einen Garten besaß es nicht mehr. Wo sich von englischen Rosen bewachsener Bogengang, Beete, Kompost oder Laube befunden hatten, reckte sich ein sozialistisches Wohnsilo als graues, verschwommenes Monster im Nebel.

Zwei Parteien teilten sich Vaters Elternhaus, das wesentlich kleiner und mickriger war, als mir seine Geschichten vermittelt hatten. Im Erdgeschoß wohnte ein buckliges Weiblein, das uns mit Apfel- und Pflaumenkuchen, Kaffee und polnischem Wodka bewirtete. Und bei der Maurerfamilie im ersten Stock mußten wir wiederum Torte verzehren und mit polnischem Wodka anstoßen. Von der uns erwiesenen Gastfreundschaft tiefer beeindruckt als von seinem Elternhaus, trottete ich neben Vater zur Schloßgrabenherberge.

Er war nicht mehr redselig, wirkte verstimmt. Es fehlte mir an der Begeisterung, die er sich bei unserem Aufenthalt in seiner Kindheitsstadt von mir erhofft haben mußte. Oder war es ein anderes Leiden, das Vater befallen hatte? »Wenn man seiner Erinnerung zu nahe kommt«, sagte er, als wir am Marktplatz zum Essen einkehrten – in diesem Lokal hatte vor einer Ewigkeit Gastwirt Kempin seine Kneipe betrieben –, »wenn man seiner Kindheit zu nahe kommt, verschließt sie sich und wird zum Traum eines Fremden. Ich habe das bei meinen anderen Besuchen bereits erlebt und wollte es wieder nicht wahrhaben.« Ehe wir aufbrachen, meinte er grimmig: »Was ist der Mensch, kannst du mir das verraten? Eine Krankheit, ein Zufall, ein Fleck im Geschichtsbuch?« Mir fiel keine Antwort ein, sei es aus Ratlosigkeit, sei es aus Besorgnis um Vaters bedenklichen Zustand.

Was Vater zu besserer Laune verhalf, war ein Zufallsfund an un-

315

serem letzten Tag in seiner Heimatstadt, der nicht weniger neblig war als der vergangene. Warum Vater zum Friedhof hoch wollte, verstand ich nicht. Bei der Zugreise hatte er mich ja belehrt, auf dem Kopfberg sei kein deutsches Grab mehr vorhanden. Und die vom Vater beschworene Aussicht zum Ostseestrand konnte man bei diesem Wetter vergessen.

Er klinkte schwer atmend das Gittertor auf, um mich zu der Stelle zu lotsen, wo sie nebeneinander begraben gewesen waren: Julius, Friedrich und Schulmeister Kannmacher, bis man den deutschen Friedhof geschleift und mit Polen belegt hatte.

Vater, der mir meinen Widerwillen anmerkte, wandte sich ab und marschierte im Zickzack von Reihe zu Reihe, als ob er mich loswerden wolle. Erst am Friedhofszaun machte er halt, um zu Atem zu kommen. Auf der anderen Seite des Gitters, das Vater umklammerte, entdeckte ich einen halb im Erdreich versunkenen Grabstein. Mit Sicherheit war es kein polnischer, wie er da aus der verwilderten Wiese am Friedhofsrand ragte. Ich ging in die Hokke, um zwischen den Eisenverstrebungen den Namen zu entziffern. Vergeblich, er war zu verwittert. Ich nahm einen Stock, kratzte Erde und Moos von der Inschrift. Eine Reihe von Buchstaben war nicht mehr leserlich. Das, was sich halb erkennen, halb erraten ließ, reichte aus, um auf den richtigen Wortlaut zu schließen. »Handle …« entzifferte ich und »… Maxime … « und »… zum allgemeinen Gesetz tauge.« Es war Kants kategorischer Imperativ.

Bei unserer Henkersmahlzeit in der Wirtschaft am Marktplatz sprach Vater dem polnischen Schnaps zu und plauderte wieder. Er deckte mich mit seinen Kindheitsgeschichten ein, sprach von Großvaters Buchhalterstelle bei Schlomow und seiner Gestapoverhaftung. Von seinem Schießunterricht bei Hans Riensberg, dem gewaltsamen Tod Adolph Liebherrs, den ein Blitz auf der Bleiche zu Asche verbrannt hatte.

Verschwommener klangen Vaters Geschichten, begreiflicherweise, wenn es um Ereignisse oder Familienverwicklungen vor seiner Geburt ging. Was er von seinem Großvater oder Mathilde erfahren hatte, widersprach sich zum Teil oder wirkte verworren, und um nicht vor Alma auf Minen zu treten, waren seine Eltern verschwiegen gewesen.

Vater zeigte dem Kellner sein Schnapsglas, das leer war, mit Postkutscher Weidemanns Baßstimme brummend: »Es kommt schlimmer, als es bereits ist.« Bei seinem dritten Glas sagte er augenrollend: »Wenn das kein Fehler war, heiße ich Josefin Baaker.« – »Wir kommen ja nicht aus der Walachei«, meinte er zwinkernd zum Kellner, der kein Wort verstand, sich aber beeilte, sein Glas zu erneuern. Vater erfreute sich an diesen Floskeln aus einer Vergangenheit vor seinem Leben. Sein mangelndes Wissen ersetzten sie nicht. Nicht Dehmels Erwiderung: »Kannmacher, Sie sind ein Moralist! Und Moralisten kommen niemals zu Potte«, nicht Pressels Weisheit, man solle den Staub ehren, die ich nicht kannte und auf einen Bierdeckel kritzelte.

An den Inhalt der Briefe aus Rom und Berlin konnte Vater sich leidlich erinnern. Passen mußte er leider bei anderen Dingen. »Waren sie niemals ein richtiges Paar«, fragte ich, »deine Mutter und Felix?« – »Ich weiß es nicht«, sagte er abwehrend. »Am Ende zog Mutter es vor, seinen Bruder zu heiraten. Und deine Großeltern haben sich blendend vertragen. Ich kann dir versichern, sie stritten sich nie. Diese Ehe hat keiner von beiden bereut.«

»Was mich stutzig macht«, wandte ich ein, »ist mein Aussehen. Man kann mich mit unserem verschollenen Onkel verwechseln. Bei Alma ist mir das passiert.« – »Als sie euch miteinander verwechselt hat«, sagte er mißmutig, »war Tante Alma bereits verwirrt. Und verschone mich mit diesem Abstammungsquatsch. Du darfst nicht vergessen, ich komme aus einer Zeit, als man einen Ahnenpaß vorlegen mußte, um zu beweisen, ein Arier zu sein. Diese Sippen- und Blutdinge sind mir ein Greuel.«

Schweigend widmeten wir uns dem Essen. Als ich mit der Borschtschsuppe fertig war, weihte ich Vater in meine Entscheidung ein: »Ich werde sein Leben erfinden.«

Was ich meinte, war Vater mit Sicherheit klar. Wenn er sich dumm stellte, wollte er Zeit schinden. Erst mußte er meine Bemerkung verdauen.

»Von wem sprichst du?« verlangte er heiser zu wissen und schob seinen Teller beiseite. »Von unserem verschollenen Onkel, wem sonst? Ich werde sein Leben erfinden. Felix Kannmachers Leben und das seiner Eltern, seines Bruders, der Sielaffschen Schwester und … deines.« – »Und warum? Um der Sinnlosigkeit einen Sinn zu verleihen?« fragte Vater sarkastisch. »Aus Mangel an Sein«, sagte ich, auf den neulich erschienenen Aufsatz von Vater zu Schelling anspielend, »diesem niemals zu stillenden Mangel an Sein.« – »Kannst du nicht ernst bleiben?« meinte er vorwurfsvoll. »Um ehrlich zu sein«, gab ich zu, »habe ich keinen Schimmer, warum. Ich kann schlecht einschlafen, das mag es sein. Mit Geschichten im Kopf geht das angeblich besser.«

Vater nippte am Schnapsglas, verschluckte sich, hustete. »Oder schlicht, um mir darüber klarer zu werden, ob wir eine Krankheit sind oder ein Zufall.« – »Vergiß nicht den Fleck im Geschichtsbuch«, ermahnte er mich und riß sich einen Knopf von der Jacke, der locker am Faden hing.

Er verstaute den Knopf in der Brieftasche, was den Kellner veranlaßte, unsere Rechnung zu bringen. »Oder zu keinem anderen Zweck«, sagte ich, als wir in der nebligen Luft zur Pension liefen, »zu keinem anderen Zweck, als den Staub …« – »Um den Staub zu ehren?« fiel mir mein Vater ins Wort und umarmte mich, »ja, um den Staub zu ehren, lohnt es sich.«

Bildete ich mir das ein, oder kam aus der Ferne, vom Steilhang, Kanonendonner?

Inhalt

I Eine nie vergessene Geschichte

II Vernunft und Wahnsinn
Felix Kannmachers schwere Geburt
Besser als frisches Brot
Vom ewigen Frieden
Gott ist mit Kaiser und Vaterland
Es regnet Buttermilch
Granatsplitter
Spione in englischen Diensten

III Doppelhochzeit
Ein zerrissener Faden
Chemische Verbindungen
Kaiserwetter
Wenn das kein Fehler war, heiße ich Josephine Baker
Kontrapunkt, Menschenskind!

IV Ein Spiel mit dem Teufel
Sielaffs seelischer Panzerwagen
Pommerscher Holzkopf und Gott am Klavier
Ein Kind, das der Storch bringt, ist arisch
Eine andere Zeit
Leider kann man nicht wieder von vorne anfangen

V Um den Staub zu ehren